WIE ES DEM GRAFEN BELIEBT

REGELN FÜR HALUNKE
BUCH VIER

DARCY BURKE

 Erstellt mit Vellum

WIE ES DEM GRAFEN BELIEBT

Als eine junge Lady ruiniert wird, schwören ihre
Freundinnen, dass keine von ihnen sich jemals wieder von
einem Herzensbrecher umgarnen lässt. Sie werden dem
Charme eines jeden Gentleman widerstehen, selbst – und
vor allem – wenn dies bedeutet, sich damit den Ruf zu
erwerben, unmöglich zu erobern zu sein. Es braucht schon
außergewöhnliche Herzensbrecher, um ihre Regeln zu
brechen …

Clive Halifax, Erbe eines Herzogtums, Earl of Shefford, ist es
leid, die Skandale seines Vaters zu vertuschen und mitanzu-
sehen, wie seine Mutter darunter leidet. Sheff schwört, sein
Leben als der Schürzenjäger zu führen, für den er allgemein
gehalten wird, und nie eine Ehe einzugehen. Seine Eltern
wollen allerdings nicht aufhören, auf seiner Heirat zu bestehen. Also wählt er die unangemessenste Braut, die er finden
kann, und entlohnt sie, für die verbleibende Saison als seine
falsche Verlobte aufzutreten.

Josephine Harker lebt mit ihrer Mutter, die einen Glücks-spielclub leitet, und ihrem künstlerisch veranlagten Vater, der in höheren Kreisen verkehrt, am Rande der feinen Gesellschaft. Sie möchte nichts weiter als die Möglichkeit, ihren eigenen Weg zu gehen, anstatt sich den Vorschriften der Gesellschaft zu beugen – oder dem, was ihre Eltern als das Beste für sie erachten. Als Shefford, ein berüchtigter Schürzenjäger, ihr eine Scheinverlobung zusammen mit einer beträchtlichen Geldsumme anbietet, kann sie nicht ablehnen.

Vom ersten Augenblick an sind sie voneinander fasziniert, und ihre gegenseitige Anziehung baut sich zu einer bren-nenden Leidenschaft auf, die sie nicht verleugnen können. Allerdings ist das Risiko, ihr Herz an einen Schürzenjäger zu verlieren, der blind dafür ist, dass viel mehr als sein Ruf in ihm steckt – oder so etwas wie wahre Liebe tatsächlich exis-tiert –, das Letzte, was Jo will.

REGELN FÜR HALUNKEN

Bleibe nie mit einem Halunken allein.
Flirte nie mit einem Halunken.
Gewähre einem Halunken nie eine Chance.
Zweifle nie am Ruf eines Halunken.
Glaube nie an die Liebesschwüre oder
Ergebenheitsbekundungen eines Halunken.
Vertraue nie einem Halunken, der verspricht, sich zu ändern.
Lasse nie zu, dass ein Halunke dein Herz sieht.
Ruiniere einen Halunken, bevor er dich ruiniert.

KAPITEL 1

Mai 1816, London

»Shefford, dieses Zaudern in Bezug auf das Heiraten hat lange genug gedauert.«

Clive Halifax, der zwölfte Earl of Shefford und Erbe des Duke of Henlow, schloss die Augen und neigte den Kopf leicht nach hinten. Er zählte bis drei, ehe er dann den Kopf senkte, die Augen wieder aufschlug und seine Mutter gelangweilt anschaute.

»Es ist weniger ein Zaudern, sondern mehr eine Abneigung.« Sheff bedachte sie mit einem milden Lächeln. »Das wird auch in absehbarer Zukunft so bleiben.« Damit wandte er sich dem Tablett zu, das auf einer Anrichte stand, und mit einem erquicklichen Vorrat an Wein und Spirituosen bestückt war. Hier, im Haus seines Vaters, würde es an solcher Art von Stärkung nie mangeln. Nachdem er sich Portwein in ein Glas eingeschenkt hatte, drehte Sheff sich wieder um.

Mitten im Salon stand die Duchess of Henlow und knurrte fast vor Frustration, während ihre blauen Augen vor Temperament blitzten. Obwohl sie eine zierliche, ungewöhnlich schlanke Frau war, besaß sie die Gabe, mit ihrer Präsenz einen ganzen Raum zu füllen. »Für sich genommen ist es schon schlimm genug, dass deine Schwester noch immer nicht verheiratet ist. Inzwischen gilt sie jedoch auch noch als eine Person mit unmöglichen Ansprüchen. Ihre Position auf dem Heiratsmarkt ist weit unter den anderer junger Ladys gesunken, die von geringerem Stand und niederer Herkunft sind. Das ist nicht tolerabel!«

»Ach ja, nun ist es ein *Skandal*, dass Minerva sich weder mit einem Schürzenjäger noch einem Trunkenbold verheiraten will? Ihre Ansprüche sind *einfach* zu hoch.« Sheff sah davon ab, die Augen bei seinen Worten zu verdrehen, doch der Drang war stark.

Seine Mutter warf ihm einen erbosten Blick zu. »Sprich nicht in diesem sarkastischen Ton mit mir. Deine Schwester ist unbestreitbar viel zu anspruchsvoll. Kein Mensch ist perfekt.«

»Das muss auch niemand sein. Aber ihr Zukünftiger muss perfekt für *sie* sein«, entgegnete Sheff leise. Er hob sein Glas zu einem Toast und trank einen Schluck.

»Pfft. Ich habe dich nie für einen Romantiker gehalten«, meinte die Herzogin. Sie schaute ihn einen Moment lang an und ihr Zorn schien sich zu verflüchtigen. »Nie hätte ich geglaubt, dass du oder deine Schwester einmal so werden würdet. Nicht nach ... nun, nicht nach dem, was du erlebt hast.«

Damit spielte sie auf das schreckliche Vorbild einer Ehe an, das sie zusammen mit seinem Vater abgab, und nicht, wessen Schuld es war. Sheff wusste allerdings, dass allein seinen Vater die Schuld traf. Sheff erwartete auch, ein Ehemann von gleicher Gesinnung wie sein Vater zu werden.

Manche Männer waren einfach nicht für die ewige Liebe geschaffen.

Oder überhaupt für die Liebe.

»Genau aus diesem Grund solltest du weder von mir noch von Min eine Ehe erwarten oder verlangen. Unsere Haltung dazu ist reichlich verkorkst.«

Noch einmal verhärtete sich der Blick seiner Mutter. »Du hast gegenüber dem Herzogtum eine gewisse Verpflichtung. Auch aus deiner Schwester wird keinesfalls eine hoffnungslose Jungfer werden. Es ist schon schlimm genug, dass sie sich mit einer verbündet hat.«

Die Herzogin bezog sich damit auf Mins Begleiterin, Ellis Dangerfield, eine Waise, die sie in ihren Haushalt aufgenommen hatte, als Ellis damals neun Jahre alt war – und zwar auf Drängen seines Vaters. Seine Mutter hatte Ellis gegenüber nie eine besondere Herzlichkeit an den Tag gelegt, was allerdings zu erwarten war, da es sich bei Ellis nur um eines der vielen unehelichen Kinder des Herzogs handelte.

Das glaubte Sheff zumindest. Niemand hatte dies je laut ausgesprochen und gefragt hatte er auch nie danach. Es war einfach nur, was er als Wahrheit annahm. Aus welchem anderen Grund sollte der Herzog denn sonst das Kind eines verstorbenen Freundes der Familie bei sich aufnehmen? Soweit Sheff das beurteilen konnte, hatte sein Vater nie einen sentimentalen Gedanken gehegt.

Nun, das stimmte nicht ganz. Denn wenn das wirklich so wäre, hätte der Herzog Ellis nie aufgenommen. Eines Tages würde Sheff liebend gern Gewissheit darüber haben wollen, ob Ellis die Tochter seines Vaters war oder nicht. Allerdings waren die Indiskretionen seines Vaters keine Gesprächsthema, es sei denn, sie fanden gerade statt. In solchen Krisensituationen sah Sheff sich in der Regel genötigt, den Schlamassel seines Vaters zu bereinigen, um den Ruf des Herzogs zu wahren, wenngleich Sheff dies nicht seinem

Vater zuliebe tat. Er handelte für die Familie – für seine Mutter und insbesondere auch für Min. Später wurden diese Affären nie wieder erwähnt. Und die zurückliegenden Verfehlungen des Herzogs wurden ganz gewiss nie wieder aufgerollt.

»Mama, du willst doch die liebe Ellis nicht schlechtmachen, dessen bin ich mir sicher«, bemerkte Sheff. »Sie ist wie eine Schwester für Min und mich.«

Die Herzogin schürzte die Lippen, und ihr Blick brachte ihren Ärger zum Ausdruck. »Sie ist mir völlig gleichgültig, es sei denn, sie wirft ein schlechtes Licht auf deine Schwester oder übt Einfluss auf sie aus.«

Sheff stieß die Luft aus. »Ich glaube nicht, dass Ellis auf Min ein schlechtes Licht wirft oder Einfluss ausübt. Min hat ihren eigenen Kopf, was du meiner Ansicht nach wissen solltest.« Er nippte an seinem Portwein und warf einen Blick auf die Uhr. Sehr bald sollten sie zum Ball aufbrechen, der heute im Northumberland House stattfand. Das bedeutete, dass Min und Ellis jeden Moment hereinkommen würden. Vielleicht lauschten die beiden sogar schon vor der Tür. Das entlockte ihm ein Lächeln. Es würde seiner Mutter ganz recht geschehen, wenn sie bei ihrem unfreundlichen Urteil belauscht würde.

»Selbstverständlich weiß ich das«, zischte die Herzogin. »Aber die beiden zusammen ... das macht mir Sorge. Min *muss* in dieser Saison heiraten. Ich fürchte, sie wird sonst zur Jungfer.«

Sheff überlegte, ob er seine Schwester in Schutz nehmen sollte, zumal er damit das Gespräch von seiner Person und dem ursprünglichen Thema ablenken würde. Allerdings bewahrte ihn die Ankunft seiner Schwester und Ellis vor diesem Schritt.

Wie stets sah Min bezaubernd aus. Ihr dunkles Haar war zu einer eleganten und überaus komplizierten Frisur aus

Locken und Zöpfen aufgesteckt, die mit Perlen und einer großen Pfauenfeder verziert war. Ihr Kleid war von einem schimmernden Türkisblau mit lila Bändern, welche die Volants am Saum zierten.

Ellis dagegen trug ein schlichtes pfirsichfarbenes Kleid mit einem Minimum an Spitze, die Mieder und Saum betonte. Ihr blondes Haar war ohne viel Aufhebens frisiert und geschmückt, und nur ein einziges elfenbeinfarbenes Band war in ihre Locken geflochten worden.

»Ich bin sicher, dass ich das Wort ›Jungfer‹ vernommen habe, bevor wir eintraten«, meinte Min und sah die Herzogin an. »Meintest du damit Ellis oder mich?«

Sheff ließ ihrer Mutter keine Gelegenheit, zu leugnen. »Euch beide, genaugenommen. Kommt, wir sollten gehen.«

Je eher sie dort ankamen, umso eher konnte er sich aus dem Staub machen. Oft begleitete er seine Mutter, Min und Ellis zu Veranstaltungen, blieb eine kurze, aber akzeptable Zeit und begab sich dann zu einem seiner Clubs. Er überlegte bereits, wohin er heute Abend gehen könnte. In den Phoenix Club, um einen hervorragenden Whisky zu genießen? Vielleicht ins Siren's Call, um ein oder zwei Runden Karten zu spielen. Letztendlich würde er wahrscheinlich im Rogue's Den landen, wo ihn seine Lieblingskurtisane mit einem verführerischen Lächeln begrüßen würde.

Offensichtlich schien Min jedoch nicht bereit zu sein, die Sache mit der Jungfer auf sich beruhen zu lassen. Aus schmalen Augen nahm sie ihre Mutter ins Visier und sah dabei fast wie die Herzogin selbst aus, als diese Sheff vor einigen Minuten gescholten hatte. »Jungfer ist nicht gleichbedeutend mit Mauerblümchen, Mutter. Wenn ich mein Leben so verbringe, dann soll es so sein. Ich werde das Alleinsein wählen, wenn es mir das meiste Glück bringt.«

»Das wird aber nicht so sein«, entgegnete die Herzogin entschieden.

»Kannst du das wirklich mit solcher Bestimmtheit sagen?«, fragte Min leise. »Wärst du nicht glücklicher, wenn du nicht an Vater gefesselt wärst?«

Ihre Mutter holte tief Luft. Ohne Zaudern antwortete sie: »Das wäre ich *nicht*. Wo wäre ich dann? Allein und einsam auf dem Landsitz meiner Eltern in Dorset. Immer wieder die gleichen Bücher lesend und wahrscheinlich bestünde meine einzige Aufgabe im Versorgen der Katzen.«

»Das klingt sehr schön«, murmelte Ellis.

Sheff musste sich ein Grinsen verkneifen. Nur selten ergriff Ellis das Wort in Gegenwart ihrer Mutter, und bei diesen Gelegenheiten vertrat sie gewiss keinen gegenteiligen Standpunkt. Es freute ihn, dass sie dies gerade jetzt wagte.

Min erging es offenbar ebenso, denn sie schickte ein anerkennendes Lächeln in Ellis' Richtung. »Ja, so ist es. Wie auch immer, Mutter, ich bin keineswegs in Gefahr, etwas Schreckliches durchzumachen. Ich bin mit meinem Leben zufrieden, wie es gerade ist und um die Zukunft mache ich mir nicht die geringsten Sorgen. Somit solltest du das auch nicht tun. Warum fühlst du Sheff nicht stattdessen auf den Zahn?« Sie warf ihm einen Blick zu, dann murmelte sie eine Entschuldigung.

Jetzt verdrehte Sheff doch noch die Augen. »Was glaubst du wohl, wie unser Gespräch angefangen hat?« Er trank den Portwein aus und stellte das Glas auf dem Tablett ab. »Es ist Zeit zu gehen.«

Er drehte sich zur Tür und gab den jüngeren Ladys ein Zeichen, ihnen den Vortritt zu lassen. Dann bot er der Herzogin seinen Arm an.

Sie legte ihre behandschuhte Hand auf seinen Ärmel. »Würdest du dir bitte einfach eine Frau suchen? Im Moment ist mir jede Frau recht. Dann wird dein Vater aufhören, mir mit seinen Fragen auf die Nerven zu gehen, was ich unternehme, damit du dies endlich tust.«

Nun war die Wahrheit also heraus. Sie versuchte, eine Barriere zwischen sich und ihrem abscheulichen Ehemann zu schaffen. Das verübelte Sheff ihr bestimmt nicht und obendrein hatte er ein schlechtes Gewissen, dass sein Verhalten dazu geführt hatte, sie in den Fokus der Aufmerksamkeit seines Vaters zu rücken, ganz zu schweigen von seinem Zorn.

»Ich werde darüber nachdenken«, antwortete er in einem leisen Tonfall, bei dem er das Gefühl hatte, dass er ebenso hohl klang, wie seine Absicht war. Er würde keine Frau finden. Nicht einmal *irgendeine* Frau. Aber er würde alles sagen, um den Schikanen ein Ende zu machen.

Würde er auch etwas *unternehmen*?

Ihm kam eine Idee, die langsam Gestalt annahm. Sie war gewagt. Wahrscheinlich war sie sogar tollkühn, doch auf diese Weise würde er sich die dringend notwendige Verschnaufpause verschaffen. Wenn seine Eltern glaubten, er sei verlobt, würde ihr ständiges Drängen ein Ende haben. Allerdings konnte er sich nicht einfach so verloben, wenn er gar keine Heiratsabsichten hatte, was ganz bestimmt nicht der Fall war.

Würde es eine Frau geben, die ihm helfen könnte? Eine Frau, die einer Verlobung, aber keiner Heirat zustimmen würde? Es könnte eine Herausforderung darstellen, sie zu finden, doch dazu war Sheff nur zu gern bereit.

Auf dem Heiratsmarkt wäre so eine Frau nicht zu finden, denn eine junge Lady aus diesen Kreisen würde sich nie auf solch ein Unterfangen einlassen. Das bedeutete, dass er eine Frau finden musste, die vielleicht ein wenig älter oder weniger »passend« war. Mit einem Mal ging ihm auf, dass mit diesem Plan der zusätzliche Vorzug verbunden sein könnte, seine Eltern zu erschrecken. Nach ihrer jahrelangen Kampagne, ihn zu einer Heirat zu bewegen, geschähe ihnen dies nur recht.

Nun würde er diese Idee allen Ernstes in Erwägung ziehen. War er für diese List aber tatsächlich verzweifelt genug?

~

Nachdem er eine Pflichtstunde im Northumberland House verbracht hatte, ließ Sheff sich in einer Mietdroschke zum Siren's Call fahren. Dort würde er vielleicht Karten spielen oder einfach nur ein Ale trinken. Der Plan, der inzwischen schon den ganzen Abend über in seinen Gedanken gereift war, wollte ihm einfach nicht aus dem Kopf gehen. Zur Fortsetzung seiner Überlegungen konnte er sich keinen besseren Ort vorstellen als das Siren's Call.

Er setzte sich an den Tisch in der Nische, wo er in der Regel mit seinen Freunden zusammensaß. Es war gut möglich, dass einer oder mehrere von ihnen heute noch erscheinen würden, doch es war noch früh, und nicht einmal elf Uhr.

Er dachte an das Hauptproblem: Die Ehe. Genauer gesagt, ging es darum, den nicht enden wollenden Forderungen seiner Eltern nach einer Heirat Einhalt zu gebieten.

Würde er sich verloben, könnte er ihrem Drängen das sowohl ihm *als auch* Min galt, ein Ende machen. Seine Schwester und er selbst könnten dann ein wenig aufatmen und das Leben führen, das sie sich ausgesucht hatten, anstatt demjenigen, dass ihre Eltern oder die Gesellschaft von ihnen erwarteten.

Konnte Sheff dies wirklich verhindern? Bislang war er seinen Verpflichtungen im Unterhaus erfolgreich aus dem Wege gegangen, doch dies bot seinem Vater keinen Anlass, sich über ihn aufzuregen. Warum auch, wenn der Herzog selbst kaum dazu zu bewegen war, seinen eigenen Pflichten im Oberhaus nachzukommen? Es würde Sheff verwundern, wenn sein Vater mehr als einmal im Monat in Westminster erschiene.

Eines Tages, und dies würde eher früher als später geschehen, wenn sein Vater seinen Alkoholkonsum nicht reduzierte, würde Sheff das Herzogtum erben. Dann wäre es seine Aufgabe, im Oberhaus zu sitzen. Selbst wenn er nur ein Minimum an Aufmerksamkeit dafür aufbrächte, würde er seine Sache besser machen als sein Vater.

Er gedachte allerdings, noch mehr zu leisten. Denn ihm war sehr wohl bewusst, dass einer seiner Freunde, der Baron Droxford, Sorge dafür tragen würde, dass er sich anstrengte. Niemand nahm seine Pflichten ernster als Droxford.

»Wenn das nicht der Earl of Shefford ist.« Josephine Harker, die Tochter der Besitzerin des Siren's Call, näherte sich seinem Tisch mit einem gekonnten Hüftschwung, wobei ein Lächeln ihre vollen Lippen umspielte. »Haben Sie noch kein Ale?«

»Becky hat viel zu tun.« Sheff neigte den Kopf in Richtung der Rothaarigen, die ein Tablett mit Ale balancierte, während sie auf dem Weg zu einem der Tische war. »Fehlt euch heute Abend ein Schankmädchen?«

Josephines dunkle Augenbrauen sanken tief über ihre haselnussbraunen Augen. Was bei jemand anderem als ein Ausdruck von Bestürzung gegolten hätte, war bei Jo ein verblüffender Blick der inneren Einkehr, als würde ihr Verstand schneller arbeiten, als sie ihm folgen konnte. Sie war aber auch maßlos klug. »Nein, aber mir ist schleierhaft, wohin Agnes verschwunden ist. Eben erst, als Sie etwas gesagt haben, ist mir aufgefallen, dass sie nicht da ist. Verflixt.«

»Ist das ein Problem?«, wollte Sheff wissen. »Vielleicht kümmert sie sich um eine persönliche Angelegenheit.«

Jo wandte ihren Blick zu ihm und lächelte. »Ich bin überrascht, dass Sie auf so etwas kommen.«

Sheff war nicht ganz sicher, ob er sich nun beleidigt oder amüsiert fühlen sollte. »Warum?«

Jo zog eine Schulter hoch, die von dem leicht gepufften Ärmel ihres ansonsten streng geschnittenen blauen Kleides verdeckt wurde. »Weil Sie ein Halunke sind, der wenig Rücksicht auf das schöne Geschlecht nimmt.«

Sheff fasste sich in gespieltem Affront an die Brust und holte tief Luft. »Ich nehme *große* Rücksicht auf das schöne Geschlecht. Manche würden sogar sagen, zu viel«, setzte er mit einem schiefen Grinsen hinzu, das sie zum Lachen brachte. Genau das war sein Ziel gewesen. Er glättete seine Miene und fügte hinzu: »Ich habe auch eine Schwester und eine beinahe Schwester, und ich weiß, dass eine Lady gelegentlich einen Moment – oder zehn – für sich allein braucht.«

»Wie schockierend scharfsinnig von Ihnen«, murmelte Jo mit einem anerkennenden Nicken. »Und jetzt müssen Sie mich entschuldigen, damit ich nach Agnes suchen kann. Ich bin sicher, Becky kommt gleich mit Ihrem Ale. Sie weiß, was Sie mögen.«

»Ich bin ein offenes Buch, fürchte ich.«

»Kommen Sie schon, Sheff, sogar Sie müssen Geheimnisse haben«, meinte Jo mit einem fast koketten Unterton, der allerdings auf der Beziehung beruhte, die sie sich unterhielten, und nicht als Flirt gemeint war. Allerdings war es auch nicht ganz platonisch. »Ich weiß, dass Sie welche haben.« Sie sah ihn mit einem vielsagenden Blick an, was ihn zu der Frage herausforderte, was sie sich darunter vorstellte.

Ehe er diese Frage jedoch stellen konnte, war sie schon wieder fort.

Einen Augenblick später servierte Becky ihm sein Ale, und sie unterhielten sich ein paar Minuten lang. Als sie ging, trank Sheff einen Schluck und wägte dabei ab, ob er den Kartenspielsaal aufsuchen sollte.

Gerade als Sheff beschlossen hatte, dies zu tun und Anstalten machte, aufzustehen, kam Jo zurück. Sie strebte direkt auf ihn zu, und ihr Gesicht war von Sorge gezeichnet. »Kommen Sie mit«, brachte sie ohne Vorrede hervor. Dann nahm sie ihn einfach bei der Hand und zog ihn aus dem großen Schankraum.

Sheff, der keine andere Wahl hatte, als sein Ale auf dem Tisch stehen zu lassen, folgte ihr durch einen Torbogen. Dort befand sich eine Treppe zur oberen Etage und eine zweite, die nach unten führte. Sie ließ seine Hand los und nahm die Treppe nach oben. Während Sheff hinter ihr ging, wunderte er sich über das Kribbeln, das von seiner Handfläche ausging und seinen Körper auf den Umstand hinwies, dass Jo eine außergewöhnlich verführerische Frau war. Die obendrein seine Hand berührt hatte.

Er lenkte seine Gedanken zu dem anstehenden Problem zurück und fragte: »Was ist geschehen?«

»Ich habe Agnes gefunden.« Jo blickte über ihre Schulter zu Sheff zurück, als sie im ersten Stock ankamen. »Sie hat sich nicht um eine persönliche Angelegenheit gekümmert, jedenfalls keine, die sie betrifft.« Sie stieg die nächste Treppe in den zweiten Stock hinauf.

Jo öffnete eine Tür, die in ein kleines Zimmer führte. Sie durchquerte den Raum und betrat einen schmalen Korridor. »Wir vermieten hier Zimmer an einige der Angestellten. Agnes wohnt hier, seit sie vor drei Monaten eingestellt wurde.«

Sie waren auf dem Weg zu Agnes´ Zimmer und hier sollte es sich nicht um eine persönliche Angelegenheit handeln?

Sheff streckte die Hand aus und hielt Jo am Ellbogen fest, um sie zum Stehen zu bringen. »Warum wollten Sie, dass *ich* hierherkomme?«

Jo schürzte die Lippen, als sie ihm gegenüberstand. »Vermutlich ist es besser, wenn ich Sie vorbereite, ehe wir einfach eintreten. Agnes hat ... Herrenbesuch empfangen. Unglücklicherweise ist der Gentleman erkrankt und Agnes hatte Angst, ihn allein zu lassen.«

Eine kalte Gewissheit breitete sich in Sheffs Magengrube aus. »Dieser Gentleman ist nicht zufällig der Duke of Henlow?«

Warum hätte Jo sonst ausgerechnet ihn um Hilfe gebeten? Darüber hinaus entsprach dies genau der Art von Zerstreuung, der Sheffs Vater an einem Donnerstagabend nachgehen würde. Verdammt, an jedem beliebigen Abend.

»Genau«, antwortete Jo. Ihr Tonfall war kurz und prägnant, doch ihr Blick drückte Mitgefühl und Anteilnahme aus.

»Hat er das schon einmal in diesem Etablissement gemacht?«, fragte Sheff. In den letzten Jahren hatte er seinen Vater aus zahllosen ähnlichen Situationen retten müssen, aber nie im Siren's Call. Meistens hatte er seinen Vater aus dem Bett einer Opernsängerin oder aus einem der vielen Bordelle herausholen müssen, die er so gern besuchte.

Jo nickte. »Es ist schon eine Weile her, fast ein Jahr, würde ich sagen. Meine Mutter hat ihn damals rausgeworfen und ihm gesagt, er solle nicht wiederkommen. Das hat er glaube ich auch nicht getan – bis heute Abend.«

Sheff stieß die Luft aus. »Wunderbar.« Allem Anschein nach kannte Jo nun also Sheffs Geheimnisse. Zumindest kannte sie eines davon. Er brachte ein fades, humorloses Lächeln zustande und bedeutete ihr, weiterzugehen. »Sollen wir?«

Jo drehte sich auf dem Absatz um und führte ihn in das letzte Zimmer auf der linken Seite. Der Herzog lag mit dem Gesicht nach unten auf dem Boden neben Agnes' schmalem Bett und trug sein Hemd und seine Hose, die er gelockert hatte. Der Rest seiner Kleidung, einschließlich seiner Stiefel, war auf dem Boden des kleinen Schlafzimmers verstreut.

Agnes saß auf der Bettkante und hatte eine Decke um ihren bekleideten Körper geschlungen. Tränen liefen ihr über die Wangen, während sie zitterte. Bei Sheffs Anblick sprang sie abrupt auf und verfehlte seinen auf dem Boden liegenden Vater nur knapp, dessen leises Schnarchen den engen Raum erfüllte.

»Es tut mir so leid. Ich habe nur versucht, freundlich zu dem Gast zu sein. Weil er ein Herzog ist und so«, plapperte Agnes drauflos. Sie schniefte und wischte sich mit einem Zipfel ihrer Decke über die Nase. Als sie den Arm hob, kam noch mehr von ihrer Kleidung zum Vorschein, und Sheff bemerkte einen Fleck, der sich darauf befand.

Er schloss die Augen und unterdrückte den Ekel, der in ihm aufstieg. Er zählte bis drei, bevor er die Augen wieder öffnete und seine Scham und Wut nochmals zurückdrängte.

»Ist irgendetwas zwischen euch passiert, ehe er die Besinnung verloren hat?«, fragte Jo.

Agnes starrte sie an. »Ich ... ja.« Sie schaute auf den Boden. »Aber wir hatten keinen Geschlechtsverkehr.«

Erleichterung durchströmte Sheff. Er schätzte kleine Triumphe.

»Wenn allerdings meine Mutter davon erfährt, wirst du dir eine neue Arbeit suchen müssen«, meinte Jo.

Sheff sah sie mit festem Blick an. »Lassen Sie das nicht zu. Es ist nicht Agnes´ Verschulden. Mein Vater ist ein Meister der Manipulation. Außerdem *ist* er ein Herzog. Welche junge Frau hat schon den Mut, ihm die kalte Schulter zu zeigen? Außer Ihnen natürlich«, fügte er hinzu.

»Diese Entscheidung obliegt nicht mir.« Jo warf der armen Agnes einen mitfühlenden Blick zu. »Meine Mutter hat kein Verständnis mit Schankmädchen, die mit Kunden tändeln. Das ist eine Bedingung für die Anstellung und wird von Anfang an in aller Deutlichkeit gesagt.«

Agnes fing von neuem an zu weinen. »Das weiß ich und ich schäme mich so.« Schluchzer durchzuckten ihren Körper.

»Komm jetzt«, sagte Jo und streckte ihren Arm aus. »Du kannst dich unten in meiner Kammer waschen, während seine Lordschaft sich um den Herzog kümmert.«

»Moment«, sagte Sheff. »Agnes, es ist unbedingt erforderlich, dass Sie *niemandem* etwas davon erzählen. Können Sie mir das versprechen? Es ist lebenswichtig.« Es kursierten zahlreiche Gerüchte über die Verfehlungen des Herzogs, die manches Mal sogar obszön waren. Sheff tat sein Bestes, um sie zu ersticken.

Agnes nickte.

Jo warf ihr einen scharfen Blick zu. »Höre auf seine Lordschaft. Falls du das Glück hast, deine Stellung hier zu behalten, wirst du sie in Gefahr bringen, wenn du etwas ausplauderst.«

»Ich verstehe. Es tut mir furchtbar leid. Ich wollte keinen Ärger machen.« Agnes Stimme überschlug sich, und wieder brach sie in Tränen aus. Schnell eilte sie aus dem Zimmer.

»Armes Mädchen.« Stirnrunzelnd blickte Sheff auf die schnarchende Gestalt seines Vaters. »Ich kann nicht begreifen, wie sie – und andere wie sie – sich von ihm blenden lassen.«

»Wie Sie vor ein paar Minuten gesagt haben, ist er ein Herzog«, entgegnete Jo sardonisch. »Das reicht vollkommen, um vielen den Kopf zu verdrehen. Und er ist nicht unattraktiv. Ganz objektiv betrachtet«, ergänzte sie.

Ja, sein Vater war ein attraktiver Herzog mit mehr Charme als gut für ihn war. »Können Sie Kaffee bringen? Den brauche ich, um ihn zumindest so lange aus seiner Benommenheit zu reißen, bis ich ihn angezogen und in eine

Droschke verfrachtet habe. Sobald er zu Hause ist, können seine Diener ihn nach oben schaffen.«

»Vermutlich ist dieser Vorfall nichts Ungewöhnliches. Wie bedauerlich, dass Sie Mitglieder Ihres Haushalts dabei einbeziehen müssen.«

»Sie sind diskret. Wenn nicht, werden sie schnell entlassen.«

Jo sah Sheff voller Mitgefühl an. »Mir war nicht klar, wie schlimm seine Situation ist. Ich meine, ich wusste von seinem Ruf, ausschweifend zu sein, aber es sieht wohl eher so aus, als würde er sich regelmäßig daneben benehmen.«

»Um die Wahrheit zu sagen, ist die Situation heute Abend bei weitem nicht die schlimmste, mit der ich mich konfrontiert sah.« Warum erzählte er ihr das? »Das spielt aber keine Rolle. Vergessen Sie, was ich gesagt habe.« Er wischte sich mit einer Hand über die Stirn.

»Was zum Teufel ist hier los?« Jos Mutter, Jewel Harker, trat in das kleine Zimmer und hatte dabei eine Hand in die Hüfte gestemmt. Sie besaß den gleichen breiten, ausdrucksstarken Mund wie ihre Tochter, doch ihr Haar war heller und inzwischen ergraut. Ihre Augen waren kleiner und ihr Kinn kräftiger. Sie war eine auffällige Frau, mit einer Figur, bei der die verführerischen Rundungen an den richtigen Stellen saßen. Solche Dinge bemerkte Sheff an jeder Frau, der er begegnete, und das war einer der vielen Gründe, warum Sheff wusste, dass er im Grunde ein Halunke war.

Jewel sah auf Sheffs Vater herab und platzte los. »Ist das der verdammte Henlow? Der hat hier nichts zu suchen.« Ihr Blick wanderte zu Sheff. »Angesichts Ihrer Anwesenheit muss er das wohl sein.« Schließlich richtete sie ihre Aufmerksamkeit auf ihre Tochter. »Erkläre mir die Sache.«

Jo seufzte und berichtete, was sie wussten oder kombiniert hatten – dass Agnes vom Herzog überredet worden war, ihn hierher zu bringen, und sie keinen Geschlechtsverkehr gehabt hatten, weil ihm schlecht geworden war. Dann hatte er die Besinnung verloren.

»Sorg dafür, dass sie morgen nicht mehr hier ist«, ordnete Jewel an. Sie sah mit einem missfälligen Blick auf den Herzog herab. »Wirf ihn jetzt hinaus.«

Ehe Sheff sich für Agnes einsetzen konnte, ergriff Jo das Wort. »Mama, Agnes weiß, dass sie einen Fehler gemacht hat. Henlow hat sie ausgenutzt.« Sie blickte zu Sheff.

»Ja«, pflichtete Sheff ihr schnell bei. »Er hat es auf beeinflussbare junge Frauen abgesehen.«

Jewel schnaubte. »Das weiß ich nur zu gut. Ich war auch einmal eine beeinflussbare junge Frau.« Sie trat näher an Sheffs Vater heran und grinste auf ihn herab. Einen Moment lang dachte Sheff, sie würde ihn anspucken. Und Sheff war sich nicht sicher, ob ihm das etwas ausmachen würde.

Dann ging ihm auf, was sie gesagt hatte. Er sah, dass Jo ihre Mutter anstarrte.

»Mama, du und der Herzog...?«

»Ich und halb London.« Jewel lenkte ihre Aufmerksamkeit auf Sheff. »Ehrlich gesagt, bin ich überrascht, dass er immer noch nicht die Syphilis hat. Oder hat er sie inzwischen?«

Wenn dem so war, wusste Sheff nichts davon. Himmelherrgott, was würde Sheff überhaupt unternehmen, sollte dieser Fall eintreten? Der Mann war nicht zu bremsen.

»Soweit ich weiß, hat er sie nicht«, entgegnete Sheff mit fester Stimme. »Ich werde ihn so schnell wie möglich von hier entfernen.« Sehnlichst wünschte er sich seine Kutsche mit dem Kutscher herbei. Oder wenigstens den Kutscher.

»Gut.« Jewel fixierte ihn mit einem finsteren Blick. »Und sorgen Sie dafür, dass er nicht wieder hierherkommt, denn sonst werde ich dafür sorgen, dass ganz London von seiner Unfähigkeit erfährt, mit einem hübschen, jungen Mädchen

Unzucht zu treiben und er es dann obendrein noch vollge-
kotzt hat.«

Das würde dem Herzog ganz und gar nicht gefallen, aber
Sheff auch nicht, denn es würde ein schlechtes Licht auf die
gesamte Familie werfen. Seine Mutter und Min zu schützen
war für Sheff der Antrieb, mit allen Mitteln zu versuchen,
den Herzog aus ernsthaften Schwierigkeiten herauszuhalten.
»Ich werde mein Bestes tun«, versprach Sheff. Allerdings
war der Versuch, das Treiben das Herzogs zu kontrollieren
damit vergleichbar, einen Wasserfall aufzuhalten.

Jewel wollte sich umdrehen, aber Jo tippte sie an den
Arm. »Mama, bitte gib Agnes noch eine Chance. Ich werde
dafür sorgen, dass sie die Regeln einhält.«

Jewel atmete aus und sah Jo mit zusammengekniffenen
Augen an. »Du wirst dein Herz abhärten müssen, mein
Mädchen, wenn du eines Tages dieses Lokal führen willst.
Gut, Agnes ist deine Verantwortung. Wenn sie noch einmal
einen Fehler macht, bist du daran schuld. Und sie arbeitet in
der Küche und räumt jeden Abend nach dem Schließen auf,
zwei Wochen lang.«

»Danke, Mama.« Nachdem Jewel gegangen war, wandte
sich Jo an Sheff. »Wie kann ich helfen?«

»Ich weiß Ihren Einsatz für Agnes zu schätzen. Mein
Vater hat schon genug jungen Frauen das Leben versauert«,
fügte er leise hinzu. Sheff ging auf den Herzog zu und
rümpfte die Nase, als der Gestank von Erbrochenem stärker
wurde. »Sie müssen mir nicht helfen, aber wenn Sie mir
Putzmittel bringen wollen, werde ich den Fußboden reini-
gen.« Sheff konnte sehen, dass sich das Erbrochene auf den
Holzdielen unter dem Mittelteil seines Vaters gesammelt
hatte.

»Unsinn, Sie sind der Erbe eines Herzogtums.« Sie blinzelte ihn an. »Wissen Sie überhaupt, wie man einen
Fußboden schrubbt?«

»Ja, das weiß ich tatsächlich. Das ist nicht der erste Voll-rausch meines Vaters«, meinte er mit einem Augenzwinkern.

Sie zog eine Augenbraue leicht nach oben. »Ich bin gleich wieder zurück.«

Sheff hörte, wie sie ging und die Tür schloss. Er hockte sich hin und stieß den Herzog an, dessen einzige Reaktion darin bestand, noch lauter zu schnarchen.

In den nächsten Minuten gelang es Sheff, die Hose des Herzogs in die richtige Position zu bringen und den Schritt zuzuknöpfen. Er hatte seinen Vater umdrehen müssen, und nun arbeitete er daran, ihn hochzuhieven, damit er ihn gegen die Kommode lehnen konnte.

Jo kam mit einem Eimer, einem Wischmopp und einigen Handtüchern zurück. Sie kümmerte sich um den Boden, während Sheff das Gesicht und die Hemdbrust des Herzogs säuberte. Als er fertig war, nahm Jo ihm das verschmutzte Tuch aus der Hand. Ihre Finger berührten sich, und Sheff spürte ein schockierendes Aufwallen seines Verlangens, dem er vorhin, als sie nach seiner Hand gegriffen hatte, schon sehr nahe gekommen war. Was für ein verflucht unpassender Zeitpunkt für diese Empfindung.

Und warum ausgerechnet jetzt? Er kannte Jo schon eine Weile. Er fand sie attraktiv und lustig und flirtete gern mit ihr. Aber er hatte sie nie als Bettgespielin in Betracht gezo-gen. Zwar war er nicht ganz so schlimm wie sein Vater – er tändelte nur mit Witwen und Kurtisanen herum. Zudem war es nun schon lange her, dass er sich mit einer Witwe vergnügt hatte.

»Sollen wir ihn nach unten schaffen?«, fragte Jo. »Wir können ihn bis in den Keller schleppen und durch die Spül-küche auf die Gasse hinausschaffen. Niemand wird Sie sehen. Aber zuerst braucht er einen Kaffee. Ich habe Becky gebeten, ihn hochschicken zu lassen und vor die Tür zu stellen.«

»Ausgezeichnet.« Er sah sie mit anerkennendem Blick an. »Ich danke Ihnen. Für alles.«

Mit einem Nicken drehte sie sich um und trat in den Korridor hinaus, von wo sie dann mit einem kleinen Tablett mit einer Kanne und einer Tasse zurückkam. Sie goss den Kaffee ein und nahm die Tasse in die Hand. »Kippen wir ihm das in den Schlund?«

»Bald.« Sheff nahm ihr die Tasse ab, und wieder streiften ihre Hände einander. Er sah sie an, doch sie hatte den Blick woanders hin gerichtet.

Verdammt, jetzt war nicht der richtige Zeitpunkt, um sich ablenken zu lassen, auch wenn er die Situationen verabscheute, die der Herzog verursacht hatte. Sheff hielt seinem Vater die Tasse unter die Nase. »Wach auf!«

Der Herzog schnüffelte und fuhr zusammen. Seine Nase zuckte. Er murmelte etwas.

»Das wars«, sagte Sheff beschwichtigend. »Aufwachen, jetzt. Zeit zu gehen. Du hattest deinen Spaß.« Obwohl es ihn schmerzte, freundlich zu sprechen, hatte er aus Erfahrung gelernt, dass dies der beste Weg war, um das gewünschte Ergebnis zu erreichen – die Kooperation des Herzogs.

Zum Glück leistete er heute Abend keinen Widerstand, was nicht immer der Fall war. Der Herzog nippte an seinem Kaffee und schlug dann die Augen auf. »Gib mir jetzt etwas Liebe, mein Mädchen.« Seine Lippen formten sich zu einem Lächeln, und Sheff musste sich beherrschen, den Mann nicht mit Kaffee zu überschütten, um ihn wachzurütteln.

»Es gibt keine Frau, Vater«, meinte Sheff ohne Umschweife. »Nur du, der nach einem Anfall von Übelkeit bewusstlos geworden ist. Du musst jetzt aufstehen und aus diesem Zimmer verschwinden.«

Der Herzog nickte, trank noch einen Schluck Kaffee und erlaubte Sheff, ihn anzuziehen, obwohl sie sich nicht um die Krawatte kümmerten und sein Frack nicht zugeknöpft war.

»Wo ist mein Hut?«, lallte der Herzog.

»Hier.« Jo reichte den Hut an Sheff, der ihn seinem Vater nicht zu sanft auf den Kopf drückte.

»Au!« Der Herzog starrte ihn erbost an.

Sheff zog den Herzog auf die Beine und hielt ihn am Arm fest, als er schwankte.

Der Blick des Herzogs blieb auf Jo haften. »Du bist nicht das gleiche Mädchen, aber du wirst genügen.« Er lächelte sie mit geschürzten Lippen an.

Sheff zog seinen Vater mit einem Ruck in Richtung Tür. »Sie ist nicht verfügbar. Vielleicht ist dir nicht bewusst, dass du dich im Siren´s Call befindest, wo du *nicht* zugelassen bist. Wir müssen gehen. Und zwar auf der Stelle.«

»Sie kann uns doch begleiten.« Der Herzog warf ihr ein anzügliches Lächeln zu und stolperte dann über die Schwelle, als Sheff versuchte, ihn auf den Korridor zu ziehen.

Jo eilte herbei, um dem Herzog auf die Beine zu helfen.

»So ist es schon besser«, sagte der Herzog, beugte sich vor und griff nach Jo. Seine Hand streifte ihre Brust, und Jo drehte sich. Sie winkelte ihr Knie an und rammte ihren Ellbogen in die Lenden des Herzogs.

Sheff sah zu, wie sein Vater sich überschlug und zu Boden sackte. Anstatt dem Mann zu helfen, der wirklich verdient hatte, was er gerade einstecken musste, sah Sheff Jo mit purer Bewunderung an. »Verdammt brillant.«

»Ich weiß, wie ich mich vor widerspenstigen Männern schützen kann. Kommen Sie, bringen wir ihn nach unten.«

»Sie müssen mir nicht helfen, nicht nach all dem.« Er konnte kaum glauben, dass sie ihm dies weiterhin anbot. Jo war eine bemerkenswerte Frau.

Sie war auch nicht auf dem Heiratsmarkt. Und sie war genau die Art von Frau, die seine Eltern schockieren würde. Außerdem war sie durchaus in der Lage, mit seiner Familie und der feinen Gesellschaft fertigzuwerden, soweit Sheff das beurteilen konnte.

Sein Plan einer vorgetäuschten Verlobung kam ihm wieder in den Sinn. Die perfekte Kandidatin stand direkt vor ihm.

Er sah ihr in die Augen. »Heiraten Sie mich, Jo.«

Der Herzog stöhnte. Dann stemmte er sich hoch.

»Nein, du sollst dich nicht schon wieder übergeben.« Sheff hob ihn hoch und lenkte ihn den Korridor entlang. »Ich komme morgen zu Ihnen«, versprach er über die Schulter, und dachte bei sich, dass die Katastrophe von heute Abend glimpflich ausgegangen war.

Für alles gab es ein erstes Mal.

KAPITEL 2

*A*m folgenden Nachmittag ging Jo im Salon der Wohnung auf und ab, in der sie zusammen mit ihrer Mutter lebte und die den gesamten ersten Stock über dem Siren's Call einnahm. Die Wohnung bestand aus diesem Raum, einem Esszimmer, ihren beiden Schlafzimmern, einem Badezimmer und einem mit Bücherregalen eingerichteten Arbeitszimmer, in dem ihre Mutter Geschäftliches erledigte. Als Heranwachsende war dies Jos Lieblingszimmer gewesen. Wenn ihre Mutter an ihrem Schreibtisch saß und die Buchhaltung erledigte oder Rechnungen schrieb, hatte Jo es sich auf dem Sofa bequem gemacht, und jedes einzelne Buch verschlungen, das in diesem Raum zu finden war. Dann hatte ihre Mutter den Bestand noch erweitert. Und zwar immer wieder. Deshalb waren die Wände von Bücherregalen bedeckt.

Jo blieb stehen und fasste sich mit einer Hand an die Schläfe. Hatte der Earl of Shefford ihr gestern Abend tatsächlich einen Heiratsantrag gemacht?

Er musste dies als Scherz gemeint haben. Er hatte aber auch angekündigt, dass er sie heute besuchen würde. Inzwischen war die Mittagszeit vorbei und er war noch nicht erschienen. Ihrer Vermutung nach wäre es wohl auch nicht schicklich gewesen, diesen Besuch zu einem früheren Zeitpunkt als jetzt abzustatten. Sie verabscheute die Regeln der Gesellschaft zutiefst.

Sie trat an das Fenster, das ihr einen Blick auf die Straße bot, und hielt nach seiner Kutsche Ausschau. Diese war natürlich nirgends zu sehen. Er war nicht gekommen.

»Josephine«, rief ihre Mutter aus dem an das Wohnzimmer angrenzende Arbeitszimmer.

Jo betrat das Arbeitszimmer und fand ihre Mutter mit gesenktem Kopf am Schreibtisch sitzend vor. »Was ist gestern Abend mit dem Herzog geschehen? Ich vertraue darauf, dass er ohne größere Schwierigkeiten des Hauses verwiesen wurde?« In Erwartung einer Antwort schaute sie zu Jo auf.

»Ja.« Jo dachte gar nicht daran, ihr von Sheffs albernem Antrag zu erzählen. Es hatte sich bloß um einen Scherz gehandelt. Oder eine Art von Flirt. Das entsprach ihrer Art von Umgang miteinander. Seine Attraktivität konnte sie nicht von der Hand weisen. Er hatte dichtes, braunes Haar, das ihm in einer perfekten Welle über die Stirn fiel, und herrliche blauen Augen, die vor Vergnügen blitzten. Vergangene Nacht waren diese Augen jedoch dunkel und durchdringend gewesen. Noch nie hatte sie ihn gesehen wie gestern Abend. Aber sie hatte ihn auch noch nie beim Wegputzen der Sauerei beobachtet, die sein Vater angerichtet hatte, was er scheinbar häufiger tat.

Jo wollte ihre Mutter fragen, was sie in ihrer Vergangenheit mit dem Herzog verbunden hatte, wobei sie sich allerdings nicht sicher war, wie sie ihre Frage formulieren sollte. In der Regel hatte sie keine Schwierigkeiten, die richtigen Worte zu finden oder sich in die Angelegenheiten anderer einzumischen, doch bei ihrer Mutter war dies etwas anderes. Sie war die Einzige, die Jo einschüchtern konnte.

»Was ist denn?«, fragte ihre Mutter seufzend. »Ich sehe doch, dass du mich etwas fragen willst. Ich möchte wetten, dass es um den Kommentar geht, den ich gestern Abend gemacht habe.«

»Über den Herzog, ja.«

Jos Mutter ließ ihren Stift auf den Schreibtisch fallen und lehnte sich mit einem leisen Lachen auf ihrem Stuhl zurück. »Dies ist keine besonders fesselnde Geschichte. Ich war jung und töricht, und er war umwerfend attraktiv und verführerisch. Und er war ein Herzog. Oder damals war er Erbe eines Herzogtums. Mir ist nicht mehr so genau in Erinnerung, ob er damals sein Erbe bereits angetreten hatte.«

»Warst du mit ihm intim?«

»Einmal. Ich glaube, wir waren beide nicht gerade über die Maßen beeindruckt, doch wir waren jung.« Sie warf Jo einen kurzen Blick zu. »Sein Sohn ist sogar noch attraktiver. Bist du mit ihm intim?«

»Nein«, antwortete Jo schnell. »Wir sind befreundet, aber mehr auch nicht. Es war reines Glück, dass er unten war, als ich Agnes mit Seiner Gnaden fand.«

»Seiner Schande, meinst du.« Jos Mutter schüttelte den Kopf. »Ich bedauere seine Frau zutiefst. Wie furchtbar muss es sein, an jemanden wie ihn gefesselt zu sein.«

Jo setzte sich auf das Sofa. »Ich bin überrascht, dies von dir zu hören. Nie hast du dich von den Fesseln der Ehe einschränken lassen. Warum sollte sie das tun?«

Wieder lachte ihre Mutter. »Das ist wahr. Allerdings werden bei mir nicht die gleichen Maßstäbe angelegt wie bei der Herzogin.« Dann ernüchterte ihre Mutter jedoch und lehnte sich in ihrem Stuhl vor, um Jo mit einem ernstem Blick anzuschauen. »Ich würde dir raten, von einer Heirat abzusehen. Es sei denn, du wünschst dir unbedingt ein Kind.

In diesem Fall ist es wahrscheinlich das Beste, wenn du eine Ehe schließt, obwohl du natürlich, wie ich mich entschieden habe, auch ein getrenntes Leben führen kannst.«

»Hast du meinen Vater deshalb geheiratet?«, wollte Jo wissen. »Damit du ein Kind bekommen konntest?«

»Es war nicht ganz so. Ganz bestimmt habe ich diese Entscheidung nicht in dieser Reihenfolge getroffen. Ich war schwanger und mir war klar, dass ich ihn heiraten musste, wenn ich ein legitimes Kind wollte.«

»Du ... du meinst mich?«

»Nein, ich habe jenes Kind verloren«, antwortete ihre Mutter leise.

Davon hatte Jo nichts gewusst. »Warum hast du mir das nie gesagt?«

Ihre Mutter zuckte mit den Schultern, doch diese Geste war mit einem Anflug von Bedauern behaftet. »Das war damals eine traurige Zeit. Erst da habe ich gemerkt, wie sehr ich mir wünschte, Mutter zu sein, als ich es nicht werden konnte. Also nahm ich mir vor, das zu ändern, und ich hatte das Glück, dich bekommen zu haben.«

»Papa hat mir immer gesagt, ihr hättet euch einmal sehr geliebt.« Allerdings hatte auch er das Kind nie erwähnt, das ihre Mutter verloren hatte. »Du redest nie darüber.«

»Wir haben uns geliebt, das stimmt. Aber nur für kurze Zeit. Dann begnügte ich mich damit, Mutter zu sein, und er vergnügte sich mit seiner Geliebten.« Ihre Mutter richtete sich auf. »Genug von diesem Gerede. Ich habe dich hergebeten, um mit dir über die Zukunft des Siren´s Call zu sprechen.«

Hatte es einen Vorfall gegeben? Jo oblag die Aufsicht über das Personal und sie verbrachte mehr Zeit im Club als ihre Mutter, die allerdings weiterhin die Inhaberin war und das noch viele Jahre lang bleiben würde. »Das klingt beinahe bedrohlich.«

Jo konnte sich eines Anflugs von Angst nicht erwehren, denn obwohl sie sich dem Club verpflichtet fühlte, mangelte es ihr an der leidenschaftlichen Verbundenheit, die ihre Mutter dafür empfand. Woher sollte diese auch kommen? Ihre Mutter hatte den Club mit harter Arbeit und einer Zukunftsvision aus dem Nichts aufgebaut. Jo war sich allerdings nicht sicher, ob sich ihre eigene Vision der Zukunft mit der ihrer Mutter deckte.

»Ich denke, ich möchte mich früher zur Ruhe setzen, als ich eigentlich geplant hatte«, eröffnete ihre Mutter, worauf Jos Puls in die Höhe schnellte. »Ausgerechnet in Weston hat Marcel uns ein hübsches Häuschen gemietet.« Sie lachte – und es klang fast heiter, was Jo immer wieder aufs Neue aufrüttelte. Immer wenn ihre Mutter mit Marcel zusammen war oder von ihm sprach, strahlte sie eine schwindelmachende Sanftheit aus.

»Aber ihr beiden lebt doch nicht zusammen, was dir auch lieber so ist«, entgegnete Jo langsam. Marcel und ihre Mutter waren seit fünf Jahren ein Paar, doch sie wohnten getrennt – in voller Absicht.

Ihre Mutter deutete ein Schulterzucken an. »Möglicherweise ist mir das auch weiterhin das Liebste, aber ich habe ihm versprochen, einen Versuch zu wagen, unter einem Dach mit ihm zu leben. Seiner Aussage nach, sei das Haus so groß genug, dass wir uns tagelang gar nicht sehen müssen, wenn wir nicht wollen.«

Das hörte sich größer an als ein kleines Häuschen, aber was wusste Jo schon? »Und wenn es dir nicht gefällt?«

»Dann werde ich mir wohl ein eigenes Häuschen suchen müssen.«

Jo starrte ihre Mutter an. Das war nicht die ehrgeizige Frau, die sie kannte, und die unermüdlich am Aufbau eines äußerst erfolgreichen Unternehmens gearbeitet hatte. »Du verlässt London?«

»Nur für einige Monate im Jahr – vorerst. Ich würde
schätzen, dass ich wohl in fünf Jahren dauerhaft nach
Weston ziehen werde, vorausgesetzt, dass es mir dort gefällt.
Um ehrlich zu sein, weiß ich wirklich noch nicht, ob ich das
tun werde. Die Vorstellung, am Meer zu leben, ist faszinierend, aber andererseits hab ich auch noch nie außerhalb von
London gelebt. Meiner Befürchtung nach werde ich gar
nicht wissen, was ich mit der Ruhe und der frischen Luft
anfangen soll. Wieder lachte sie. Als sie wieder ernüchterte,
legte sie den Kopf schief. »Oder vielleicht werden es auch
nur drei Jahre sein. Fünf Jahre scheinen mir eine lange Zeit.«

Jo war froh, dass sie sich hingesetzt hatte, um diese
Neuigkeiten zu hören. Seit langem wusste sie von dem Plan
ihrer Mutter, das Siren`s Call an ihre Tochter zu übergeben
– im Grunde hatte sie das schon immer gewusst. Jo war sich
jedoch keineswegs sicher, ob es wirklich ihre Bestimmung
war, die Leitung eines Spielclubs zu übernehmen. Gern
besuchte sie literarische Salons, wo Vorträge über Wissen-
schaft, Natur und Kunst gehalten wurden. Ihre Mutter teilte
ihre geistigen Interessen nicht, was aber nicht heißen sollte,
dass sie weniger intelligent war. Jewel Harker war die klügste
Frau, die Jo kannte. Ihre Vorliebe galt der Kunst. Wie könnte
sie auch nicht, wenn ihr Liebhaber ein berühmter Porträt-
maler war?

»Ich bin überrascht, das zu hören«, gab Jo zu. Sie war
davon ausgegangen, mehr Zeit für ihre Entscheidung zu
haben, ob sie tatsächlich in die Fußstapfen ihrer Mutter
treten wollte. Vielleicht hoffte sie aber auch einfach auf mehr
Zeit, um ihren Wunsch zu festigen. Ihre Mutter arbeitete
ungemein hart, und sie war so unermüdlich, während Jo
nicht dieselbe Leidenschaft dafür aufzubringen vermochte,
Inhaberin eines Club zu werden.

»Ich selbst bin aufrichtig überrascht, das zu verkünden.«
Sie sah Jo mit einem herzlichen Lächeln an. »Du bist bereit

dafür, Liebes. Ich möchte sogar, dass du nächste Woche anfängst, die Führung der Bücher zu übernehmen.«

Die Glocke, die anzeigte, dass jemand an der Wohnungstür war, ertönte. Ihre Haushälterin, Mrs. Rand, würde zweifellos öffnen, doch Jo wünschte, sie könnte dies als Vorwand nutzen, um das Gespräch an dieser Stelle zu beenden.

»Das ist eine Menge, was ich da verkraften muss«, bemerkte Jo.

»Ich weiß. Deshalb werden wir mit der Übergabe auch bis nächste Woche warten. Und es ist ja nicht so, als würde ich jetzt schon fortgehen. Marcel und ich werden erst Mitte Juli nach Weston aufbrechen.«

Das war in weniger als drei Monaten. Anschließend wäre Jo hier ganz allein. Wer würde an den Abenden, die sie woanders verbringen wollte, ein Auge auf alles haben? Die meisten Montagabende verbrachte sie in wechselnden Literatursalons.

Ehe sie ihre Mutter fragen konnte, wen sie zu ihrer Unterstützung im Sinn hatte – es konnte nicht sein, dass sie sie einfach im Stich lassen wollte –, trat Mrs. Rand über die Schwelle des Arbeitszimmers. »Miss Harker, der Earl of Shefford ist hier, um Sie zu sehen.«

Jo, die sich sogleich erhob, war über die Unterbrechung so froh, dass ihr der Anlass seines Besuchs erst einen Moment später wieder einfiel. Um mit ihr über die Ehe zu sprechen. Sie kämpfte gegen den Drang an, aufzulachen.

»Shefford?«, fragte Jos Mutter mit erstaunt gerunzelter Stirn. »Gab es gestern Abend ein Problem mit seinem Vater?«

»Nein, eigentlich nicht.« Jo nahm an, dass der Herzog lediglich ein generelles Problem darstellte. Der Vorfall vergangene Nacht war typisch gewesen. Sie konnte nicht anders als Mitleid mit Sheff zu haben. »Entschuldige mich, Mama.«

»Schließ bitte die Tür hinter dir, damit ich nicht gestört werde«, bat ihre Mutter, als Jo sich anschickte, hinauszugehen.

Jo vergewisserte sich, dass die Tür ordentlich geschlossen war, zumal sie verhindern wollte, dass ihre Mutter etwas davon mitbekam, was der Earl ihr sagen wollte.

Shefford stand mit seinem Hut in der Hand im Wohnzimmer und ließ den Blick durch den Raum wandern, bis er bei ihr innehielt. »Guten Tag, Jo.«

Sie ging auf ihn zu, denn sie wollte lieber auf dieser Seite des Raumes sitzen, die so weit wie möglich vom Arbeitszimmer ihrer Mutter entfernt lag. »Guten Tag, Sheff. Ich bin überrascht, Sie hier zu sehen.«

»Sind Sie das?« Auch er schien überrascht. »Ich sagte doch, ich würde Sie aufsuchen.«

Ein Gefühl der Panik kroch ihr Rückgrat immer höher hinauf. »Ich hatte nicht angenommen, dass Sie das ernst meinten. Lassen Sie uns einen Spaziergang machen.« Jo wollte wirklich nicht, dass ihre Mutter etwas von ihrer Unterhaltung mitbekam. Sie gab ihm ein Zeichen, sie in die Eingangshalle zu begleiten, wo sie sich ihren Hut und Handschuhe von einem kleinen Tischchen nahm.

Der Graf wartete, bis sie ihre Accessoires angezogen hatte. »Nach Ihnen«, offerierte er höflich und neigte seinen Kopf in Richtung der Treppe, die zum Eingang im Erdgeschoss führte.

Jo ging die Treppe zügig hinunter, öffnete die Tür und trat auf die Coventry Street hinaus. Shefford schloss die Tür und bot ihr dann seinen Arm an.

Sie blickte ihn an ohne zu wissen, wie sie reagieren sollte. Arm in Arm mit dem Earl of Shefford die Straße entlang zu schlendern, würde zu allen möglichen Spekulationen, Neugier und ... Falschurteilen führen.

Sie schürzte die Lippen und wandte sich Richtung Piccadilly, ohne seinen Arm zu nehmen.

»Stimmt etwas nicht?«, fragte er und beeilte sich, mit ihr Schritt zu halten, denn sie hatte ein zügiges Tempo angeschlagen.

Jo kam zu Bewusstsein, dass sie ja gar nicht so schnell laufen musste. Sie lief vor nichts und niemandem davon. »Ich weiß nicht, warum Sie mich heute aufgesucht haben. Wir sehen uns doch im Siren´s Call. Darauf beschränkt sich unsere Bekanntschaft. Das ist sehr merkwürdig.«

»Haben Sie sich nicht erst kürzlich mit meiner Schwester und ihrem Freundeskreis angefreundet?«

»Was hat das mit Ihnen zu tun?« Sie sah ihn mit einem Seitenblick an und stellte dabei fest, dass sie aus unerfindlichen Gründen gereizt war. Nun, sie war nervös. Er konnte seine Worte von gestern Abend nicht ernst gemeint haben.

»Ich wollte damit nur darauf hinweisen, dass sich unsere gesellschaftlichen Kreise jetzt überschneiden, und somit wird sich unsere Bekanntschaft vielleicht vertiefen.« Er schenkte ihr ein Lächeln, das ihr bis ins Mark ging.

Aber warum? Das war ihr in seiner Gegenwart bislang noch nie passiert.

Er hatte ihr auch noch nie einen Heiratsantrag gemacht.

»Sie müssen schon mit dem Grund für Ihren heutigen Besuch herausrücken«, forderte Jo und fuchtelte beim Gehen mit den Händen.

»Wie ich Ihnen gestern Abend schon gesagt habe, werde ich das tun«, wiederholte er. »Gleich nachdem ich Sie gefragt habe, ob Sie mich heiraten wollen. Ich bin gekommen, um die Modalitäten abzusprechen.«

Jo geriet ins Stolpern.

Sheff fing sie auf, nicht dass sie Gefahr gelaufen wäre,

ernstlich zu stürzen. Sie stieß gegen ihn und wich zurück. »Das hätten Sie nicht tun müssen.«

Offensichtlich von ihrer Reaktion überrascht blinzelte er sie an. »Ich konnte Sie schlecht fallen lassen.«

»Ich werde Sie nicht heiraten.« Na also. Sie hatte es geschafft, die Worte herauszubringen. Warum benahm sie sich so? In der Regel bewahrte sie einen kühlen Kopf. Sie war ruhig und außerordentlich rational. Ein Heiratsantrag war scheinbar genau das richtige Mittel, um sie aus der Reserve zu locken.

Sie hatte absolut nicht damit gerechnet, aber bislang war ihr ja auch noch nie ein Heiratsantrag gemacht worden.

»Ich will auch gar nicht, dass Sie mich *wirklich* heiraten«, entgegnete er lachend. »Ich habe mich gestern Abend nicht ganz richtig ausgedrückt. Ich bitte um Verzeihung. Ich bin auf der Suche nach einer Braut zum Schein, und Sie sind fraglos die perfekte Kandidatin.«

Erleichterung durchströmte sie. Lachend hob sie ihre Hand und drückte sie auf ihre Brust. »Gott sei Dank. Ich dachte, Sie wollten mich zu Ihrer Frau machen, und ich konnte mir beim besten Willen nicht vorstellen, *warum* Sie das vorhaben sollten.« Sie ließ ihre Hand sinken und setzte ihren Weg fort, wobei sie diesmal allerdings ein gemäßigteres Tempo anschlug.

»Das würde mir nie einfallen«, meinte er und trat neben sie. »Ich denke, Sie wissen, dass ich ein eingefleischter Junggeselle bin.«

»Nun, vielleicht wissen Sie das nicht, aber auch ich bin entschlossen, unverheiratet zu bleiben.«

»Das hatte ich bereits vermutet, doch ihre Offenheit diesbezüglich qualifiziert Sie sogar in einem noch höheren Maß, meine Scheinverlobte zu werden.« Er klang beinahe ausgelassen.

Jo lächelte. »Was für einen albernen Plan haben Sie sich da ausgedacht und aus welchem Grund?«

»Da Sie eine aufmerksame Zuhörerin sind, wissen Sie bestimmt, dass meine Eltern mich schon lange zu einer Heirat drängen.«

»Sie haben sich bei mehreren Gelegenheiten darüber beschwert.« Jo hörte viel im Siren's Call und Sheff hatte keinen Hehl daraus gemacht, dass seine Eltern ihn verheiratet sehen wollten.

Er lachte. »So ist es. Das Elend liebt die Gesellschaft. In dieser Saison ist ihr Eifer zu einem fast unerträglichen Crescendo angestiegen. Ich halte einfach keinen weiteren Tag ihrer Belästigungen mehr aus.«

»Sie Ärmster. Ihr Plan sieht also vor, so zu tun, als ob Sie verlobt wären? Auf welche Weise sollte das etwas zur Lösung beitragen?«

»Es bedeutet, dass meine Eltern mich zumindest für den Rest der Saison in Frieden lassen. Es bedeutet auch, dass sich insbesondere mein Vater sich um seine eigenen Angelegenheiten kümmern wird, was ihm ohnehin lieber ist und er aufhört, mir und meiner Mutter mit diesem Thema auf die Nerven zu gehen.« Er warf ihr einen kurzen Blick zu. »Ist es zu viel verlangt, für ein paar Monate Ruhe haben zu wollen?«

»Nur ein paar Monate? Werden ihre Eltern nicht gleich wieder anfangen, Sie zu belästigen?«

»Vielleicht. Möglicherweise haben meine Eltern aber auch noch eine Weile Mitleid mit mir, nachdem Sie die Verlobung wieder gelöst haben.«

Jo blieb stehen und schaute ihn an. »Ich werde weder so tun, als wäre ich mit Ihnen verlobt, noch werde ich eine Verlobung lösen.« Denn dann stünde sie im Blickpunkt der Gesellschaft und wäre für alle Zeiten ruiniert. Nicht, dass sie als Tochter der Besitzerin einer Spielhölle, die offen mit einem Mann verkehrte, der nicht ihr Ehemann war, ohnehin bereits angeschlagen wäre. Ganz zu schweigen von Jos Vater, dem charmanten Möchtegern, der zwar allseits beliebt, aber in der feinen Gesellschaft nicht ganz akzeptiert worden war.

Ihr ging es gar nicht so sehr darum, was die Gesellschaft dachte. Das war *ihr* nicht wichtig. Es ging darum, zu verhindern, dass bestimmte Türen einzig wegen der Meinung der Gesellschaft für sie verschlossen bleiben würden. Ein guter Ruf war wichtig, und den hatte sie bisher, wenn sie auch in den oberen Kreisen der feinen Gesellschaft nicht akzeptiert wurde. Daran lag ihr allerdings auch gar nichts.

Er hatte das Gesicht verzogen, als sie seine Bitte ausgeschlagen hatte. Jetzt schmollte er tatsächlich. »Aber, Jo, ich brauche Sie. Sie sind einfach perfekt.«

»Warum?«

»Weil Sie es überstehen werden, wenn Sie die Verlobung lösen. Es wird Ihre Entscheidung sein, dass ich ungeeignet bin, Ihr Ehemann zu sein – und das zu Recht. Sie werden dafür gelobt werden, dass Sie so viel Verstand besitzen.«

»Es sei denn, man wird mich zuerst als unvernünftig verunglimpfen, wenn ich mich bereit erkläre, Ihre Herzogin zu werden«, konterte sie mit einem Augenzwinkern.

Er zog eine Schulter hoch. »Vielleicht, aber ich werde Sie im Sturm erobern und jeder wird das romantisch finden.«

Kichernd schüttelte Jo den Kopf. »Das ist unlogisch. Ich soll dafür gelobt werden, dass ich zugestimmt habe, Ihre Frau zu werden, *um* dann zu beschließen, dass wir doch nicht zusammenpassen. Ich glaube, Sie sind verrückt geworden, Sheff.«

»Die Gesellschaft ist nicht mit Vernunft zu erklären«, entgegnete er. »Das lässt sich nicht widerlegen.«

Nein, dagegen konnte sie wirklich nichts vorbringen. Sie hatte erlebt, wie die feine Gesellschaf jemanden unterstützte, ihn dann fallenließ, nur um ihn anschließend wieder zu unterstützen. Und die Gründe dafür waren geradezu lächerlich. Ganz zu schweigen davon, dass viele ihrer Mitglieder sich tatsächlich schlecht benahmen, aber aufgrund ihres Ranges wurde ihr Betragen toleriert. Gerade Sheffs Vater war dafür ein Paradebeispiel.

»Sie haben bei Ihren Überlegungen einen bedeutenden Faktor übersehen«, merkte sie nun klar und deutlich an. »Ich will mit niemandem verlobt sein, selbst dann nicht, wenn es nur zum Schein ist. Insbesondere aber möchte ich nicht mit jemandem wie Ihnen verlobt sein. Ich müsste mir eine vollkommen neue Garderobe zulegen, um in der Lage zu sein, an Bällen, Festen und Picknicks im Freien teilzunehmen, *und* ich müsste im Hyde Park herumspazieren wie ein aufgetakelter Paradiesvogel. *Nein, danke.*«

Er seufzte. »Wie viel verlangen Sie?«

Sie blinzelte ihn an. »Für eine neue Garderobe? Gar nichts. Ich will keine neue Garderobe.« In Wahrheit gab es einen kleinen Teil in ihr, der liebend gern neue Kleidung anschaffen würde, ohne einen Gedanken an die Unkosten dafür oder die Zweckmäßigkeit zu verschwenden. Das würde sie allerdings niemals zugeben und schon gar nicht gegenüber einem Mann wie Sheff.

»Es ist nicht nur die Garderobe, obwohl Sie natürlich ganz recht haben, dass eine solche erforderlich wäre. Ich will sie gern dafür entlohnen, dass Sie sich als meine Verlobte ausgeben. Würden fünfhundert Pfund ausreichen?«

Wenn sie in diesem Moment gegangen wären, hätte Jo ein weiteres Stolpern nicht verhindern können. Und dieses Mal wäre sie unweigerlich gestürzt.

Fünfhundert Pfund.

Fünfhundert Pfund.

Fünfhundert *Pfund*.

Die Summe war für Jo so gewaltig, dass sie sie gar nicht

richtig fassen konnte. Was sich damit alles anstellen ließe. Es war mehr, als sie sich vorstellen konnte.

Nein, so war es nicht. Sie wusste genau, wozu sie dieses Geld verwenden würde. Damit könnte sie selbst über ihre Zukunft entscheiden. Sie konnte ernsthaft erwägen, das Siren´s Call nicht zu übernehmen.

Eine pulsierende Aufregung machte sich in ihr bemerkbar. Sie brauchte Bewegung. Zu viel Energie und Emotion hatte sich in ihr angestaut. Sie gingen den Piccadilly weiter.

»Sie erwägen es«, stellte Sheff fest, als er neben ihr ging.

»Wie könnte ich das nicht? Das ist eine ungeheuerliche Summe.« Abrupt blieb sie stehen und drehte sich zu ihm um. »So viel würden Sie bezahlen?«

»Und eine neue Garderobe, nicht zu vergessen.« Sein Blick hatte etwas Flehendes, und Jo musste zugeben, dass er sehr charmant aussah.

»Was außerdem?«, fragte Jo. »Ich meine, was erwarten Sie? Wie lange soll dieser Plan dauern? Was verlangen Sie von mir?«

»Wenn Sie erst einmal richtig angezogen sind – nicht, dass es an Ihrer Kleidung auch nur das Geringste auszusetzen gäbe, aber Sie wissen, was ich meine.«

Ja, das wusste Jo. »Meine Garderobe entspricht nicht der einer jungen Lady, die den Erben eines Herzogtums ehelichen würde.« Denn Jo würde niemals heiraten, und schon gar nicht den Erben eines Herzogtums.

»Genau. Seien Sie versichert, dass Sie die volle Kontrolle über die Auswahl Ihrer Garderobe haben werden. Ich vertraue darauf, dass Sie wissen, was zu besorgen ist.«

Tatsächlich wusste Jo das *nicht*. Sie hatte eine gewisse Vorstellung, doch allein der Gedanke daran überwältigte sie. Es gab für jede Art von Aktivität unterschiedliche Kleider. Dazu kamen dann noch die Accessoires. Und wie würde sie ihr Haar frisieren? Ihre Mutter und sie hatten ein Dienstmädchen, das ihnen gelegentlich beim Frisieren der Haare und dem Ankleiden zur Hand ging, doch in erster Linie war sie für ihre Schlafzimmer und ihre Garderobe zuständig. Frannie war keine Kammerzofe.

Jo wusste allerdings, wen sie um Rat bitten konnte. »Macht es Ihnen etwas aus, wenn Ihre Schwester und ihre Freunde mir helfen?«

»Ganz und gar nicht«, entgegnete er jovial.

»Tatsächlich empfehle ich Ihnen sogar, sich von ihnen helfen zu lassen. Sie dürfen ihnen allerdings nicht verraten, dass unsere Verlobung nur zum Schein ist. Ich kann nicht riskieren, dass einer der jungen Ladys ein Fehler unterläuft und die Wahrheit ans Licht kommt. Darüber hinaus möchte ich von den jungen Ladys auch nicht verlangen, dass sie lügen.«

»Aber mich bitten Sie schon darum«, konterte Jo ironisch. Ihre neuen Freundinnen zu belügen würde nicht einfach werden. Eigentlich wollte sie das nicht tun. Sie wollte im Grunde genommen überhaupt nichts von alldem tun. Aber *fünfhundert Pfund*. Das war eine Summe, die ihr Leben verändern würde.

»Ich *bezahle* Sie dafür«, merkte er bedeutungsvoll an, und sein Blick war dabei von Hoffnung erfüllt.

Die von ihm angebotene beträchtliche Summe, konnte sie einfach nicht ignorieren. »Wie lange sollen wir diese Farce denn aufrechterhalten?«

»Bis die Saison zu Ende geht.« Kurz legte er den Kopf schief. »Wir werden ein Hochzeitsdatum für den Herbst oder Winter festlegen.«

»Werden Ihre Eltern nicht auf einer Hochzeit im Juni bestehen?«

Er nickte verhalten. »Das werden sie wahrscheinlich versuchen, aber wir werden ihnen sagen, dass Sie schon immer ein mit Pelz verbrämtes Kleid und einen Umhang tragen wollten.«

Sie stemmte eine Hand in die Hüfte und starrte ihn an. »Haben Sie etwa schon jede Einzelheit durchdacht?«

»Das versuche ich«, entgegnete er mit einem Grinsen.

»Welche Art von Veranstaltungen werde ich besuchen müssen?« Dies war nicht nur im Hinblick auf die dafür erforderliche Garderobe von Bedeutung. Auch sie selbst musste sich vorbereiten.

Er ernüchterte. »Als Erstes wird ein Verlobungsball stattfinden.«

Ein Ball. Wo *sie* im Mittelpunkt der Aufmerksamkeit aller stünde.

»Sie können doch tanzen, nicht wahr?«, fragte er.

»Ja.« Allerdings bot sich ihr nur selten Gelegenheit dazu, und wenn sie einmal tanzte, dann einen ausgelassenen Reel oder einen Line. Mit den gesetzteren Tänzen hatte sie so gut wie keine Erfahrung, und einen Walzer hatte sie noch nie getanzt. »Aber ich tanze keinen Walzer.«

»Das macht nichts. Es sollte uns gelingen, einen Walzer zu vermeiden. Es sei denn, Sie wollen ihn lernen. Im Vergleich zu anderen Tänzen ist er gar nicht so schwer, vorausgesetzt, man ist in der Lage, sich im Takt der Musik zu bewegen.«

Jo dachte an eine ihrer neuen Freundinnen, die brandneue Viscountess Somerton. Sie konnte offenbar Walzer tanzen – und Jo wusste, dass sie selbst absolut unfähig war, den Takt der Musik zu erkennen.

»Wenn es Ihnen nichts ausmacht, würde ich am liebsten überhaupt nicht tanzen, sofern das möglich ist.« Es war zu … offenbarend. Alle würden sie beobachten. Und sich fragen, warum er sich mit einer Frau wie ihr verlobt hatte.

Ihre Entschlossenheit geriet ins Wanken. Was hatte sie sich nur dabei gedacht?

Fast wollte sie sich doch noch sträuben. Aber fünfhundert Pfund!

»Ganz auf das Tanzen werden wir nicht verzichten können, insbesondere nicht auf unserem Verlobungsball. Ich werde aber mein Bestes tun, um diese Aktivität auf ein Minimum zu beschränken. Haben Sie noch andere Wünsche?«

»Sie haben mir noch nicht gesagt, welche Veranstaltungen ich besuchen muss. Vermutlich werde ich mindestens einige Veranstaltungen besuchen, ehe Sie die Verlobung bekannt geben, denn andererseits müssen wir allen erzählen, dass wir uns im Siren`s Call kennengelernt haben.«

»Wir haben uns doch im Siren's Call kennengelernt?«, entgegnete er mit einem frustrierten Seufzen.

»Meinen Sie das wirklich ernst? Haben Sie tatsächlich vor, ihre Familie, ihre Freunde und die gesamte feine Gesellschaft hinters Licht zu führen?«

Er hustete und sah sie mit festem Blick an. »Ich meine das ernst. Ich bitte um Entschuldigung. Ich bin einfach so froh – und so erleichtert –, dass Sie mir helfen werden. Ich kann Ihnen gar nicht sagen, wie sehr mir das in den nächsten Monaten das Leben erleichtern wird.«

»Sie sind bereit, so viel auf sich zu nehmen und eine sehr hohe Summe für etwas zu bezahlen, das eine vorrübergehende Linderung Ihrer Frustration herbeiführt.« Sie beobachtete ihn genau, denn sie wollte hinter seine Fassade blicken, da sie schon immer den Verdacht gehegt hatte, dass in Sheff mehr steckte, als es den Anschein hatte. »Was erhoffen Sie sich in Wahrheit davon?«

»Frieden.« Seine Antwort kam schnell und mit Bestimmtheit, in einem sanften, aber intensiven Tonfall, der sie veranlasste, sich genau das für ihn zu wünschen. »Sie brauchen an keinerlei Veranstaltungen teilzunehmen. Was ist mit dem Phoenix Club? Ist Ihre Mutter dort nicht Mitglied?«

»Ja, und zufälligerweise werde ich heute Abend bei dem Ball anwesend sein. Ihre Schwester hat mich überredet, ihn zu besuchen.«

»Das ist ja noch besser«, rief Sheff aus, und seine blaue Augen blitzten in der Nachmittagssonne. »Wir werden tanzen und spazieren gehen, und ich werde Sie morgen aufsuchen, um Ihnen einen Heiratsantrag zu machen.«

»Das schnellste Werben der Saison«, murmelte Jo. Sie nahm ihre Hand von der Hüfte und ließ sie sinken. »So fängt es also an. Wie wird es enden?«

»Wie ich schon sagte, Sie werden die Verlobung lösen, weil Sie einfach *keinen* Schurken heiraten *können*. Niemand wird Ihnen das verübeln. Ich könnte sogar etwas Skandalöses tun, damit Ihnen wirklich keine andere Wahl bleibt. Man wird Ihnen zujubeln und Sie unterstützen.«

»Und Sie werden verleumdet werden.« So wie sein Vater. Das konnte Sheff keinesfalls ernstlich wollen. Sie hatte selbst erlebt, welche Wirkung das Verhalten seines Vaters auf ihn ausgeübt hatte. Nun fragte sie sich also, ob dies ein Teil der Geheimnisse war, die er vor sich selbst verheimlichte.

Sheff zuckte mit den Schultern. »Eines Tages werde ich ein Herzog sein. Mein Ruf wird sich erholen.«

Traurigerweise hatte er recht. Immer würde sich jemand finden, der um eines Titels und Reichtums willen ein abscheuliches Verhalten tolerierte. Und nun erwog Jo nur um des Geldes wegen ihre Mitwirkung an einem Plan, mit dem sie eigentlich nichts zu tun haben wollte. Bedauerlicherweise wäre sie aber eines Tages keine Herzogin. Sie hatte ihre Entscheidungen für ihre eigene Sicherheit und ihr Glück zu treffen.

»Wann werden Sie mir keine andere Wahl lassen, als unsere Verlobung zu lösen?«, fragte sie nüchtern.

»Ich würde das Ende des Sommers dafür vorschlagen. Zu dem Zeitpunkt ist es auch viel unwahrscheinlicher, dass der

Klatsch von langer Dauer ist. Die Saison ist vorbei, und wir müssen uns noch einmal in London aufhalten. Normalerweise verbringe ich einen Teil des Augusts in der Nähe von Weston an der Küste, auf dem Anwesen meines Vaters.«

Weston? Jo könnte wohl ihre Mutter in der Zeit besuchen, vorausgesetzt, sie hätten jemanden, der die Aufsicht über das Siren´s Call übernimmt. »Seltsamerweise wird meine Mutter diesen Sommer dort sein. Ich könnte sie in der gleichen Zeit besuchen.«

»Ich hatte gar nicht in Betracht gezogen, dass Sie dort sein müssten. Sie könnten von Ihren Freundinnen, – die den gesamten August in Weston verbringen – mittels eines Briefs von meinem Fehlverhalten erfahren.« Lächelnd nickte er. »Wenn Sie allerdings die Gelegenheit haben, sich in Weston aufzuhalten, könnte das ebenfalls gut klappen.«

»Zunächst einmal muss ich sehen, ob sich dies mit meinen Plänen vereinbaren lässt.« Wenn sich niemand für die Leitung des Siren´s Call finden ließe, konnte sie London nicht verlassen. Wollte sie allen Ernstes den ganzen Weg nach Weston reisen, um sich nur zum Schein das Herz brechen zu lassen? Das klang reichlich trübselig. Die Idee mit dem Brief war weitaus besser.

»Sie müssen das tun, was für Sie am besten in Frage kommt«, meinte Sheff. »Sollten Sie sich entschließen, nach Weston zu kommen, werde ich Ihre Kosten übernehmen. Das ist nur recht und billig.«

Das stimmte wohl, nahm sie an.

Er sah sie mit einem hoffnungsvollen Blick an. »Sind wir uns also einig? Ich kann Ihnen heute Abend auf dem Ball eine Bankanweisung übergeben, wenn Sie möchten. Zweihundertfünfzig Pfund jetzt und zweihundertfünfzig Pfund, wenn die Sache zu Ende ist. Falls Ihnen das recht ist.«

Dies war ein kluges Vorgehen seinerseits. Er stellte ihr eine große Summe in Aussicht und deshalb sollte er seine

Investition auch absichern. »Ja, aber wenn ich diesem Plan zustimme, werde ich bis zum bitteren Ende daran festhalten.«

»Daran habe ich nicht den geringsten Zweifel.« Er formte seinen Mund zu einem durch und durch schelmischen Lächeln.

»Ich habe noch eine weitere Bedingung.«

»Raus mit der Sprache.«

»Keine Küsse oder andere romantische Annäherungsversuche, und nicht einmal, um uns zum Schein verliebt zu geben.«

»Sie müssen mir erlauben, sich von mir wenigstens die Hand küssen zu lassen.«

»Also schön. Das sind also zwei weitere Bedingungen. Ich behalte mir vor, noch zusätzliche Bedingungen hinzu zu fügen, wenn ich es für richtig halte.« Sie befürchtete, dass sie in diesem Moment nicht alles bedachte. Es handelte sich um eine monumentale Entscheidung – und zwar nicht nur, weil sie in den nächsten beiden Monaten über ihr Leben bestimmen würde, sondern weil sie ihr Leben grundlegend verändern würde. Mit ihrer Mutter standen ihr schwierige Gespräche bevor, die sowohl diese Verlobung als auch die Frage, ob Jo tatsächlich die Leitung und den Besitz des Siren's Call übernehmen wollte, zum Thema haben würden.

»Abgemacht«, brachte er eifrig hervor und streckte dabei seine Hand aus. »Sind wir uns einig?«

Jo zögerte einen kurzen Moment, ehe sie mit ihrer Hand in seine behandschuhte Hand einschlug. »Ja.«

Alles war in eine andere Perspektive gerückt. Ihre Mutter wünschte sich, dass sie den Club bereits früher als vorgesehen übernahm. Jo musste sich der der Tatsache stellen, dass sie den Club in Wahrheit nicht übernehmen wollte. Durch Sheffs Angebot gewann sie die Freiheit, zu tun, was

sie wollte – sie musste es nur ihrer Mutter sagen. Das würde
schwierig werden.

Es könnte auch noch zu früh sein. Sie musste die Sache
gründlich durchdenken. Aber zum ersten Mal konnte sie dies
mit dem Wissen tun, dass ihr ein anderer Weg offenstand,
wenn sie ihn beschreiten wollte.

Unberücksichtigt blieb allerdings, auf welche Weise sich
Jos Leben für den Rest der Saison verändern würde. Sie
würde beobachtet, diskutiert und beurteilt werden. Innerlich
begehrte sie angesichts dessen auf, was sie sich anzutun
gedachte.

Inständig hoffte sie, dass sie gerade eben nicht den
größten Fehler ihres Lebens begangen hatte.

KAPITEL 3

Als Sheff am gleichen Abend im Phoenix Club ankam, begab er sich direkt in den ersten Stock, wo das Mitgliederrefugium lag. Er wollte einen Schluck mit seinen Freunden trinken, ehe er nach unten zum Ball ging. Normalerweise war das – einen Ball besuchen – mit einer gewissen Verstimmung verbunden, doch heute freute er sich zum ersten Mal darauf. Weil er jetzt einen Plan hatte, der sicherstellen würde, dass er die restliche Saison genießen konnte, ohne von seinen Eltern gepiesackt zu werden. Zudem würde ihn das Gespenst des Heiratsmarkts nicht mehr auf Schritt und Tritt verfolgen.

Er war sich gar nicht so sicher gewesen, ob Jo sein Angebot annehmen würde. Sie hatte sich sehr zögerlich gezeigt – bis er ihr fünfhundert Pfund in Aussicht gestellt hatte. Eigentlich hatte er ihr dreihundert vorschlagen wollen, doch dann erkannte er, dass sie sich nicht auf die Chance stürzte, ihm zu helfen. Also hatte er sein Angebot erhöht. Die Sache wäre jeden Schilling wert, und wenn der Aufschub auch nur vorrübergehend war. In der kommenden Saison würde er sich wahrscheinlich wieder in der gleichen Lage befinden, und seine Eltern würden ihm in den Ohren liegen, sich eine Frau zu nehmen.

Oder auch nicht. Bis dahin konnte jede Menge passieren, wie zum Beispiel, dass seine Eltern erkannten, dass er sich durch keinen noch so großen Druck zu einer Heirat zwingen ließe. Im Gegenteil, ihr Verhalten hatte einen konträren Effekt. Nicht ein einziges Mal hatten sie ihn mit ihren Forderungen in Bezug auf seine Verheiratung ins Schwanken gebracht. Vielmehr hatten sie bewirkt, dass er in seinem Entschluss, unverheiratet zu bleiben, noch unerschütterlicher geworden war.

Aus gutem Grund wollte er am Junggesellentum festhalten. Denn er wollte eine Familie seinem Wesen nicht aussetzen, das dem seines Vaters leider viel zu ähnlich war. Sheff befürchtete, dies würde mit der Zeit nur noch schlimmer werden, wie es sich auch bei seinem Vater herausgestellt hatte.

Der vernünftige Teil seines Verstandes sagte Sheff, dass er weniger schlimm als sein Vater war, denn er besaß wenigstens ein Gewissen. Was wäre aber, wenn sich daran etwas änderte? Was, wenn Sheff unfähig wäre, dies zu verhindern oder er es gar nicht erkannte? Wenn er manchmal das Verhalten seines Vaters beobachtete, kam ihm eher der Gedanke, dass der Herzog an einer Krankheit litt. Und selbst wenn sein Vater etwas ändern wollte, könnte er das nicht.

Dies war es, wovor Sheff sich mehr fürchtete, als vor allem anderem.

»Guten Abend, Shefford.« Der Besitzer des Phönix-Clubs, Lord Lucien Westbrook, stand beim Eingang zum Mitgliederrefugium.

»Werden Sie heute Abend am Ball teilnehmen?«

»Das ist meine Absicht, nachdem ich mich ein wenig gestärkt habe.«

»Ein kluger Schachzug in Anbetracht des Plans, den die

Patroninnen sich ausgedacht haben«, bemerkte Lord Lucien mit einer angedeuteten Grimasse.

Der Phoenix Club hatte ähnlich wie das Almack's ein Forum von Schirmherrinnen. Allerdings konnten die Patroninnen des Phoenix Clubs weder als spießig noch verurteilend bezeichnet werden. Tatsächlich war eine Patronin sogar die Geschäftsführerin des Clubs. Lady Evangeline Blakemore war in ihrem früheren Leben einmal eine Kurtisane gewesen.

»Um was geht es dabei?«, fragte Sheff.

»Sie versuchen sich als Kupplerinnen, indem sie zufällig Tanzpartner zusammenbringen. Ich habe sie gewarnt, denn ich halte das für ein Risiko, aber sie haben mir versichert, dass alles nur ein Spaß ist.«

»Werden Sie teilnehmen?«, fragte Sheff.

»Um Himmels willen, nein«, antwortete Lord Lucien. »Ich bin bereits glücklich verheiratet.« Seine Augen glitzerten von einer Freude, die man nur bei solchen Menschen sah, die sich für sehr verliebt hielten.

Sheff erkannte diesen Blick wieder, denn erst vor kurzem waren einige seiner Freunde der Liebe zum Opfer gefallen. Die Zeit würde zeigen, wie lange dies so blieb. Sheff glaubte nicht an die ewige Liebe. Romantische Liebe war bestenfalls flüchtig.

»Da die Schirmherrinnen auf Sie hören werden, würde ich es begrüßen, wenn sie mich mit Miss Josephine Harker zusammenbringen könnten.« Sheff wollte sicherstellen, dass er heute Abend mit ihr tanzte.

Lord Lucien riss die dunkle Brauen in die Höhe. »Haben Sie endlich jemanden ins Auge gefasst?«

Sheff wollte leugnen und nochmals wiederholen, dass er nie heiraten würde, doch das war nicht der Sinn dieses Unterfangens. Alle sollten denken, er hätte endlich nachgegeben – zumindest im Augenblick. Irgendwann würde er etwas anstellen müssen, um Jo zu einer Zurückweisung zu veranlassen. Wenngleich dieser Schritt unumgänglich war, erkannte er, dass ihm allein der Gedanke daran den Magen umdrehte. Er würde sie nicht demütigen. Das konnte er nicht. Es konnte sich ruinieren, ohne ihr damit zu schaden.

»Jo ist eine Frau, bei der ich tatsächlich ich selbst sein kann«, entgegnete Sheff und war dann schockiert, weil dies wirklich stimmte. Meistens. Manche Dinge musste er geheim halten. Selbst sie wäre entsetzt, würde sie erfahren, was für ein Halunke er wirklich war, und wie sehr er seinem Vater ähneln konnte.

»Ich mag Jo – und ihre Mutter – sehr«, bemerkte Lord Lucien. »Lassen Sie sich von niemandem von den Dingen abhalten, die Sie wollen. Oder dem Menschen, den Sie lieben«, fügte er leise hinzu, bevor er zu einem neuen Thema überging. »Evie hat einen köstlichen Whisky aus den Highlands aufgetrieben, der erst heute eingetroffen ist, falls Sie ihn probieren möchten.«

»Das würde ich wirklich sehr gern.« Sheff betrat das Mitgliederrefugium und entdeckte seinen Freund, den Marquess of Keele sofort, der an einem Tisch im äußeren Bereich des Raumes saß. Sheff gesellte sich zu ihm und wünschte ihm einen schönen Abend. »Ist das der neue Whisky?«, fragte Sheff und neigte seinen Kopf in Richtung des Glases mit der goldenen Flüssigkeit in Keeles Hand.

»So ist es. Ich glaube nicht, dass er lange reichen wird, es sei denn, Lord Lucien rationiert ihn.« Keele wies mit seiner freien Hand auf den Sessel ihm gegenüber. »Setz dich und probiere einen Schluck. Du bist vermutlich wegen des Balls gekommen?«

»Wie kommst du denn darauf?«, fragte Sheff. »Ich bin ebenso wenig an einer Heirat interessiert wie du.« Zu spät erkannte er, dass dies angesichts seines Plans, sehr bald seine Verlobung bekanntzugeben, der falsche Satz war. Weder durfte er seinen Plan, den er sich ausgedacht hatte, noch die

Rolle, die er dabei spielte, vergessen. Er musste aufpassen, dass er den Plan nicht schon ruinierte, bevor er überhaupt seinen Anfang genommen hatte.

»Ganz egal, was du sagst, beschäftigt sich ein kleiner Teil von dir noch mit der Möglichkeit einer Heirat. Das musst du auch, denn dein Herzogtum steht auf dem Spiel.«

»Ist dein Marquisat etwa von geringerer Bedeutung?«, fragte Sheff trocken.

Keele lachte leise. »Es ist noch immer ein Desaster, also lautet die Antwort ja. Es jemandem in diesem Zustand zu übergeben, wäre ein Akt der Grausamkeit. Vor einigen Jahren hatte er zusammen mit seinem Titel ein hoch verschuldetes Anwesen geerbt und seitdem nahezu jeden wachen Moment mit der Behebung des Schadens verbracht. Er hatte sogar eine Frau aus einer Kaufmannsfamilie – eine sehr erfolgreiche obendrein – geehelicht, um die leeren Kassen zu füllen. Vor zwei Jahren war sie jedoch gestorben. Erst im vergangenen Monat hatte Keele sich wieder in die Gesellschaft gewagt.

Ein Diener blieb an ihrem Tisch stehen und Sheff bat um ein Glas Whisky, obwohl er bei einem Blick auf die Uhr das Gefühl hatte, als müsse er sich beeilen. Er hatte keine Ahnung, wann Jo eintreffen würde, aber wahrscheinlich bald, wenn sie nicht bereits da war.

Sheff dachte über Keeles Worte nach, dass ein kleiner Teil von ihm die Ehe in Betracht zöge. Keele hatte unrecht, doch Sheff wollte ihm nicht widersprechen. Nicht kurz bevor er seinen Plan in die Tat umsetzte.

Keele nippte an seinem Whisky und schloss kurz genießerisch die Augen. »Ich kann immer noch nicht glauben, dass Somerton geheiratet hat. Vielleicht bist du der Nächste, denn die Ehe scheint in deinen Kreisen um sich zu greifen.« Er grinste. »Wie eine Krankheit.«

Verflixt, damit hatte Keele nicht ganz unrecht. Sheff hatte

Bane, Wellesbourne, Droxford und jetzt Somerton verloren. Einzig Keele und Price waren noch übrig, und Keele gehörte nicht einmal wirklich zu ihrem engsten Freundeskreis. Dieser bestand aus der Gruppe von Gentlemen, die sich jeden August in Weston für etwa eine Woche zur Ausübung maskuliner Aktivitäten traf. Allerdings war es jetzt nicht mehr das Gleiche, seit Wellesbourne vor achtzehn Monaten geheiratet hatte. Im vergangenen August war ihr Spaß dann unterbrochen worden, als Droxford seiner jetzigen Frau schockierenderweise einen Heiratsantrag gemacht hatte. Und jetzt war auch Somerton diesen Weg gegangen, indem er die Schwester seines Freundes Price geheiratet hatte.

Sheff ließ Bane bei seinen Überlegungen außen vor. Er war es gewesen, der als Erstes alles ruinierte, als er sich mit einer jungen Lady in einer kompromittierenden Situation hatte erwischen lassen und sich dann geweigert hatte, sie zu heiraten, da er bereits mit einer anderen verlobt war. Sheff, der sich für Banes engsten Freund gehalten hatte, war vollkommen ahnungslos gewesen. Seit Bane in den Norden gegangen war, um seine Braut zu heiraten, hatte Sheff ihn nicht mehr wiedergesehen. und erst vor kurzem hatten sie die Nachricht erhalten, dass seine Frau bei der Geburt ihrer Tochter gestorben war, die ebenfalls nicht überlebt hatte. Verdammt, jetzt wurde er auch noch melancholisch.

Der Diener brachte Sheffs Whisky. Sheff hob sein Glas und brachte einen Toast aus. »Auf gute Freunde, auch wenn sie sich vor den Traualtar schleppen lassen.«

Keele hob sein Glas. »Es ist nicht so schlimm, wenn man die richtige Frau findet«, bemerkte er leise. »Aber man muss darauf gefasst sein, dass es vielleicht nicht von Dauer sein wird.« Er trank seinen Whisky aus und winkte dem Diener, damit er es wieder füllte, was dieser auch gleich tat.

Amen dazu, dachte Sheff, während er an dem starken Alkohol nippte, dessen rauchiger Geschmack seine Zunge kitzelte. Er mundete ihm zwar, aber es gab andere Sorten, denen er den Vorzug gab. Er setzte sein Glas ab und richtete das Wort an sein Gegenüber: »Du solltest im August mit uns nach Weston kommen. Wie du sicher bemerkt hast, schrumpft mein Freundeskreis immer mehr.«

»Dein Vater hat dort einen Landsitz, nicht wahr?«, fragte Keele.

»Ja. Der Pferdebestand ist exzellent. Wir reiten sehr viel aus, und die Landschaft wie auch der Strand sind wunderschön. Bist du schon einmal auf einem Pferd über einen Sandstrand geritten?«

»Das bin ich nicht«, antwortete Keele. »Ich unterbreche meine Arbeit hier in London nur ungern. Zudem reise ich nur im September für einen Monat nach Westlands.« Damit verwies er auf sein Anwesen zwischen Birmingham und Manchester. »Ich glaube nicht, noch mehr Zeit für einen Urlaub erübrigen zu können, insbesondere nicht an einem Ort, der nicht in der Nähe von London oder Westlands liegt.«

»Hat dir schon mal jemand gesagt, wie langweilig du bist?«, fragte Sheff lachend.

»Oft. Und ich bin ganz zufrieden mit dieser Beurteilung.«

Sheff erinnerte sich an die Zeiten, als das noch anders gewesen war. Sie beide hatten zusammen in Oxford studiert, und obwohl sie unterschiedliche Colleges besucht hatten, kannte Sheff ihn. Um genau zu sein, hatte er *von* ihm gewusst. Keele war ein ausgezeichneter Reiter und ein gewiefter Boxer. Darüber hinaus besaß er einen ebenso verwegenen Ruf wie Sheff und seine Freunde. Oder besser gesagt, waren es seine Freunde, bevor sie ihr Dasein als Halunken gegen die Ehe getauscht hatten.

Evan Price näherte sich ihrem Tisch, als hätten Sheffs Gedanken an Reiterei und Faustkämpfe ihn herbeibeschworen. Sheff kannte keinen besseren Sportsmann als Price, dessen jüngere Schwester im letzten Monat ihren Freund, den ehemals berüchtigten Halunken Viscount Somerton, geheiratet hatte.

Da es keinen dritten Sessel gab, zog Evan von einem anderen Tisch eine Sitzgelegenheit für sich heran. »Wird heute Abend ein neuer Whisky serviert?«, fragte er eifrig.

»Ja.« Sheff schob sein Glas über den Tisch zu Price. »Trink meinen aus. Ich muss nach unten gehen.«

Price war einige Jahre jünger als Sheff, dessen unglaublich dunkle Augen und beinahe brauner Teint auf seine walisische Herkunft zurückzuführen waren. Er blinzelte Sheff an. »Warum? Weißt du nicht, dass der Ball heute Abend ein schlecht durchdachter Verkupplungsversuch ist?«

»Wir alle wissen von deinem Desinteresse daran«, meinte Keele zu Sheff und lachte.

Sheff wollte ihm zustimmen, doch er hatte eine Rolle zu spielen. Stattdessen nötigte er sich ein Lächeln ab, bei dem er die Lippen geschlossen hielt. »Manchmal lassen sich die Pflichten nicht ignorieren.«

»Ich bin sehr froh, dass ich keinen Erben für einen Titel hervorbringen muss«, meinte Price, während ein Schaudern seine Schultern schüttelte. Er hob Sheffs Whisky an die Lippen und trank einen Schluck. »Ach, fabelhaft.«

Sheff stand auf und blickte von oben herab auf seine Freunde. »Ich gehe jetzt zum Ball. Habt einen schönen Abend, ihr Feiglinge.« Er ging davon und das Gelächter der anderen begleitete ihn.

Auf dem Weg nach unten fühlte er sich verstimmt. Warum war er so missmutig? Weil er im Begriff war, sich den an ihn gestellten Erwartungen zu beugen und sich eine Frau zu nehmen. Selbst wenn dies nur zum Schein geschähe, würden alle denken, es wäre ihm wirklich ernst, und sie würden den Halunken auslachen, der sich endlich verliebt hatte. Genau wie seine Freunde.

Die Krankheit griff um sich.

Nein, Sheff dachte gar nicht daran, das zuzulassen. Diese Verlobung war nur zum Schein.

Musik und das Summen vieler Stimmen drang an seine Ohren, ehe er durch die Vorhänge von der Gentlemen Seite des Phoenix Clubs aus in den Ballsaal trat. Der Ballsaal erstreckte sich über die gesamte Breite des Gebäudes, und befand sich auf dessen Rückseite. Mehrere Türen führten in den geteilten Garten – wie im Innenbereich gab es eine Seite für die Gentlemen und eine für die Ladys. Am Dienstagabend waren die Frauen eingeladen, sich zu den Männern auf die Seite der Gentlemen zu gesellen; die Männer waren jedoch nie auf der Seite der Ladys eingeladen. Freitags, wenn die Bälle stattfanden, waren der gesamte Ballsaal und beide Gärten für alle zugänglich.

Sheff suchte den gut besuchten Ballsaal ab, um festzustellen, ob Jo bereits da war. Als unverheiratete Frau war sie zwar kein Mitglied, aber ihre Mutter besaß die Mitgliedschaft im Club, und so durfte Jo an den Freitagabendbällen teilnehmen, da ein Familienmitglied dem Club angehörte. Normalerweise kamen die Angehörigen in Begleitung dieses Familienmitglieds, aber Sheff glaubte nicht, dass er Jewel Harker jemals auf einem der Bälle des Clubs gesehen hatte. Er war ihr jedoch gelegentlich an den Dienstagen begegnet, wenn sie mit Lord Lucien Whisky trank – meist in der Bibliothek der Gentlemen.

In wessen Gesellschaft würde Jo heute Abend ankommen?

Die Tanzfläche befand sich auf der Seite der Gentlemen des Ballsaals. Sheff näherte sich ihr, um herauszufinden, ob Jo vielleicht gerade tanzte. Und da war sie.

Sie trug ein Ballkleid in dunklem Korallenrot und korallenbesetzte Kämme in ihrem zobelfarbenen Haar. Gerade tanzte sie ein Quartett mit Edwin Cleveland, der genau in diesem Moment lachte. Er sah in der Tat sehr von seiner Partnerin angetan aus. Jo lächelte, und ihr Auftreten war irgendwie weiblicher, als er es gewohnt war, wenn er sie im Siren's Call sah. Seiner Vermutung nach war das wohl damit zu erklären, dass das Siren's Call ihr Arbeitsplatz war, während es sich bei diesem Ball um einen gesellschaftlichen Anlass handelte.

Da kam ihm der Gedanke, dass er mit einer Ehegattin, die einen Beruf ausübte, eine gewaltige Turbulenz der gesellschaftlichen Ordnung herbeiführen könnte. Allerdings würde er ja gar nicht heiraten, sondern nur zum Schein so tun. Dennoch würde die Wirkung ihrer Verlobung, ob zum Schein oder nicht gewaltig sein.

Lord Lucien hatte die Geschäftsführerin des Phoenix Clubs, Lady Evangeline, erwähnt. Sie war hier angestellt gewesen, als sie Lord Gregory Blakemore heiratete, der derzeit der Erbe des Marquessate of Witley war, da sein älterer Bruder noch keinen Erben gezeugt hatte. Ja, die Hochzeit hatte für Aufsehen gesorgt, was allerdinge eher auf Lady Evangelines früheres Leben als Kurtisane zurückzuführen war, als auf die Tatsache, dass sie einen Beruf ausübte.

Sheff beobachtete, wie Jo über eine Bemerkung von Cleveland lachte und verspürte schockierenderweise einen Stich der Eifersucht. Sie war wirklich bezaubernd, wenn sie lachte. Obwohl Sheff sie bereits viele Male dazu provoziert hatte, war das nicht in dieser Umgebung geschehen. Er schüttelte den Gedanken ab. Warum sollte das eine Rolle spielen? Sie waren in dieser Sache Geschäftspartner. Er entlohnte sie für die Ausführung eines Auftrags.

Der Tanz ging zu Ende und es folgte eine kurze Tanzpause. Das war gut, denn so konnte er mit Jo sprechen, ehe sie für die nächste Runde wieder Paare bildeten. Sheff strebte auf die Stelle zu, wo sie gerade mit Cleveland die Tanzfläche verließ.

Jos Blick traf den seinen, als sie ihre Hand von Clevelands Arm nahm. »Guten Abend, Lord Shefford.« Sie sank in einen Knicks.

»Guten Abend, Miss Harker.« Sheff fühlte sich seltsam, weil er sie nicht Jo nannte.

»Guten Abend, Shefford«, begrüßte ihn Cleveland. Er war ein umgänglicher Zeitgenosse aber gelegentlich ein wenig reserviert. Deshalb war Sheff wahrscheinlich aufgeschreckt, als er die beiden während des Tanzens hatte lachen sehen.

»Guten Abend, Cleveland. Was für ein Glück Sie hatten, bei diesem Set mit Miss Harker zusammen eingeteilt worden zu sein.«

»Das hatte ich tatsächlich.« Cleveland schmunzelte. »Ich bin mir nicht sicher, ob dieses Arrangement den ganzen Ball anhält. Ich habe bereits einige Leute beobachtet, die versucht haben, den ihnen zugeteilten Partnern zu entkommen – absichtlich, möchte ich hinzufügen.«

»Wie funktioniert diese Einteilung der Partner?«

Jo presste die Lippen zusammen und ihre Brauen hoben sich zu einem ironischen Ausdruck. »Es ist kein besonders ausgefeiltes System. Ein Diener oder Dienerin gibt Ihnen ein Stück Papier mit dem Namen Ihres Partners für das nächste Set. Ich denke, das ist in manchen Fällen schwierig, da nicht alle eingeteilten Personen bereits hier sind. Vielleicht haben sie sogar noch nicht einmal die Absicht, zu kommen. Also müssen Anpassungen vorgenommen werden und es kommt zu Verzögerungen zwischen den Sets, was meiner Meinung nach der Grund für diese kleine Pause zwischen diesem Set und dem nächsten ist.« Jo lachte. »Sie müssen umorganisieren.«

»Das klingt kompliziert«, bemerkte Sheff.

Und in diesem Moment übergab eine livrierte Dienerin – auf der Seite der Ladys beschäftigte der Club ausschließlich

Frauen – an Jo und Sheff jeweils ein zusammengefaltetes Stück Papier.

Sie falteten ihre Papiere gleichzeitig auseinander.

Für einen kurzen Moment macht Jo runde Augen und es sah fast komisch aus. »Was für eine Überraschung. Ich werde das nächste Set mit Shefford tanzen.«

»Das ist tatsächlich eine Überraschung«, bemerkte Sheff und schob das Papier in seine Tasche. »Ich frage mich, ob wir bis dahin einen Spaziergang unternehmen sollten. Auf diese Weise verliere ich Sie nicht.«

»Natürlich«, antwortete Jo.

Cleveland entfernte sich und Sheff bot Jo seinen Arm. Er führte sie in den äußeren Bereich des Ballsaals. »Erfrischung oder Nachtluft?«

»Erfrischung und dann Nachtluft«, entgegnete sie und zog ihn sanft auf die andere Seite des Ballsaals, wo die Tische mit Ratafia, Limonade und sogar Champagner standen. Jo entschied sich für Champagner und Sheff schloss sich ihr an. Dann führte er sie auf der Ladys Seite in den Garten hinaus.

Jo nahm ihre Hand von seinem Arm, als sie an ihrem Champagner nippte. »Wundervoll«, murmelte sie. »Allerdings hasse ich es zu wissen, dass alle erdenklichen Sorten von Alkoholika oben auf der Gentlemen-Seite zu finden sind, die ich nicht kosten kann.

»Die gleichen Getränke sind auf der Seite der Ladys zu haben.« Sheff bemerkte das Aufblitzen der Überraschung in ihrer Miene. »Haben Sie das nicht gewusst?«

»Das wusste ich tatsächlich nicht. Ich bin nur ein paarmal hier gewesen und noch nie nach oben gegangen.«

Sheff nickte. »Das sollten Sie unbedingt heute Abend tun. Gerade erst ist ein neuer Whisky aus den Highlands eingetroffen. Er ist nicht ganz mein Geschmack, aber er könnte Ihnen munden.«

Interesse leuchtete in ihren Augen auf. »Bislang bin ich

noch auf keinen Whisky gestoßen, der mir nicht gemundet hat.«

»Zur Kenntnis genommen.« Sheff griff in seine Tasche und holte einen Umschlag heraus. Darin befand sich eine Bankanweisung über zweihundertfünfzig Pfund. Er reichte ihr den Umschlag. »Hiervon können Sie sich eine ganze Menge kaufen.«

Sie blieb stehen, nahm den Umschlag, wobei ihr Blick für einen Augenblick darauf ruhte, ehe sie den Umschlag in ihr Kleid schob. Vermutlich hatte es eine Tasche. »Danke« murmelte sie.

»Sie wirkten zögerlich, als Sie diesem Plan zustimmten«, bemerkte Sheff und setzte ihren Weg fort, der sie vom Gebäude wegführte. »Sind Sie sicher, dass Sie das tun wollen?« Er hielt den Atem an. er würde keine bessere für diese Aufgabe finden. Sie war klug und charmant. Und sie konnte aushalten, was immer die feine Gesellschaft sagen oder tun würde.

»Sie hatte mit ihm Schritt gehalten und blieb jetzt auch nicht stehen, um seine Frage zu beantworten. »Wenn ich ehrlich bin, nicht ganz. Allerdings haben Sie mir ein Angebot gemacht, das ich nicht ablehnen kann. Sie sah ihn mit einem verschmitzten Lächeln an, das ihm unerklärlicherweise bis ins Mark ging.

Nein, es war nicht unerklärlich. Jo war eine schöne Frau und sie waren in einem dunklen Garten allein.

Außerdem war er ein Halunke erster Güte. Er hatte bereits ein halbes Dutzend Stellen im Garten ausgemacht, an denen er ihr einen Kuss stehlen konnte.

Er betrachtete ihr Profil, als sie dem Fußweg zum hinteren Teil des Gartens folgten. »Sie könnten ablehnen. Ich möchte nicht, dass Sie sich unter Druck gesetzt fühlen.«

Sie sah ihn mit einem kühlen Blick an. »Nie werde ich

etwas zustimmen, was ich nicht möchte. Ihre Rücksichtnahme weiß ich allerdings sehr zu schätzen.«

»Ich verstehe, dass dies eine Herausforderung für Sie sein wird, aber ich hätte Sie nie gefragt, wenn ich nicht glauben würde, dass Sie der Sache gewachsen sind.« Er wollte sie wenigstens ein bisschen zum Lachen bringen, wie sie auch mit Cleveland gelacht hatte. »Die neue Garderobe ist Grund genug einzuwilligen, nicht wahr?«

Kein Lachen, aber ihre Lippen formten sich zu einem kurzen Lächeln. »Das ist verführerisch. Ich bin eine Geschäftsfrau mit einem Auge auf die Ausgaben, also können Sie versichert sein, dass ich nicht Ihr gesamtes Vermögen für Kleider, Schuhe und Handschuhe ausgeben werde.« Sie sah zu ihm hinüber. »Vielleicht sollte ich für die Dinge bezahlen und dann können Sie mir die Auslagen erstatten. Das scheint der einfachste Weg und wird kein ungewolltes Interesse wecken.« Sie trank einen Schluck Champagner und Sheff fühlte sich von dem Druck ihrer üppigen Unterlippe gegen das Glas fasziniert.

»Es ist für einen Mann nicht unüblich, für die Ausstattung seiner Frau aufzukommen.«

»Insbesondere wenn der Mann ein wohlhabender Erbe eines Herzogtums ist und die Frau aus der Arbeiterklasse stammt?« In ihrer Stimme schwang ein Unterton mit, bei dem er sich fragte, ob sie sich deshalb wirklich unbehaglich fühlte.

»Unser Klassenunterschied hat keinerlei Bedeutung für mich«, entgegnete Sheff mit großer Überzeugung.

»Trotzdem haben Sie keine Tochter eines Adligen gefragt, ob sie bei Ihrem Plan mitmachen will.«

Sie hatten den hinteren Teil des Gartens nun erreicht und drehten sich nach links, um dem Rundweg zu folgen, der nun parallel zur Mauer verlief. Büsche und Bäume trennten den Weg von der Mauer.

Sheff nippte an seinem Champagner und warf ihr einen Seitenblick zu. »Vielleicht habe ich das ja.«

»Tatsächlich?«, fragte sie überrascht.

»Nein«, entgegnete er mit einem verlegenen Lachen. »Die Idee war mir erst an dem Abend gekommen, als ich meine Mutter und meine Schwester um Northumberland House begleitet habe. Dann habe ich Sie im Siren's Call getroffen. Als ich beobachtet habe, wie Sie die Situation mit meinem Vater gemeistert haben, habe ich erkannt, dass Sie die perfekte Kandidatin sind.«

»Sie müssen zugeben, dass ein Teil dessen, was mich perfekt macht, der Umstand ist, dass ich keinen Platz in der feinen Gesellschaft zu verteidigen habe, wenn diese Sache hier vorbei ist.«

»Also schön, das *spricht* für Sie. Wenn Sie aussteigen wollen, werde ich nicht ärgerlich sein.« Frustriert zwar, aber nicht ärgerlich.

»Nein, wir haben uns die Hand darauf gegeben und für mich ist diese Vereinbarung damit eine Frage der Ehre. Ich werde Ihre Verlobte sein. Gedenken Sie immer noch, mir morgen einen Antrag zu machen?«

Er sah sie mit wackelnden Augenbrauen an. »Da mein Plan vorsieht, mich heute unsterblich in Sie zu verlieben, werde ich das wohl müssen.«

Sie lachte und Sheff fühlte sich innerlich erwärmt, als er nun die Frau von der Tanzfläche in ihr sah.

Die Tanzfläche!

»Zum Teufel noch mal. Setzt da nicht gerade die Musik ein?«, fragte Sheff, ehe er seinen restlichen Champagner in einem Zug austrank.

»Ich glaube schon.« Jo kippte den Inhalt ihres Glases ebenfalls herunter. »Fertig.«

Sheff starrte sie an und dachte, dass sie wirklich perfekt war. »Lassen Sie uns tanzen.«

KAPITEL 4

$\mathcal{E}$s war ein Walzer.

Nachdem Jo und Sheff ihre Gläser beim Eintritt in den Ballsaal auf das Tablett eines Kellners gestellt hatten, eilten sie zur Tanzfläche. Jo runzelte die Stirn.

»Ich werde Sie führen«, versprach Sheff. »Wissen Sie, wohin Sie ihre Hände legen müssen?«

»Ich kann sehen, was alle anderen tun.« Warum hatte sie nie gelernt, Walzer zu tanzen? Jo legte ihre Hand auf seine Schultern und fasste seine andere Hand. »Ich habe nicht die geringste Ahnung, was ich mit meinen Füßen anfangen soll.«

»Zählen Sie mit der Musik. Eins, zwei, drei.«

Jo trat ihm auf den Fuß. »Verdammt. Entschuldigung.«

»Das ist schon in Ordnung. Treten Sie nur.« Er grinste sie an, obwohl sie einen finsteren Blick aufgesetzt hatte.

»Sie sollten besser nicht über mich lachen«, warnte sie ihn.

»Das tue ich *nicht*. Aber was würden Sie unternehmen, wenn es so wäre?«

Wieder trat sie ihm auf den Fuß, doch diesmal geschah es

mit Absicht und mehr Vehemenz. Mit einem unschuldigen Blinzeln meinte sie: »Es tut mir so leid, Mylord.«

Er lachte noch lauter. »Das habe ich verdient. Sie machen sich wirklich gut. Ich würde sagen, dass sie ein natürliches Talent besitzen, sich mit der Musik zu bewegen.«

»Ich weiß nicht, ob das stimmt, aber erlauben Sie mir, mich für einen Moment zu konzentrieren.« Sie richtete ihre Aufmerksamkeit auf ihre Füße und die Musik, wobei sie die Schritte in ihrem Kopf zählte. *Das ist nicht so schrecklich schwierig*, dachte sie. Als sie sich entspannte, bemerkte sie Sheffs Hand auf ihrem Rücken und den sanften, aber dennoch sicheren Griff seiner anderen Hand, mit der er die ihre hielt und auch, wie viel näher als andere Tänze sie der Walzer zusammenbrachte. Sie spürte eine merkwürdige Hingezogenheit zu ihm und das gefiel ihr gar nicht. Da sie allerdings zum Schein so tun musste, als wäre sie in ihn verliebt, war es vielleicht das Beste, wenn sie sich wenigstens zu ihm hingezogen fühlte.

Wie konnte es sein, dass ihr das vorher nie aufgefallen war?

Weil du nie zuvor mit ihm getanzt hast.

Jo kam zu dem Urteil, dass ihre Strategie, das Tanzen zu vermeiden, genau richtig war, und sie würde sie zum frühestmöglichen Zeitpunkt auch wieder in Kraft setzen.

»Sie machen Ihre Sache ganz wundervoll«, murmelte er. Der volle Klang seiner Stimme umhüllte sie mit einer verführerischen Wärme. Wann würde dieser Tanz zu *Ende* gehen?

Sie rief sich in Erinnerung, was er ihr darüber erzählt hatte, im Obergeschoss Whisky zu trinken, und sie beschloss, dorthin zu gehen sobald dieser Tanz vorbei war. Abgesehen davon, dass sie einen guten Whisky probieren wollte, würde sie sich auf dieser Weise auch weiteren Tänzen entziehen. Sie würde nach ihren Freundinnen Ausschau halten, und sie fragen, ob sich eine von ihnen zu ihr gesellen wollte.

»Sie sind von Natur aus eine Walzertänzerin«, stellte er fest.

»das heißt aber nicht, dass wir diese Unternehmung wiederholen.«

»Ich weiß, dass ich gesagt habe, wir würden das Tanzen vermeiden, aber es kann schon sein, dass wir das noch einmal tun müssen.« Er sah sie mit einem einnehmenden Blick an und angesichts ihrer großen Nähe konnte sie die Tiefe seiner blauen Augen ausmachen. In der Mitte waren sie am dunkelsten und gingen an den Rändern der Iris in ein helleres Blau über. Seine Wimpern waren für einen Mann unfassbar lang. »Jetzt, wo ich darüber nachdenke, bin ich sicher, dass meine Mutter auf unserem Verlobungsball einen Walzertanz für uns arrangieren wird.«

Jo widerstand ihrem Drang zu stöhnen. Ein Ball zu ihren Ehren *und* ein Walzer. Könnte irgendetwas diese Farce noch verschlimmern?

»Ich vertraue darauf, dass Ihre Eltern anwesend sein werden. Ich denke, ihre öffentliche Unterstützung wäre für das gesamte Bild förderlich.«

Ja, es gab tatsächlich etwas, das noch *weit* schlimmer war.

»Ich bin nicht sicher, ob Sie wissen, worum sie mich da bitten.« Jo konnte sich nicht einmal an das letzte Mal erinnern, als ihre Eltern zusammengekommen waren. Das war mindestens zehn Jahre her und wahrscheinlich sogar noch länger. »Meine Eltern sprechen kaum miteinander.«

»Ich wusste nicht, dass ihr Verhältnis angespannt war.«

Jo zog eine Grimasse. »Es existiert nicht. Meine Mutter hat seit fünf Jahren einen Liebhaber und mein Vater zieht von einer Geliebten zur anderen – ganz wie eine Biene auf der Suche nach dem perfekten Pollen.«

Sheff machte runde Augen. »Ich hatte keine Ahnung.«

»Warum sollten Sie auch. Ihr Benehmen ist für die feine Gesellschaft uninteressant, obwohl sich das ändern wird, sobald unsere Verlobung bekannt gegeben wird.« Sie verband ihren Blick mit seinem, während sie zu ihrer Überraschung irgendwie beschwingt weiter über die Tanzfläche glitten. »Vielleicht wollen Sie Ihre Meinung doch noch ändern.«

Er schüttelte den Kopf. »Das will ich nicht. Abgesehen davon habe ich Sie bereits bezahlt. Und wir haben unsere Abmachung per Handschlag besiegelt. Wir haben uns verpflichtet.

Jo verdrehte die Augen. »Ich werde nicht ärgerlich sein, wenn Sie es nicht sind.«

»Wünschen Sie sich das von mir? Allmählich geht mir auf, dass ich vielleicht etwas kurzsichtig in Bezug darauf gewesen bin, in welcher Weise diese Verlobung Sie beeinträchtigt. Ich möchte nicht, dass es Ihnen schlecht geht, Jo, und schon gar nicht, um mir zu helfen.« Er wirkte aufrichtig besorgt.

Sie wusste seine Worte mehr zu schätzen, als er sich vorstellen konnte. »Ich bin so froh, dass Sie verstehen«, meinte sie leise. Dann reckte sie ihr Kinn und warf den Kopf zurück. »ich denke nicht, dass ich mich darum kümmern sollte, was die anderen sagen.« Er bezahlte ihr wirklich genug Geld um sich nicht die Bohne um das zu scheren, was die anderen dachten. »Sie müssen allerdings darauf vorbereitet sein, auf Menschen zu stoßen, die mich vollkommen unpassend finden. Allerdings nehme ich an, dass dies einer der Gründe ist, warum Sie mich ausgesucht haben.« Sie lächelte.

So ist es in der Tat. Werden Sie Ihren Eltern die Wahrheit über die Verlobung sagen?« Er zog die Brauen in die Höhe. »Wir haben nicht über sie gesprochen. Dafür entschuldige ich mich.«

»Ich sollte meine Mutter einweihen, denn andererseits

wird sie wütend werden. Sie wird das Geheimnis wahren. Mein Vater sollte allerdings in dem Glauben gelassen werden, dass wir verlobt sind, um zu heiraten. Er ist nicht sehr gut darin, ein Geheimnis zu hüten. Tatsächlich hat es noch keinen Klatsch gegeben, den er nicht mit Freuden durchgekaut hätte.«

Sheff zog seine dunklen Augenbrauen für einen kurzen Moment in die Höhe. »Ich verstehe. Nun, wir sollten dies also Ihrer Diskretion überlassen. Sagen Sie mir nur, was ich tun muss. Sollte ich Ihren Vater aufsuchen und ihn um seine Erlaubnis bitten, Sie zu heiraten?«

Jo lachte. »Das würde er großartig finden.«

»Haben Sie eine Ahnung, wo er sich heute Abend aufhalten könnte? Ich würde ihn gern morgen aufsuchen und ihn offiziell um Ihre Hand bitten.«

Es bestand die Möglichkeit, dass Jos Mutter es als Beleidigung auffassen würde, wenn ihr Vater um seine Erlaubnis gebeten würde, da sie Jo fast ganz allein aufgezogen hatte. Sobald Jo ihr allerdings erklärte, dass alles nur zum Schein geschah, würde sie es verstehen.

Jo würde ihr später von Sheffs Plan berichten. Oder am Morgen, denn wenn Jo heute Abend zum Siren's Call zurückkehrte, hätte ihre Mutter sich wahrscheinlich bereits mit Marcel zurückgezogen – entweder in ihre Suite oder in sein Haus am Soho Square. Es war einige Tage her, seit sie zusammen waren, und so ging Jo davon aus, dass die beiden heute Abend die Nähe zum anderen suchen würden.

Was den Aufenthaltsort ihres Vaters anbelangte, konnte er an einer beliebigen Anzahl von Orten sein ... »Ich bin nicht sicher, wo sie meinen Vater finden können«, meinte sie. Sie zählte für Sheff die Lieblingsplätze ihres Vaters auf. »Moment, es ist der erste Freitag im Monat. Wahrscheinlich ist er bei Lord Gerards Soirée.«

Sheff verengte die Augen ein wenig. »Ich habe davon

gehört. Es sind eher exzentrische Veranstaltungen, nicht wahr?«

»Ich bin nie dort gewesen. Es ist eines der wenigen gesellschaftlichen Ereignisse, zu denen mein Vater sich weigert, mich mitzunehmen. Seiner Aussage nach grenzten sie zu sehr an Ausschweifungen.« Sie blickte Sheff mit hochgezogener Augenbraue an. »ich bin überrascht, dass Sie nie dort gewesen sind.«

»Ich habe nie eine Einladung erhalten.« Er zog die Nase kraus. »Und ich würde auch gar keine wollen, denn ich glaube, mein Vater nimmt gelegentlich daran teil.«

»Dann verstehe ich, warum Sie sie lieber vermeiden.« Sie sah ihn mit einem warnenden Ausdruck an. »Seien Sie heute Abend vorsichtig. Sie wissen, wie verdächtig Sie der Ausschweifungen sind. Da Sie jetzt verlobt sind, oder jedenfalls fast, müssen Sie sich jetzt von Ihrer besten Seite zeigen.«

Ein Lächeln umspielte seine Lippen. »Sie kennen mich zu gut. Ich werde mich sehr besonnen verhalten – heute Abend und für die Dauer unserer List. Bis ich unweigerlich rückfällig werde und Sie keine andere Wahl haben, als mich zu verstoßen, um Ihr Herz zu schützen.« Er ließ seinen Kopf in gespielter Niedergeschlagenheit hängen.

Jo trat ihm eine weiteres Mal auf den Fuß. »Entschuldigen Sie, Mylord«, murmelte sie mit einem verschmitzten Lächeln.

Sheff lachte leise, als die Musik zu einem Ende kam. Sie lösten sich voneinander und Jo war schockiert und vielleicht auch ein klein wenig bestürzt, wie sehr sie den Tanz mit ihm genossen hatte.

»Ich werde Sie morgen besuchen, meine holde Josephine.« Er verneigte sich auf galante Weise vor ihr.

Jo sank in einen Knicks und lächelte ihn mit einem süßen Lächeln an. »Nennen Sie mich nie wieder so. Nur meine

Mutter nennt mich bei meinem vollen Namen. Soll ich Sie *Clive* nennen?«

»Zur Kenntnis genommen, und das könnten Sie tun, aber ich werde wahrscheinlich nicht reagieren. Niemand hat mich je so genannt. Ich bin seit meiner Kindheit Shefford oder Sheff gewesen.« Er bot ihr seinen Arm und führte sie von der Tanzfläche. »Obwohl es wahrscheinlich ein bezaubernder Kosename ist, der die Gesellschaft faszinieren würde.«

Sie nahm ihre Hand von seinem Arm und zog ihre Schulter hoch. »Ich werde es erwägen. Ich bin nicht sicher, ob sie etwas anderes als Sheff für mich sein können.«

»Halten Sie den Abend in angenehmer Erinnerung«, meinte er.

»Vergessen Sie nicht, sich zu benehmen. Ich gehe in die Bibliothek auf der Seite der Ladys und trinke einen Whisky.« Jo ging davon und machte sich auf die Suche nach ihrer Freundin Tamsin Deverell, Lady Droxford, mit der sie heute Abend in den Club gekommen war. Tamsin war nun Mitglied mit eigenen Rechten. Dies war einer der wenigen Vorzüge davon, verheiratet zu sein, vermutete Jo.

Jo fand Tamsin an der Wand des Ballsaals auf der Seite der Ladys mit einer ihrer Freundinnen, Ellis Dangerfield sitzen. »Ellis, du tanzt nicht?«

»Nein«, antwortete Ellis. Mit fünfundzwanzig war sie einige Monate jünger als Jo und offenbar ebenso zufrieden wie sie, unverheiratet zu sein. »Jungfern werden nicht verpaart.«

»Ich wurde verpaart«, entgegnete Jo. »Zweimal. Mit Mr. Edwin Cleveland und Sheff.«

»Du hast mit meinem Bruder getanzt?« Lady Minerva oder Min, wie sie von allen genannt wurde, tauchte hinter Jo auf, als Ellis und Tamsin aufstanden.

»Einen Walzer«, entgegnete Jo. Sie musste sich zusammennehmen, ehe sie einen sarkastischen Kommentar abgab.

Es wäre unlogisch, einen Scherz über Sheff zu machen, wenn sie sich zum Schein ineinander verlieben sollten. Eine Welle der Erregung erfasste sie. Wie sollte sie ihre Freundinnen anlügen? Erst vor kurzem hatten sie alle Freundschaft geschlossen. Noch nie zuvor hatte sie enge Freundinnen gehabt. Und es gefiel ihr, sie zu haben. Eine ungutes Gefühl machte sich in ihrem Magen breit.

»Hast du je zuvor Walzer getanzt?«, fragte Tamsin mit ihrem lispelnden cornischen Akzent und ihre von Natur aus runden blaugrünen Augen waren auf Jo fixiert.

»Nein. Sehr zu meiner Überraschung habe ich es aber schnell begriffen.«

»Erzähle das bloß Gwen nicht. Nicht dass sie heute Abend hier wäre. Ich bin nicht sicher, wann sie und Somerton aus ihrem Kokon der Verzückung Frischvermählter herauskommen werden.« Min zog ein Gesicht und dann lachte sie. »Ihr wisst, wie sehr ich mich für sie freue.«

»Das tun wir alle, aber wir können uns trotzdem einen Scherz über ihre Glückseligkeit erlauben«, entgegnete Jo.

»Das werde ich nicht tun«, entgegnete Tamsin zimperlich.

»Nur, weil du dasselbe erlebst«, gab Ellis mit dem Anflug eines Lächelns zu bedenken. »Und das ist entzückend. Wir reden ja nur im Scherz.«

Tamsin nickte. »Das weiß ich. Aber Somerton ist auch mein Cousin und ich freue mich so, ihn so glücklich und verliebt zu sehen. Unsere Großmutter ist überglücklich darüber, dass er endlich sesshaft geworden ist.« Sie schaute zu Min. »Wie war dein Tanz mit Mr. Wilton?«

Min brachte einen angewiderten Laut tief aus ihrer Kehle hervor. »Er sprach die ganze Zeit nur von seiner Überraschung bezüglich Gwens und Somertons Heirat. Dann hat er anzudeuten versucht, dass es einen Grund für ihre Heirat geben musste. Worauf ich ihm mitteilte, dass es einfach Amors Werk war. Dann bin ich ihm auf den Fuß getreten.«

Alle brachen sie in Kichern aus. Jo fragte sich, warum sie Min auf der Tanzfläche nicht bemerkt hatte. Wahrscheinlich war sie zu sehr darauf konzentriert gewesen, den Tanz zu lernen. Vielleicht hatte ihre Aufmerksamkeit aber auch viel zu sehr ihrem Partner gegolten.

»Dieses Verpaarungssystem für den Tanz ist reichlich ungeschickt, nicht wahr?«, fragte Tamsin in die Runde. »Es scheint Schwierigkeiten zu geben, die Tänzer zu finden und die Übereinstimmungen muten beinahe zufällig an.«

Jo nickte zustimmend. Sie war ein wenig überrascht gewesen, dass sie mit Sheff zusammengebracht worden war. Wahrscheinlich hatte er dies jedoch arrangiert.

»Ich glaube nicht, dass ich noch einen Tanz aushalte«, bemerkte Min mit einem Schaudern.

»Dann lass uns auch nicht tanzen«, schlug Jo vor. Mit einem Nicken in Richtung Tür führte sie die Freundinnen aus dem Ballsaal in ein Vorzimmer. »Ich habe erfahren, dass wir die gleichen Spirituosen trinken können, die oben auf der Seite der Gentlemen serviert werden. Und ich habe gehört, dass es einen neuen Whisky geben soll, der heute angekommen ist. Wer möchte sich mir anschließen?«

»Ich «, riefen die anderen drei fast unisono.

Ellis und Tamsin gingen in Richtung Treppe, während Jo und Min ihnen folgten.

»Tut mir leid, dass du mit Sheff tanzen musstest«, sagte Min. »Hat er schlimm mit dir geschäkert?«

»Er war wie immer, was ich amüsant finde. In der Regel.« Verflixt, das klang gar nicht nach einer Frau, die angefangen hatte, einen Mann in einem anderen Licht zu sehen, nämlich in einem romantischen. »Ich habe den Walzer sogar genossen ... ungemein.« Jo fügte den letzten Satz noch hinzu, um auf ihre Sache hinzuarbeiten. »Wegen Sheff, was wohl überraschend ist.« So viel war wenigstens wahr. Er hatte ihr den Tanz fast mühelos beigebracht, und sie hatte es genossen, wenn »ungemein« auch eine leichte Übertreibung war.

Min sah sie fragend an. »Ich hatte eine sardonische Antwort erwartet.«

Jo zuckte mit den Schultern. »Dein Bruder hat sich tadellos aufgeführt. Wahrscheinlich versuche ich nur, das zu honorieren.« Innerlich zuckte sie bei diesen Worten zusammen. Das klang ganz und gar nicht glaubwürdig.

Zu spät kam Jo zu Bewusstsein, dass sie diesen Kommentar über das Eheglück nicht hätte machen dürfen. Nicht, wenn sie im Begriff war, selbst dazu zu gehören. Zum Schein jedenfalls. Verdammt, das war schwieriger, als sie erwartet hatte. Mins skeptischer Blick, als sie das obere Stockwerk erreichten, stimmte Jo nicht gerade zuversichtlich, dass es ihr gelänge, irgendjemanden von ihrer Verliebtheit in einen der berüchtigtsten Halunken Englands zu überzeugen.

Halunken!

Wie konnte sie die Regeln der Halunken vergessen? Ihre neuen Freundinnen hatten eine Reihe von Regeln aufgestellt, die ihnen half, Halunken zu meiden, damit keine unter ihnen in die Hände eines Halunken geriet, der sie entweder ruinieren oder ihr das Herz brechen würde – oder beides, was bei einer der Freundinnen der Fall gewesen war.

Pandora Barclays Ruin durch den Earl of Banemore hatte die Freundinnen überhaupt erst zur Aufstellung der Regeln veranlasst. Dieser Regeln zum Trotz hatten sich bislang drei der Freundinnen in Halunken verliebt. Wobei sich Jo allerdings nicht sicher war, ob sich Tamsins Ehemann als Halunke qualifizierte. Ihm war zwar ein etwas mürrisches Wesen zu eigen, aber Jo konnte seine Wärme unter seinem schroffen Äußeren erkennen. Nicht einmal den geringsten Anflug von schurkischem Verhalten hatte sie an ihm beobachten können. Tamsin versicherte ihr, dass er vorhanden war – tief in ihm verborgen.

Auf dem Weg zur Bibliothek zählte Jo im Geiste die Regeln auf:

Sei niemals mit einem Halunken allein.

Flirte nie mit einem Halunken.

Gib einem Halunken nie eine Chance.

Zweifele nie am Ruf eines Halunken.

Glaube niemals den Liebes- oder Ergebenheitsbekundungen eines Halunken.

Traue niemals einem Halunken, sich zu ändern.

Lass niemals zu, dass ein Halunke dein Herz sieht.

Ruiniere einen Halunken, bevor er dich ruiniert.

Inzwischen hatte Jo bereits mehrere dieser Regeln gebrochen, und zwar nicht mit Sheff. Bedeutete das, dass sie ihre früheren Liebhaber, von denen es genau zwei gegeben hatte, als Halunken bezeichnete? Sie waren vielleicht schurkisch, so berüchtigt wie Sheff waren sie jedoch nicht für ihr Verhalten.

Auch mit Sheff hatte sie zwei der Regeln für Halunken gebrochen. Sie hatten eindeutig geflirtet, auch wenn es nur eine Albernheit zwischen ihnen gewesen war, und gestern Abend war sie mit ihm allein gewesen, als sie sich zusammen um seinen Vater gekümmert hatten. Eigentlich waren sie nicht richtig allein gewesen, denn sein Vater war zugegen gewesen. An jenem Nachmittag waren sie jedoch kurz allein in ihrem Wohnzimmer gewesen, ehe sie mit ihm nach draußen gegangen war. Wenn sie auch auf einer belebten Straße nicht allein gewesen waren, so hatten sie aber auch keine Anstandsdame in ihrer Begleitung gehabt, was wahrscheinlich der Sinn dieser Regel war.

Davon abgesehen musste sie nicht nur ihre Freundinnen davon überzeugen, dass sie sich in Sheff verliebt hatte, sondern darüber hinaus, dass ihre Liebe einem Halunken galt. Sie warf einen Blick auf Min und wusste, dass sie am schwierigsten zu überzeugen sein werden würde.

So sehr Jo den Whisky auch probieren wollte, hätte sie besser nach Hause gehen sollen. Jetzt musste sie sich die ganze Zeit gerade so weit anders verhalten, dass ihre bevorstehende Verlobung nicht den Anschein erweckte, als würde sie wie aus dem Nichts auftauchen.

Vielleicht würde sie still bleiben sein und mehrere Gläser trinken.

Sie saßen um einen Tisch in der Mitte des Raumes. Mehrere andere Tische waren ebenfalls besetzt.

»Es scheint, als wären hier überaus viele Frauen«, bemerkte Tamsin.

»Flüchtlinge«, stellte Ellis schmunzelnd fest.

»Kann man es ihnen verdenken?«, fragte Min. »Kannst du *uns* das verdenken?« Sie schaute Jo mit einem teilnahmsvollen Lächeln an.

In diesem Moment wurde Jo klar, dass sie bereits in das Land des Scheins vorgedrungen war. Seit wann ging sie auf Bälle und saß mit ihren guten Freundinnen, der Tochter eines Herzogs und einer Baronin, zusammen? Und dann war da noch die heute nicht anwesende Viscountess, ganz zu schweigen von der Herzogin, die Jo Anfang der Woche bei Gwens Hochzeitsfeier kennengelernt hatte. Dort hatte sie auch das ruinierte Mitglied ihres Freundeskreises, Pandora, kennengelernt, die ihre Schwester und ihren neugeborenen Neffen für eine Weile besuchte, aber nicht am gesellschaftlichen Leben teilnahm.

Warum nahm Jo an diesem gesellschaftlichen Leben teil? Sie hatte sich in der Umgebung ihres Vaters aufgehalten und an verschiedenen literarischen Salons teilgenommen, aber ein Ball im Phoenix Club war ein anderes Niveau. Und sie war im Begriff, noch höher zu steigen. Eigentlich sollte sie eine gewisse Furcht verspüren, doch wenn sie ehrlich war, bemerkte sie auch eine leise Vorfreude. Sich inmitten der feinen Gesellschaft bewegen zu können, würde ihr den Zutritt zu allen Salons ermöglichen und auch den Zugang zu noch mehr führenden künstlerischen und wissenschaftlichen Experten verschaffen. Wäre sie dort überhaupt willkommen?

Ein Gefühl des Unbehagens schnürte ihr die Kehle zu. Als die Bedienung kam, gelang es ihr gerade so, sich nach dem neu eingetroffenen Highland-Whisky zu erkundigen.

»Alles in Ordnung Jo?«, fragte Ellis, die ebenfalls diesen Whisky bestellt hatte.

Jo zwang sich zu einem Lächeln. »Ich bin nur ausgedörrt.«

Wieder warf Min Jo einen etwas misstrauischen Blick zu. Wie um alles in der Welt sollte es Jo je gelingen, sie zu täuschen?

~

*V*or der feinen, mit Stuck verzierten Terrasse von Lord Gerards Residenz am Portman Square stieg Sheff aus seiner Kutsche. Die Eingangstür war nur angelehnt, und die Geräusche von Musik und Gesprächen drangen in die kühle Frühlingsnacht hinaus.

Nachdem er seinem Kutscher mitgeteilt hatte, dass er nicht lange bleiben würde, schritt Sheff auf die teilweise geöffnete Tür zu. Einen kurzen Moment blieb er dort stehen, bevor sie weit aufschwang und ein livrierter Lakai ihn einließ. Der Lakai schloss die Tür fest hinter Sheff.

Über sein weiteres Vorgehen unsicher – denn schließlich drang er in diese Soiree ein, zu der er nicht eingeladen worden war – reichte er dem Lakai seine Karte.

»Shefford?« Mrs. Ackley-Dewitt, eine Witwe in den späten Dreißigern, schritt mit einem überraschten Lächeln von der Treppenhalle aus auf ihn zu. »Ich wusste nicht, dass Sie Gerards Partys besuchen.«

»Das ist meine erste«, entgegnete er und ließ seinen Blick kurz über Mrs. Ackley-Dewitt schweifen. Das Mieder ihres Kleides reichte reichlich tief, und Sheff fragte sich, ob vielleicht eine Brustwarze zum Vorschein kommen könnte. Er hatte diese Brustwarzen schon einmal gesehen, obwohl das bereits drei Jahre her war.

Mit ihrer Hand nestelte sie in der Nähe ihres Dekolletés herum und warf ihm einen anzüglichen Blick zu. »Soll ich Sie nach oben führen?«

Nach dem, was Jo ihm über Gerards Soireen erzählt hatte, war Sheff nicht sicher, wie er Mrs. Ackley-Dewitts Einladung auffassen sollte. Sie könnte ihm damit anbieten, ihn zum Mittelpunkt der Soiree zu begleiten, oder sie könnte versuchen, ihn in eine dunkle Ecke zu locken, um sich auf etwas Verruchtes einzulassen.

»Ich würde Lord Gerard sehr gerne meine Aufwartung machen«, sagte Sheff. *Und ich würde gern Rowland Harker finden.*

»Dann müssen Sie ihn im Salon aufsuchen«, entgegnete sie lachend. Sie fasste ihn um den Arm und zog ihn zur Treppe.

Sie gingen an mehreren Pärchen vorbei, die sich unterhielten, und an einem, das noch mehr tat als das. Er redete, während sie ihm den vorderen Teil seiner Hose massierte. Gab es keine dunklen Ecken, in denen man solche Handlungen vollziehen konnte? Sheff war beileibe nicht prüde, aber selbst er zeigte seine Begierde nicht gern in der Öffentlichkeit. Vielleicht handelte es sich hierbei um einen besonderen Aspekt von Gerards Soireen.

Auf dem Weg zum Salon, der im vorderen Teil des Hauses lag, kamen sie an weiteren Gästen vorbei. Hier waren die Gespräche lauter, und auch die Musik. Ein Quartett spielte in der Ecke, während der Raum mit Menschen bevölkert war, die sich unterhielten, lachten, tanzten und um ihren Gastgeber herum Hof hielten. Sheff nahm zumindest an, dass es sich um Lord Gerard handelte, der zwischen den vorderen Fenstern saß und dessen Sessel auf einem kleinen Podest stand. Ein Bein hatte er über die Armlehne des Sessels baumeln und er wurde von einem Mann und einer Frau flankiert. Der Mann unterhielt sich mit einer anderen Person, während die Frau Gerard von einem Tablett zu füttern schien.

Sheff war sich sicher, dass er eine Party betreten hatte, die selbst Dionysos als hedonistisch beurteilt hätte. Mit Blicken suchte er den überfüllten Raum nach Jos Vater ab. Er war sich nicht ganz sicher, ob er wusste, wie Harker aussah.

Er wandte sich an Mrs. Ackley-Dewitt und fragte: »Haben Sie heute Abend Mr. Rowland Harker schon gesehen? Ich hoffe, mit ihm sprechen zu können.«

Sie machte große Augen. »*Wollten Sie das*? Ich wusste nicht, dass Sie dieser Art von Zerstreuung frönen.«

Wovon in aller Welt redete sie? »Ich möchte eine private Angelegenheit mit ihm besprechen.«

»Dessen bin ich mir sicher«, entgegnete sie mit einem anzüglichen Blick, auf den ein schadenfrohes Lachen folgte. »Ich dachte, Sie hätten sich ganz dem Vergnügen mit Frauen verschrieben.«

Sheff dämmerte es allmählich. »Ich suche Harker nur, um ein Gespräch zu führen.«

»Ich verstehe.« Mrs. Ackley-Dewitt ließ ihre Hand weiter auf Sheffs Arm gleiten. »Das verheißt also nichts Gutes für mich, nicht wahr?«

Sheff wollte zwar nicht unhöflich sein, doch es lag ihm auch nichts daran, mit der Witwe zu flirten, damit sie am Ende nicht noch dachte, er sei interessiert. Das war er nicht. »Ich muss dringend mit Harker sprechen.«

»Dort ist er«, meinte sie und deutete auf einen Winkel im Raum, wo eine Gruppe von Männern und Frauen auf einer Sitzgruppe versammelt war. »In der leuchtend orangefarbenen Weste auf dem Sofa.«

»Ist das Lord Shefford, der uns mit seiner Anwesenheit beehrt?«, dröhnte eine Stimme durch den Salon, die sowohl die Musik als auch das Gespräch unterbrach.

Sheff erstarrte, als alle die Köpfe nach ihm umdrehten. Nur selten fühlte er sich unbehaglich, aber in diesem Moment fühlte er sich als Mittelpunkt einer sicherlich überaus ausgelassenen Party ausgesprochen unbehaglich.

»Willkommen, Shefford!« Die Stimme gehörte dem Gastgeber, Lord Gerard. Er war in den Fünfzigern, sein Haupt war kahl, doch zum Ausgleich trug er ungeheuer lange graue Koteletten und ein wallendes Gewand mit offenem Kragen, das ihn aussehen ließ, als wolle er Dionysos verkörpern.

Sheff löste sich von Mrs. Ackley-Dewitt und schritt auf Gerards Thron zu, denn genau das schien sein erhöhter Sitz zu sein. »Guten Abend, Lord Gerard. Ich hoffe, es stört Sie nicht, dass ich hier bin.«

»Ganz und gar nicht. Ich hätte Sie schon lange vorher eingeladen, aber Ihr Vater ist ein häufiger Gast, und es erschien mir seltsam, Sie zusammen mit ihm einzuladen. Allerdings ist Ihr Vater heute Abend nicht hier.« Gerard lächelte, wozu er die Lippen teilte und eine überaus schiefe obere Zahnreihe zum Vorschein kam. »Jedenfalls noch nicht.«

Himmelherrgott, Sheff wollte hier ganz sicher nicht mit seinem Vater zusammentreffen. Er musste die Sache mit Jos Vater abwickeln und so schnell als möglich wieder verschwinden. »Ich bin auf der Suche nach Rowland Harker. Dort in der Ecke sehe ich ihn sitzen. Wenn ich nur kurz mit ihm sprechen kann, verabschiede ich mich im Nu wieder.«

Gerard schmollte. »Nicht so hastig. Es gibt eine ganze

Menge hier, was Sie verlocken könnte.« Er gestikulierte durch den Raum. Zum Glück hatten sich die Anwesenden wieder ihren Gesprächen und anderen Aktivitäten zugewandt, anstatt Sheff anzustarren.

»Ich werde darüber nachdenken«, meinte Sheff, der allmählich unruhig wurde. In Wahrheit gehörte diese Art von Veranstaltung zu denen, die ihn reizen *würden*, aber da er wusste, dass sein Vater häufig hier zu Gast war, wollte Sheff lieber woanders sein.

»Trinken Sie wenigstens ein Glas Wein.« Gerard schnippte mit den Fingern, worauf ein Diener mit einem Tablett erschien.

Es wurden mehrere Weinsorten offeriert. Sheff wählte einen goldfarbenen aus, von dem er annahm, dass es sich um einen Madeira handelte. Er hob das Glas vom Tablett und prostete seinem Gastgeber zu. »Vielen Dank für Ihre Gastfreundschaft, Gerard.«

»Nutzen Sie sie in vollen Zügen, Shefford«, meinte Gerard mit einem kehligen Lachen, ehe er von der Frau, die ihn fütterte, eine Art Nuss entgegennahm. Er saugte die Nuss samt ihren Fingerspitzen in seinen Mund.

Sheff drehte sich um und schritt eilig zu Harkers Ecke, wobei er unterwegs einen stärkenden Schluck Wein zu sich nahm.

Die Gruppe der Personen um Harker war normal gekleidet – im Großen und Ganzen. Bei einigen Männern fehlten manche Kleidungsstücke, wie etwa der Frack oder die Krawatte. Und die Frauen trugen allesamt freizügige Kleider, nach dem Beispiel von Mrs. Ackley-Dewitt. Eine dieser Frauen saß an Harker gepresst auf dem Sofa und hatte ihre Hand auf seinem Oberschenkel gespreizt.

Es war nicht schwer zu erkennen, warum Harker von Bewunderinnen umgeben war, jedenfalls was seine äußere Erscheinung anbelangte. Er besaß ein großzügiges Lächeln, ausdrucksstarke Augen und glänzendes dunkelblondes Haar, was für einen Mann in den Fünfzigern eher eine Seltenheit war. Gekleidet war er in eine leuchtend orangefarbene Seidenweste, und seine Krawatte war von einem dunklen Elfenbein. Er trug keinen Frack, den er auch nicht brauchte, um eine korpulent gewordene Mitte zu verbergen, denn er war noch immer sehr schlank.

Sheff erinnerte sich an Mrs. Ackley-Dewitts Worte. Er hatte vermutet, dass Jos Vater vielleicht männliche Gesellschaft bevorzugte, aber die Nähe der Hand der Frau zu seinen Lenden schien darauf hinzuweisen, dass er mit jedem zufrieden war, der ihm Aufmerksamkeit schenken wollte.

»Guten Abend, Harker«, meinte Sheff. »Darf ich Ihnen ein paar Minuten Ihrer Zeit stehlen?«

»Gewiss.« Harker ließ seinen Blick über den Sitzbereich schweifen. »Ich bitte um Entschuldigung, dass wir nirgendwo sitzen können.«

»Wenn es Ihnen nichts ausmacht, eine kurze Pause von Ihren ... Begleitern einzulegen, würde ich es begrüßen, wenn wir unser Gespräch an einem ruhigeren und privateren Ort führen könnten.«

Die Frau neben Harker flüsterte ihm etwas ins Ohr, und ihre Hand wanderte weiter seinen Oberschenkel hinauf, bis ihre Finger seine Leistengegend berührten.

Harker tätschelte ihren Arm. »Ich bin wieder da, bevor du es merkst, meine Liebe. Und ich verspreche dir, dass du mich bald ganz für dich allein haben wirst.«

Harker löste sich von der besitzergreifenden Frau an seiner Seite und stand auf. Er entfernte sich von der Sitzgruppe, und zusammen verließen sie den Salon. Auch der Korridor war für ein privates Gespräch über eine Heirat ungeeignet.

»Hier entlang«, forderte Harker ihn auf und führte ihn die Treppe hinunter. »Ich kann mir nicht vorstellen, worüber

Sie mit mir sprechen wollen. Sind wir uns schon einmal offiziell begegnet?«

»Das sind wir nicht«, antwortete Sheff, als sie das Erdgeschoss erreichten.

Harker führte ihn ausgerechnet in den Speisesaal. Er war menschenleer. »Hierher kommen die Gäste, wenn sie eine Pause von allem und jedem brauchen.«

»Aber hier ist niemand«, bemerkte Sheff.

»Wohl kaum«, entgegnete Harker lachend, betrat den Raum und drehte sich zu Sheff um. »Diese Menschen kommen nicht zur Erholung zu diesen Partys. Trotzdem versucht Gerard, allen einen einladenden Raum zu bieten.«

»Das ist sehr wohlwollend von ihm.« Sheff straffte die Schultern. »Ich werde nicht zu viel von Ihrer Zeit in Anspruch nehmen.«

Harker nickte. »Vermutlich möchten Sie an den Angeboten der Party teilhaben.« Sein Blick fiel auf das Glas in Sheffs Hand. »Verdammt, ich hätte auch Wein mitbringen sollen.«

Sheff hatte vergessen, dass er ihn überhaupt in der Hand hielt. Er stellte das Glas auf den Tisch und wandte sich an sein Gegenüber. »Jo hat mir gesagt, dass ich Sie heute Abend hier finden kann.«

Harker runzelte die Stirn. »Sie sind mit meiner Tochter bekannt?«

»Ja. Ich habe gerade mit ihr auf dem Ball im Phoenix Club getanzt.«

Harkers Gesicht leuchtete vor Freude. »Oh, prächtig! Ich bin so froh, dass sie hingegangen ist. Sie ist manchmal so zögerlich, wenn es um solche Veranstaltungen geht. Wenn ich so darüber nachdenke, kennen Sie sie wahrscheinlich auch aus dem Siren's Call. Aller Wahrscheinlichkeit nach sind Sie ein häufiger Gast dort.«

»Das bin ich in der Tat. Ich habe Ihre Tochter gut kennengelernt und finde, wir haben viel gemeinsam.«

»Wirklich?« Harkers Gesichtszüge glätteten sich. »Und Sie haben mit ihr getanzt?«

»Ja.« Sheff musste zum Kern der Angelegenheit kommen und sich gleich darauf wieder auf den Weg machen. »Morgen möchte ich sie aufsuchen, um ihr einen Heiratsantrag zu machen. Aber ich wollte erst Ihr Einverständnis einholen.«

»Verteufelt nochmal!« Harker schlug mit der Handfläche auf den Tisch. »Sie wollen Jo heiraten? *Meine* Jo?«

»Ich hoffe sehr, dass sie *meine* Jo wird«, entgegnete Sheff und war überrascht, dass er tatsächlich ein Gefühl des Besitzanspruchs verspürte, wenn es auch nur zum Schein war.

Harkers Blick wurde schmal. »Und sie befürwortet das?«

»So ist es.«

Harker schürzte die Lippen und schwieg für einen langen Moment. Tiefe Falten zogen sich über seine Stirn. »Verzeihen Sie mir, Shefford, aber Ihr Ruf empfiehlt Sie nicht für den Ehestand. Es ist bekannt, dass Sie den Gang vor den Traualtar scheuen und die Gesellschaft unterschiedlicher Frauen genießen. Das ist nicht die Art von Mann, die ich mir für meine Tochter wünschen würde.«

Sheff blinzelte. Es entbehrte keineswegs einer gewissen Ironie, dass dieser *verheiratete* Mann, der sich in Kürze mit einer Frau zu allerlei sexuellen Ausschweifungen treffen würde, Sheffs Verhalten kritisierte. »Ich habe mich in Ihre Tochter verliebt und freue mich darauf, Ihnen meine Treue zu beweisen.«

»Bah!« Harker fuchtelte mit der Hand in der Luft herum. »Sie werden zwar versuchen, treu zu sein, aber Männern wie uns mangelt es an der Gabe, uns mit unserer Aufmerksamkeit auf eine einzige Frau zu beschränken. Das wird Ihnen Ihr Vater auch gesagt haben. Dessen bin ich sicher.«

Das hatte er nicht, aber Taten sagten mehr als Worte, und Sheff war sich bewusst, dass der Herzog sicher nicht für die Monogamie geschaffen war. Das war Sheff auch nicht.

Harker fuhr fort: »Trotzdem verstehe ich, dass Sie Ihre Pflicht tun müssen und den Gedanken, meine Jo als zukünftige Herzogin zu sehen, finde ich sehr berauschend.« Er grinste, doch dann ernüchterte er schnell wieder. Skeptisch kniff er ein Auge zusammen. »Und sie empfindet dasselbe für Sie und hat angedeutet, dass sie Ihren Heiratsantrag annehmen wird?«

»Das hat sie.« Sheff fand es geschmacklos, über ihre Beziehung zu lügen, was ihn überraschte. Es war ja nicht so, als hätte Jo in allen Punkten zugestimmt.

»Ich muss erst mit ihr sprechen«, verlangte Harker und richtete sein Rückgrat gerade. »Sie wollen sie morgen aufsuchen? Ich werde vor Ihnen eintreffen und mit ihr sprechen. Wenn sie mir sagt, dass sie Sie heiraten will, werde ich meine Zustimmung geben.«

Warum war das so verflixt schwer? Nie wäre Sheff auf den Gedanken gekommen, dass eine Verlobung zum Schein so viele Umstände machen würde. Er würde Jo eine Nachricht schreiben, die er im Siren's Call abgeben wollte, damit sie auf den Besuch ihres Vaters vorbereitet war.

»Ein ausgezeichneter Plan«, lobte Sheff mit einem gezwungenen Lächeln. »Ich danke Ihnen für Ihre Zeit.« Er wollte sich schon umdrehen, aber Harker hielt ihn mit einer Frage auf.

»Lieben Sie sie wirklich?«

Sheff erwiderte dem Blick des Mannes. »Von ganzem Herzen.«

Harker lächelte breit, und seine Freude darüber war

unverkennbar. »Ich freue mich so sehr. Das ist wirklich eine wundervolle Entwicklung. Es kommt überraschend, aber es ist wirklich wundervoll.«

Sheff befürchtete schon, der Mann könne seine freudige Erregung nicht mehr lange im Zaum halten, sobald er nach oben zurückkehrte. »Sie müssen das für sich behalten, bis ich ihr morgen einen Antrag mache. Können Sie mir versprechen, dass Sie das tun werden?«

»Natürlich.« Harker wedelte noch einmal mit der Hand. »Sie können mir vertrauen, dass das Geheimnis bei mir gut aufgehoben ist.«

Sheff wusste allerdings, dass das genaue Gegenteil der Fall war. Er musste damit rechnen, dass ein Teil der Londoner morgen über seine Verlobung reden würde.

Nach dem Treffen mit Jo würde er so bald wie möglich mit seinen Eltern sprechen müssen. Er würde auch ihnen Nachrichten schreiben und sie um ein Treffen bitten. Es war ihm unheimlich, sie zu einer gemeinsamen Besprechung zu bitten, aber er wollte ihre Reaktionen lieber in einer Sitzung ertragen als in getrennten. Sie sollten es schaffen, sich für eine kurze Zeit im gleichen Raum aufzuhalten. Insbesondere, wenn das bedeutete, dass ihr Sohn sich endlich verlobt hatte.

»Danke«, meinte Sheff. Dann drehte er sich um und verließ das Zimmer.

Harker folgte ihm. »Sie kommen wirklich nicht mit zurück auf die Party?«

»Nein.« Sheff setzte seinen Weg in Richtung Eingangshalle fort.

»Vielleicht hat meine Tochter Sie wirklich auf einen neuen Weg gebracht«, meinte Harker. »Liebe kann einen Menschen verändern. Das ist bei mir geschehen.«

Sheff wünschte dem Mann eine gute Nacht. Als er die

hedonistische Soiree verließ, dachte er über den Kommentar des Mannes nach und verwarf ihn gleich wieder.

Für alle, die die Liebe nicht fühlen können, änderte es gar nichts.

KAPITEL 5

*A*ls Jo aufwachte, fand sie Sheffs Nachricht vor, in der er ihr mitteilte, dass er ihren Vater auf der Soiree von Lord Gerard aufgespürt und er noch nicht in die Hochzeit eingewilligt hatte. Das würde er allerdings, hatte Sheff weiter erklärt, nachdem ihr Vater sie heute aufgesucht und sich vergewissert hatte, dass *sie* ernsthaft die Absicht hatte, zu heiraten.

Nun musste Jo nicht nur ihrer Mutter von der Verlobung mit Sheff erzählen, sondern auch, dass ihr entfremdeter Ehemann auftauchen würde. Dies kam ihr fast so schlimm vor, dass Jo das Geld, das Sheff ihr bereits gegeben hatte, nehmen und aus London fliehen wollte.

Stattdessen klopfte sie jedoch an die Tür des Arbeitszimmers, denn sie wusste, dass ihre Mutter dort beschäftigt war, nachdem sie einige Stunden zuvor aus Marcels Haus zurückgekehrt war. Jo holte tief Luft, als ihre Mutter sie hereinbat.

Jos Mutter saß mit geschlossenen Augen an ihrem Schreibtisch und fächelte sich mit einem Fächer energisch Luft über Gesicht und Brust. Die Fenster waren geöffnet worden, und die Temperatur im Raum war insgesamt angenehm kühl. Jo schloss daraus, dass ihre Mutter wieder eine ihrer »Hitzeunverträglichkeiten« hatte, die vor etwa einem Jahr begonnen hatten.

Jo tat es besonders leid, ihre Mutter jetzt zu stören, da sie ohnehin bereits in Unruhe war. »Verzeih, dass ich störe, Mama, aber ich muss etwas Wichtiges mit dir besprechen.«

»Ich hoffe, dass es in Weston im Sommer kühler sein wird als in London«, entgegnete Jos Mutter und schlug die Augen auf. »Marcel hat mir versichert, dass dort eine schöne Meeresbrise wehen wird.«

»Das klingt erholsam«, bemerkte Jo, die sich auf dem Stuhl niederließ, der neben dem Schreibtisch ihrer Mutter stand.

Ihre Mutter richtete sich in ihrem Stuhl auf, fächelte aber weiter, während sie das Wort an Jo richtete. »Was ist dein wichtiges Anliegen?«

Jo hatte ihre Worte einstudiert – das tat sie oft, wenn sie etwas Wichtiges besprechen oder sich an bestimmte Punkte erinnern wollte –, aber im Moment wollte ihr einfach nicht einfallen, wie sie hatte anfangen wollen. »Ich werde einen Heiratsantrag annehmen.«

Mit zusammengezogenen Augenbrauen und zusammengepressten Lippen hörte Jos Mutter auf, mit dem Fächer zu wedeln, während sie sprach. »Wer hat dir einen Heiratsantrag gemacht?«

»Das ist noch nicht geschehen, aber er wird bald hier sein. Es gibt allerdings einen Vorbehalt.« Jo strich mit ihren Händen über ihren Schoß. »Für den Rest der Saison wird dies eine Verlobung sein, die nur zum Schein existiert.«

Ihre Mutter setzte erneut den Fächer ein. »Erkläre dich.«

»Ich werde Shefford helfen. Seine Eltern lassen ihn nicht in Ruhe und drängen ihn zu einer Heirat. Er möchte ihren Schikanen ein Ende machen.«

»Natürlich musste es Shefford sein«, murmelte ihre

Mutter. »Eine vorübergehende Verlobung zum Schein wird nichts ändern. Ich habe ihn für schlauer gehalten als das.«

»Er hält es für möglich, dass die Wirkung von Dauer sein könnte und außerdem geht mich das nichts an. Er hat mich um Hilfe gebeten und wird mich für meine Bemühungen entschädigen.«

Die braunen, geschwungenen Brauen ihrer Mutter schossen in die Höhe. »Damit hättest du anfangen sollen, denn das ist das Wichtigste und erklärt auch gleich, warum du dich auf diesen Unsinn eingelassen hast. Wie viel?«

Jo war nicht überrascht, dass ihre Mutter die finanziellen Details wissen wollte. Sie hatte überlegt, ob sie lügen sollte, damit ihre Mutter nicht versuchte, etwas davon zu verwalten, aber sie hatte ihre Mutter nur einmal in ihrem Leben belogen. Sie war neun Jahre alt gewesen und hatte ihr nicht die Wahrheit gesagt, als sie heimlich ein Kätzchen aufgenommen hatte. Ihre Mutter war wütend gewesen und hatte Jo für eine Woche in ihr Zimmer verbannt. Als Jo wieder herauskam, hatte sie festgestellt, dass ihre Mutter sich in das Kätzchen verliebt hatte, und so hatte es bleiben dürfen, als ein geliebtes Mitglied ihres Haushalts, bis es vor zwei Jahren starb.

»Fünfhundert Pfund.« Jo freute sich über das anerkennende Glitzern im Blick ihrer Mutter.

»Gut gemacht. Ich bin beeindruckt von deinem Unternehmergeist. Das ist eine ausgezeichnete Investitionssumme für deine Zukunft. Jetzt brauchst du nicht mehr zu heiraten, nicht dass du das angesichts der Einnahmen aus dem Club überhaupt nötig hättest. Doch diese Summe gibt dir noch mehr Sicherheit.« Sie lächelte. »Wie fühlst du dich?«

»Befreit.« Jo konnte sich damit nicht nur eine Heirat ersparen, sondern sie musste auch das Siren's Call nicht übernehmen, wenn sie nicht wollte. Es kam ihr in den Sinn, dass sie ihre Mutter in gewisser Weise belog, da sie sich über ihre Vorbehalte hinsichtlich der Übernahme des Clubs ausschwieg, doch Jo hatte noch keine endgültige Entscheidung getroffen. Bis dahin gab es keinen Grund, ein Gespräch anzufangen, das unweigerlich zu einem Streitgespräch werden würde.

»Ausgezeichnet.« Das Lächeln ihrer Mutter wurde breiter. »Es gibt keine bessere Art, sich als Frau zu fühlen. Shefford kommt heute und tut so, als wolle er mich um deine Hand fragen? Soll ich etwa auch so tun?«

»Ja, er kommt, und nein, du brauchst ihm nichts vorzumachen. Er weiß, dass ich dir die Wahrheit gesagt habe. Aber du bist die einzige Person, die es weiß. Alle anderen werden denken, dass dies eine echte Verlobung ist und dass wir uns lieben.«

Jos Mutter lachte, ihr Fächer blieb in der Luft stehen. »Dass irgendjemand glauben würde, dass du oder der Earl of Shefford sich verlieben würden, ist ein guter Beweis für die Leichtgläubigkeit der Menschen. Aber ich denke, wir werden sehen, wie sich die Sache entwickelt. Es wird Spekulationen geben – und Verurteilungen –, die einerseits auf seinem Ruf und dein Ansehen, oder dessen Mangels zurückzuführen sind. Ich bin sicher, dass du darauf vorbereitet bist. Das über dich ergehen zu lassen, wird fünfhundert Pfund wert sein.«

»Das war auch meine Schlussfolgerung«, meinte Jo, obwohl sie sich weiterhin ein wenig unbehaglich fühlte. Man konnte nicht vorhersehen, was passieren würde, wenn sie auf einen Ball ging. Vielleicht würde man sie direkt schneiden. »Da ist noch eine Sache.« Jo straffte sich. Ihre Mutter würde nicht wütend sein, aber sie würde sich belästigt fühlen, und das mochte sie gar nicht.

»Aus deinem Tonfall schließe ich, dass ich nicht begeistert sein werde. Ich kann nur raten, dass es um deinen Vater geht. Es ist nur vernünftig zu denken, dass wir beide die Verlobung öffentlich bekräftigen müssen, und das aller

Wahrscheinlichkeit nach persönlich.« Sie rümpfte die Nase. »Aber er wird die Wahrheit nicht erfahren?«

»Nein. Sheff hat ihn gestern Abend ausfindig gemacht und seine Zustimmung zur Verlobung eingeholt.«

Ihre Mutter unterbrach sie. »Bei der Freitags-Soiree von Lord Gerard?«

»Ja. Woher wusstest du das?«

»Manche Leute scheinen der Ansicht zu sein, es würde mich interessieren, was dein Vater tut«, antwortete Jos Mutter achselzuckend. »Aber selbst wenn es so wäre, würde ich ihn an jedem ersten Freitagabend des Monats auf Gerads Soireen vermuten.«

»Verstehe«, entgegnete Jo, neugieriger denn je auf Lord Gerards Soireen. Vielleicht würde Sheff sie aufklären. »Papa hat nicht sofort seine Zustimmung gegeben. Er kommt hierher, um sich zu vergewissern, dass dies wirklich mein Wunsch ist, bevor er einwilligt.«

Ihre Mutter hatte wieder begonnen, sich Luft zuzufächeln, hielt aber inne und runzelte die Stirn. »Dein Vater kommt hierher? Heute?«

»In Kürze, könnte ich mir vorstellen.«

Jos Mutter stieß die Luft aus und fing an, eifrig zu fächeln. »Das ist ganz schön viel Aufwand für eine vorgetäuschte Verlobung. Warum macht sich Shefford überhaupt die Mühe, dich hier aufzusuchen?«

»Meiner Vermutung nach dachte er wohl, er sollte am Tag nach unserem Tanz im Phoenix Club dabei gesehen werden, wie er hier seine Aufwartung macht.« Jo hatte ihn nicht danach gefragt. Dies war sein Plan, und sie würde tun, was er sich ausgedacht hatte. Sie würde ihn allerdings in Kenntnis setzen, wenn es irgendetwas gab, das ihr nicht gefiel. Denn sie hatte sich schließlich das Recht vorbehalten, die Regeln festzulegen.

Wieder lachte ihre Mutter und verlangsamte die Bewegung des Fächers. »*Gesehen werden*, wie er dir seine Aufwartung macht? Wir leben doch nicht am Grosvenor Square. Ich werde über die Einzelheiten dieser Farce nicht streiten, wenn er dir so viel zahlt. Für dich werde ich einen Termin mit dem Anwalt vereinbaren, damit du mit ihm deine Investitionsmöglichkeiten besprechen kannst.«

»Ähm, vielen Dank.« Jo wusste diese Unterstützung zu schätzen, doch es würde sie auch nicht stören, die Dinge selbst in die Hand zu nehmen. Das Wort »*befreit*« war für sie ein wahres Gefühl gewesen, und für sie bedeutete es, unabhängig zu sein.

Ihre Mutter runzelte die Stirn. »Ich möchte sicher sein können, dass diese List deine Pflichten im Club nicht beeinträchtigt. Du wirst in den nächsten Monaten nicht weniger, sondern mehr zu tun haben, und du wirst an den meisten Abenden in der Woche nicht in der Stadt unterwegs sein können.«

»Das will ich auch nicht.« Jo würde es vorziehen, ihre zeitweilige Zugehörigkeit zu der elitären Gesellschaft auf ein Minimum zu beschränken.

Ihre Mutter schaute sie einen Moment lang an. »Stimmt das? Ich weiß, dass du deine an den Montagen stattfindenden Literatursalons genießt, aber in letzter Zeit bist du an anderen Abenden der Woche mit deinen neuen Freundinnen, zu denen auch Sheffs Schwester zählt, unterwegs gewesen. Du kannst das Siren's Call nicht einfach nebenbei leiten *und* dich zu solchen Veranstaltungen verpflichten.«

Nein, das konnte sie nicht. Zumindest nicht auf längere Sicht. Jo würde eine Entscheidung treffen müssen. Sie bemerkte allerdings, dass ihre Mutter das nicht sagte. Selbstverständlich würde sie davon ausgehen, dass Jo das Siren's Call leiten würde. Das war die Erwartung.

Aus dem Wohnzimmer waren Stimmen zu hören und Jo

erkannte die ihres Vaters als eine darunter. Die andere gehörte ihrer Haushälterin, Mrs. Rand.

Jo stand auf und war ein wenig nervös, da sie keine genaue Erinnerung mehr daran hatte, wann ihre Eltern das letzte Mal zusammengekommen waren.

Jos Mutter erhob sich von ihrem Stuhl und klappte ihren Fächer zu. »Es ist klug von dir, deinem Vater die Wahrheit zu verheimlichen«, flüsterte sie. »Das Geheimnis wäre sonst morgen schon in ganz London bekannt.«

Sie begleitete Jo vom Arbeitszimmer ins Wohnzimmer. Jos Vater stand an einem der vorderen Fenster. Er drehte sich zu ihnen um und verbeugte sich.

»Julia, du bist umwerfend wie immer«, bemerkte er anerkennend zu Jos Mutter und nannte sie bei ihrem Vornamen. Jo hatte gedacht, dass nur Marcel ihn benutzte, um sie anzusprechen. Es war seltsam, ihn aus dem Mund ihres Vaters zu hören, aber das war dieses ganze Treffen auch.

»Du änderst dich nie, Rowland«, entgegnete Jos Mutter. Sie sah zu Mrs. Rand und sagte leise: »Keinen Tee, danke.« Die Haushälterin entfernte sich in die Eingangshalle.

Jo streichelte ihrem Vater über die Wange. »Es ist schön, dich zu sehen, Papa.«

»Ihr scheint nicht überrascht zu sein, mich zu sehen«, bemerkte er mit einem schiefen Blick.

»Sheff hat mir eine Nachricht geschrieben, dass du kommst«, antwortete Jo. »Ich habe Mama informiert.«

Ihr Vater hob die Hände. Er gestikulierte oft beim Sprechen damit. Das war ein Aspekt seiner enthusiastischen Lebhaftigkeit. »Vielleicht hätte ich mich vorher anmelden sollen. Ich bitte um Entschuldigung.« Dann wandte er seine Aufmerksamkeit Jo zu und lächelte. »Und jetzt erzähl mir von dir und dem Earl of Shefford. Ich hatte ja keine Ahnung, dass er dir den Hof macht.« Mit einer Geste bedeutete er ihr, sich zu ihm auf das Sofa zu setzen.

Jo warf ihrer Mutter einen Blick zu, die sie mit leichtem Amüsement beobachtete. Sie machte keine Anstalten, sich zu setzen.

»Ich bin überrascht, dass du ausgerechnet Shefford heiraten willst«, meinte ihr Vater.

Da Jo wusste, dass sie diesen Satz von nun an des Öfteren hören würde, hatte sie sich bereits eine Antwort darauf zurechtgelegt. »Wir sind inzwischen schon eine ganze Weile befreundet – durch das Siren´s Call. Manchmal entwickeln sich Freundschaften eben zu mehr.«

»Das ist wahr«, stimmte ihr Vater mit einem Nicken zu. »Und manchmal passiert auch das Gegenteil. Eine Liebe kühlt zur Freundschaft ab.« Mit diesen Worten sandte er ein wehmütiges Lächeln zu Jos Mutter, die mit verschränkten Armen dastand. Sie wirkte nicht ungeduldig, aber sie machte auch nicht den Eindruck, als wolle sie verweilen.

Jo wollte ihre Eltern fragen, ob sie tatsächlich Freunde waren. Das dachte sie eigentlich nicht. Wenn dem so war, warum gingen sie sich dann aus dem Weg? Hätten sie nicht die Feiertage zusammen verbracht, wenn sie befreundet waren? Oder wenigstens Jos Geburtstage?

Jo empfand in Bezug auf ihre Eltern keineswegs Traurigkeit, aber in diesem Moment überkam sie eine schockierende Melancholie.

»Ihr seid also ineinander verliebt?«, fragte Jos Vater und riss sie dankenswerterweise aus ihren rührseligen Gedanken.

»Ja«, antwortete Jo mit einem strahlenden Lächeln. Sie hoffte, ihn damit eher zu überzeugen, als ihm in überschwänglichen Worten von ihrem falschen Verlobten vorzuschwärmen.

»Wann soll die Hochzeit sein?«, fragte er.

»Bislang haben wir noch keine genauen Daten besprochen, aber nicht vor dem Herbst oder Winter.«

Ihr Vater runzelte die Stirn. »Warum nicht früher? Eine

Hochzeit im Juni wäre doch schön, auch wenn in diesem
Frühling wirklich miserables Wetter ist. Irgendwann muss
doch die Sonne rauskommen!« Er lachte.

Die Witterung war kühl und regnerisch gewesen, was
aber keineswegs der Grund für ihre verspätete Hochzeit
wäre. »Ich bin mir nicht sicher, ob ich mitten in der Saison
heiraten will, Papa.« Dieses Argument schien ihr ebenso gut
zu sein wie jedes andere. Auf jeden Fall war es besser als
Sheffs Erklärung, dass sie sich ein Kleid mit Pelzbesatz
wünschte oder was auch immer er gesagt hatte.

»Auch ich habe gefragt, ob sie vielleicht noch ein bisschen
warten könnten«, warf Jos Mutter ein und lenkte damit Jos
Aufmerksamkeit auf sich. Sie nickte Jo verhalten zu, als wolle
sie ihr zu verstehen geben, dass sie die List unterstützen
würde.

»Ich werde verreisen und einen Großteil des Sommers in
Weston verbringen.«

Sie würde allerdings nicht vor Juli abreisen. Trotzdem
war es eine wundervolle Ausrede, und Jo war für das
Angebot ihrer Mutter dankbar.

Jos Vater drehte seinen Oberkörper zu seiner Frau. »Weston? Mit Marcel?«

Ihre Mutter nickte. »Er hat dort ein Häuschen gemietet.«

Er starrte sie an. »Du verlässt London für mehr als einige
Tage? Ich bin verblüfft.«

»Manchmal tut eine Veränderung gut«, entgegnete Jos
Mutter gleichmütig. »Oder sie ist sogar notwendig.« Ihre
Augen wurden ein wenig schmaler, als sie Jos Vater ansah,
und Jo dachte, dass eine schweigende Kommunikation
zwischen den beiden stattfand.

Jos Vater wandte den Blick wieder zu Jo. »Für den Rest
der Saison werden wir unser Bestes zu deiner Unterstützung
tun. Es wird für dich nicht leicht werden, so genau unter die
Lupe genommen zu werden, wie es der Fall sein wird, das ist

mir bewusst.« Er schenkte ihr ein sympathisierendes Lächeln und tätschelte ihre Hand.

»Es wird ein Verlobungsball stattfinden«, kündigte Jo an und schaute von ihrem Vater zu ihrer Mutter und wieder zurück. »Es wäre gut, wenn wir alle zusammen dort erscheinen könnten – nur dieses eine Mal. Ihr könnt dann gehen, wann immer ihr es wünscht. Sie stahl sich einen Blick zu ihrer Mutter und bemerkte, wie diese ihre Lippen ein wenig kraus zog. Jo war sich nicht sicher, ob die Aversion ihrer Mutter gegen diese Bitte daher rührte, dass sie Zeit mit ihrem Mann verbringen musste oder sie an einer Veranstaltung der feinen Gesellschaft teilnehmen sollte. Sie sollte nicht nur teilnehmen, sondern im Mittelpunkt stehen.

Ihr Vater holte tief Luft. »Oh, das wird eine vollkommen neue Garderobe erfordern, meine Liebe. Warum ist mir das nicht schon viel früher eingefallen?« Er blickte zu seiner Frau. »Du musst einen Termin mit einer Modistin vereinbaren. Nicht irgendeiner Modistin, sondern einer französischen. Ich kann herausfinden, welche in dieser Saison am gefragtesten ist.«

»Marcels Schwester wird mehr als angemessen sein«, entgegnete Jos Mutter und bezog sich damit auf die Frau, die derzeit ihre Kleider schneiderte. »Sie ist Französin.«

Jos Vater schüttelte vehement den Kopf und widersprach: »Unter keinen Umständen. Jo muss wie eine zukünftige Herzogin aussehen, denn sie ist es schließlich. Ich will Marcels Schwester nicht beleidigen, aber Jo muss von jemandem eingekleidet werden, der den Ton in der feinen Gesellschaft angibt. Sie kann es sich nicht leisten, noch mehr Geringschätzung auf sich zu ziehen, als dies aufgrund ihrer Stellung ohnehin der Fall ist.«

Jo zuckte innerlich zusammen, obwohl er nicht unrecht hatte. Als Jo ihre Mutter ansah, konnte sie sehen, dass auch sie sich im Klaren darüber war.

»Dann wirst du jemanden finden, den du für angemessen hältst«, gab ihre Mutter seufzend zurück.

Er gestikulierte mit seinen Händen, während er langsam sprach. »Nun ... das heißt ... ich fürchte, ich kann nicht viel zu einer Garderobe beitragen.« Er schnitt eine leichte Grimasse in Jos Richtung. Es überraschte sie nicht, von ihm zu hören, dass er kein Geld hatte. Nie schien er viel zu haben, aber in Schwierigkeiten war er offenbar auch nicht. Woher sollte Jo das überhaupt wissen? Sie hatte stets bei ihrer Mutter gelebt.

»Das erwarte ich nicht von dir«, antwortete ihre Mutter. »Wir kommen schon zurecht.« Sie warf Jo einen spitzen Blick zu, die davon ausging, dass ihre Mutter sich denken konnte, dass Sheff für die entstehenden Kosten aufkommen würde. Später würde Jo sie darüber ins Bild setzen, dass er tatsächlich ihre neue Garderobe zusätzlich zu den fünfhundert Pfund bezahlen würde. Es würde ihre Mutter noch mehr beeindrucken, auf welche Weise Jo von dieser Vereinbarung profitieren würde.

Die Klingel an der Haustür kündigte Sheffs Ankunft an. Mrs. Rand ging an der Tür vorbei die Treppe hinunter, um die Haustür zu öffnen.

»Das muss dein Bräutigam sein«, meinte Jos Vater mit einem fröhlichen Lächeln. »Ich muss sagen, ich freue mich, dass du es so gut getroffen hast, mein Mädchen. Ich hatte schon die Befürchtung, deine Mutter hätte dich davon überzeugt, auf eine Heirat zu verzichten.« Er sah seine Frau mit hochgezogener Augenbraue an, und Jo spürte, wie die Spannung zwischen ihnen zunahm. Sie wollte nicht, dass sie während Sheffs Anwesenheit hier etwas Unpassendes taten oder sagten.

Stimmen und Schritte hallten durch das Treppenhaus herauf. Mrs. Rand erschien in der Tür und trat zur Seite,

damit Sheff an ihr vorbeigehen konnte. »Der Earl of Shefford«, verkündete sie, bevor sie sich zurückzog.

»Guten Tag«, begrüßte Sheff die Anwesenden freudig,
und ein strahlendes Lächeln erhellte seine Züge. Er ging ins
Wohnzimmer und verbeugte sich vor Jos Mutter. »Es ist
immer eine Freude, Sie zu sehen, Mrs. Harker.«

»Ich muss gestehen, dass ich überrascht bin, Sie in *diesem*
Ansinnen hier zu sehen, Mylord«, entgegnete sie mit einem
Anflug von Belustigung.

»Ja, nun, niemand kann überraschter sein als ich selbst,
von Ihrer Tochter vollkommen verzaubert worden zu sein.«
Sein Blick traf Jos mit einer Glut, die *sie* um ein Haar davon
überzeugt hätte, dass er wirklich in sie verliebt war.

»Das ist wirklich großartig«, freute sich Jos Vater und
stand auf. »Ich muss meinem zukünftigen Schwiegersohn
die Hand schütteln. Das habe ich gestern Abend ganz vergessen, als Sie mich bei Gerard mit der Neuigkeit überfallen
haben.«

Jo nahm die leichte Grimasse ihrer Mutter bei der
Erwähnung von Gerard wahr. Sie beobachtete, wie ihr Vater
Sheffs Hand eifrig schüttelte. Sheff war es nur knapp gelun-
gen, seinen Handschuh auszuziehen.

»Wir haben also Ihre Zustimmung?«, fragte Sheff.

»Sicherlich. Aber jetzt müssen Sie ihr auch einen richtigen Heiratsantrag machen.« Ihr Vater trat zur Seite und sah
sie beide erwartungsvoll an.

»Du kannst doch nicht wollen, dass Shefford vor uns auf
die Knie geht?«, fragte Jos Mutter ungläubig.

»Warum nicht?«, fragte Jos Vater zurück und klang ein
wenig beleidigt. »Du weißt doch, dass ich im Herzen ein
Romantiker bin.«

»Ja, das weiß ich. In der Stimme von Jos Mutter schwang
mehr als nur ein bisschen Ironie mit.

Sheff erwiderte Jos Blick mit einer stummen Frage. Zur

Antwort zog Jo eine Schulter hoch. Sie könnten sich schon einmal daran gewöhnen, ihre Rollen zu spielen.

Sie stand auf und entfernte sich von der Sitzgruppe. Sheff schien zu begreifen und folgte ihr.

»Wir können so tun, als wären sie nicht da«, meinte sie. Dann setzte sie viel leiser hinzu, damit ihre Eltern sie nicht hören konnten: »Wir müssen die Kunst der Vorstellung meistern.«

»In der Tat«, murmelte er, ehe er ihre Hand ergriff. Seine Finger fühlten sich warm an ihren an.

Er kniete vor ihr nieder und zog etwas aus seiner Tasche. Etwas, das funkelte. Hatte er einen *Ring*?

»Meine liebste Jo«, begann er, und formte seine Lippen dabei zu einem verführerischen Lächeln, das in Verbindung mit der Berührung seiner Hand, in der die ihre lag, die Hitze in ihrem Inneren aufwallen ließ. »Du machst mich glücklicher, als ich es je für möglich gehalten hätte. Ohne dich an meiner Seite kann ich mir die Tage meines Lebens nicht mehr vorstellen. Bitte werde meine Frau, meine Countess und eines Tages meine Herzogin.«

»Und die Mutter eurer Kinder!«, fügte Jos Vater hinzu und ruinierte damit den eigentlich sehr schön gespielten Heiratsantrag.

»Ja, das auch«, meinte Sheff mit einem Glitzern in den Augen und einem Zucken um die Lippen, das seinen Versuch verriet, ein Lachen zu unterdrücken.

Auch Jo musste die Lippen zusammenpressen, um ihren Humor im Zaum zu halten. »Ja, ich werde dich heiraten.«

Sheff schob den Ring auf ihren Finger. Ein großer, wunderschöner Saphir leuchtete Jo von ihrer linken Hand entgegen. Das Gewicht des Rings war merkwürdig. Seine Schönheit war atemberaubend.

Sheff erhob sich, hob ihre Hand zu seinem Mund und drückte ihr einen Kuss auf den Handrücken.

»Sei nicht so schüchtern, mein Junge«, neckte Jos Vater. »Du musst die Verlobung mit einem Kuss besiegeln, und wir werden nicht einmal zusehen.«

Jo warf einen Blick in seine Richtung und stellte fest, dass er sich tatsächlich von ihnen abgewandt hatte. Ihre Mutter wirkte ... gelangweilt. Aber auch sie drehte ihren Kopf.

»Sie schauen nicht zu«, flüsterte Jo. »Du musst mich nicht küssen.«

»Ich weiß, das ist unsere Vereinbarung. Wie wäre es, wenn ich deine Wange nur ganz leicht berühre?« Er schaute fragend, und sein Mundwinkel sanken nach unten. »Dein Vater sieht gerade zu.«

Verdammt! »Gut. Küss mich.« Ihre Mutter hatte recht. Für eine Scheinverlobung war dies viel zu viel Aufwand.

Sheff lehnte seinen Kopf zu ihr und drückte seine Lippen auf ihren fest geschlossenen Mund.

Lieber Himmel.

Jo war auf den Schwall der aufwallenden Hitze nicht vorbereitet, der ihr Inneres allein durch seine bloße Berührung überkam. Seine Lippen waren warm und fest. Sanft strichen sie über die ihren hinweg, wobei sie sich entspannte. In der Voraussicht auf seinen Kuss hatte sich ihr gesamter Körper verkrampft. Aber er war außergewöhnlich.

Sie konnte nicht anders, als seinen Kuss zu erwidern. Ihr Körper wusste, was zu tun war, wenn sie geküsst wurde, wenn sie ... erregt war.

Dann war er fort. Er hatte sein Gesicht von ihrem gelöst.

Sie ging das Wagnis ein, ihm in die Augen zu schauen. Dort nahm sie den leisesten Anflug von Überraschung wahr. War er von dem Kuss genauso berührt gewesen wie sie?

Das ging nicht. Das Kussverbot würde sofort wieder in Kraft gesetzt, und zwar absolut.

»Lass mich den Ring sehen!«, rief Jos Vater und zerstörte

damit die verführerische Aura, in der sich Jo befand – und das nicht zu früh.

Ihr Vater schritt auf sie zu, und Jo hielt ihre Hand hoch. »Es ist ein Saphir«, bemerkte sie unnötigerweise. »Nicht wahr?«, sie spähte kurz zu Sheff, wollte ihn aber nicht ansehen. Insbesondere seine Lippen nicht. Noch immer konnte sie diese Lippen auf ihren eigenen spüren.

»Ja. Er gehörte meiner Großmutter, der Herzoginwitwe«, antwortete er. »Sie ist letztes Jahr gestorben.«

Jo würde sehr vorsichtig mit dem Ring umgehen. Tatsächlich hatte sie fast Angst, ihn zu tragen, denn es war ja gar nicht echt.

»Er ist spektakulär«, stellte Jos Vater fest und nahm ihre Hand. Er drückte sie kurz, bevor er sie wieder losließ. »Ich freue mich für euch beide. Ich freue mich schon auf den Verlobungsball. Informiert mich so bald wie möglich über die Einzelheiten. Ich muss dafür sorgen, dass ich wie der Schwiegervater in Spe des Erben eines Herzogtums aussehe.« Er lachte vergnügt. »Und seht zu, ob ihr die Hochzeit vorverlegen könnt. Jo würde mit Sommerblumen im Haar wunderschön aussehen.«

»Ich fürchte, das wird nicht möglich sein«, antwortete Sheff gleichmütig.

»Die Hochzeit wird schön, wann immer sie stattfindet«, befand Jos Mutter.

»Das wird sie ganz bestimmt.« Jos Vater wünschte allen einen guten Tag, ehe er Jo noch einmal über die Wange streichelte und sich verabschiedete.

Niemand sagte etwas, bis sie hörten, wie die Eingangstür am Fuß der Treppe ins Schloss fiel.

Jos Mutter schüttelte den Kopf. »Dein Vater wird am Boden zerstört sein, wenn die Hochzeit nicht stattfindet.« Sie richtete ihre Aufmerksamkeit auf Sheff. »Das ist ein sehr merkwürdiger Plan. Ich kann nicht erkennen, wie Ihnen dies am Ende helfen soll. Sie werden trotzdem heiraten müssen, wie es sich für einen Herzog geziemt.«

Sheff lächelte und sein Blick war durchtrieben. »Sind Regeln nicht dazu da, gebrochen zu werden?«

»Wie unverschämt«, urteilte Jos Mutter lachend. »Touché.«

»Können wir uns auf Ihre Diskretion verlassen?«, fragte Sheff.

»Ja, und ich werde helfen, wo immer ich kann – im Rahmen des Möglichen. Sie wandte sich zu Jo und ihre Gesichtszüge wurden ein wenig weicher. »Sei sanft zu deinem Vater, wenn du ihm die Wahrheit sagst. Er hat ein empfindsames Wesen.«

Das wusste Jo natürlich. Ihr behagte es gar nicht, ihn täuschen zu müssen, doch eine andere Wahl gab es einfach nicht.

»Mama, ich habe vergessen zu erwähnen, dass Sheff auch für meine neue Garderobe aufkommt.«

»Das übernehme ich mit Freuden«, meinte Sheff freundlich. »Jo tut mir damit einen großen Gefallen.«

Jos Mutter durchbohrte ihn mit einem prüfenden Blick. »Sie werden sich gut um meine Tochter kümmern. Ich werde nicht zulassen, dass sie durch Ihre Schurkerei in irgendeiner Weise zu Schaden kommt. Mein Vorschlag wäre, dass Sie sich für die Dauer dieser Farce dem Zölibat verschreiben.«

Er verschränkte die Hände hinter seinem Rücken. »Ich werde, äh, darüber nachdenken.«

Jo glaubte keine Sekunde, dass er dies wirklich tun würde.

Ihre Mutter verließ das Wohnzimmer und durchquerte die Eingangshalle, um entweder in ihre Suite oder vielleicht nach unten in den Club zu gehen.

Eine plötzliche Welle der Erschöpfung überkam Jo. Sie ließ sich zurücksinken und wischte sich mit der Hand über die Stirn. Sie vergaß, dass sie jetzt einen Ring am Finger trug, und kratzte sich mit dem erlesenen Schmuckstück die Haut auf. »Aua.«

»Was ist passiert?« Sheff rückte näher, was ihr nicht unbedingt recht war. Sie hatte sich kaum von der schockierenden Intimität ihres Kusses erholt.

»Ich habe vergessen, dass ich diesen Ring trage und mich an der Stirn gekratzt. Blutet es?«

Er fixierte seinen Blick auf ihrer Stirn, und seine Miene war konzentriert. »Nein, es ist nur rot.« Er hob die Hand und rieb mit dem Daumen über die Stelle, an der ihre Haut brannte. »Ich wollte dich nicht mit einer Waffe ausstatten. Du musst den Ring nicht die ganze Zeit tragen. Aber ich musste dir schließlich einen geben.«

»Hättest du nicht einfach einen Strassstein kaufen können? Was ist, wenn dem Ring deiner Großmutter etwas passiert, während er in meinem Besitz ist?«

»Es wird ihm nichts passieren«, antwortete er mit einem schwachen Lächeln. »Ich habe volles Vertrauen in dich. Welcher Gentleman, der etwas auf sich hält, steckt einer Dame einen künstlichen Verlobungsring an den Finger?«

Sie warf ihm einen sardonischen Blick zu. »Welcher Gentleman, der etwas auf sich hält, bezahlt diese Dame dafür, dass sie vorgibt, seine Verlobte zu sein?«

»Dieser hier«, sagte er lachend.

Jo entfernte sich von ihm, denn sie wollte unbedingt Abstand zwischen sie bringen. Ihr Puls war weiterhin etwas schneller, als ihr lieb war. Heute war einfach sehr viel zu bewältigen gewesen. Ihre beiden Eltern waren zusammengekommen und dann dieser vorgetäuschte Heiratsantrag.

Um gar nicht erst von diesem erschütternden Kuss zu reden.

Nein, von diesem wollte sie auf keinen Fall reden. Nicht einmal in den Grenzen ihrer eigenen Gedanken.

»Hast du es deinen Eltern schon gesagt?«, fragte sie und
kehrte zur Sitzgruppe zurück, ohne allerdings die Absicht zu
haben, sich zu setzen. Da sie noch zu arbeiten hatte und
wahrscheinlich eine Modistin aufsuchen müsste, wollte sie
nicht, dass er noch länger blieb. Aber welche?

Sheff folgte ihr, wobei er ihr aber nicht zu nahe kam. »Ich
habe noch nicht mit ihnen gesprochen, doch das werde ich
sehr bald erledigen. Ich habe die beiden zu einer Besprechung gebeten. Ich muss gestehen, dass ich wegen des
Zusammentreffens der beiden ein wenig in Sorge bin, aber
ich möchte die Neuigkeiten lieber nur einmal verkünden. So
ist auch sichergestellt, dass keiner der beiden sich über den
Umstand ärgern kann, dass der andere zuerst davon erfahren
hat.« Er verdrehte die Augen.

»Es kann wirklich eine Herausforderung sein, mit seinen
Eltern zurechtzukommen«, meinte Jo mit einem mitfühlenden Nicken. »Ich kann mich nicht einmal mehr erinnern,
wann meine das letzte Mal zusammengekommen sind.
Deswegen war ich heute auch beunruhigt, obwohl scheinbar
alles glattgelaufen ist.«

»Das würde ich zumindest aus meiner Sicht bestätigen.
Dein Vater scheint sehr erfreut zu sein, wohingegen sich
deine Mutter eher zurückhaltend gibt. Das war vermutlich
zu erwarten, denn sie kennt die Wahrheit und er nicht.«

»Auch wenn sie nicht im Bilde wäre, so würde sie sich
dennoch zurückhaltender als mein Vater zeigen.« Jo legte
den Kopf schief. »Wie war dein Treffen mit ihm gestern
Abend? Konntest du eine Ausschweifung vermeiden?«

Er lachte. »Ja, obwohl die Gelegenheiten dazu reichlich
dazu vorhanden waren. Diese Soiree war anders als alle, die
ich je besucht habe.«

»Gedenkst du, in Zukunft eine weitere Veranstaltung
dort zu besuchen?« Ihrer Vermutung nach handelte es sich

dabei um genau die Art von Unterhaltung, die er genoss, zumal er sich nicht mit ihr darüber unterhalten wollte.

»Nicht, solange mein Vater eingeladen ist. Gerard gab ihn als Grund dafür an, warum ich noch nie eine Einladung erhalten habe – er dachte, ich hätte kein Interesse, zu kommen. Damit hat er recht. Nun werde ich mich wohl auf den Weg machen müssen.« Er wollte sich umdrehen, doch dann hielt er inne. »Oh, wenn ich dir eine Modistin vorschlagen dürfte – Madame Demarest ist eine der beliebtesten dieser Saison. Wenn es dir recht ist, kann meine Mutter es übernehmen, eine Anprobe für dich am Montag zu arrangieren.«

»Deine Mutter?«

»Ich bin mir reichlich sicher, dass sie dich gern begleiten möchte.« Er verzog das Gesicht erst zu einer Grimasse, um sie dann mit einem entschuldigenden Blick anzuschauen, wobei er seine Stirn auf eine Art krauste, die ungemein liebenswert war. »Ist das in Ordnung? Es hatte nicht den Anschein, als würde deine Mutter dich begleiten wollen.«

»Meine Mutter würde sich wahrscheinlich darauf berufen, dass sie zu beschäftigt ist. »Das stört mich allerdings nicht. Jo hatte sich inzwischen seit beinahe einem Jahrzehnt selbst um ihre Garderobe gekümmert. Es wäre ihr unangenehm, wenn ihr eine andere Person bei der Auswahl behilflich wäre. »Wird deine Mutter darauf hoffen, dass sie die gesamte Auswahl für mich trifft?«

»Um ehrlich zu sein, weiß ich das nicht. Vielleicht sollte Min auch mitgehen.«

»Es wäre schön, wenn Min und Ellis mit von der Partie wären. Wenn das auch bedeutete, dass sie die beiden noch ein wenig länger belügen müsste. Bei nochmaligem Nachdenken kam Jo zu dem Schluss, dass sie wahrscheinlich auch ohne die beiden zurechtkommen wird.

»Oh. Ellis besser nicht. Meine Mutter würde sie nicht

einladen. Aber sie würde sich freuen, Min dabei zu haben. Sag mir einfach, wie es dir lieber ist.«

Jo wollte fragen, warum Ellis, die absolut reizend war, nicht mitkommen sollte, doch sie wollte nicht neugierig erscheinen. Außerdem musste er sich auf den Weg machen, um seine Eltern zu treffen. »Ich werde mich dem fügen, was am einfachsten ist. Du solltest besser aufbrechen. Du musst einen Termin einhalten.«

Er stieß die Luft aus. »Ja. Wünsch mir Glück.« Er sah sie mit einem Lächeln an. »Ich werde heute Abend ins Siren's Call kommen und dir berichten, wie es gelaufen ist.«

»Wenn du möchtest.« Jo wollte ihm eigentlich sagen, er solle sich die Mühe sparen, denn ihrer Meinung nach hatte sie für einen Tag genug von seiner Gesellschaft genossen. In den nächsten Wochen würden sie beide viel Zeit miteinander verbringen, und sie brauchte wirklich nicht öfter als notwendig auf seinen Mund schauen oder sich vorstellen, wie sich seine Lippen auf ihren angefühlt hatten.

Sheff verabschiedete sich mit einer höflichen Verbeugung. »Bis später, meine Liebste.« Ein leises Lachen entfuhr ihm, ehe er den Raum verließ.

Jo führte ihre Hand zum Mund, und drückte mit ihren Fingerspitzen sanft gegen ihre Lippen. Dann drehte sie ihre Hand und betrachtete den ovalen Saphirring, der an ihrem Finger steckte. Die heutige Scharade hatte sich viel zu real angefühlt, um nur zum Schein zu sein.

KAPITEL 6

*A*ls Sheff in der Bibliothek auf und ab ging, in der er sich in Kürze mit seinen Eltern treffen wollte, kreisten seine Gedanken keineswegs um das bevorstehende Gespräch. Offensichtlich konnte er nicht damit aufhören, an den Kuss zu denken, den er mit Jo ausgetauscht hatte.

Er hatte eine nicht zu leugnende innige Verbindung zwischen ihnen gespürt, die einerseits scharf und knisternd wie Elektrizität war, aber auch von Tiefe und Beständigkeit geprägt. Es war, als könne er noch immer den Druck ihrer Lippen auf seinen spüren.

Augenscheinlich hatte er zu viele Tage ohne die Umarmung einer Frau verbracht. Das würde er heute Abend nachholen und dem Rogue's Den einen Besuch abstatten.

Dabei fiel ihm der Ratschlag von Jos Mutter ein, dass er sich für die Dauer ihrer Scheinverlobung dem Zölibat unterwerfen sollte. Irgendwie war es ihm gelungen, sie nicht entsetzt anzustarren.

»Shefford, mein Liebling.«

Sheff drehte sich zu seiner Mutter um, die in den Raum schwebte. Ihr Haar war tadellos frisiert, und ihre grauen

Strähnen sahen aus, als wären sie eigens zur Hervorhebung der Frisur eingebracht worden. Sie trug ein hellgrünes Kleid, und ein schlichtes goldenes Kreuz schmückte ihren Hals.

»Guten Tag, Mama.«

»Ich gestehe, dass meine Neugierde kaum zu zügeln ist, da du mich gebeten hast, dich zu einer bestimmten Zeit zu treffen.« Ein Lächeln umspielte ihre Lippen, und Sheff verabscheute, ihre heitere Laune durch die Ankunft seines Vaters ruiniert zu wissen.

Ehe er ihr allerdings mitteilen konnte, dass auch sein Vater zu ihnen stoßen würde, schritt der Herzog bereits in die Bibliothek. Sein Blick fiel auf die Herzogin. Er schürzte die Lippen, ohne jedoch ein Wort zu sagen, während er sich auf direktem Wege zum Barschrank begab, um sich ein Glas Wein einzuschenken.

»Guten Tag, Sheff«, begrüßte er seinen Sohn schroff.

»Warum ist er hier?«, fragte Mama und ihre Augen wurden ganz dunkel.

»Ich wohne hier«, entgegnete Papa, als er sich zu ihr umdrehte und einen gelangweilten Gesichtsausdruck aufsetzte.

»Wohl kaum.« Mama schniefte und drehte sich so, dass sie Sheff gegenüberstand. »Du hast uns beide hergebeten?«

»So ist es. Ich freue mich, meine Verlobung bekannt zu geben.«

Sein Vater hatte gerade einen Schluck Wein getrunken und hustete nun, weil er sich verschluckt hatte, während seine Mutter nach Luft schnappte. Sie hob eine Hand zu ihrer Kehle, und starrte ihn dabei mit einem schockierten Ausdruck in ihren blauen Augen an.

»Du solltest uns besser nicht an der Nase herumführen«, meinte sein Vater, nachdem er sich wieder gefangen hatte. Er warf einen Blick auf die Herzogin, und eine einzelne Furche grub sich in seine Stirn. War er ... sorgte er sich etwa um sie? Um ihre Gefühle, wenn Sheff sie austrickste?

Nein, gewiss nicht.

»Das würde Sheff niemals tun«, hauchte die Herzogin fast atemlos.

Das schlechte Gewissen packte Sheff und hielt ihn fest in seinem Bann. Dann dachte er jedoch wieder an die ständigen Schikanen und die ungezählten unangenehmen Gespräche mit ihr, in denen sie ihn mit seinen Pflichten und der *Notwendigkeit* einer Heirat unter Druck gesetzt hatte. Dazu noch, dass er ein guter Ehemann werden musste – freundlich, verständnisvoll und insbesondere diskret.

Das war eine unhaltbare Situation. Er würde seine Mutter enttäuschen, wenn er unverheiratet bliebe, und er würde sie auch enttäuschen, wenn er als Ehemann vollkommen versagte.

»Ich habe wirklich eine Verlobte«, beteuerte Sheff und schob die Schuldgefühle in den Hintergrund. »Sie trägt bereits den Ring von Großmutter.« Er blickte seinen Vater an, der überrascht blinzelte.

»Das würde ihr gefallen«, murmelte der Herzog etwas düster, ehe er an seinem Wein nippte.

»Willst du uns nicht verraten, wer sie ist?«, fragte Mama mit einer etwas schrillen Stimme. »Ich kann mir das gar nicht vorstellen. Das ist eine schockierende Entwicklung. Soweit ich informiert bin, hast du keiner Frau den Hof gemacht.«

»Das habe ich tatsächlich nicht. Allerdings kenne ich die Lady bereits eine ganze Weile. Wir sind befreundet. Gestern Abend, als ich auf dem Ball des Phoenix Clubs mit ihr tanzte, hat sich etwas zwischen uns verändert. Mir ging mit einem Mal auf – und auch ihr –, dass wir vielleicht mehr als nur befreundet sein könnten. Das ist glaube ich der Grund, warum ich mich bisher gegen eine Heirat gesträubt habe«, meinte Sheff, der allmählich mit seiner Geschichte warm wurde. »Offenbar brauche ich erste eine starke Bindung zu einer Frau, ehe ich bereit bin, ihr einen Heiratsantrag zu machen.«

Auch wenn er seine Worte frei erfunden hatte, spürte Sheff, dass etwas davon tief in seinem Inneren wahr klang. Sollte er je heiraten, *was er nicht tun würde*, war Freundschaft scheinbar eine ebenso gute Grundlage dazu wie jede andere. Eine Freundin würde keine Liebe erwarten.

Mit ausdruckslosen Gesichtern wurde er von seiner Mutter und seinem Vater angestarrt.

»Wer ist es?«, drängte seine Mutter gleich darauf mit erwartungsvoller Miene.

»Miss Josephine Harker.«

»Verdammt noch mal«, zischte der Herzog.

Die Herzogin kniff das Gesicht zusammen und verzog missmutig den Mund. »Wer?«

»Ihre Mutter ist die Besitzerin des Siren's Call«, antwortete der Herzog. »Das ist eine Spielhölle.«

Aus dem Gesicht der Herzogin wich nun alle Farbe. »Eine *was*?«

»Das ist keine Spielhölle, Mama«, entgegnete Sheff und warf seinem Vater einen gereizten Blick zu. »Es ist ein Club, und zwar ein sehr schöner. Jos Mutter hat ihn vor fast zwanzig Jahren eröffnet, glaube ich.«

»Das ist richtig«, bestätigte der Herzog mit einem Nicken. Er trank noch einen Schluck Wein. »Lieber Himmel, Sheff, hättest du nicht eine Frau aus deinen eigenen Kreisen wählen können?«

Seine Eltern reagierten genau wie er erwartet und sich erhofft hatte. Aus einem unerfindlichen Grund ärgerte ihn ihre offensichtliche Missbilligung jedoch. Jo war eine wunderbare Frau.

Allerdings hast du Jo gerade deshalb ausgewählt, weil deine

Eltern sie nicht gutheißen würden und sie dich somit nicht so schnell vor den Traualtar treiben wollen.

Eine Erinnerung tauchte in seinen Gedanken auf und sie beruhigte seine Aufregung ein wenig. Es lief alles nach Plan, und darauf musste er sich konzentrieren.

Die Herzogin legte die Hand um eine Sessellehne, ehe sie sich steif darauf niederließ. Genauer ausgedrückt brach sie darin zusammen. Noch immer war ihr Gesicht sehr blass. Sie hielt die Hände fest im Schoß verschränkt.

»Ihre Mutter besitzt eine Spielhölle«, flüsterte sie. Ganz langsam schüttelte sie den Kopf. »Nein, nein. Das darf nicht sein.« Als sie ihren Blick zu Sheff hob, sah es wirklich so aus, als könnte sie in Tränen ausbrechen. »Du musst deinen Heiratsantrag zurückziehen. Noch ist es nicht zu spät.«

Sheff wahrte seine Geduld. All dies gehörte zu seinem Plan. Was wäre aber, wenn er wirklich in Jo verliebt war? Er biss die Zähne zusammen. Er war absolut nicht darauf gefasst gewesen, dass ihn genau die Reaktion verärgern würde, die er hatte auslösen wollen.

Nachdem er tief Luft geholt hatte, antwortet er: »Mama, ich hoffe, du wirst Jo herzlich willkommen heißen. Sie ist über die Maßen klug und hat eine gute Erziehung genossen. Sie wird eine ausgezeichnete Countess sein.«

»Sie gehört doch noch nicht einmal zur feinen Gesellschaft«, wandte die Herzogin ein und klang, als hätte sie gerade eine furchtbare Nachricht vernommen. »Und ihre Abstammung ...« Ihre Stimme erstarb und ihr Gesicht wurde noch bleicher.

»Wenigstens heiratet er«, meinte sein Vater. »Ich bin sicher, dass du sie auf Vordermann bringen kannst, Alice.«

Sheffs Mutter sah ihren Ehemann mit einem vernichtenden Blick an, ehe sie sich wieder an Sheff wandte. »Das wird der Ruin der Familie sein.« Sie riss die Hände in die Luft und presste den Kiefer zusammen.

»Nein, das wird er nicht«, stieß Sheff hervor. »Jo ist wunderbar. Du gibst ihr nicht einmal eine Chance. Sie wird alle deine Erwartungen übertreffen.« Noch einmal holte er tief Luft und bemühte sich dann, seiner Wut Herr zu werden, die ihn zu seiner Überraschung gepackt hatte. »Es ist beschlossene Sache. Die Erlaubnis ihres Vaters habe ich bereits eingeholt, und wie ich schon erwähnte, trägt Jo bereits Großmutters Ring.« Beinahe hätte er den mutmaßlichen Verlobungsball erwähnt, aber wäre es nicht das Beste, wenn seine Mutter gar keinen veranstalten wollte?

Stirnrunzelnd betrachtete der Herzog sein inzwischen leeres Weinglas, bevor er sich wieder Sheff zuwandte. »Besteht keine Chance, dass du deine Meinung änderst?«

»Nein.«

»Wir müssen einen Verlobungsball veranstalten«, meinte die Herzogin verbittert. Sie sah Sheff erwartungsvoll an. »Ich nehme nicht an, dass deine Verlobte mit einer Spielhölle einen Ball planen und durchführen kann?«

»Da sie mit scheinbar geringer Mühe in der Lage ist, einen gut besuchten Club zu führen, kann ich mir gut vorstellen, dass sie das könnte.« Das war vielleicht das Ehrlichste, was er bisher gesagt hatte.

Die Herzogin hielt die Armlehne ihres Sessels umklammert und ihre Knöchel wurden weiß. »Sie *arbeitet* in dieser Spielhölle?«

»Ja.« Insbesondere angesichts der Reaktion seiner Mutter hatte Sheff kein schlechtes Gewissen, seine Eltern überlistet zu haben. Er liebte seine Mutter, aber in Bezug auf seine ausstehende Eheschließung hatte sie sich vollkommen uneinsichtig gezeigt. Heute war ihre Reaktion noch schlimmer. »Mama, war von mir erwartet worden, dass ich dir erlaube, eine Frau für mich auszusuchen, die du gutheißt?«

Sein Vater schnaubte, und Sheff war sicher, dass er ein Lachen zu unterdrücken versuchte.

»Mach dich nicht lächerlich«, gab die Herzogin darauf zurück und schniefte. »Du kannst mir aber nicht vorwerfen, dass ich mir wünsche, du würdest eine Frau heiraten, die dir gesellschaftlich gleichgestellt ist.«

Das war ihr sehr wichtig, und Sheff hätte das eigentlich wissen müssen. Als er diese Worte jedoch aus ihrem Mund hörte, trafen sie ihn. Es ging ihm gar nicht so sehr um einen Aufschub ihrer Forderungen, sondern er sehnte sich nach einem Aufschub von *ihnen*. Ein merkwürdiges Gefühl von Müdigkeit ergriff Besitz von ihm. Warum musste in dieser Familie alles so nervenaufreibend und schwierig sein?

»Es tut mir leid, dass ihr mit der Wahl meiner Braut nicht so glücklich seid«, meinte Sheff nun. Er versteifte sein Rückgrat und sprach nun in seinem vornehmsten Tonfall weiter. »Aber ich werde Jo heiraten, und ich möchte euch anhalten, euch darüber zu freuen. Oder wenigstens nicht daran zu verzweifeln. Ich werde *heiraten*. Das habt ihr doch gewollt.«

»Er hat recht«, stimmte der Herzog ihm zu. »Glückwunsch, Sheff. Ich hoffe, du wirst sehr glücklich sein. *Wahrhaftig.*« Er klang, als meinte er es wirklich ernst.

Die Herzogin stand auf. Ein wenig ihrer Farbe war in ihr Gesicht zurückgekehrt, doch ihre Züge wirkten weiterhin wie aus Eis gemeißelt. »Ich werde Zeit brauchen, um mich an diese ... Umstände zu gewöhnen.« Dann verließ sie das Zimmer mit eiligen Schritten.

»Ich wusste nicht, dass sie so schnell laufen kann«, murmelte der Herzog und kehrte zum Barschrank zurück, um sein leeres Glas auf dem Tablett abzustellen. Als er sich zu Sheff umdrehte, strich er das Revers seines Fracks glatt. »Ignoriere sie. Sie war schon immer anspruchsvoll und unversöhnlich.«

Unversöhnlich? Würde sie Sheff für immer zürnen? »Das sagst du, weil sie dir dein Verhalten nie vergeben wird. Ich bin nicht wie du.« Nun, ein Teil von ihm war es doch.

»Nein, das bist du nicht, Gott sei Dank. Deine Mutter hegt tiefe Überzeugungen. Außerdem besitzt sie für jeden einen andere Maßstab für Moral und sonstige Erwartungen. Das ist schrecklich verwirrend.« Er rieb sich die Stirn.

Es schien, als wollte sein Vater noch mehr sagen, doch als er das nicht tat, fragte Sheff: »Was genau ist verwirrend?«

»Vergiss es. Vergiss, dass ich etwas gesagt habe.« Er schenkte Sheff ein halbes Lächeln. »Deine Mutter zieht mich auf, als wäre ich ein Automat. Ich freue mich für dich, mein Junge. Jo scheint eine liebenswürdige junge Frau zu sein, nicht dass ich sie besonders gut kenne. Wenn sie wie ihre Mutter ist, hast du eine ausgezeichnete Gefährtin gefunden – stark, fähig und imstande, dafür zu sorgen, dass du keinen Skandal verursachst.« Lächelnd verließ er die Bibliothek.

Sheff sah ihm stirnrunzelnd nach. Wollte sein Vater damit zum Ausdruck bringen, dass seine Frau – Sheffs Mutter – ihn nicht daran hindern konnte, einen Skandal auszulösen? Als wäre es ihre Schuld.

»Genau das ist der Gesichtsausdruck, den ich nach einem Treffen mit Mama und Papa erwartet hatte«, meinte Min, als sie die Bibliothek betrat. »Percy sagte, du wärst mit ihnen hier drin. Haben sie dir eine Frist für die Heirat gesetzt?«

»Im Gegenteil, ich habe um das Treffen gebeten, um sie über meine Verlobung zu unterrichten.«

Min sah ihn mit zusammengekniffenen Augen an. Sie strahlte Skepsis aus, während sie die Hände in die Hüften stemmte. »*Du* bist verlobt?«

Er nickte. »Ab heute.«

»Wer war so töricht, sich darauf einzulassen? Oder gibt es einen Skandal, der noch nicht publik geworden ist?« Sie legte den Kopf schief. »Du warst gestern Abend noch eine Weile im Phoenix Club, aber wäre dort etwas vorgefallen, hätte ich längst davon gehört.«

»Es gibt keinen Skandal. Den wird es auch nicht geben.

Wahrscheinlich war dies die größte Lüge, die ihm bislang über die Lippen gekommen war. Er hoffte nur, dass der Skandal sich in Grenzen halten würde, zumal die Auflösung des Verlöbnisses außerhalb der Saison und außerhalb Londons stattfinden würde. Allerdings würde er Sorge dafür tragen, dass ausschließlich er im Mittelpunkt dieses Skandals stünde. Jo würde ungeschoren davonkommen.

»Du sagst mir nicht, wie sie heißt«, beschwerte sich Min, in deren Gesichtszügen sich noch immer Zweifel spiegelten. »Was stimmt nicht mit ihr?«

»Mit ihr ist alles in Ordnung. Ich glaube sogar, dass sie dir gefallen wird, im Gegensatz zu unserer Mutter. Es ist Jo.«

Jetzt veränderte sich Mins Gesichtsausdruck, bis er der Reaktion ihrer Mutter auf Sheffs Brautwahl nahezu gleichkam. Sie war schockiert und sogar ein wenig entsetzt. »*Jo?* Wie meine Freundin, deren Mutter das Siren´s Call gehört? Jo, die seit ... Ewigkeiten keinen Fuß mehr auf eine richtige gesellschaftliche Veranstaltung gesetzt hat?«

»Ich würde sagen, dass ein Ball im Phoenix Clubs eine durchaus angemessene gesellschaftliche Veranstaltung ist. Aber darüber mache ich mir keine Sorgen.«

»Das ist offensichtlich, denn sonst hättest du ihr keinen Heiratsantrag gemacht.« Min verschränkte die Arme vor der Brust und trat näher an ihn heran »Warum Jo? Ich kann mir nicht vorstellen, dass ihr euch innerhalb von fünf Minuten ineinander verliebt habt.«

»Wir haben gestern Abend getanzt, und das hat uns die Augen geöffnet.«

»Bah. Ich habe den Rest des Abends mit ihr verbracht, und sie war keine verliebte Frau.«

»Meines Erachtens behält sie ihre Gefühle lieber für sich.« Sheff hatte keine Ahnung, ob das wirklich so war, doch zur Durchführung dieser List war es eine gute Ausrede.

Mit gerunzelter Stirn studierte Min ihn eine ganze Weile,

während sie über seine Worte nachzudenken schien. »Jo will nicht heiraten. Wie hast du sie überzeugt?«

»Ich will auch nicht heiraten, vielleicht sind wir deshalb perfekt füreinander geeignet«, antwortete er süffisant.

Min schüttelte den Kopf. »Irgendetwas riecht hier faul. Zufällig mag ich Jo sehr. Wenn du ihr in irgendeiner Weise wehtust –«

Sheff unterbrach sie. »Das werde ich nicht.« Er hatte von Min angenommen, sie würde ihre Ungläubigkeit in Worte kleiden, aber dieses Maß an Skepsis überstieg seine Erwartungen. Vielleicht lag das daran, dass er Mins Freundschaft mit Jo nicht mit einkalkuliert hatte. Sheff würde mit Jo darüber sprechen, ihre Gefühle auf eine Weise zum Ausdruck zu bringen, die Mins Zweifel zerstreute, damit sie ihre Verlobung nicht weiter in Frage stellte.

Aber um ehrlich zu sein, stellte sich die Frage, ob ihre Verliebtheit oder ihr Vorhaben, nie zu heiraten, überhaupt eine Rolle spielte? Von Sheff wurde erwartet, dass er heiratet – seine Wünsche waren unwichtig – und welche junge Lady würde schon nein sagen, wenn sie den Erben eines Herzogtums heiratete? Das galt selbst für eine junge Lady, die nicht heiraten wollte.

So gesehen, fragte sich Sheff, ob sie nicht einfach heiraten und sich darauf einigen sollten, ein getrenntes Leben zu führen. Sowohl ihre Eltern als auch die seinen hatten sich auf diese Weise arrangiert. Warum nicht sie?

Weil Sheff sich nicht einmal in diesem Maße an jemanden binden wollte. Er wollte nicht das geringste Risiko eingehen, einen Ehepartner zu enttäuschen.

Min beobachtete ihn weiterhin besorgt, was ihn dazu veranlasste, zu erwägen, ihr einfach die Wahrheit zu sagen. Dann müsste Min ihr Wissen jedoch vor ihren Eltern verheimlichen. Und vor Ellis. Er könnte aber auch Ellis ins Vertrauen ziehen. Sheff wollte allerdings nicht, dass zu viele

Leute Bescheid wüssten. Damit würde das Risiko steigen, dass ihr Geheimnis aufflöge, was insbesondere für Jo schädlich sein könnte.

»Du behauptest, ihr keinen Schaden zuzufügen, aber du bist ein schrecklicher Halunke«, meinte Min. »Und das weiß sie!« Min verschränkte die Arme und stieß einen verärgerten Laut tief aus ihrer Kehle aus. »Sei versichert, dass ich die Wahrheit über diesen Plan ans Licht bringen werde.«

Bevor er sich überlegen konnte, wie er darauf reagieren sollte, indem er sie beispielsweise bat, ihren Eltern nichts zu sagen, wenn sie die Wahrheit aufgedeckt hätte, verließ Min den Raum.

Nun kamen Sheff Zweifel, ob sein Plan tatsächlich so klug war, wie er glaubte. Vielleicht sollten sie die Sache besser abblasen.

Dann wäre er allerdings wieder genau dort, wo er angefangen hatte.

～

*N*achdem Jo einige Stunden damit verbracht hatte, den Raum für Kartenspiele unten im Club herzurichten und aufzuräumen, saß sie nun beim Tee im Sitzbereich ihres Schlafzimmers. Die Arbeit im Kartenspielzimmer war eigentlich unnötig, da sich einer der Angestellten darum gekümmert hätte, wenn sie zur Arbeit erschienen, aber Jo hatte etwas zu *tun* gebraucht. Ihre Verstand war viel zu sehr von ihren Gedanken beherrscht, die ihrer Scheinverlobung, ihren Eltern, Sheffs Treffen mit seinen Eltern und wahrscheinlich am allermeisten Sheff selbst und diesem dummen Kuss galten.

Sie durfte einfach nicht länger darüber nachdenken. Es gab eine Regel – die sie selbst aufgestellt hatte –, die besagte, dass Küsse nicht erlaubt waren, woran sie sich fortan auch halten würden. Es bestand nicht die geringste Notwendigkeit, sich in Erinnerung zu rufen, dass sie sich überhaupt geküsst hatten.

Mrs. Rand spähte in das Zimmer; die Tür war nicht geschlossen gewesen. Ihr Aussehen entsprach nicht dem einer typischen Haushälterin, denn sie verachtete Dienstbotenhauben zutiefst. Stattdessen trug sie einen kleinen, recht flotten Hut, den sie auf ihrem blonden Haar festgesteckt hatte. Sie hatte ihre blauen Augen auf Jo gerichtet. »Du hast noch mehr Besucher. Vermutlich ist das so, weil du jetzt verlobt bist.«

Mrs. Rands Gesichtszüge waren streng – mit kleinen Augen, einem scharfen Kinn und schmalen Lippen. Nie zeigte sie ein breites Lächeln, aber Jo vermutete, dass das an ihren Zähnen lag. Jo hatte nur ein- oder zweimal einen Blick darauf erhascht, und sie waren schief gewesen. Trotz ihrer vorwiegend strengen Miene war Mrs. Rand eine wunderbare Frau, und Jo betrachtete sie als Familienmitglied.

»Das nehme ich an«, meinte Jo, obwohl sie sich nicht vorstellen konnte, wer sie jetzt besuchen wollte. Sie würde vermutet haben, dass Sheff zurückgekehrt war. Allerdings hatte er angekündigt, sie heute Abend im Siren´s Call aufzusuchen, aber vielleicht hatten sich seine Pläne geändert. Mrs. Rand hatte von Besuchern gesprochen, Plural. »Wer ist es?«

»Lady Minerva Halifax und Miss Ellis Dangerfield. Sie haben mir eine Karte gegeben.« Mrs. Rand formte ihre Lippen zu einem leichten Lächeln, als sie die Tür weiter aufstieß. »Sehr hochgeboren.«

»Min ist die Schwester meines Verlobten, also ja.«

Mrs. Rand rümpfte die Nase. »Dein Scheinverlobter? Deine Mutter hat mir die Wahrheit gesagt. Ich werde kein Wort darüber verlieren, außer zu Frannie.«

Jo war nicht überrascht, dass ihre Mutter sich Mrs. Rand anvertraut hatte, und auch nicht, dass die Haushälterin es der wichtigsten Person in ihrem Leben erzählen würde. »Ich hätte es dir gesagt. Es ist ja nicht so, dass du mir geglaubt hättest, ich würde einen Earl heiraten.«

»Warum solltest du ein Gefängnis gegen ein anderes tauschen?«, fragte Mrs. Rand kichernd. »Obwohl das Leben, das du dir wünschst, glaube ich, irgendwo in der Mitte dieser beiden liegt. Irgendwann wirst du es deiner Mutter beichten müssen.«

Jo holte tief Luft und war nun wirklich überrascht. Wie hatte Mrs. Rand das herausfinden können? Nie hatte Jo ein Wort darüber verloren, dass sie etwas anderes tun wollte, als die Stelle ihrer Mutter im Siren's Call einzunehmen. »Meine Mutter vermutet das nicht, oder?«

Mrs. Rand schüttelte den Kopf. »Nein, und genau deshalb musst du es ihr sagen. Mir ist bewusst, dass es nicht leicht sein wird, aber sie wird Verständnis dafür haben. Sie wird nicht wollen, dass du an etwas gebunden bist, das du nicht wirklich willst. Vor allem deshalb nicht, weil deine Mutter selbst so hart dafür gekämpft hat, ein Leben zu haben, das ihr gefällt.«

»Warum fährt sie dann den Sommer über ans Meer?« Noch immer war Jo über diese Wendung der Ereignisse verblüfft.

»Ich bin mir nicht sicher, ob sie selbst das weiß«, antwortete Mrs. Rand achselzuckend. »Lass deine Gäste nicht warten. Soll ich Tee bringen?« Sie warf einen Blick auf Jos Tablett. »Vielleicht nicht.«

»Ich werde fragen, ob sie etwas wollen, aber im Moment nicht.« Jo stand auf, und Mrs. Rand ging, um das Tablett mitzunehmen. »Ich danke dir. Ich hätte es selbst in die Küche gebracht.« Jo hatte ihren Tee selbst zubereitet, wie sie es oft tat, und sie brachte das Tablett fast immer nach unten.

»Das weiß ich«, entgegnete Mrs. Rand mit einem Nicken.

»Aber jetzt musst du so tun, als wärst du verlobt. Geh schon.«

Jo machte sich auf den Weg ins Wohnzimmer, wo Min und Ellis bereits Platz genommen hatten. Min hatte einen sehr entschlossenen Blick. Vermutlich hatte sie von der Verlobung gehört.

»Ich kann mir denken, warum ihr mich besucht«, meinte Jo, als sie sich in einen Sessel gegenüber dem Sofa setzte.

Min senkte den Blick auf Jos Hand. »Er hat dir den Ring unserer Großmutter gegeben?«

»Ja.« Jo blickte auf ihren juwelenbesetzten Finger hinunter. Warum hatte sie überhaupt vergessen, den Ring abzulegen? Sie hätte ihn beim Aufräumen nicht tragen sollen. Sie sollte ihn nur tragen, wenn sie ausging, um sich in der Gesellschaft zu zeigen, was hoffentlich nur eine kurze Zeit der Fall sein würde. Der Drang war groß, den Ring jetzt abzulegen, insbesondere, wenn ihre Freundin ein Problem damit hatte, dass Jo ihn trug. »Ist das ein Problem?«

»Es ist überraschend«, antwortete Min und stieß die Luft aus. »All dies ist höchst schockierend. Ich glaube keine Sekunde, dass du und Sheff euch nach einem Tanz im Phoenix Club ineinander verliebt habt. Ihr kennt euch schon seit einiger Zeit.«

Mindestens einige Jahre, überlegte Jo. Und sie hätten damit rechnen müssen, dass Min sich nicht weismachen ließ, es würde sich hier um eine gewöhnliche Verlobung handeln.

»Min denkt, es ist eine Vernunftehe«, meinte Ellis und sah Min mit einem langmütigen Blick an, der Jo verriet, dass sie von Min bereits viel zu viel über dieses Thema gehört hatte. Das war nicht verwunderlich, denn Min sagte ihre Meinung immer frei heraus.

Min schürzte die Lippen. »So muss es sein. Alles andere wäre Unsinn.«

Jo und Min kannten sich noch nicht sehr lange, und es

waren eigentlich nur einige Wochen, doch sie hatten Freundschaft geschlossen. Es hatte ganz den Anschein, als ob Min wütend war. »Bist du zornig?«, fragte Jo.

»Nein«, gab Min rasch zur Antwort, wobei allerdings ihre Wimpern flatterten und sie den Blick kurz abwandte. »Vielleicht bin ich ein bisschen ... verletzt. Wenn du Zuneigung zu meinem Bruder gefasst hast, warum weiß ich dann nichts davon?« Sie traf Jos Blick, deren schlechtes Gewissen sich daraufhin regte. Es würde schwierig sein, ihre neuen Freundinnen anzulügen, das hatte sie gewusst. Doch wie sehr dies schmerzte, hatte sie nicht geahnt.

Jo entschied, dass sie nicht vollkommen unaufrichtig bleiben konnte, insbesondere deshalb nicht, weil Min es ohnehin besser wusste. »Ja, es ist eine Vernunftehe, aber das darfst du niemandem sagen. Sheff liegt viel daran, dass alle es für eine Liebesheirat halten.« So hatte er sich nicht ausgedrückt, doch andererseits hatte er auch nicht gesagt, sie würden eine Vernunftehe eingehen. Sie hätten sich vielleicht ausführlicher über diese Modalitäten austauschen sollen.

Mins Schultern entspannten sich, und ihr Gesicht bekam einen weicheren Ausdruck. »Nun, das ist schon weitaus einleuchtender, obwohl ich immer noch ratlos bin, welcher Grund jeden einzelnen von euch zu diesem Schritt bewogen hat. Ihr wolltet beide nicht heiraten.«

»Wollen und müssen ist nicht dasselbe«, entgegnete Jo. »Dein Bruder hat eine Pflicht zu erfüllen, und du weißt sicher, dass deine Eltern zunehmend drängender auf seiner Heirat bestehen.«

»Er hat sich also entschieden, dich zu heiraten, und damit eine Frau, die meine Eltern mit nahezu absoluter Sicherheit ablehnen würden? Warum hat er sich nicht für eine der zahlreichen jungen Ladys aus unseren Kreisen entschieden?« Min hatte bei ihren Worten einen entschuldigenden

Gesichtsausdruck aufgesetzt. »Du weißt hoffentlich, dass ich das nicht böse meine.«

»Das weiß ich. Auch ich habe Sheff vorgeschlagen, eine dieser jungen Ladys zu heiraten, aber das will er nicht.« Das entsprach der Wahrheit. Denn sonst würde er genau das tun. Jo würde keinesfalls verraten, dass die Verlobung eine List war. Sie hatte eine Abmachung mit Sheff getroffen. Hoffentlich verstünde er, dass es unumgänglich war, Min in dem Glauben zu lassen, sie würden einen Vernunftehe eingehen.

»Meiner Vermutung nach hat dein Bruder sich für Jo entschieden, weil die beiden Freunde sind«, meinte Ellis. »Wenn man schon aus Vernunftgründen heiratet, warum dann nicht jemanden, den man kennt und für den man zumindest etwas mehr als nur Toleranz aufbringt?«

»Ja, das trifft es genau«, meinte Jo, die für Ellis' Weisheit dankbar war. Und für ihre Unterstützung, selbst wenn sie gar nicht wusste, dass sie half.

»Das ist vermutlich sinnvoll. Ganz bestimmt bist du eine weitaus bessere Schwägerin als jede der jungen Ladys auf dem Heiratsmarkt«, bemerkte Min mit einem Lächeln. »Aber warum hast du zugestimmt?«

»Ich werde Sicherheit haben und ein gewisses Maß an Unabhängigkeit«, antwortete Jo, was auch stimmte. Die von Sheff gezahlte Geldsumme würde ihr beides bieten.

Min legte die Stirn in leichte Falten. »Hast du das nicht schon mit dem Siren's Call? Du hast eine ganze Zukunft mit einem erfolgreichen Unternehmen. Obwohl du diese meiner Ansicht nach dann nicht mehr haben wirst. Die Gräfin von Shefford kann keinen Spielclub führen.«

Ellis bedachte Jo mit einem ermutigendes Lächeln. »Wir müssen davon ausgehen, dass Jo zu diesem Handel bereit ist.«

Mins Augen wurden schmal und stechend, worauf Jo sich

auf eine weitere Frage gefasst machte. »Was ist mit einem Erben?«

»Min!« Ellis funkelte sie an. »Hör auf, deine Nase in dieser Angelegenheit zu stecken. Wir sind Jos Freundinnen, aber gewisse Dinge sind zu persönlich.«

Jo war Ellis wirklich dankbar, dass sie sich für sie aussprach. Sie wollte das nicht erörtern, und zwar nicht einmal als hypothetische Situation.

»Gerade weil ich ihre Freundin bin, sorge ich mich«, konterte Min. Sie sah Jo an. »Was ist mit seinem schurkischen Betragen? Stört es dich nicht, mit einem Mann von seinem Ruf verheiratet zu sein?«

Jo fiel es schwer, bei dieser Frage, nicht an ihre eigenen Eltern zu denken. Sie lebten nicht wie ein Ehepaar zusammen, und sie waren nicht unglücklich darüber, getrennt zu sein. Das Problem war die Gesellschaft und nicht sie. »Nicht unbedingt«, gab Jo in der Hoffnung zur Antwort, dass die nächsten Wochen nicht von Unterhaltungen dieser Art geprägt sein würden. »Ich verstoße nicht gegen die Regeln für Halunken, um genau zu sein.« Sie war allerdings mit ihm allein gewesen und das sogar vor ihrer Verlobung, als sie ihm mit seinem Vater geholfen hatte. Genauer gesagt hatte er ihr geholfen, da der Herzog in ihrem Haus und in ihrem Lokal in einen Zustand der Besinnungslosigkeit geraten war.

»Müssen wir Tamsin und Gwen die Wahrheit über den Grund der Heirat vorenthalten?«, fragte Ellis. »Wir treffen uns häufig mit ihnen, obwohl ich mir vorstellen kann, dass Gwen von nun an mehr Zeit zu Hause mit ihrem frisch angetrauten Ehemann verbringen wird.«

»Wir müssen den wahren Grund geheim halten, und ich vertraue euch in diesem Punkt«, antwortete Jo. »Ich werde es ihnen selbst mitteilen.«

Min schien sich weiter zu entspannen. »Das freut mich. Ich würde sie nicht gern anlügen wollen.«

Wieder spürte Jo eine Regung ihres schlechten Gewissens. Es behagte ihr ganz und gar nicht, Min anzulügen. »Hoffentlich bist du über diese Neuigkeit nicht unglücklich, Min. Sheff und ich sind über dieses Arrangement erfreut. Und wir werden Schwestern sein«, fügte sie mit einem leichten Lachen hinzu.

»Das stimmt natürlich und wie ich bereits festgestellt habe, könnte ich mir keine bessere vorstellen. Was kann ich tun, um zu helfen?«

»Sheff sagte, deine Mutter würde einen Termin mit Madame Demarest vereinbaren, um mich mit einer Garderobe auszustatten, die meiner neuen Rolle entspricht. Er hat den Vorschlag gemacht, dass du uns begleiten könntest, und das würde ich sehr begrüßen.«

Vorfreude blitzte in Mins Augen auf. »Ich werde mit meiner Mutter sprechen. Wir werden am Montagnachmittag fahren.«

»Bist du sicher, dass die Modistin so bald schon einen Termin freihaben wird?« Denn das war ja schon übermorgen.

»Madame Demarest nimmt sich stets Zeit für meine Mutter und mich.« Min runzelte die Stirn ein wenig. »Ich muss gestehen, dass es mir lieber wäre, wenn meine Mutter nicht mitkäme. Ich kann mir vorstellen, dass sie von Sheffs Wahl seiner Braut enttäuscht ist. Es tut mir leid, das zu sagen.« Sie blickte Jo mitleidig an.

»Enttäuscht ist wahrscheinlich untertrieben«, meinte Ellis leise. »Min, du musst alles daransetzen, um Jo zu unterstützen.«

»Das werde ich«, gelobte Min. »Ich werde versuchen, Mama davon abzubringen, uns zu begleiten.« Sie zwinkerte Jo zu. »Wir müssen uns jetzt verabschieden. Heute Abend findet noch ein Ball statt, obwohl ich nach den Bällen im

Phoenix Club gestern Abend und dem Northumberland House vorgestern einigermaßen erschöpft bin.«

Jo fühlte sich schon müde, wenn sie nur von diesem Zeitplan hörte. Sie würde Sheff informieren müssen, dass sie nicht mehr als zwei gesellschaftlichen Veranstaltungen pro Woche besuchen konnte. Das Siren´s Call durfte sie nicht vernachlässigen. Wenn sie dies jedoch nicht tat, würde sie von der feinen Gesellschaft hart verurteilt werden. Auch das hatte sie gar nicht bedacht. Mehr und mehr kam ihr zu Bewusstsein, dass dies möglicherweise ein törichter Plan war.

Andererseits war das Geld und die Aussicht auf eine Zukunft, die *sie* selbst bestimmte, zu verlockend, um das Angebot abzulehnen.

Als Min und Ellis sich zur Eingangshalle aufmachten, begleitete Jo sie. Ellis berührte sie kurz am Unterarm. Ihre klaren blauen Augen begegneten Jo mit sympathischer Bewunderung. »Ich verstehe, dass du deine Zukunft sichern willst – mit allen verfügbaren Mitteln. Das ist vernünftig und klug.«

»Danke«, murmelte Jo.

Sie verabscheute es trotzdem, ihre Freundinnen anzulügen, und sie freute sich schon auf die Zeit, wenn sie all dies hinter sich hatte.

KAPITEL 7

*E*s war kurz nach zehn, als Sheff im Siren's Call eintraf. Er hatte sich kaum auf dem Ball aufgehalten, zu dem er seine Mutter, Min und Ellis begleitet hatte, weil er sofort von Neugierigen belagert worden war, die wissen wollten, ob er wirklich verlobt sei. Seine Mutter hatte niedergeschlagen ausgesehen, was frustrierend war. Die feine Gesellschaft würde schon laut genug darüber herziehen, dass er Jo zu seiner Auserwählten gemacht hatte. Nun wollte seine Mutter mit ihrer offensichtlichen Missbilligung obendrein noch mehr Öl ins Feuer gießen.

Bevor er den Ball verließ, hatte er sie noch gebeten, sich wenigstens zum Schein glücklich zu zeigen, denn alles andere würde Klatsch und Tratsch nach sich ziehen. Das hatte eine Reaktion bewirkt, und sie hatte einen Ausdruck aufgesetzt, den man vielleicht für ein Lächeln halten könnte.

Inzwischen wusste er, dass sein Glück in dieser ganzen Angelegenheit gar keine Rolle spielte. Die Beharrlichkeit, mit der seine Eltern auf seiner Heirat bestanden, hatte rein gar nichts damit zu tun, dass Sheff die andere Hälfte seiner Seele oder ein Glück fände, das alle Tage seines Lebens erstrahlen ließ. Nein, es hatte keine Unterhaltung über romantisches Geschwafel oder gar Zufriedenheit gegeben. Niemals.

Die Ehe war ein Geschäft, und nach der Meinung seiner Mutter hatte Sheff schlecht investiert. Auch sein Vater war nicht über die Maßen begeistert gewesen, doch er hatte die Tatsachen wenigstens akzeptiert. Das war allerdings wahrscheinlich nur deshalb geschehen, weil er sich lieber auf seine eigenen Vergnügungen konzentrierte.

Möglicherweise war es diese Umgebung, der es so an Liebe mangelte, die Sheffs Überzeugung genährt hatte, zu diesem Gefühl nicht fähig zu sein. Wie konnte er das überhaupt wissen?

Becky, die leutselige schottische Schankmagd mit dem feuerrotem Haar, begrüßte Sheff mit einem Humpen Ale, als er sich an seinen gewohnten Tisch setzte. »Sie sind heute früh hier. Wenn Sie Jo suchen, ich glaube, sie versteckt sich.«

Sheff hatte seinen Humpen an die Lippen gehoben, um einen Schluck zu trinken, doch er hielt auf halben Wege inne. »Warum?«

»Nachdem der sechste oder siebte Gast sie nach eurer Verlobung gefragt hat, hat sie wohl beschlossen, dass sie genug hat. Ich glaube, sie sortiert Chips oder vielleicht Karten in der Lagerkammer.«

»Wo kann ich die finden?« Sheff stand auf, das Ale immer noch in der Hand.

»Ich glaube nicht, dass Sie dort hingehen können«, wandte Becky ein und legte die Stirn in Falten. Sie schien ein wenig verwirrt.

»Unsinn. Ich bin Jos Verlobter und muss mit ihr sprechen. Ich will nicht, dass sie herkommt, wenn sie sich hier unbehaglich fühlt.« Allerdings musste sie die Fragen und Blicke der Leute aushalten können – und die gemurmelten Urteile.

Das sollte Sheff sich selbst zu Herzen nehmen. War er

nicht gerade aus genau demselben Grund von einem Ball geflohen, aus dem sich Jo in einer Kammer versteckt hielt?

»Bitte, Becky«, versuchte er es erneut mit einem Lächeln. »Wo kann ich sie finden?«

Becky wies ihm den Weg zu einer Tür hinter der Treppe. »Verraten Sie ihr nicht, dass ich Ihnen gesagt habe, wo sie ist.«

Sheff nickte, bevor er aus dem Schankraum eilte und die Lagerkammer fand. Er klopfte einmal, ehe er die Tür öffnete und eintrat.

Der kleine Raum war mit zwei Laternen beleuchtet, sodass er sich mühelos einen Überblick über den Inhalt dort verschaffen konnte. Drei der Wände waren mit vollgestellten Regalen ausgestattet, in denen sich Kartenspiele, Würfel und Chips, Tischtücher und andere Wäsche befanden. Es gab auch Gläser und anderes Serviergeschirr. In der Mitte stand ein kleiner Tisch. Jo stand auf der anderen Seite und ordnete die Kartendecks.

Sie hatte aufgeschaut, als er hereinkam, und nun brannte ihr Blick in seinem. Oder vielleicht fühlte es sich nur so an, weil sie seltsam zu leuchten schienen.

»Wie hast du mich gefunden?«, fragte sie.

»Ich habe geraten.«

Sie erzeugte ein Geräusch in ihrer Kehle. »Becky muss es dir gesagt haben. Ist schon in Ordnung. Ich habe dich erwartet, aber nicht so früh. Ist etwas passiert?«

»Ich habe meine Mutter, meine Schwester und Ellis auf dem Ball abgesetzt und bin dann hierher gekommen.« Er nippte an seinem Ale.

»Du bist nicht dort geblieben?«

Sheff stellte seinen Humpen auf den Tisch. »Nur einige Minuten. Jetzt, da ich verlobt bin, besteht für mich kein Grund mehr, dort zu verweilen.«

Ihre Augen leuchteten noch heller und sie schürzte die

Lippen. »Heißt das, wir müssen keine Veranstaltungen der feinen Gesellschaft mehr besuchen?«

»Ähm, nein, das heißt es nicht. Ich fürchte, das müssen wir.« Doch warum eigentlich? Wenn er eines Tages Herzog war, würde er gesellschaftliche Ereignisse nutzen müssen, um wichtige Beziehungen zu knüpfen, und manche würden sagen, dass er jetzt schon getrost damit anfangen sollte. Sheff hatte sich jedoch nie um Derartiges bemüht. Weder saß er im Parlament noch war er auf der Suche nach einer vorteilhaften ehelichen Verbindung gewesen.

»Min hat mich heute Nachmittag besucht«, bemerkte Jo, während sie die Karten auf dem Tisch weiter sortierte. »Sie war nicht davon überzeugt, dass wir eine Liebesbeziehung haben.«

Sheff besann sich auf Mins Reaktion, als sie von der Verlobung Kenntnis bekam. »Nein, ich hatte auch nicht geglaubt, dass sie überzeugt war. Wie hast du reagiert?«

»Ich kam zu dem Schluss, dass es keinen Sinn haben würde, sie von der Geschichte zu überzeugen, wir hätten uns beim Walzertanzen ineinander verliebt. Sie fragte, ob wir eine Vernunftehe eingehen würden und ich dachte, diese Erklärung sei ebenso gut wie jede andere.« Sie warf ihm einen zaghaften Blick zu. »Ich hoffe, das ist in Ordnung.«

»Ich hatte mit dem Gedanken gespielt, Min in den Plan einzuweihen.« Sheff seufzte. »Ich sorge mich jedoch, dass meine Mutter dahinterkommt – nicht, weil Min ihr absichtlich etwas sagen würde, sondern eher, weil ihr etwas herausrutschen könnte.« Er hob sein Ale an die Lippen und trank einen großen Schluck.

Jo wandte sich wieder dem Sortieren der Karten zu, und Sheff sah zu, wie sie diese nach Nummern und Gesichtern ordnete. »Darf ich annehmen, dass deine Mutter nicht gut auf deine Nachricht reagiert hat?«

»Nein, das hat sie nicht. Mein Vater war auch nicht über

die Maßen begeistert, aber er hat meine Entscheidung akzeptiert.« Sheff sah, dass Jo noch immer feine Linien auf der Stirn hatte. Lag dies an ihrer Konzentration auf das Sortieren, was eher wenig Konzentration erforderte, oder an ihrer Verzweiflung über die Situation, die er geschaffen hatte?

»Willst du die Sache rückgängig machen?«, fragte er.

Jo richtete den Blick auf ihn. »Das habe ich nicht gesagt. Allerdings ist es schwieriger, als ich erwartet habe. Es tut mir leid, dass ich deiner Schwester gesagt habe, dies sei eine Vernunftehe, aber ich belüge sie nur ungern. Und Ellis ebenso. Und meine anderen Freundinnen. Aber keine Sorge, sie werden die Wahrheit nicht verraten.«

»Es ist gut, dass sie das denken – sehr gut sogar.« Sheff verschränkte die Arme vor der Brust. »Dieser Plan schien so brillant. Meine Eltern hätten mich in Ruhe gelassen. Heiratswillige Mütter und ihre Töchter würden sich von mir abwenden. Wenn du dann die Verlobung auflöst, würden die Leute mir für eine ganze Weile aus dem Weg gehen. Ich habe nicht gründlich genug über die gegenwärtigen Konsequenzen nachgedacht, insbesondere nicht, was dich anbelangt. Vielleicht sollte ich dein Honorar verdoppeln.«

Sie riss die Augen auf. »Das wäre übertrieben. Insbesondere, wenn man die Garderobe in Betracht zieht. Ihre Stirn glättete sich. »Ist es wirklich so furchtbar? Sich mit den Anforderungen abzufinden? Warum ziehst du nicht einfach in die Einsamkeit Schottlands oder woandershin?«

Er lachte leise. »Das ist mir auch schon eingefallen. Ich mag Edinburgh. Warst du schon mal da?«

Sie schüttelte den Kopf.

»Es würde dir gefallen, glaube ich. Natürlich gibt es dort auch eine feine Gesellschaft, aber sie ist viel kleiner und es scheint unkomplizierter, zwischen den Klassen zu wechseln. Es gibt jede Menge wunderbarer Pubs und Treffpunkte. Und die Landschaft ist herrlich schroff. Es ist anders als alles, was du dir vorstellen kannst.«

»Das klingt faszinierend.« Sie legte eine Fünf auf den Stapel der Fünfer.

»Zieh eine Karte«, forderte er sie auf. »Wenn es eine ungerade Zahl ist, brechen wir das Ganze ab. Wenn sie gerade ist, machen wir weiter.«

»Und wenn es eine Bildkarte ist?«

Er lächelte. »Dann verdoppele ich dein Honorar.«

Jo wölbte eine Augenbraue, zog eine Karte und drehte sie auf dem Tisch vor ihm um, als wäre sie die Kartengeberin im Kartenzimmer. Der Saphir seiner Großmutter funkelte an ihrem Finger, und sein Anblick vermittelte ihm ein schockierendes Gefühl von Besitz. Es war ein köstliches Gefühl, obwohl er keinen echten Anspruch auf sie hatte.

Die Art und Weise, wie sie den Arm ausstreckte und das Spiel ihres Fingers auf der Karte hatte auch etwas unbestreitbar Verführerisches. Vielleicht stellte er sich vor, wie sie nach ihm griff. Der Gedanke war sehr verlockend.

Die Nummer acht blickte sie vom Tisch aus an.

»Wir machen weiter«, stellte Jo fest.

»Bist du sicher, dass wir es bei einer Karte belassen sollten?« Er wollte sicher sein, dass sie damit einverstanden war, weiterzumachen, auch wenn sie sich bereits darauf geeinigt hatten.

Sie zuckte mit den Schultern. »Warum nicht? Diese Methode ist bei der Entscheidungsfindung ebenso gut wie jede andere.«

Er lachte. »Ich bin mir nicht sicher, ob du das wirklich glaubst, aber wenn du damit einverstanden bist, dass wir so weitermachen, werde ich mich nicht beschweren.«

Sie nahm die Acht auf, die sie vorher auf den Tisch gelegt hatte, und sortierte sie zu dem Stapel der Achten. »Erzähle mit mehr von deinem Treffen mit deinen Eltern. Sie waren nicht glücklich, was hat sich dann zugetragen?«

»Meine Mutter hat den Raum verlassen, doch als wir zum Ball aufbrachen, war sie … gefasster. Sie teilte mir mit, dass der Verlobungsball am nächsten Samstag stattfinden wird.«

Ihre Wimpern flatterten. »So bald?«

»Auch ich war überrascht. Wahrscheinlich ist es aber besser so, denn die Neuigkeit wird sich in Windeseile verbreiten.« Er hob seinen Humpen Ale an die Lippen und trank einen Schluck. »Bis dahin wirst du ein neues Ballkleid brauchen. Könnte das ein Problem sein?«

»Min wird für Montagnachmittag einen Termin bei Madame Demarest vereinbaren und mich dorthin begleiten. Vermutlich hängt es von der Modistin ab, ob sie so kurzfristig arbeiten kann.«

»Das kann sie ganz bestimmt und Min wird Sorge dafür tragen. Wird meine Mutter euch begleiten?« Sheff hoffte, dass das nicht der Fall wäre, aber er war sich nicht sicher, ob dies wirklich vermeidbar war. Die Herzogin mochte mit seiner Wahl unzufrieden sein, doch sie würde trotzdem in das Geschehen einbezogen werden wollen – warum sonst würde sie so schnell einen Verlobungsball planen? Zudem würde sie Sorge dafür tragen wollen, dass Jo angemessen gekleidet war.

»Min war sich nicht sicher. Sie ging davon aus, dass deine Mutter von deiner Brautwahl enttäuscht ist und konnte ihre Reaktion nicht voraussagen.«

»Es tut mir so leid, Jo.« Sheff hielt ihren Blick fest. »Ich werde ihr nicht erlauben, dir gegenüber unhöflich zu sein.«

»Das weiß ich zu schätzen.« Sie kam mit dem Sortieren der Karten in ihrer Hand zu einem Ende und nahm sich nun den Stapel mit den Zweien vor, die sie nach Farben sortierte. »Ich halte es für das Beste, wenn wir unsere Interaktionen auf ein Minimum beschränken. Ich möchte meine Teilnahme an gesellschaftlichen Veranstaltungen auf höchstens zwei pro Woche eingrenzen.«

»Einschließlich der Spaziergänge im Park? Wir sollten anstreben, vielleicht einmal pro Woche dort gesehen zu werden. Tatsächlich sollten wir in dieser Woche vor dem Ball dort an einem Nachmittag spazieren gehen.« Sheff konnte nicht anders, als auf Jos Hände zu starren, während sie mit den Karten hantierte. Sie hatte elegante Finger, die lang und schlank waren. Er stellte sich vor, wie diese Finger ihn auf verschiedenste Weise berührten, und sein Schaft versteifte sich. Er räusperte sich – um seinen Verstand von diesen anzüglichen Fantasien zu befreien –, um dann wieder zum Thema ihrer Unterhaltung zurückzukehren. »Vielleicht am Mittwoch?«

»Ich würde bevorzugen, wenn die Spaziergänge im Park in diesen beiden Begegnungen eingeschlossen wären«, entgegnete sie. »Wäre das akzeptabel?«

»Möglicherweise nicht, aber nach den ersten paar Wochen können wir sicher weniger präsent sein.«

»Das ist meiner Ansicht nach sinnvoll«, antwortete Jo, während sie mit dem Sortieren fortfuhr. Gerade war sie dabei, die Vieren nach Farben zu sortieren. »Mittwoch passt gut, obwohl ich nicht weiß, ob ich bis dahin ein schickes neues Ausgehkostüm habe.«

»Du wirst überrascht sein, welche Wunder Madame Demarest vollbringen kann.« Er verstummte, als er ihr beim Sortieren der Karten zusah, und allzu leicht ließ er sich vom Schnipsen ihrer Finger und dem Bogen ihrer schmalen Handgelenke verzaubern. Er stellte sich vor, wie er sie dort umfasste und seine Lippen auf die Innenseite drückte, wo ihr Puls stark schlug. Würde sich ihr Puls wegen ihm beschleunigen?

»Wir könnten wirklich eine Vernunftehe führen.«

Hatte er das laut gesagt?

Anhand von Jos Händen, die sich nicht mehr bewegten, wurde ihm klar, dass er diese Worte tatsächlich ausgesprochen hatte. Als er den Blick dann auf ihr Gesicht richtete, erkannte er ihren erstarrten Ausdruck.

»Das ist doch nicht dein Ernst«, meinte sie mit leiser unglaublich erregender Stimme. Was, um alles in der Welt stimmte nicht mit ihm? Er hatte kaum mit ihr geflirtet und schon überkam ihn das Verlangen.

»Unsere Eltern haben das offenbar getan«, brachte er zur Antwort über die Lippen. »Sie sind Vernunftehen eingegangen.«

Sie drückte die Lippen zu einem leichten Schmollmund zusammen. »Ihre Ehen sind für alle Beteiligten im höchsten Maße unangenehm, würde ich behaupten. Warum solltest du das wollen?« Ein Schaudern überlief ihre Schultern. »Das will ich nicht. Viel lieber würde ich unverheiratet bleiben, danke.«

Richtig. Wie konnte Sheff nur vergessen haben, warum er sich so lange vor einer Heirat gedrückt hatte. Er wollte nicht so leben wie seine Eltern, aber er hatte auch keinen Grund, erwarten zu können, dass er zu etwas anderem imstande wäre. Der Genuss, den er an den Frauen und der Freiheit fand, war zu groß und er würde seiner Ehefrau keinesfalls zumuten, das gleiche zu erdulden, wie seine Mutter.

Sheff hatte sich von seiner überraschend beständigen Anziehung zu seiner Partnerin bei diesem Plan hinreißen lassen. Im gleichen Moment überlegte er allerdings, ob dieser ganze Plan die Mühe wirklich wert war. »Natürlich hast du recht. Ich hatte nur im Sinn, was du meiner Schwester erzählt hast, und überlegt, ob dir vielleicht an einer echten Vernunftehe gelegen ist.«

»Das ist nicht der Fall.« Jo hörte mit dem Sortieren auf und legte den Kopf schief. »Min war sehr überrascht, als sie erfuhr, dass ich eingewilligt hatte. Ich würde für meine Zukunft planen, habe ich ihr erklärt, was dank deines großzügigen Honorars auch stimmt.«

»Es tut mir leid, dass du deinen Freundinnen gegenüber nicht ganz aufrichtig sein kannst. Ich kann mir vorstellen, wie schwierig das ist.«

»Meine Befürchtung ist, dass sie mir das übel nehmen könnten«, gestand sie leise.

Sheff ging um den Tisch herum und stellte sich neben sie. Sie drehte sich zu ihm hin. »Das werde ich nicht erlauben. Schiebe die ganze Schuld auf mich.«

»Ich bin aber daran beteiligt. Ich habe deinem Plan zugestimmt und nehme sogar Geld dafür, um meine Rolle zu spielen.« Sie schüttelte den Kopf. »Ich glaube nicht, dass ich dir die Schuld geben kann.«

»Sage mir bitte, was ich zur Zerstreuung deiner Sorgen tun kann.« Eingehend betrachtete er ihr Gesicht und beim Anblick der beiden steilen Falten zwischen ihren Brauen zürnte er sich selbst, weil er ihr Verursacher war.

»Im Augenblick gar nichts. Ich würde es sehr begrüßen, wenn wir unser gesellschaftliches Engagement auf ein Minimum beschränken könnten.«

»Ich gebe dir mein Wort, dass ich dich nur zu den absolut unumgänglichen Veranstaltungen schleppen werde. Ein Spaziergang im Park und dann der Verlobungsball in dieser Woche, und dann wieder ein Parkbesuch und wahrscheinlich zwei Veranstaltungen nächste Woche. Ich glaube, Sir Alfred Hightooth ist Gastgeber einer Gesellschaft, und er stellt immer die faszinierendsten Objekte aus.«

Ihre Miene hellte sich vor freudiger Erwartung auf. »Der Botaniker? Dort würde ich tatsächlich gern hingehen. Vor etwa fünf Jahren hat mein Vater mich zu einer seiner Gesellschaften mitgenommen. Ich glaube, seitdem ist er in Südamerika gewesen.«

»Das war er. Erst im vergangenen Jahr. Dies ist das erste Mal, dass er ausstellt, was er von seiner Reise mitgebracht hat.«

»Ich bin ungemein interessiert, seine Exemplare zu sehen.«

Sheff lachte leise. »Es freut mich zu erfahren, welche Art von gesellschaftlichen Veranstaltungen dein Interesse finden. Ich werde weitere von dieser Art ausfindig machen.«

Sie errötete, was ihn überraschte. Noch nie zuvor hatte er eine selbstbewusstere und unverblümtere Frau kennengelernt, mit Ausnahme seiner Schwester vielleicht. »Mir gefallen wissenschaftliche Vorträge und literarische Salons.«

»Zur Kenntnis genommen.«

In dem Moment öffnete sich die Tür und Becky lugte in die Kammer. »Oh, ich wusste gar nicht, dass seine Lordschaft hier drin ist.«

Seinem Drang widerstehend, in Gelächter auszubrechen, da Jo bereits kombiniert hatte, dass Becky ihm verraten haben musste, wo sie zu finden war, wandte sich Sheff wieder seinem Humpen zu und hob ihn an.

»Brauchst du etwas, Becky?«, fragte Jo.

»Es ist einiges los, und wir könnten Hilfe brauchen«, antwortete Becky. »Wenn Sie Zeit haben.« Sie warf einen Blick auf Sheff.

»Ich komme gleich wieder zu euch heraus.« Jo legte die Karten auf den Tisch, als Becky sich zurückzog. »Ich fürchte, ich muss in den Schankraum zurückkehren.«

»Das ist schade, denn ich habe unsere Unterhaltung sehr genossen«, antwortete er darauf und meinte jedes einzelne Wort ernst. Er hätte die ganze Nacht mit ihr hier in dieser

Kammer verbringen können. Aber hätte er dann seine Hände bei sich behalten?

Ihm wäre gar nichts anderes übrig geblieben, denn das war ihre Vereinbarung, die er nicht noch einmal brechen würde.

»Ich ebenfalls«, murmelte sie, bevor sie ihm aus der Kammer folgte.

Als sie im Schankraum ankamen, konnte er sehen, wie viel belebter der Club inzwischen geworden war. Ihm ging auf, dass er dem vorher nie sonderlich Beachtung geschenkt hatte. Er sah, wie Jo in Aktion trat und die Gentlemen mit ihrem üblichen Lächeln und Charme begrüßte. Und ihrem Witz – denn auch wenn er ihre Worte nicht verstehen konnte, wusste er, dass dem so war.

Sheff folgte ihr wie ein liebeskranker Welpe in dem Versuch, ein paar Wortfetzen dessen aufzuschnappen, was sie zu den Gästen sagte, während er sein Ale trank.

»Ich kann nicht glauben, dass Sie sich verlobt haben«, meinte ein Mann zu ihr.

Ein anderer sah Sheff an. »Zudem mit einem Halunken wie ihm.« Der Mann zwinkerte Sheff zu und brüllte vor Lachen.

»Nun, jetzt ist er *mein* Halunke«, konterte Jo und schenkte Sheff ein keckes Lächeln, von dem er weiche Knie bekam.

Das ging eine Weile so weiter, während sie andeutungsweise mit den Männern flirtete, die sie wegen ihrer Verlobung mit einem verwerflichen Mann wie Sheff neckten. Allmählich fing er an, sich unwohl zu fühlen. Nein, Sheff wurde ärgerlich. Nicht wegen der Kommentare über ihn, sondern weil Jo mit den Wimpern klimperte, lachte und viel zu verführerisch war.

Das war allerdings gar kein Ärger. Das war Eifersucht.

Sheff kippte einen großen Teil seines Ales hinunter und

stellte seinen Humpen auf den nächsten Tisch, ohne sich darum zu kümmern, dass dieser besetzt war. Er wollte sich gerade aus dem Club stehlen, als ihm zu Bewusstsein kam, dass bemerkt werden könnte, wenn er einfach ging, ohne sich von seiner Verlobten zu verabschieden. Und wahrscheinlich würde er dafür gering geschätzt werden. Auf keinem Fall würde er etwas tun, was Jo dann mit gehässigem Klatsch konfrontieren würde.

Er ging zu ihr und verspürte den starken Drang, einen Arm um ihre Taille zu legen, während er sich eng an ihre Seite drängelte. Er wollte sie auf die Wange küssen und ihr ins Ohr flüstern, dass er sie vermissen würde, wenn er sich jetzt verabschiedete.

Er ballte die Hände, holte tief Luft und richtete sich dann auf, bevor er endgültig auf sie zuging. Er unterließ es zwar, sie zu berühren, aber er lehnte sich dicht an sie heran und flüsterte: »Ich möchte alle glauben machen, dass wir wirklich zusammenpassen, also lasse ich es so aussehen, als wären wir ein Paar.«

Sie drehte den Kopf, und das Grün in den Tiefen ihrer haselnussbraunen Augen strahlte leuchtender, als er je zuvor bemerkt hatte. »Ich verstehe.«

»Hab noch einen schönen Abend, meine Liebe«, entgegnete er lauter, damit er von denen, die ihnen am nächsten standen, gehört wurde.

»Du ebenfalls«, meinte sie, wobei ihr Blick immer wieder kurz zu seinem Mund wanderte.

Mit herkulischer Willenskraft wandte Sheff sich von ihr ab, obwohl er sie in Wahrheit einfach bis zur Besinnungslosigkeit küssen wollte.

Stattdessen würde er den Weg zum Rogue's Den suchen, um dort zu versuchen, seine redegewandte Scheinbraut mit den haselnussbraunen Augen zu vergessen. Ob das überhaupt möglich sein würde, bezweifelte er allerdings.

~

*M*in hatte Jo am Sonntag eine Nachricht geschickt, in der sie ihr mitteilte, dass die Herzogin sie beide am Montag tatsächlich zur Modistin begleiten würde. Jo hatte daraufhin geantwortet, sie zur vereinbarten Zeit dort zu treffen. Es war ihr nicht recht, dass die Herzogin hierher kam, wenn sie der Kutsche auch gar nicht entstieg.

Als Jos Mutter von dem Treffen erfuhr und davon, dass die Herzogin dabei sein würde, hatte sie ihren Wunsch geäußert, ebenfalls mitzukommen. Jo war sich nicht ganz sicher, wie sie dazu stand.

Einerseits war sie für die Unterstützung ihrer Mutter froh, zumal Sheffs Mutter anwesend sein würde. Andererseits sorgte sie sich, dass die Herzogin und ihre Mutter vielleicht nicht miteinander auskommen würden. Ihre Mutter könnte die Herzogin vielleicht sogar provozieren. Es hatte Gelegenheiten gegeben, bei denen Jewel Harker ihre Geringschätzung für die feine Gesellschaft nicht verheimlichte, während Jos Vater sich stets um deren Gunst bemühte.

Vielleicht sollte besser er sie begleiten.

Jo und ihre Mutter ließen sich in einer Droschke zum Geschäft von Madame Demarest in der Bond Street fahren. Als sie dort ankamen, warf Jos Mutter ihr einen strengen Blick zu. »Wir werden nicht zulassen, dass die Herzogin bestimmt, was du auswählst.«

»Ich möchte einen guten Eindruck machen, Mama. Wenn das bedeutet, dass ich meiner zukünftigen Schwiegermutter erlaube, einige der Modelle auszusuchen, tue ich das gerne.«

Ihre Mutter bekam einen weicheren Blick, als sie Jo nun ansah. »Das ist klug von dir. Vergiss allerdings nicht, dass sie Gott sei Dank nur zum Schein deine zukünftige Schwiegermutter ist.«

Jo hatte viel über Sheffs Frage nachgedacht, ob sie vielleicht tatsächlich eine Vernunftehe eingehen sollten. Es war keineswegs so, dass sie dies erwog, aber sie wunderte sich, warum er sie gefragt hatte. War das wirklich sein Wunsch? Das glaubte sie nicht, was sie ihm auch zu verstehen gegeben hatte. »Wäre es schlimm, wenn ich ihn heiraten würde? Nicht, dass ich das täte, aber ich bin neugierig, warum du etwas dagegen haben solltest.«

»Ich bin generell gegen die Ehe, es sei denn, du wünschst dir ein Kind. Da dies zumindest zu diesem Zeitpunkt deines Lebens, meines Glaubens, nicht dein Wunsch ist, würde ich dich nicht gern verheiratet sehen. Abgesehen davon wäre eine Heirat mit jemandem wie Shefford furchtbar, und zwar nicht allein wegen seines schrecklichen Rufs. Als Countess – und eines Tages als Herzogin – wärst du mit allen möglichen Pflichten und Verantwortlichkeiten in der Gesellschaft geschlagen.« Ihre Mutter verzog das Gesicht. »Kannst du dir etwas Langweiligeres vorstellen, als Bälle zu veranstalten und sich zu bemühen, immer über jeden Vorwurf erhaben zu sein? Das heißt, immer dem zu entsprechen, was die Leute an einem bestimmten Tag als tadellos erachten. Ich ziehe es vor, mich im Siren´s Call in einem weit weniger formellen Umfeld unter die Leute zu mischen. Dort sieht man die Menschen zumeist so, wie sie sind, und das finde ich viel ansprechender. Du nicht auch?«

Jo glaubte nicht, dass es langweilig wäre, gesellschaftliche Veranstaltungen auszurichten. Bälle konnten vielleicht überwältigend sein, aber Soiréen oder Salons wären wahrscheinlich unterhaltsam. Nicht alle Leute, die sie bei Veranstaltungen, zu denen ihr Vater sie mitgenommen hatte, oder deren Bekanntschaft sie bei den literarischen Salons gemacht hatte, waren unausstehlich gewesen. Viele waren sogar sehr angenehm, und sie hatte ihre Gespräche über Reisen, Bücher und andere Themen genossen. Tatsächlich

waren es die Begegnungen im Siren´s Call, die Jo als langweilig empfinden konnte. Das sagte sie in diesem Moment
allerdings nicht. Es war nicht der richtige Zeitpunkt, um
ihre Idee zur Sprache zu bringen, den Club nicht zu
übernehmen.

Die Droschke hielt vor dem Geschäft der Modistin, was
Jo von einer Antwort auf die Frage ihrer Mutter abhielt. Sie
stiegen aus und betraten das Geschäft. Es waren noch andere
Kundinnen da, aber weder Min noch die Herzogin, soweit Jo
das sehen konnte.

Einen Augenblick später öffnete sich die Tür, und eine
außergewöhnlich schlanke, tadellos gekleidete Frau trat ein,
deren braun-graues Haar unter einer hübschen Haube
kunstvoll frisiert war. Obwohl Jo Mins Mutter noch nie
gesehen hatte, war sie sich sicher, dass es sich bei der Frau
um die Herzogin von Henlow handelte.

Und dann trat Min von hinten an sie heran. Sie lächelte,
als sie Jo sah, und kam auf sie zu. Ihr Blick glitt zu Jos Mutter
hinüber.

»Min, das ist meine Mutter, Jewel Harker«, erklärte Jo.

Ein Ausdruck von Sorge flackerte kurz auf Mins Gesicht
auf. »Erlaubt mir, euch meine Mutter vorzustellen, Ihre
Gnaden, die Herzogin von Henlow.«

Jo wurde klar, dass sie wahrscheinlich etwas verkehrt
gemacht hatte. Sie hätte ihre Mutter nicht zuerst vorstellen
sollen. Sie sank in einen Knicks und wandte sich an die
Herzogin. »Es ist mir ein Vergnügen, Euer Gnaden.«

»Gewiss.« Die Herzogin blickte zu Jos Mutter, die keinen
Knicks machte.

»Guten Tag, Euer Gnaden«, sagte Jos Mutter mit einem
vagen Lächeln. Ihr Tonfall barg eine leichte Schärfe, die
scheinbar auf einen bestimmten Zusammenhang hindeutete.
Waren die beiden sich schon einmal begegnet? Vor Jahren
vielleicht?

Die Herzogin neigte den Kopf, während sie ihre Lippen scheinbar vor Unmut schürzte. »Mrs. Harker.«

Jos Mutter blickte Min mit einem angemessenen Lächeln an. »Ich freue mich, Sie kennenzulernen, Lady Minerva. Jo hat mir erzählt, was für eine wunderbare Freundin Sie ihr geworden sind. Ich freue mich immer sehr, wenn Frauen starke Bande knüpfen.«

»Kommen Sie, wir sollten Madame Demarest über unsere Ankunft informieren«, brachte die Herzogin steif hervor und ging an ihnen vorbei in den Laden, wo sie eine junge Frau ansprach, die eine Schürze mit einem aufgenähten D trug.

»Es tut mir leid, dass ich die Vorstellung ruiniert habe«, flüsterte Jo zu Min.

»Mach dir keine Sorgen. Meine Mutter wird Zeit brauchen, um dich zu akzeptieren, aber *das wird* sie. Sie wird sehen, wie schön und fähig du bist.«

»Das will ich hoffen«, meinte Jos Mutter, ehe sie sich umdrehte und sich zur Herzogin gesellte.

»Beten wir, dass das nicht peinlich wird«, flüsterte Jo und betrachtete die beiden älteren Frauen, die nebeneinander standen, ohne allerdings ein Wort zu wechseln.

Min gluckste. »Dafür ist es wohl zu spät. Wir müssen eben verhindern, dass es nicht unangenehm wird.«

Jo sah sie entsetzt an. »Du glaubst doch nicht, dass das passieren könnte?«

»Ich denke, wir müssen die Dinge in die Hand nehmen, damit die Ruhe gewahrt bleibt. Sollen wir uns ihnen anschließen?«

Sie hakten sich unter und schritten auf ihre Mütter zu, als Madame Demarest sich ebenfalls näherte. Die hochgewachsene Modistin hatte dunkles kastanienbraunes Haar, strahlend blaue Augen und war etwa dreißig Jahre alt. Sie begrüßte die Gruppe herzlich, doch ihre Aufmerksamkeit galt in erster Linie der Herzogin.

»Euer Gnaden, gehen wir in das Privatgemach, um Ihre Bedürfnisse zu besprechen.« Madame Demarests Aussprache klang nicht Französisch, wie Jo angesichts ihres Namens angenommen hatte. Tatsächlich hatte ihre Stimme fast einen ... irischen Beiklang.

Die Herzogin führte die Gruppe durch eine gewölbte Tür in einen Korridor. Sie wandte sich nach links und gelangte in ein geräumiges Wohnzimmer mit einem hohen, breiten Spiegel und einem Paravent zum Ankleiden. Auf einem Tisch neben der Tür lag ein Buch. Die Herzogin nahm es in die Hand, als sie eintrat, und setzte sich in einen Sessel.

Jos Mutter nahm in einem anderen Sessel gegenüber der Herzogin Platz, während Jo und Min sich zusammen auf einem Sofa zwischen den beiden Müttern niederließen. Madame Demarest stand neben einem weiteren Sessel. »Möchten Sie einen Tee?«

»Heute nicht, danke«, antwortete die Herzogin, ohne von dem Buch aufzublicken, in dem sie blätterte.

»Ja, danke«, entgegnete Jos Mutter lächelnd. Sie blickte zu Jo und Min.

Jo nickte. »Ja, bitte.«

»Nun, das wäre schön.« Min warf einen besorgten Blick auf ihre Mutter, die nicht von ihrem Buch aufblickte.

»Ist das ein Buch mit modischen Vorlagen?«, fragte Jos Mutter. »Wir sind hier, um meine Tochter, Miss Harker, einzukleiden, denn sie hat sich gerade mit dem Earl of Shefford verlobt. Ich bin sicher, dass sie sich gerne ansehen würde, was Sie zu bieten haben.«

»Gewiss«, entgegnete Madame Demarest. »Darf ich Ihnen gratulieren, Miss Harker«, sagte sie mit einem herzlichen Lächeln an Jo gewandt. »Ich komme gleich mit einem Buch zurück, und der Tee wird in Kürze serviert.« Mit flottem Schritt entfernte sie sich.

Die Herzogin gab einen leichten Laut von sich, ohne ihre

Aufmerksamkeit von dem Buch abzuwenden. »Ich habe den Tee abgelehnt, denn es ist besser, wenn wir uns schnell entscheiden, damit Madame Demarest so rasch wie möglich beginnen kann. Am Donnerstagabend findet ein Ball statt und am Samstag natürlich der Verlobungsball.«

Jo wusste nichts von einem Ball außer dem Verlobungsball in Henlow House. »Ich habe keine Einladung zu einem Ball am Donnerstag erhalten.« Dort wollte sie auch gar nicht hingehen.

»Das liegt daran, dass ich gerade heute Morgen eine für Sie besorgt habe«, antwortete Mins Mutter knapp, während sie zu Jo blickte. »Wahrscheinlich wird sie gerade zugestellt, während wir hier sprechen.«

»Ich fürchte, Jo kann am Donnerstag nicht auf einen Ball gehen«, entgegnete ihre Mutter. »Sie ist anderweitig verpflichtet. Wir dachten, dass sie erst nach dem Verlobungsball gesellschaftliche Verpflichtungen hat.«

Jo war unsicher, wie sie am besten reagieren sollte. Deshalb war sie dankbar, dass ihre Mutter einsprang.

Die Herzogin runzelte die Stirn, und nach den Falten in ihrem Gesicht zu urteilen, hatte Jo den Verdacht, dass sie das oft tat. Vielleicht war aber auch ihre unglückliche Ehe der Grund dafür. Jo konnte nicht anders, als die Frau zu bemitleiden. Ihr Anblick war für Jo eine gute Erinnerung daran, warum sie die Ehe mied – und das auch weiterhin tun würde.

Die Herzogin schürzte die Lippen und sah Jos Mutter geringschätzig an. »Es wäre das Beste, wenn sie die Einladung annimmt. Sie wird an solchen Veranstaltungen teilnehmen müssen, wenn sie mit meinem Sohn verheiratet ist.«

»Vielleicht, aber noch ist sie nicht mit ihm verheiratet«, konterte Jos Mutter gleichmütig. »Es wäre das Beste, wenn Sie sich erst vergewissern würden, ob eine Person verfügbar ist, ehe sie diese Person zu etwas verpflichten. Sie sind möglicherweise daran gewöhnt, Dinge ohne Rücksicht auf andere zu entscheiden, doch das entspricht nicht unserer Art.«

Der Brustkorb der Herzogin hob sich, als sie tief durch die Nase einatmete. Jo machte sich schon auf den nächsten Schlagabtausch gefasst, aber Mins Mutter lenkte ihre Aufmerksamkeit wieder auf das Buch auf ihrem Schoß.

Jo tauschte einen Blick der Erleichterung mit Min. »Euer Gnaden, Sheff und ich haben vor, diese Woche im Park spazieren zu gehen.« Vielleicht würde das die Herzogin besänftigen.

»Das ist zwar nett, aber keine Einladung«, antwortete Mins Mutter, ohne vom Buch aufzuschauen. »Jeder kann im Park spazieren gehen. Die Einladung einer von Almacks Gönnerinnen abzulehnen, ist einfach kein guter Anfang.« Sie klappte das Buch zu. »Ich hoffe, es handelt sich bei Ihrer anderen Verpflichtung um etwas, das es wert ist, den Ball deshalb zu verpassen.« Sie sah Jo erwartungsvoll an.

Es gab gar keine Verpflichtung. Jo hatte einfach ... im Club zu arbeiten. Das würde überhaupt nicht als würdig angesehen werden, selbst wenn kein Ball stattfände. Sie wurde vor einer Antwort bewahrt, als Madame Demarest mit einem schmalen Buch zurückkam.

»Hier ist meine neueste Design-Kollektion.« Sie reichte es Jo. »Der Tee wird gleich kommen. Lassen Sie mich erst einmal eine Liste erstellen, welche Artikel Sie wann benötigen.« Die Modistin holte ein kleines Notizbuch und einen Bleistift aus ihrer Schürzentasche und nahm sich einen der beiden freien Sessel – den, der der Herzogin am nächsten stand.

Jo wollte antworten und machte den Mund auf, aber die Herzogin begann mit der Aufzählung der benötigten Dinge, angefangen mit dem Verlobungsball. Sie ging sogar so weit, dass sie alle Einzelheiten dazu aufzählte, wie sie aussehen und welche Farbe sie haben sollten.

Die Frustration kochte in Jo hoch, und sie schlug das Buch auf, das die Modistin ihr gegeben hatte, um sich von dem rüpelhaften Verhalten der Herzogin abzulenken. Das erste Blatt war ein wunderschönes blaues Ballkleid. Es war schlicht und elegant, genau die Art von Stil, die Jo gefiel. Sie hielt es Madame Demarest entgegen.

»Das hätte ich gern für den Verlobungsball.« Jo war es egal, dass sie die Herzogin unterbrochen hatte. Es bereitete ihr sogar Freude, dies zu tun. Sie warf einen Blick zu ihrer Mutter, die sie mit unbändiger Zustimmung beobachtete.

Madame Demarest lächelte vergnügt. »Das habe ich erst gestern skizziert, und Sie sind die Erste, die es sieht.«

»Dann sollten Sie den Entwurf zurückziehen«, gebot die Herzogin. »Sie muss ein einzigartiges und originelles Kleid haben.«

»Natürlich«, lenkte Madame Demarest ein und machte sich Notizen.

»Das andere, was ich sofort brauche, ist ein Ausgehkostüm«, meinte Jo. »Ich werde am Mittwoch im Park spazieren gehen. Mir ist klar, dass das sehr bald ist, wenn das also nicht möglich ist, habe ich dafür Verständnis.«

Die Herzogin warf Jo einen irritierten Blick zu. »Sie wird es bis Mittwochmorgen fertig haben.«

»Natürlich«, sagte Madame Demarest mit einem Nicken. »Was kann ich sonst noch anbieten?«

Jo blätterte mit Min an ihrer Seite das restliche Buch durch. Gemeinsam wählten sie mehrere Artikel aus. Jo war für die Anwesenheit ihrer Freundin so dankbar.

Min drehte sich zu ihrer Mutter. »Mama, ich denke, du wirst feststellen, dass unsere Auswahl zu deiner Zufriedenheit ausfällt.« Sie reichte ihrer Mutter das Buch und zeigte

ihr, welche sie ausgewählt hatten, während Madame Demarest sich Notizen machte.

Die Herzogin sah zu Jos Mutter hinüber. »Wollen Sie
nicht Ihre Meinung sagen?«

»Überhaupt nicht. Das hat nichts zu bedeuten. Nur die
von Jo zählt.«

Mit hochgezogenen, nussbaumfarbenen Brauen zeigte
sich die Herzogin von dieser Erklärung unbeeindruckt.
»Dann ist es sehr gut, dass ich hergekommen bin. Werden
Sie uns auch beim Schuster und Hutmacher Gesellschaft
leisten?«

Jo nahm den Schatten wahr, der kurz über die Züge ihrer
Mutter huschte. Min und ihre Mutter hatten wahrscheinlich
nichts davon bemerkt.

»Ich weiß, dass du viel zu tun hast, Mama«, meinte Jo.
»Ich kann dich später zu Hause treffen.«

Madame Demarest stand auf. »Ich muss nur Ihre Maße
nehmen, Miss Harker.«

Jo erhob sich, ebenso wie ihre Mutter, die auf Jo zuging.
»Ich sehe, dass du mit der Herzogin gut zurechtkommst. Bist
du sicher, dass es dir nicht lieber wäre, wenn ich euch noch
zum Schuster begleite?«

»Nein, ich schaffe das schon. Vielleicht kannst du mir
später erzählen, woher du die Herzogin kennst«, fügte sie
mit gewölbter Augenbraue hinzu.

Ihre Mutter zog eine Schulter hoch. »Es ist keine besonders interessante Geschichte. Wir sehen uns später, mein
Schatz.« Sie küsste Jo auf die Wange, bevor sie der Modistin,
der Herzogin und dann Min – in dieser Reihenfolge – einen
guten Tag wünschte. Jo war keineswegs überrascht, dass ihre
Mutter der berufstätigen Frau den Vorzug gab, ungeachtet
dessen, was gesellschaftlich korrekt war.

Nachdem Madame Demarest jeden Teil von Jo vermessen

hatte, fuhren sie los. Als sie sich in der Kutsche niedergelassen hatten, richtete die Herzogin ihren Blick auf Jo. »Sie
haben ein schönes Kleid für den Verlobungsball gewählt. Und
auch Ihre andere Auswahl war in der Tat zufriedenstellend.
Es scheint, als hätte Min einen guten Einfluss auf Sie gehabt.«

»Mama, es ist eigentlich so, dass Jo einen ausgezeichneten
Geschmack hatte, bevor sie mich kannte«, sagte Min. »Zufälligerweise stimmen unsere Vorlieben überein. Das ist einer
der vielen Gründe, warum wir so gute Freundinnen sind, da
bin ich sicher.«

Noch nie in ihrem bisherigen Leben hatte Jo außerhalb
ihres Haushalts eine weibliche Verbündete gehabt. Mins
Unterstützung war sowohl überraschend als auch unglaublich willkommen.

»Es ist gut, dass ihr Freundinnen seid«, meinte die
Herzogin, die ihre behandschuhten Hände fest in ihrem
Schoß verschränkte. »Minerva, deine Führung wird für Jose-
phines Erfolg entscheidend sein.«

Jo gefiel es nicht, dass die Herzogin sie mit ihrem vollen
Namen anredete. Aber sie wollte sie auch nicht berichtigen.
Genauer gesagt wollte sie die Frau nicht provozieren, denn
es galt ja noch, Schuhe und Accessoires auszuwählen, über
die sie sich auseinandersetzen mussten.

Die Herzogin nahm Jo mit einem entnervenden Blick ins
Visier. »Hoffentlich ist Ihnen bewusst, dass nach Samstag
eine Flut von Einladungen an Ihrer Tür abgegeben werden
wird. Wenn Sie auch nicht jede einzelne anzunehmen brauchen, werden es dennoch viele sein, die Sie akzeptieren
werden. Ich werde Ihnen täglich Mitteilung über diejenigen
zukommen lassen, die sie annehmen müssen.«

Brauchen.

Müssen.

Es gab rein gar nichts, was sie akzeptieren *musste* oder
wohin sie zu gehen hatte. Über diesen Punkt würde sich Jo

allerdings nicht mit ihr streiten. Diese Aufgabe würde sie
Sheff überlassen.

Nach der kurzen Zeit, die sie mit der Herzogin verbracht
hatte, konnte Jo verstehen, warum Sheff so verzweifelt
versuchte, ihre Aufmerksamkeit von ihm abzulenken.
Verzweifelt genug, um eine Verlobung zu erfinden und den
Enttäuschten zu spielen, wenn sie scheiterte.

Sie hoffte nur, dass er wusste, was er sich da einhandelte.

KAPITEL 8

Sheff freute sich sehr auf das Treffen mit Jo, als er in den Hyde Park schlenderte und ohne Umwege auf den Ring zuhielt. Gestern Abend hatte er kurz im Siren′s Call haltgemacht, um sich zu vergewissern, dass ihre heutige Verabredung weiterhin Bestand hatte. Sie war ihm dankbar gewesen, dass er sich noch einmal vergewissert hatte. Dann hatte sie angekündigt, dass ihr neues Kleid für den Spaziergang fertig wäre. Das war aber auch schon das gesamte Ausmaß ihrer Konversation, denn sie war sehr beschäftigt. Das war sehr schade, denn Sheff hätte zu gern erfahren, wie ihr Termin bei der Modistin am Vortag verlaufen war.

Natürlich hätte er auch seine Mutter oder Min fragen können, doch er war ihnen nicht begegnet, und er hatte sie auch gar nicht fragen wollen. Das galt zumindest für seine Mutter. Seiner Ansicht nach war es derzeit für ihn am besten, ihr aus dem Weg zu gehen, da sie mit seiner Brautwahl gar nicht glücklich schien.

Mit Blicken suchte er den Ring und die Umgebung ab, bis er dann seine Mutter mit Min und Ellis entdeckte. Aber wo war Jo? Sie hatte angekündigt, in Begleitung von Lady Droxford herzukommen, die als verheiratete Lady als Anstandsdame akzeptabel war.

Aber im Ernst. Brauchte eine Frau, die in einem Spielclub tätig war, tatsächlich eine Anstandsdame? Insbesondere eine Frau, die beinahe das Alter für die Jungfernschaft erreicht hatte?

Sie brauchte diese Anstandsdame, da sie mit einem Earl verlobt war. Sheff seufzte. War es da ein Wunder, dass er sich nie dafür begeistern konnte, sich an die Regeln der Gesellschaft zu halten?

Als er sich dem Ring näherte, beschloss er, dass er auch seine Mutter, seine Schwester und Ellis begrüßen könnte. Würde er das nicht tun, wäre seine Mutter außer sich.

»Guten Tag«, begrüßte er sie, als er bei ihnen angekommen war.

»Shefford, ich habe schon angefangen zu glauben, du kämst nicht mehr«, meinte seine Mutter, deren Stimme beunruhigt klang. »Auch deine Verlobte ist noch nicht erschienen.«

»Da kommt sie jetzt«, meldete sich Min mit einem beinahe triumphierenden Lächeln zu Wort.

Sheff drehte den Kopf in die andere Richtung und sah zwei Ladys auf sie zukommen. Natürlich erkannte er Droxfords Frau, doch wer die Schönheit neben ihr war, wusste er wirklich nicht. Sie trug eine breitkrempige, mit Blumen und Federn verzierte Haube, die elegant, aber nicht aufdringlich war. Ihr Ausgehkostüm war von einem hellen Grün und mit einer herrlichen elfenbeinfarbenen Borte eingefasst, die so verarbeitet war, dass sie das Grün darunter zum Vorschein brachte. Dazu trug sie einen Spencer von einem dunkleren Grün, der ihre femininen Formen geschickt hervorhob, und einen eleganten Muff aus elfenbeinfarbener Seide. Es war ein praktisches Accessoire, da das Wetter noch kühl war, wenn er auch nicht mit Pelz besetzt war. Vielmehr schien er mit Schwanenfedern verziert zu sein.

Aber er kannte diese Frau. Als sie näher kam, konnte er ihre Züge ganz deutlich sehen. Er hätte sofort wissen müssen, dass die Frau in Begleitung der Baronin niemand anderer als seine falsche Verlobte war. Allerdings hatte er Jo nie in derart eleganter Kleidung gesehen. In der Tat drehten sich viele Köpfe, deren Aufmerksamkeit ihrem Vorankommen galt.

»Alle werden sich nach so einem Muff sehnen, denn das Wetter ist so untypisch kühl«, bemerkte die Herzogin mit einem zustimmenden Nicken.

Sheff entspannte sich, und ein Gefühl der Erleichterung erfasste ihn. Seine Mutter schien mit Jo zufrieden zu sein, und mehr konnte er sich nicht wünschen. Der Sinn dieses Plans war es, die Schikanen und den Unmut seiner Mutter auszuschalten.

»Jo, du siehst atemberaubend aus«, schwärmte Min mit einem breiten Lächeln.

»Nicht wahr?« Lady Droxford stimmte ihr zu. »Und ich gehöre auch zu denjenigen, die unbedingt so einen Muff haben wollen«, fügte sie lachend hinzu. »Den meinen werde ich morgen in Auftrag geben.«

Jo knickste vor der Herzogin. »Guten Tag, Euer Gnaden.« Sie sah zu Min und dann zu Ellis und neigte den Kopf. »Ellis, dein Spencer ist so attraktiv. Ich bewundere diesen Schnitt.«

»Danke«, murmelte Ellis.

»Sie hat ihn selbst genäht«, sagte Min.

Jo lächelte. »Wie geschickt von dir. Ich fürchte, meine Kunstfertigkeit mit der Nadel ist als abscheulich zu bezeichnen.«

»Das sollten Sie vielleicht nicht publik machen wollen«, riet die Herzogin mit einem leichten Stirnrunzeln. Dann bedachte sie Ellis mit einem irritierten Blick, da es ihr wahrscheinlich nicht behagte, wenn diese Aufmerksamkeit auf sich zog. Sheff fragte sich, warum Ellis heute mitgekommen war, und vermutete, dass dies vielleicht damit zu erklären war, dass die Herzogin früher als Min aufbrechen wollte. Trotzdem Ellis eigentlich keine richtige Anstandsdame war, behandelte die Herzogin sie immer stärker als eine solche, denn Ellis hatte nicht nur das Jungfernalter erreicht, sondern sie war eine echte Jungfer, da sie keine Heiratsabsichten hatte.

Sheff erkannte, dass Jo auch eine echte Jungfer war, da sie auch nicht vorhatte zu heiraten. Jungfern stellte er sich in der Regel als einsame Frauen vor, deren Leben vom Verzicht der zahlreiche Freuden geprägt war, die es zu bieten hatte, und damit meinte er insbesondere die körperlichen. Er verabscheute den Gedanken, dass Jo, die er als eine leidenschaftliche Frau ansah, solche Dinge nicht erleben würde.

Min blickte ihre Mutter an. »Warum, Mama? Es ist ja nicht so, dass Jo sich einen Ehemann angeln muss.«

Sheff unterdrückte ein Lachen. »Nein, das muss sie nicht, denn diese Mission ist bereits erfüllt. Sollen wir spazieren gehen, meine Liebe?« Er bot Jo seinen Arm an und sah sie dazu noch mit einem entwaffnenden Lächeln an.

Sie klimperte geziert mit den Wimpern, und ein sittsames Lächeln umspielte ihre vollen Lippen, deren Druck er noch immer auf den seinen spüren konnte. »Das sollten wir in der Tat.« Sie schlang ihre Finger um seinen Arm, und dann flanierten sie den Rundweg entlang.

»Ich habe dich zuerst nicht erkannt«, bemerkte Sheff und blickte zu der atemberaubenden Frau an seinem Arm hinüber.

»Wegen eines neuen Kostüms?« Sie verzog das Gesicht. »Du bist zu lange in der feinen Gesellschaft.«

Er lachte. »Mein gesamtes Leben lang. Wenn du damit

aber andeuten willst, dass ich zu viel Wert auf Äußerlichkeiten lege, könntest du sogar recht haben. Du bist eine schöne Frau, ganz gleich, was du anhast. Oder auch wenn du gar nichts anhast, könnte ich mir vorstellen.«

Sie zog die Augenbrauen in die Höhe. »Ist das etwa deine Art, mit anderen jungen Ladys zu flirten?«

Verflixt, sie hatte ihn ertappt. »Ich bin einfach schrecklich. Ich bitte um Verzeihung. Es war nicht meine Absicht gewesen, auch nur einen Flirt zu versuchen. Meine Zunge muss wohl meinem Verstand davongelaufen sein.«

»Das passiert bestimmt mit vielen deiner Körperteile, kann ich mir vorstellen«, murmelte sie. wobei sie die Mundwinkel hob.

Sheff grinste. »Du bist einfach köstlich. Aber fangen wir von vorne an. Heute sehen Sie ganz reizend aus, Miss Harker.«

»Ich bin deine Verlobte. Dann kannst du mich doch bestimmt Jo nennen.« Sie warf ihm einen verschmitzten Blick zu. »Und ich danke dir. Ich entschuldige mich für die Kosten dieser neue Garderobe. Sie werden beträchtlich zu Buche schlagen, fürchte ich. Deine Mutter hat einen teuren Geschmack.«

Sheff zog eine Grimasse. »Sie hat dir doch nicht ihren Willen aufgezwungen, nicht wahr?«

»Das hat sie versucht, aber Min hat mich bei meinen Entscheidungen sehr unterstützt. Auch meine Mutter war eine große Hilfe, obwohl sie uns bei der Modistin bereits verließ und nicht zum Schuster oder der Hutmacherin mitging.«

»Ich wusste nicht, dass deine Mutter mit von der Partie war. Wie ist es gelaufen?«

»Es gab einige Momente der Anspannung, und anscheinend kennen meine Mutter und deine Mutter sich bereits, obwohl ich nichts Genaueres über die Einzelheiten weiß. Laut meiner Mutter ist es keine interessante Geschichte.«

Sheff sah sie groß an. »Warum will ich das nicht so recht glauben? Du musst mir unbedingt davon berichten, sobald du es herausfindest.«

»Das werde ich.« Nun umfasste sie seinen Arm noch fester und drückte sich an seine Seite, während sie dahin-schlenderten.

Sein Körper reagierte unverzüglich, und das Verlangen regte sich in seinem Inneren. »Was machst du da?«

»Ich tue so, als wären wir verliebt. Wird das etwa nicht von uns erwartet?«

Das schon, allerdings wurde von ihm nicht erwartet, so zu reagieren. Als wäre nichts daran nur zum Schein. Die Erregung, die seinen Körper erfasst hatte, war das ganz bestimmt nicht.

Sheff musste husten. »Ähm, ja.« Er beugte den Kopf zu ihr und sog ihren würzigen und blumigen Duft ein. Eine tiefe Sehnsucht entbrannte in ihm. Sie war in jeder Hinsicht absolut berauschend für ihn.

»Warum schenkt deine Mutter Ellis keine Beachtung?«, wollte Jo wissen. »Ich habe mich schon gewundert, warum Ellis uns am Montag nicht beim Einkauf der Garderobe begleitet hat.«

»Meine Mutter mag Ellis nicht besonders.«

Jo sah ihn ungläubig an. »Wie ist das möglich? Ellis ist einfach entzückend.«

»Da pflichte ich dir bei, aber mein Vater hat darauf bestanden, dass meine Mutter Ellis in den Haushalt aufnimmt, als sie verwaist war, und meine Mutter hat nie Zuneigung zu ihr gefasst.« Sheff spielte mit dem Gedanken, ihr die Wahrheit zu sagen, und kam zu dem Schluss, dass er dies wagen konnte. Er hatte volles Vertrauen in Jo. »Aus, wie mir scheint, offenkundigen Gründen.« Er warf ihr einen vielsagenden Blick zu, aber sie blinzelte ihn nur fragend an.

Sie zog eine Schulter hoch. »Für mich ist es nicht offensichtlich.«

»Warum sollte mein Vater ein Waisenkind aufnehmen wollen? Sie ist die Tochter eines alten Freundes der Familie, den ich in meiner Jugend allerdings nie kennengelernt habe.«

»Du glaubst, dein Vater hat gelogen?«

»Ich denke, mein Vater hat einige uneheliche Kinder gezeugt, und es ist wahrscheinlich, dass Ellis eines von ihnen ist. Ihn hat das schlechte Gewissen geplagt, als sie verwaiste, und deshalb brachte er sie in den Haushalt, was zur Folge hatte, das sie meine Mutter täglich an die Untreue ihres Mannes erinnert.«

Jo schüttelte den Kopf. »Ich hatte keine Ahnung.« Sie sah zu Sheff hinüber und ihre Augen waren dunkel vor Sorge. »Weiß Ellis davon?«

Er zuckte mit den Schultern. »Das entzieht sich meiner Kenntnis. Es wurde nie darüber gesprochen. Ich kann mir vorstellen, dass sie mindestens einen Verdacht hat.«

»*Niemand* spricht je darüber? Nicht einmal Min und Ellis?«, fragte Jo. »Die beiden scheinen sich so nahezustehen wie Schwestern.«

»Vielleicht sprechen sie ja darüber. Ich bin in ihre privaten Gespräche nicht eingeweiht.«

»Wie furchtbar für Ellis – mit jemandem zu leben, der ihre Anwesenheit verabscheut.«

Sheff dachte, dass es sogar noch tiefer ging. Seine Mutter verabscheute nicht nur Ellis' Anwesenheit. Sie schien sie als Person abzulehnen, was Sheff normalerweise gut ignorieren konnte. Dieses Gespräch brachte ihn allerdings dazu, sich in seiner Haut nicht ganz wohl zu fühlen, weil er mitschuldig daran war, wie seine Mutter Ellis behandelte. Andererseits hatte sie auch nicht darum gebeten, dass ihr Mann ihr untreu war. Fortwährend. Was eine beliebige Anzahl von Nachkommen zur Konsequenz haben konnte.

Trotzdem war all dies nicht Ellis' Schuld.

Ein Schrei durchbrach die Luft, auf den mehrere Rufe folgten. Sheff drehte den Kopf in die Richtung und sah ein Pferd auf sie zurasen. Die Reiterin hatte das Tier ganz eindeutig nicht unter Kontrolle. Menschen rannten, doch keiner von ihnen befand sich im direkten Weg des Pferdes – mit Ausnahme von ihnen.

Sheff drehte sich zu Jo zurück und riss sie in seine Arme. Er stellte sich dabei recht unbeholfen an, doch seine Reaktion war von Dringlichkeit und Angst geprägt. Er stürzte vorwärts und tat sein Bestes, um sie aus der Gefahrenzone zu befördern. Dabei war er allerdings nicht ganz Herr seiner Bewegungen, und obwohl sie durch das hohe Tempo zur Seite geschleudert wurden, hatte dies auch zur Folge, dass sie im Gras neben dem Weg landeten. Er hatte das Kunststück fertiggebracht, sie dabei so zu drehen, dass er sich größtenteils unter ihr befand. Morgen würden ihm der Rücken und die Schulter gehörig schmerzen, dessen war er sich sicher.

Er drückte sie weiterhin fest an sich, während er den harten Boden unter sich spürte. Ihre Blicke trafen sich. »Bist du unversehrt?«

»Nicht ich bin mit voller Wucht auf den Boden geprallt.« Mit ihren Fingern strich sie ihm über die Schläfe und die Wange. »Geht es *dir* gut?«

»Frag mich das besser morgen.« Er lächelte sie an und war froh, dass es ihm gelungen war, sie beide aus der Gefahrenzone zu schaffen.

»Das werde ich«, flüsterte sie leise, und ihr Blick brannte sich in seinen.

Sheff war sich nur allzu bewusst, wie sich ihr Körper an

seinen schmiegte, wie sich ihr Rücken und ... ihre Kehrseite unter seiner Hand anfühlten. Es war keine Absicht von ihm gewesen, sie an ihr Hinterteil zu fassen. Als er in Aktion getreten war, hatte er gar keinen Gedanken an bestimmte Körperteile verschwendet. Jetzt sollte er seine Hand allerdings wirklich wieder von ihr lösen. Und er sollte ihr aufhelfen.

Er tat allerdings nichts von alledem. Zumindest nicht sofort. Für einen Moment genoss er, Jo in seinen Armen zu halten.

»Alles in Ordnung, Shefford?«, fragte jemand und riss ihn in die Realität und die Unangemessenheit ihrer Position zurück. Aber das war sicher verzeihlich, denn er wollte sie ja nur vor einer Katastrophe bewahren.

Sheff nahm seine Hand von ihrer Kehrseite und nickte. »Alles bestens, danke.«

Jo bewegte sich, als sie sich von ihm hochdrückte. Ihr Becken presste sich für einen winzigen Moment gegen seins, und Sheff fragte sich, ob er in mehr als einer Hinsicht Schmerzen leiden würde. Er reagierte sofort auf sie, indem sein Schaft anschwoll.

Verdammt noch mal.

Der Gentleman, der sich nach ihrem Befinden erkundigt hatte, half erst Jo wieder auf die Füße, und dann zog er Sheff auf die Beine. »Das war schnell reagiert«, meinte der Mann und klopfte Sheff auf die Schulter.

»Was ist passiert?«, fragte Jo.

»Eine dämliche Närrin hat drüben auf der Rotten Row die Kontrolle über ihr Pferd verloren. Evan Price hat die Situation jedoch gerettet. Er packte das Pferd am Zaumzeug und brachte es fertig, sich hinter der jungen Frau auf das Tier zu ziehen. Es war ein atemberaubender Anblick!«

Sheff hatte Price reiten sehen und ihn für einen

versierten Reiter gehalten, aber das war ein anderes Niveau. »Es tut mir leid, dass ich das nicht gesehen habe.«

»Schön, dass es Ihnen gut geht«, sagte der Mann, bevor er sich in Richtung einer Menschenmenge entfernte.

In der Ferne erkannte Sheff das Pferd, das sie fast umgerannt hätte, sowie zwei Gestalten, von denen eine – offensichtlich Price – das Pferd führte. »Bemerkenswert«, murmelte er.

»Es tut mir auch leid, dass wir das verpasst haben«, sagte Jo. »Gwen wird schockiert sein, wenn sie von den Taten ihres Bruders erfährt.«

»Er liebt waghalsige Unternehmungen, aber was der Mann da beschrieben hat, klang gefährlich. Ich bin froh, dass er sich nicht verletzt hat.«

»Im Gegensatz zu dir«, meinte sie mit einem Lächeln, doch ihre Augen waren voller Sorge. »Hoffentlich wirst du später keine Schmerzen leiden müssen. Dreh dich um. Ich glaube, du hast Gras an deinem Frack hängen.«

Sheff drehte sich so, dass er ihr den Rücken zuwandte. Sie strich mit ihrer behandschuhten Hand über seine Schultern und seinen Rücken und wanderte hinunter zu den Frackschößen. Er war überrascht, dass sie nicht aufhörte, und als sie über sein Hinterteil strich, um das Gras abzustreifen, spürte er schon wieder eine Regung.

Die Erregung packte ihn ein weiteres Mal, und Sheff drehte sich wieder um, ohne sich darum zu kümmern, ob sie fertig war. »Danke.«

Obwohl er sich nichts mehr gewünscht hätte, als dass sie seinen Hintern ausgiebig streichelte, am liebsten ohne Kleidung, wollte er nicht noch mehr Aufmerksamkeit auf sie ziehen, als sie wahrscheinlich ohnehin schon verursacht hatten. Er konnte nur hoffen, dass die Leute dem durchgehenden Pferd Aufmerksamkeit geschenkt hatten und nicht auf Jo und ihm, als sie ineinander verschlungen im Gras gelandet waren.

Anstatt die Runde um den Ring zu beenden, machte Sheff Lady Droxford ausfindig – sie war immer noch bei Min und Ellis – und ging auf sie zu. Seine Mutter war nirgends zu sehen.

Die drei Damen blickten in Richtung des Pferdes, das Evan zu einer kleinen Gruppe von Menschen geführt hatte, von denen einige von ihren eigenen Pferden abgestiegen waren. Vermutlich gehörten sie zu der Gruppe der jungen Frau.

»Habt ihr das gesehen?«, fragte die Baronin mit großen Augen.

»Wir wurden fast zertrampelt«, antwortete Jo ironisch. »Sheff und ich mussten uns zu Boden werfen, damit wir nicht umgerannt wurden, obwohl er freundlicherweise die Hauptlast des Sturzes auf sich nahm.«

»Gütiger Himmel!«, rief die Baronin aus. »Seid ihr beiden wohlauf?«

»Morgen werde ich vermutlich einige Schmerzen leiden.« Sheff lächelte der Tatsache zum Trotz, dass er jetzt tatsächlich jetzt schon Schmerzen hatte. Seine Schulter hatte einen Großteil des Aufpralls abbekommen.

»Hoffentlich wird es nicht so schlimm«, meinte Jo und legte die Stirn in Falten. Sie berührte seinen Arm. »Lass einen Arzt kommen, wenn die Schmerzen zu stark werden.«

»Das werde ich.«. Er freute sich sehr über ihre Besorgnis. Er glaubte zudem nicht, dass sie gespielt war.

»Geh nach Hause und nimm ein warmes Bad«, sagte Min. »Lass dich von Spears verwöhnen.« Damit bezog sie sich auf seinen Kammerdiener.

»Das würde ihm große Befriedigung verschaffen.« Sheff würde es dahingegen Befriedigung verschaffen, Jo mit sich nach Hause in seine Badewanne zu nehmen. Er würde ihren

Körper einseifen und dann jede Kontur ihres bloßen Leibes erkunden.

Verflucht, nun wurde er schon wieder hart. Bevor er davoneilte, wozu er stark tendierte, ermahnte er sich, Jos Hand zu ergreifen. Sie mussten ihre Rollen spielen, und bislang war es ihr sehr gut gelungen, verliebt zu erscheinen. Er sollte es ihr gleichtun.

Er hob ihre Hand und drückte ihr einen Kuss auf die Innenseite des Handgelenks, wobei er ihre bloße Haut oberhalb der Kante ihres Handschuhs traf. Das hätte er besser unterlassen, denn nach aller Wahrscheinlichkeit verstieß dies gegen ihre Regeln. Allerdings vermochte er beim besten Willen keine Reue darüber zu empfinden. Nicht, nachdem er den Puls ihres Herzens an seinen Lippen gespürt hatte. Es schlug stark und sicher, aber vielleicht ein bisschen zu schnell.

Er traf ihren Blick. »Bis Samstag, meine Liebe.«

»Bitte lass morgen von dir hören, wie es dir geht.«

Mit einem Nicken ließ er ihre Hand los und verabschiedete sich von den anderen. Als er sich dann von ihnen entfernte war er für die kühle Brise dankbar, die seine Erregung abklingen ließ. Diese Reaktion musste er dringend unter Kontrolle bringen. Es war undenkbar, dass er die nächsten Wochen damit verbrachte, sich nach seiner falschen Verlobten zu verzehren.

»Hast du gesehen, wie die beiden so unanständig umschlungen auf dem Boden lagen?«

Die Frage war von zwei Frauen zu vernehmen, die ein wenig abseits von Weg standen und Sheff den Rücken zugedreht hatten. Er erstarrte, denn ihm war vollkommen klar, dass sie über Jo und ihn sprachen.

»Das ist doch auch nicht überraschend, nicht wahr? Shefford ist ein furchtbarer Halunke, und diese Harker ist nicht besser als eine gewöhnliche Dirne.«

»Deshalb heiratet er sie ja«, entgegnete die erste Stimme. »Sie steht im Rang so niedrig, um sein rüpelhaftes Verhalten zu ertragen. Ehrlich gesagt, ist es sehr zuvorkommend von ihm, dass er nicht erwartet, jemand aus seinen eigenen Kreisen würde seinen Gelüsten gerecht werden wollen. Eine Frau wie Miss Harker ist die richtige Partie.«

»Vermutlich hast du recht. Würde er eine Frau von angemessenem Stand heiraten, wäre sie am Ende genauso unglücklich wie seine arme Mutter.«

»Nun, zumindest wäre sie eine Herzogin. Für einen derart hohen Stand kann man viel in Kauf nehmen. Sicherlich hat dieser Umstand Miss Harker dazu verleitet, Shefford in ihr Bett zu locken. Nicht, dass es dazu viel bedurft hätte«, fügte die Frau mit einem tiefen Lachen hinzu. Ihre Gesprächspartnerin stimmte ein.

Shefford ging weiter und sein Magen rumorte. Nicht ein einziges weiteres Wort konnte er mehr hören. Eigentlich wollte er den beiden dafür zürnen, so über Jo herzuziehen, aber zu welchem Zweck? Die Leute sahen sie – und ihn – genau so, wie es ihnen passte, und nicht wie sie wirklich waren.

Aber, war er nicht wirklich ein Halunke? Sein Betragen galt als Inbegriff des Ausschweifenden. Und als sie dann von seiner Mutter und ihrem schweren Los sprachen ... fühlte Sheff sich an sein Erbe erinnert, also daran, wer er war und bis in alle Ewigkeit bleiben würde. Sie hatten recht. Er war einer »angemessenen« jungen Lady unwürdig, und das schloss natürlich auch Jo ein. Möglicherweise war sie die angemessenste Frau, die er je kennengelernt hatte.

Wenngleich dies nicht einmal ansatzweise all das umfasste, was Jo ausmachte: ungemein intelligent, unglaublich talentiert und leidenschaftlich unabhängig. Dies waren die Charaktereigenschaften, die ihm beim Gedanken an sie in den Sinn kamen. Und er dachte weitaus häufiger an sie, als

er eigentlich sollte, bedachte man, dass ihre Beziehung wirklich nur zum Schein sein sollte.

Sheff glaubte allerdings nicht mehr, dass sie noch immer
gänzlich zum Schein war. Zumindest für ihn war sie das
nicht mehr.

Und das war ein Problem.

KAPITEL 9

*A*ls Jo mit ihren Eltern in der Kutsche auf dem Weg zu ihrem Verlobungsball in Henlow House saß, dachte sie unwillkürlich daran, wie merkwürdig sich alles entwickelt hatte. Nie hätte sie gedacht, dass sie sich einmal verloben würde, und schon gar nicht mit einem Earl und den gesellschaftlichen Verpflichtungen, die damit einhergingen. Sie hätte sich auch niemals vorstellen können, dass ihre Eltern, wie heute Abend, einmal gemeinsam an einem gesellschaftlichen Ereignis teilnehmen würden.

Sie hatte keine Ahnung, was sie als Nächstes zu erwarten hatte, außer dem Unerwarteten.

»Mir ist klar, dass ich dir schon Komplimente gemacht habe, aber dein Kleid ist wirklich atemberaubend«, meinte Jos Vater vom rückwärts gerichteten Sitz aus. »Der Stoff ist so einzigartig, und der Schnitt ist wunderbar originell. Ich liebe die schlichte Eleganz des Stils. Aufwendige Volants passen nicht zu dir. Heute Abend werden dich alle beobachten, als ob sie das nicht schon längst tun würden«, fügte er mit einem leisen Lachen hinzu.

Jo verabscheute es, im Mittelpunkt der Aufmerksamkeit

zu stehen, doch das sollte ja nur für einen Abend so sein. »Danke, Papa.«

Die Kutsche hielt vor dem Henlow House, das eines der größten Häuser am Grosvenor Square war. Die Tür öffnete sich, und ein Lakai in der Henlow Livree war erst Jo beim Aussteigen behilflich, und dann ihrer Mutter. Sobald auch ihr Vater auf dem Bürgersteig stand, schritten sie zur Haustür, die von einem anderen Lakaien offen gehalten wurde.

Sie waren frühzeitig angekommen, um sich in der Empfangsreihe zu positionieren, damit die Gäste Gelegenheit hatten, das Verlobungspaar zu begrüßen. Jo rechnete fest damit, dass ihr die Wangen vom vielen Lächeln schmerzen würden, und hoffte, es würden Erfrischungen angeboten, da ihr Mund vom Reden austrocknen würde.

Sie wurden vom Butler empfangen, der sie in den Salon im ersten Stock führte. Die Herzogin war die einzige anwesende Person.

Sheffs Mutter trug ein lavendelfarbenes Kleid mit einem Besatz in Maulbeerviolett. Die schmalen Lippen zusammengepresst und die Hände vor sich verschränkt, wirkte sie kühl und gefasst. »Guten Abend«, sagte sie. »Ich erwarte Shefford jeden Moment.« Sie ließ den Blick über die drei wandern, wobei sie mit Jos Mutter, die zu Jos Linken stand, anfing. Dann glitt ihr Blick zu Jo weiter und schließlich zu ihrem Vater. Für einen winzigen Moment wurden die Augen der Herzogin ein wenig schmaler, und eine leichte Röte stieg ihr in die Wangen.

Kannte sie ihren Vater?

Jo schaute zu ihm, um seine Reaktion zu beobachten, doch er zeigte keine. Er lächelte wohlwollend und blickte sich im Raum um.

»Ihr Dekor ist sehr geschmackvoll und elegant, Euer Gnaden.«

»Danke«, antwortete sie mit angespannter Stimme. Jo

konnte nicht genau sagen, ob dies noch eine Reaktion auf ihren Vater war oder einfach der Tonfall der Herzogin. An dem Tag, als sie in der Bond Street gewesen waren, hatte ihre Stimme ähnlich geklungen.

Nun richtete die Herzogin ihren Blick wieder auf Jo. »Das Kleid ist spektakulär. Es war eine sehr gute Wahl. Und ich freue mich über Ihr modisch frisiertes Haar. Ich bin froh, dass Sie die Kämme tragen, die ich Ihnen geliehen habe.«

Jo hatte die diamantbesetzten Kämme der Herzogin eigentlich nicht benutzen wollen, doch noch weniger wollte sie darüber streiten. Außerdem würde sie mit dem Tragen der Kämme die Unterstützung von Sheffs Mutter kundtun, und da Jo sich nicht sicher war, ob dies tatsächlich so war, wollte sie es als positives Zeichen auffassen.

»Danke, Euer Gnaden«, antwortete Jo. »Ich weiß es zu schätzen, dass Sie sie mir geliehen haben. Ich werde sie morgen zurückgeben.«

»Das wäre akzeptabel«, entgegnete die Herzogin. Sie legte die Stirn in Falten und zog die Brauen tief über die Augen, sodass ihr Ausdruck beunruhigt wirkte. »Nicht akzeptabel ist allerdings der Grund für Ihr Fernbleiben vom Ball gestern Abend. Sie sagten, Sie hätten anderweitige Verpflichtungen?«

»Tatsächlich habe *ich* das gesagt«, warf Jos Mutter ein.

Die Herzogin warf Jos Mutter einen vernichtenden Blick zu, ehe sie sich wieder zu Jo wandte. »Ich habe erfahren, dass Sie in diesem Spielclub *gearbeitet* haben. Das müssen Sie umgehend einstellen.«

Jo hörte, wie ihre Mutter scharf Luft holte und ihr eigener Bauch schlug einen Purzelbaum. Dann ergriff jedoch ihr Vater das Wort. Er trat einen Schritt auf die Herzogin zu und zauberte dabei sein charmantestes Lächeln hervor. »Meine liebe Herzogin, lassen Sie uns heute Abend nicht über solche Angelegenheiten sprechen, wenn wir ein so glorreiches Ereignis feiern – die Vereinigung unserer beiden Familien.«

Der Herzogin traten beinahe die Augen aus dem Kopf. Tatsächlich wäre es fast komisch gewesen, obwohl an dieser Unterhaltung absolut gar nichts lustig war. Jo war ihrem Vater für seine Bemühungen zwar dankbar, doch sie hatte das sichere Gefühl, dass die Herzogin eine Verbindung zwischen ihrem Sohn und ihr zur Vereinigung ihrer Familien gewiss nicht erwogen hatte. Nein, viel eher hoffte sie, die Harkers nie wieder sehen zu müssen, insbesondere die Frau nicht, die einen Spielclub besaß.

Sheff kam in den Raum geschlendert und ein angenehmes Lächeln spiegelte sich auf seinen Zügen wider, das in sich zusammenzufallen schien, sobald er ihrer ansichtig wurde. »Guten Abend«, brachte er energisch hervor. »Ich bedauere, mich verspätet zu haben. Eines meiner Kutschpferde hat sich einen Kieselstein eingetreten. Ich musste eine Droschke nehmen.«

»Ich bin nur froh, dass du endlich hier bist«, murmelte die Herzogin, deren Miene nun von loderndem Zorn zu leichter Irritation wechselte. »Du musst deiner Verlobten begreiflich machen, dass sie nicht länger in diesem Spielclub arbeiten kann.« Sie wandte ihre Aufmerksamkeit wieder Jo und ihren Eltern zu. »Wir werden mindestens eine Stunde lang in der Empfangsreihe stehen, und dann werde ich entscheiden, ob wir weitermachen müssen. Ich würde schätzen, dass es eher zwei Stunden werden könnten. Wenn Sie etwas zu trinken möchten, ehe wir uns auf unsere Plätze begeben, wird Percy, unser Butler, Sorge dafür tragen.«

Die Herzogin rauschte aus dem Raum und die vier zurückgebliebenen Personen sahen ihr nach. Jos Vater ging zu Sheff, um ihm die Hand zu schütteln.

Jos Mutter beugte sich zu ihr und flüsterte: »Ich bin so erleichtert, dass diese Verlobung nur zum Schein ist. Meiner

Befürchtung nach wird die Herzogin jede Frau, die töricht genug ist, ihren Sohn zu heiraten, reichlich unglücklich machen.«

»Glaubst du, sie kennt Papa?«, flüsterte Jo zurück. »Ich hatte das Gefühl, dass sie ihn erkannt hat. Aber du bist ihr ja auch schon einmal begegnet.«

»Hmm, ja.«

Allmählich verspürte Jo eine gewisse Frustration über die vagen Antworten ihrer Mutter zu diesem Thema. »Zwar hast du gesagt, die Geschichte sei nicht besonders interessant, aber ich würde gerne wissen, woher ihr euch alle kennt.«

»Warum?« Jos Mutter zuckte mit den Schultern. »Wir haben uns vor Jahren kennengelernt, und wie du mit eigenen Augen sehen kannst, sind wir keine Freunde geworden. Tatsächlich gab es seither nicht den geringsten Grund, dass sich unsere Wege kreuzten. Und diese Vereinigung wird zum Glück nur vorübergehend sein.«

Bevor Jo weitere Fragen stellen konnte, fuhr ihre Mutter fort: »Lass dich von Shefford nicht überreden, von deinen Aufgaben im Club Abstand zu nehmen.«

Jo verteidigte sich. »Ich würde mich von ihm zu gar nichts überreden lassen.«

»Du hast dich auf diese alberne Scheinverlobung eingelassen«, stellte ihre Mutter fest, was Jo noch mehr aufstachelte. »Du solltest ihm auch sagen, dass niemand glauben wird, dass es sich um eine Liebesheirat handelt, wenn er weiterhin das Rogue's Den aufsucht. Er war seit eurer ›Verlobung‹ bereits mehrere Male dort zu Gast.«

»Es ist mir egal, ob er dieses Etablissement besucht.« Nun, da sie darüber informiert war, verspürte Jo allerdings ein komisches Gefühl in der Magengrube.

»Gewiss nicht, aber wenn ihr tatsächlich verlobt wärt und du in ihn verliebt, wäre das bestimmt nicht so.«

»Worüber flüstert ihr zwei da drüben?«, fragte Jos Vater, der guter Dinge war.

»Langweilige Angelegenheiten, über die Frauen eben so reden«, antwortete Jos Mutter.

Jos Vater lächelte verrucht. »Du weißt doch, dass ich rein gar nichts davon langweilig finde. Und ich wage zu behaupten, dass es meinem zukünftigen Schwiegersohn ebenso ergeht. Er klopfte Sheff auf die Schulter.

Sheff blickte Jo an. »Sollen wir uns ins Vorzimmer zum Ballsaal begeben?« Er ging zu Jo und bot ihr seinen Arm an.

Jo legte die Hand auf seinen Ärmel und schenkte der Hitzewelle keine Beachtung, die sie durchfuhr und die Anspannung löste, die bei der Erwähnung des Rogue´s Den durch ihre Mutter entstanden war. Sie warf ihrer Mutter einen Blick zu, als ihr Vater ihr seinen Arm darbot, den sie allerdings nicht nahm. Stattdessen warf sie ihm einen erbosten Blick zu und lief Jo und Sheff hinterher.

Jo störte es nicht weiter, wenn die beiden nicht glücklich zusammen zu sein schienen, solange sie beide hier waren. Sheffs Eltern würden auch nicht glücklich zusammen sein. »Wird sich dein Vater zu uns in der Empfangsreihe stellen?«, fragte Jo.

»Ich glaube schon.« Sheff hob eine Schulter. »Man kann nie wissen, was mein Vater tun wird. Um ehrlich zu sein, bin ich mir nicht einmal sicher, ob er hier ist.«

Doch dort stand er, auffallend gut aussehend in seiner dunkelblauen Kombination, die von einer bestickten Goldweste akzentuiert wurde. Er wirkte keineswegs wie ein Mann, dessen Sohn ihn ständig aus potenziell peinlichen Situationen retten musste.

Er positionierte sich neben der Herzogin, die den Anschein erweckte, als würde sie lieber Feuer fangen als seine Nähe zu ertragen. Tatsächlich wies sie dann jedem einzelnen den Platz zu, and dem er zu stehen hatte, und ihn stellte sie ganz an den Anfang, während sie sich selbst am Ende der Reihe positionierte. Jo wollte darauf hinweisen, dass *ihre* Eltern nicht getrennt werden mussten, denn sie waren erwachsen genug, um zwei Stunden lang nebeneinander zu stehen.

Die Herzogin hatte Jos Vater neben den Herzog platziert, dann Jos Mutter, daneben Jo und dann Sheff, dem die große Gunst zukam, die ganze Zeit über die direkte Gesellschaft seiner Mutter zu ertragen. Jo verspürte ein bisschen Mitleid mit ihm. Lieber hätte sie neben seinem Vater gestanden als neben seiner Mutter. In diesem Moment ging ihr auf, dass Sheffs Eltern beide schwierige Charaktere waren und er mit einem ganz anderen Familiensinn aufgewachsen war als sie.

Obwohl ihre Eltern getrennt lebten, wurde sie von beiden geliebt und sie zweifelte nie daran, dass sie vor allem ihr Glück wollten. Sie hatten sich sogar zusammengetan, um sie bei diesem Vorhaben zu unterstützen, und das allein bewies, wie gut sie sich um sie kümmerten.

Die Gäste trafen ein, und die Zeit verging wie im Flug, wofür Jo sehr dankbar war. Der beste Moment bei der Begrüßung der Gäste war allerdings das Erscheinen ihrer Freundinnen. Voller Freude hatte sie Gwen und ihren Mann Somerton sowie Tamsin mit ihrem gestrengen Mann Droxford begrüßt. Jo gab sich alle Mühe, ihm ein Lächeln zu entlocken. Gwens Bruder Evan kam mit ihren Eltern, und Jo genoss es, mit ihnen zu sprechen.

Die unangenehmen Momente übertrafen jedoch bei weitem die angenehmen, denn es gab viele Gentlemen, die Jo vom Siren′s Call her kannte. Einige von ihnen hatte sie gar sturzbetrunken und manch andere sogar weinend erlebt, wenn sie große Summen verloren hatten. Ein paar andere konnten ihren Blick nicht erwidern, weil sie einmal versucht hatten, mit ihr zu flirten, was sie mit einer Effizienz abgewehrt hatte, die zum Totschlagen einer Fliege genügt hätte.

Es war nicht so, dass sie nicht – vollkommen unverfänglich – mit Gentlemen geflirtet hätte. Wenn sie allerdings genauer darüber nachdachte, hatte sie sich bei keinem so verhalten wie mit Sheff. Ihr war bewusst, dass sie mit ihrer Anziehung zu ihm zu kämpfen hatte. Andererseits hatte sie sich schon immer zu ihm hingezogen gefühlt, oder war dies ein neues Gefühl, das durch ihre Scheinverlobung geweckt worden war? Noch nie hatte sie darüber nachgedacht, und nun war sie ganz besessen davon, dem Grund dafür auf die Spur zu kommen.

Die Empfangsreihe löste sich auf, und die Herzogin wies Jo und Sheff den Weg zur Tanzfläche, wo sie den Ball mit einem Walzer eröffnen sollten. Jo wusste, dass ihre Mutter geplant hatte, den Ball gleich wieder zu verlassen, sobald die Empfangsreihe aufgelöst war. Ihre Blicke trafen sich, und Jo nickte ihr zu. Ihre Mutter warf ihr einen Kuss zu und ging dann davon.

Jos Vater gedachte allerdings, bis zum bitteren Ende der Feierlichkeiten zu bleiben. Zumindest hatte er das mit einem fröhlichen Lachen gesagt.

Jo nahm Sheffs dargebotenen Arm und schritt mit ihm in den Ballsaal, wo der Majordomus sie ankündigte. Es gab Beifall, und Jo spürte die Aufmerksamkeit aller Anwesenden in dem riesigen Raum, der eher einer länglichen Galerie als einem Ballsaal glich, aber was wusste sie schon?

Es mussten fast eintausend Kerzen in den Kronleuchtern stecken, denn ihr Licht flackerte in den Spiegeln, die eine Wand säumten. An der gegenüberliegenden Wand befanden sich mit elfenbeinfarbenem Damast verkleidete Fenster und zwei Türen, die auf einen Balkon hinausführten. Obwohl es ein kühler Abend war, standen die Türen offen, um die Luft hereinzulassen. Bald würde sich der Ballsaal aufheizen.

Sheff führte sie in die Mitte der Tanzfläche und sie nahmen ihre Tanzhaltung für den Walzer ein. »Bist du bereit?«, fragte er sanft und dabei lag ein Hauch von Schalk in seinem Blick.

Jo sah ihn mit hochgezogener Augenbraue an. »Bist *du* bereit, dir die Füße zertrampeln zu lassen?«

Er lachte. »Du hast den Tanz letzte Woche schon ganz gut beherrscht, als wir ihn bis zum Ende getanzt haben. Um den Zustand meiner Füße mache ich mir heute Abend keine Sorgen.«

»Ich hoffe, du überschätzt meine Fähigkeiten nicht. Gib mir einen Moment oder zwei, um mich an den Rhythmus zu gewöhnen.« Die Musik setzte ein, bevor sie zu Ende gesprochen hatte, und er schwang sie in den Tanz.

Jo konzentrierte sich auf das Zählen und die Bewegung ihrer Füße und war überrascht, wie viel einfacher es dieses Mal war. »Das ist gar nicht so schlecht.«

»Ganz und gar nicht. Du bist ein Naturtalent.« Seine Hand drückte auf ihren Rücken, was eine angenehme, schwindelmachende Empfindung auslöste.

Andere Paare kamen auf die Tanzfläche, und nun waren sie nicht länger allein. Das half Jo, sich noch mehr zu entspannen. Bald tanzte sie Walzer, ohne zu zählen.

Das ließ sie an das denken, was ihre Mutter über Sheffs Besuch im Rogue´s Den gesagt hatte. Jo überlegte, ob sie dies zur Sprache bringen sollte, aber sie wollte nichts von ihm verlangen, obwohl ihre Mutter andererseits auch ein gutes Argument vorgebracht hatte, wie sein Verhalten aufgefasst werden könnte. Sheffs Aktivitäten gingen sie nichts an, und schon gar nicht bei einer Scheinverlobung. Er musste sich nur an ihre Regeln halten, was er bislang auch zu ihrer Zufriedenheit getan hatte, wenn man einmal von dem Kuss bei seinem Heiratsantrag absah.

Und dann war da noch sein Kuss auf ihr Handgelenk im Park, nachdem er sie erst herumgewirbelt und dann in einer reichlich intimen Position festgehalten hatte. Im Grunde hatten beide Begebenheiten gegen ihre Regel verstoßen, doch sie hatte von einer Beschwerde abgesehen. Denn sie hatte sich beide Male nicht belästigt gefühlt.

Und jetzt lagen seine Hände auf ihrer Haut, und sein Körper war so nah, dass sie seinen Duft nach Kiefer und Sandelholz riechen konnte. Es war nicht nur, dass es ihr nichts ausmachte, sondern sie genoss den Tanz.

Er sagte etwas und sie war ihm für die Ablenkung von ihren aufwühlenden Gedanken dankbar. »Ich möchte dich wissen lassen, dass ich nicht die Absicht habe, dich davon zu überzeugen, deine Arbeit im Siren's Call aufzugeben. Das gehörte nicht zu unserer Abmachung und ich gedenke jetzt auch nicht, die Regeln zu ändern.«

Jo freute sich zu hören, dass sie beide einander nichts vorschreiben wollten. »Heißt das, wenn du noch einmal von vorn anfangen und eine Regel aufstellen könntest, dass ich dort nicht arbeite, würdest du es dann tun?«, stichelte sie.

»Ich bin mir fast vollkommen sicher, dass du mein Angebot abgelehnt hättest«, entgegnete er mit einem Grinsen.

»Du hast recht. Ich kann meine Arbeit nicht einfach aufgeben, insbesondere jetzt nicht, da meine Mutter sich darauf vorbereitet, eine Zeit lang außerhalb Londons zu verbringen, und ich mehr Verantwortung übernehmen muss.«

Er runzelte die Stirn. »Dann ist dies keine gute Zeit für dich, wenn du mehrere Abende in der Woche nicht im Club bist.«

»Das ist einer der Hauptgründe für meine Bitte an dich, nur an zwei gesellschaftlichen Veranstaltungen pro Woche teilzunehmen. Deine Mutter hat mir angekündigt, die Einladungen würden nach heute Abend in Strömen eintreffen und ich müsste die meisten davon annehmen.« Jo schüttelte den Kopf. »Das werde ich auf keinen Fall tun. Deine Mutter wird nicht erfreut sein – weder darüber noch über die Tatsache, dass ich weiterhin im Siren's Call arbeite.«

Er zuckte mit den Schultern, als würde das gar kein Problem darstellen. »Das kriegen wir schon hin.«

»>Wir<?«, fragte Jo, die über seine unbekümmerte Haltung ein wenig ungehalten war. »*Du* wirst mit ihr fertig. Mir steht nicht im Mindesten der Sinn danach, mir ihre abfälligen Kommentare oder vernichtenden Blicke gefallen zu lassen.«

»So furchtbar kann sie nicht gewesen sein«, entgegnete er, als sie über die Tanzfläche schwebten.

»Wie kannst du das sagen?« Jo blinzelte ihn an und konnte seinen mangelnden Scharfblick nicht fassen. »Wenn du dir so einen ausgefuchsten Plan ausgedacht hast – der mit nicht unerheblichen Kosten verbunden ist –, um ihre *fröhliche Ermutigung* zu deiner Teilnahme am Heiratsmarkt zu verhindern«, bemerkte sie mit beträchtlichem Sarkasmus.

Sheff unterlief ein Fehler und er tat einen falschen Schritt, was zur Folge hatte, dass ein Fuß auf ihrem Zeh landete.

»Au!« Sie zuckte zusammen, als der Schmerz durch ihren Fuß hinaufschoss.

»Verzeihung!« Er presste den Kiefer zusammen. »Wegen des Fußes und meiner Mutter. Ich wusste nicht, dass sie so furchtbar ist.«

»Ich kann nur hoffen, dass ich ihre Gesellschaft nach heute Abend nicht mehr erdulden muss.«

»Das musst du nicht«, sagte er schnell. Und mit Bestimmtheit. »Ich verspreche es.«

Die Musik endete, und Sheff führte sie von der Tanzfläche. Jo konnte den Keim ihrer Irritation nicht ersticken, der sich nach seiner Reaktion auf das einmischende und unausstehliche Verhalten seiner Mutter in ihrem Kopf festgesetzt hatte. Dass er sein Versprechen einhalten würde, konnte sie nur hoffen. Angesichts der herrschsüchtigen Art seiner Mutter war sie allerdings keineswegs sicher, ob sie dazu imstande war.

Jo erblickte die Herzogin, die ganz in der Nähe stand, und entfernte sich rasch von Sheff mit der Begründung, sie müsse mit ihren Freundinnen sprechen. Dann schlenderte sie davon, ohne die geringste Ahnung zu haben, wo diese überhaupt zu finden waren.

Glücklicherweise fand Min sie. »Jo, es tut mir leid, dass ich dich vor dem Ball nicht mehr gesehen habe.« Sie hakte sich bei Jo unter. »Meine Mutter hat darauf bestanden, dass ich das Aufstellen einiger Blumen beaufsichtige.« Sie verdrehte die Augen. »Komm und mach eine Pause mit uns. Du willst sicher eine Limonade.«

Was Jo wirklich wollte, war ein großer Humpen Ale. Der war bedauerlicherweise nicht zu haben. Sie begnügte sich mit der Limonade, die sie auf dem Weg zu der relativ ruhigen Ecke, in der Tamsin, Gwen und Ellis zusammenstanden, von einem Tisch mitnahmen.

Die ganze Woche über hatte sie keine Zeit gehabt, Gwen zu besuchen, um ihr von der »Vernunftehe« zu berichten. Sie hatte Tamsin informiert, als sie zusammen in den Park spaziert waren.

»Hier kommt die Braut!«, rief Tamsin mit einem Lächeln aus, als Jo sich der Gruppe näherte.

Jo löste ihren Arm von Mins und trank einen großen Schluck Limonade.

»Während des Walzers haben wir Gwen erzählt, dass ihr eine Vernunftehe anstrebt«, meinte Min leise.

Gwen sah sie mit einem ermunternden Lächeln an. »Ich verstehe, dass du sehr beschäftigt warst. Ich selbst stand aufgrund meiner eigenen Heirat, die ja erst vor kurzem stattgefunden hat, und der Wunde an meinem Arm nicht ganz zur Verfügung. Jetzt geht es mir schon viel besser, und zwar vor allem deshalb, weil ich diese alberne Schlinge nicht mehr tragen muss. Auch ohne einen unbrauchbaren Arm bin ich schon ungeschickt genug!« Sie lachte, und die anderen stimmten mit ein.

Wenige Tage vor ihrer Hochzeit war Gwen von einer erzürnten Mutter angeschossen worden, da sie gewollt hatte, dass Somerton ihre Tochter anstelle von Gwen heiratete. Die Geschichte war unglaublich, doch letztendlich wurde die Wahrheit verschwiegen, um eine Verhaftung der Mutter zu verhindern. Alle glaubten, Gwen sei von einem herabfallenden Buch getroffen worden, was angesichts ihrer großen Liebe zur Literatur und ihrer ständigen Ungeschicklichkeit durchaus glaubhaft war.

»Soll eure Ehe wirklich nur auf dem Papier bestehen?«, fragte Gwen. »Gibt es irgendeine Hoffnung, dass sich die Dinge vielleicht wie bei Tamsin entwickeln?«

Obwohl Jo das Paar nicht gekannt hatte, als Tamsin und der Baron sich verlobt hatten, war ihr die Geschichte bekannt. Eine kompromittierende Situation hatte Droxford dazu veranlasst, ihr einen Heiratsantrag zu machen. Tamsin hatte angenommen, obwohl beide in jenem Moment keine Gefühle füreinander hegten und nicht einmal über ihre Erwartungen an die Ehe gesprochen hatten. Sie hatten Glück, denn sie verliebten sich innig ineinander. Ihr Ehestand war höchst beneidenswert – wenn man sich eine Liebesheirat erhoffte.

Zur Antwort auf Gwens Frage schüttelte Jo den Kopf. »Sheff und ich werden uns nicht ineinander verlieben. Wir haben gewisse Regeln für diese Verbindung.« Wie sehr sie sich danach sehnte, ihren Freundinnen die Wahrheit zu sagen!

»Vielleicht ändert ihr eure Meinung«, orakelte Tamsin achselzuckend. »Man weiß nie, was passieren kann.«

Jo wusste genug, um nicht nur eine echte Ehe – und sei es

nur auf dem Papier – mit Sheff zu vermeiden, sondern auch jegliche Form von Bindung. Und zwar nicht nur zu ihm. Gerade dieser Plan hier hatte ihr bewiesen, wie glücklich sie sich schätzen konnte, sich nicht auf eine Ehe eingelassen zu haben, und so würde sie es auch weiterhin halten. Allein der Gedanke an eine Schwiegermutter, die auch nur halb so anspruchsvoll war wie die Herzogin, genügte bereits, um eine junge Lady im heiratsfähigen Alter schreiend zur Flucht in die abgelegenen schottischen Highlands zu treiben.

»Dann darfst du ihn aber nicht küssen«, bemerkte Gwen lachend. »Ich scherze nur. Natürlich wirst du das nicht tun.«

Sie *hatte* ihn aber schon geküsst. Was schockiererweise reizvoll gewesen war. So sehr, dass Jos Gedanken sich häufig darum drehten und sie sich vorstellte, wie sich ein längerer und leidenschaftlicherer Kuss mit Sheff anfühlen musste. Oder wie es wäre, wenn er sie streichelte. Als er sie im Walzertakt gehalten hatte, war es schwer gewesen, sich nicht vorzustellen, wie seine Hände die intime Stellen ihres Körpers erkundeten.

»Ehrlich gesagt, fange ich gerade an, diese Ehe noch einmal zu überdenken«, meinte Jo, und blieb damit so nah an der Wahrheit, wie sie sich traute.

»Hat Sheff etwas verbrochen?«, fragte Min.

»Nein, das hat er eigentlich nicht. Es geht um seine Mutter. Ich fürchte, sie ist ... herrschsüchtig.«

Min stieß die Luft aus und schloss für einen kurzen Moment die Augen. »Meiner Vermutung nach muss sie vor dem Ball etwas Schreckliches gesagt haben, als ihr euch bereits im Salon versammelt hattet?«

»Sie hat darauf bestanden, dass ich nicht mehr im Siren´s Call arbeite.« Tief aus ihrer Kehle stieß Jo einen angewiderten Laut hervor. »Sheff wird sie zur Vernunft bringen. Er hat mir versprochen, dass ich nach heute Abend nicht mehr viel mit ihr zu tun haben werde.«

»Na ja, bis auf den Umstand, dass du bis in alle Ewigkeit mit ihrem Sohn verheiratet sein wirst«, meinte Tamsin mit einer Grimasse.

Das würde zum Glück nicht der Fall sein.

Min sah Jo mitfühlend an. »Hoffentlich ist es so. Darüber, dass du weiter im Club arbeitest, wird sie nicht glücklich sein. Und wie kannst du dort weiterarbeiten und gleichzeitig verheiratet sein?«

Jo wollte antworten, dass sie damit ihren Lebensunterhalt bestritt, und ihre Mutter sie ersetzen müsse, aber in der nahen Zukunft sei sie dem Siren´s Call und den Plänen ihrer Mutter verpflichtet. Doch davon konnte sie nichts verraten. »Da wir nicht sofort heiraten, bleibt mir noch Zeit, zu entscheiden, was ich unternehmen will. In der nächsten Zeit muss ich jedoch meine Arbeit fortsetzen. Meine Mutter reist im Juli nach Weston und wird mindestens für einige Monate fort sein. Es ist nicht genügend Zeit, um jemanden Neues anzulernen.«

Die Zeit reichte wahrscheinlich schon, aber Jo dachte nicht daran, das Siren´s Call im Stich zu lassen, um Sheff zu heiraten. Wenn sie gehen würde, dann nur, um ihre eigenen Träume zu verwirklichen. »Deine Mutter wird im August in Weston sein?«, fragte Tamsin aufgeregt. »Dann werden wir auch dort sein. Du musst auch kommen!«

»Leider wird das nicht möglich sein«, entgegnete Jo und schenkte der Enttäuschung keine Beachtung, die sie wie ein eisiger Wind durchfuhr. »Ich muss hier sein, um das Siren´s Call zu leiten.«

Und zwar nicht nur im August, sondern für immer. Ihre Mutter würde die Verantwortung mehr und mehr an sie abgeben, und das bedeutete, dass Jo mehr und mehr von der Leitung übernehmen müsste. Ausflüge mit Freundinnen ans Meer würde es also nicht mehr geben.

Die Realität darüber, mit dem Club verbunden zu sein,

fraß sich in Jos Gehirn und kroch ihr über das Rückgrat. Tentakel der Angst und sogar des Grauens tasteten sich durch ihren Bauch und in ihre Extremitäten vor, bis sie das Gefühl hatte, sie müsste sich setzen. Nun wünschte sie sich wirklich, sie hätte ein Ale.

»Bist du wohlauf, Jo?«, fragte Ellis. »Du wirkst so blass.«

»Ich glaube, ich muss den Ruheraum aufsuchen.«

Ellis ging auf sie zu. »Komm mit mir.«

Jo folgte Ellis, die auf die nächstgelegene Tür zu einem anderen Raum zustrebte. »Danke, dass du mir den Weg zeigst. Ich bin mir nicht sicher, ob ich den Ruheraum finden würde.«

»Ich bringe dich nicht dorthin«, meinte Ellis. »Willst du nicht lieber allein sein?«

»Ja, danke.« Jo fühlte sich von Erleichterung durchströmt und sie überlegte, ob sie Ellis umarmen sollte. Ihr fiel wieder ein, was Sheff ihr über Ellis′ Herkunft erzählt hatte, und sie wünschte, sie würde nichts darüber wissen. Es war nicht so, dass sie vorhatte, etwas zu sagen. Sie hoffte nur, dass Ellis über ihren Platz in diesem Haushalt nicht unglücklich war. Vielleicht hätte sie ja Interesse, im Siren′s Call zu arbeiten.

Jo trank ihre Limonade aus und stellte das Glas auf dem Tablett eines Dieners ab, ehe sie den Ballsaal mit Ellis verließ.

»Im unteren Stockwerk gibt es ein ruhiges Wohnzimmer«, meinte Ellis. »Dort lese ich morgens gerne. Das Licht ist herrlich.« Sie führte Jo ins Erdgeschoss hinunter.

»Woher wusstest du, dass ich allein sein wollte?«, fragte Jo, als sie zusammen die Treppe hinuntergingen.

»Du schienst mit einem Mal einfach zu verwelken, wie eine Blume, die sich bei Sonnenuntergang schließt«, meinte Ellis und führte sie in einen kleinen Raum im hinteren Teil des Hauses. Dort gab es ein Erkerfenster mit einer gemütlichen Sitzgelegenheit.

»Das sieht nach dem perfekten Ort zum Lesen aus«, bemerkte Jo. »Danke, dass du mich hergebracht hast.«

»Nimm dir so viel Zeit, wie du brauchst.« Ellis sah sie mit einem warmherzigen Blick an, ohne allerdings dabei zu lächeln.

»Ich sollte nicht so lange fortbleiben. Die Leute werden nach mir suchen.« Jo wäre am liebsten einfach gegangen. Sie hatte den Empfang durchgestanden und mit ihrem falschen Verlobten Walzer getanzt. Was wurde noch von ihr erwartet?

Ellis zog eine Schulter hoch. »Wahrscheinlich. Lass dir trotzdem Zeit. Es ist ja nicht so, dass du dir das lange gefallen lassen musst. Ich hoffe, Sheff zahlt dir genug für deine Mühe.«

Jo kniff die Augen zusammen. »Was meinst du?«

»Ich mag mich irren, aber ich habe nicht eine Sekunde geglaubt, dass du Sheff heiraten willst – aus Vernunftgründen oder irgendeinem anderen Grund. Es sei denn, du *musst* ihn heiraten, was ich nicht annehme. Sheff *muss* heiraten. Es ist seine Pflicht. Du kannst deine Unabhängigkeit so lange genießen, wie es dir beliebt. Also für immer.« In ihrer Stimme schwang ein Anflug von Wehmut mit.

»Wünschst du dir das?«, fragte Jo leise.

»Ja, aber ich habe keine zuverlässige Arbeit wie du. Ich habe keine Ahnung, wie viel das Siren's Call einbringt, aber deine Mutter scheint gut zu verdienen. Deine Zukunft scheint gesichert zu sein. Ist es nicht so?« Sie blinzelte Jo an. »Willst du Sheff heiraten?«

»Nein, das will ich nicht. Und du hast recht, das werde ich auch nicht.« Lieber Himmel, wie wunderbar es sich anfühlte, vollkommen aufrichtig zu sein. »Ich bin so froh, dass du die Wahrheit erraten hast. Es war mir ein Gräuel euch alle anzulügen, aber Sheff sagte, es sei notwendig, damit seine Mutter die Wahrheit nicht erfährt.«

Ellis nickte wissend. »Das verstehe ich vollkommen. Ich

bin neugierig, warum du seinem Vorschlag zugestimmt hast, wo du doch, wie ich schon sagte, eine gesicherte Zukunft hast?«

»Weil ich mir nicht sicher bin, ob ich diese Zukunft tatsächlich will.« Jo hatte diese Worte im Flüsterton ausgesprochen und ihre Glieder zitterten, als sie ihre Gedanken und ihr Zaudern endlich in Worte kleidete.

Ellis berührte sie am Unterarm, und ein sanftes Lächeln umspielte ihren Mund. »Was wünschst du dir?«

»Ich bin mir nicht ganz sicher. Es macht mir einfach keinen Spaß, den Club nach dem Vorbild meiner Mutter zu führen. Sie arbeitet sehr viel und sehr hart. Erst kürzlich hat sie angefangen, sich Zeit für sich selbst zu nehmen. Als sie mir eröffnete, sie würde nach Weston reisen, war ich wirklich schockiert.« Jo legte den Kopf schief und war nun auf Ellis neugierig, die sich ihrer Beunruhigung so bewusst gewesen zu sein schien. »Was willst *du*?«

»Sicherheit«, platzte Ellis schon heraus, ehe Jo die Frage fertig formuliert hatte.

»Du bist nicht vielleicht daran interessiert, das Siren´s Call zu leiten?«, fragte Jo lachend.

Als Ellis sie einen Moment musterte, kam Jo der Gedanke, dass sie das Angebot tatsächlich in Erwägung zog. »Ich weiß nicht, ob meine Talente bei der Leitung eines solchen Unternehmens liegen, aber ich könnte wahrscheinlich die Buchhaltung und das Schriftliche übernehmen. Ich würde gerne Sekretärin werden. Allerdings gibt es nur sehr wenige Stellen dieser Art für Frauen.«

»Ich weiß, dass du dich manchmal wie ein Mann kleidest, um allein in der Stadt spazieren zu gehen«, meinte Jo. »Hast du schon mal daran gedacht, das zu tun, um als Sekretärin zu arbeiten?« Obwohl es schwierig sein könnte, einen Arbeitgeber davon zu überzeugen, dass Ellis ein Mann ist, denn sie war bemerkenswert hübsch.

»Das habe ich in der Tat.« Ellis lachte leise. »Aber ich wage zu behaupten, dass es nicht lange funktionieren würde. Die Aussicht, mir *jeden* Tag die Brüste abzubinden, ist wirklich unangenehm. Vielleicht habe ich aber keine andere Wahl. Wenn Min heiratet, und das muss sie, wie ihr Bruder auch, werde ich meinen eigenen Weg finden müssen. Ohne Min als Entschuldigung für meine Anwesenheit wird die Herzogin mir nicht gestatten, weiter in ihrem Haushalt zu bleiben.«

»Wieso ist Min deine Ausrede? Weil du ihre Gefährtin bist?«

Ellis nickte. »Mit diesem Argument hat der Herzog die Herzogin überzeugt, mich in den Haushalt aufzunehmen. Wenn Min fort ist, bin ich das auch. Ich kann von Min nicht erwarten, dass sie mich mitnimmt.« Sie zog die Lippen zu einem schiefen Lächeln.

»Das ist so ungerecht. Sicherlich wird der Herzog nicht erlauben, dass du ohne Unterstützung auf dich allein gestellt bist, nachdem er dich aufgenommen hat. Sheff hat mir erzählt, wie er dich nach dem Tod deiner Eltern aufgenommen hat.« Jo konnte nur hoffen, nicht zu viel gesagt zu haben, falls Ellis die Wahrheit über ihre Abstammung nicht kannte. Trotzdem sie beide sich auf eine vertrauliche Art austauschten, wäre es nicht an Jo, ein Geheimnis preiszugeben, das noch nicht bekannt war – und schon gar nicht eines von diesem Ausmaß.

»Henlow könnte versuchen, mir zu helfen, aber ich bin mir nicht sicher, ob er mich in einem Haushalt unterbringen würde oder so. Das würde zu Klatsch und Tratsch führen, der seine Frau gegen ihn aufbringen würde, und das wird er nicht tun. Außerdem will ich das auch gar nicht. Wegen seines Rufs würden die Leute annehmen, ich sei seine uneheliche Tochter, was ich aber *nicht* bin.«

Das war sie nicht? Oder glaubte sie nur, sie wäre es nicht?

Jo fragte nicht weiter nach, weil sie nicht verraten wollte, was Sheff ihr anvertraut hatte. Jetzt war sie allerdings verblüfft. Nicht, dass sie dies überhaupt etwas anginge. »Nun, hier bin ich, um dir zur Seite zu stehen und dir zu helfen, wenn ich kann. Denke darüber nach, im Siren´s Call zu arbeiten. Ich werde irgendwann die Leitung übernehmen, und ich schätze kompetente, intelligente Mitarbeiterinnen.«

»Das werde ich mir merken«, entgegnete Ellis freundlich. »Ich gestehe, dass ich nach Mins Hochzeit nicht in ihren Haushalt eintreten möchte. Ich würde es vielmehr vorziehen, meinen eigenen Weg zu finden.«

In diesem Moment fühlte Jo eine starke Hingezogenheit zu Ellis. »Das verstehe ich sehr gut.«

Ellis warf Jo einen kurzen Blick zu. »Du siehst aus, als ginge es dir besser. Willst du mit mir zum Ball zurückkehren?«

»Ich denke, ich möchte ein paar Minuten allein sein«, antwortete Jo. »Nochmals vielen Dank.«

»Nimm dir Zeit«, wiederholte sie, bevor sie sich umdrehte und das Wohnzimmer verließ, wobei sie die Tür hinter sich schloss, sodass Jo wirklich allein war.

Wie lange konnte sie hier verweilen, ehe sie vermisst wurde?

KAPITEL 10

𝒩achdem er mit Jo getanzt hatte, war Sheff von verschiedenen Ballgästen aufgehalten worden, die ihm alles Gute wünschten und ihn fragten, wann er nun, da er verlobt sei, seiner Pflicht im Unterhaus nachzukommen gedachte und einen Sitz dort einnehmen würde, bis er das Herzogtum erbte und ins Oberhaus einzog. Es war nicht wirklich seine Pflicht, doch gewisse Leute erwarteten dies von ihm.

Sheff fing allmählich an zu glauben, dass Jos Vorschlag, einfach davonzulaufen und sich zu verstecken, gar keine so schlechte Idee war. Er könnte den ganzen Sommer über auf Grove bei Weston wohnen. Oder in der abgelegenen Jagdhütte seines Vaters in Schottland. Beides wäre eine gute Idee.

Da er nicht sofort dorthin losstürmen konnte, würde er sich mit ein paar Momenten des Alleinseins begnügen müssen. Der Druck durch die vielen Menschen und die Lüge über seine Verlobung lasteten auf ihm.

Sein schlechtes Gewissen plagte ihn, weil Jo sich unwohl fühlte und weil seine Mutter ihr unbotmäßigen Stress bereitete. Und was sollte er unternehmen? Seine zukünftige Frau *sollte wirklich nicht* in einem Spielclub arbeiten. Aber Jo war in Wahrheit nicht seine zukünftige Frau.

Verstimmt und mit dem Bedürfnis, ein Glas mit einem stärkeren Getränk als Ratafia zu genießen, ging er die Treppe hinunter in das Arbeitszimmer seines Vaters. Als er die Tür öffnete, wusste er sofort, dass etwas nicht stimmte.

Die Luft war von Parfüm verpestet – Rosen und Neroli, ein süßlicher Duft. Er konnte niemanden sehen, was aber nur hieß, dass sie sich vielleicht versteckten. War er in ein Stelldichein hineingestolpert? Wie peinlich. Für alle Beteiligten.

Trotzdem wollte er sich nicht einfach wieder aus dem Raum schleichen. Er brauchte einen Drink und eine Verschnaufpause.

Sheff schloss die Tür und strebte auf den Barschrank zu. Sein Blick schweifte durch den Raum, und er erstarrte, als er einen vertrauten Körper auf dem Sofa liegen sah, ein Bein baumelte auf dem Boden und der Hosenstall stand offen, sodass viel zu viel von seiner Haut zu sehen war.

»Verdammt«, hauchte Sheff, und seine Verstimmung wuchs sich zu einer regelrechten Wut aus. »Kannst du dich nicht einmal auf dem *Verlobungsball* deines Sohnes am Riemen reißen?« Er brüllte nicht, aber er war auch nicht leise. Die Betonung der letzten Worte provozierte seinen Vater, die Augen zu öffnen und vom Sofa auf den Boden zu rutschen.

»Was ist los?«, lallte der Herzog.

Wieso war er schon so berauscht? »Ist deine Geliebte gegangen?«, fragte Sheff angewidert.

»Ich denke schon. Du kennst mich, ich bin nach einem guten Fick so entspannt, dass ich kaum die Augen offen halten kann.« Er lächelte betrunken.

»Es hilft, dass du auch eine Fahne hast.«

»Und wenn schon.« Er blickte an sich herab. »Verflixt,

ich habe mich nicht einmal zugeknöpft. Er nestelte an den
Knöpfen herum, um seinen Schritt zu schließen, und Sheff
brauchte ihm nicht helfen. So weit war der Herzog heute
Abend noch nicht. Trotzdem würde er Hilfe brauchen, um in
sein Schlafgemach zu gelangen.

Sheff ging hinaus und fand einen Lakaien, den er beauf-
tragte, den Kammerdiener seines Vaters zu holen. Als Sheff
in das Arbeitszimmer zurückkehrte, sah er, dass der Herzog
gerade bemüht war, sich ein Glas Portwein einzuschenken.
Der dunkle Wein verfehlte das Glas jedoch zur Gänze und
sammelte sich auf dem Tablett.

»Du brauchst nicht noch mehr Wein.« Sheff nahm ihm
die Karaffe ab und stellte sie wieder hin, bevor er seinen
Vater von den Spirituosen wegführte.

»Es ist immer Platz für ein bisschen mehr Wein«, erei-
ferte sich der Herzog und schmollte ein bisschen.

»Jackson wird gleich hier sein und dich nach oben
bringen.«

Der Herzog rümpfte die Nase, während er versuchte, sich
auf Sheff zu konzentrieren. »Zurück zum Ball?«

Sheffs Schulter zuckte. »Gott, nein. Er wird dich ins Bett
stecken. Du bist für meinen Verlobungsball nicht in der
rechten Verfassung.«

»Ich habe sowieso kaum Zeit dort verbracht. Deiner
Mutter ist es auch lieber so.« Er schwankte ein wenig, doch
dann richtete er sich auf. »Ich würde lieber in meinen Club
gehen. Lass die Kutsche vorfahren.«

»Ganz bestimmt nicht.« Sheff schüttelte den Kopf.
Manchmal war er sich nicht sicher, welche Version seines
Vaters schlimmer war – der Handlungsunfähige, den er nach
Hause bringen und ins Bett schaffen musste, oder dieser, der
streiten und schwierig sein konnte.

»Du kannst mir keine Befehle erteilen, mein Junge.« Der
Herzog hielt auf die Tür zu, stolperte aber. Sheff stürmte

genau in dem Moment vorwärts, als die Tür sich öffnete. Der Kammerdiener, Jackson, fing Sheffs Vater auf, bevor er stürzte. Der Diener trat hinter ihm ein und ging schnell auf die andere Seite des Herzogs.

»Vorsichtig, Euer Gnaden«, ermahnte Jackson, ein Mann von fast vierzig Jahren, der sicherlich eine großzügigere Entschädigung für das verdient hatte, was er bei der Pflege des Herzogs aushalten musste. »Wir bringen Euch nun zu Bett.«

Sheff fragte sich, ob er seinem Vater das zusätzliche Glas Wein hätte erlauben sollen. Vielleicht, denn er war jetzt schon nicht mehr recht bei Sinnen, und dann hätten sie ihn einfacher hochtragen können.

Aber nein. Niemals würde Sheff es über sich bringen, ihm noch mehr zu trinken zu geben. »Jackson, ich denke, Sie und der Lakai müssen auf den Herzog aufpassen, damit er im Bett bleibt. Ich bezweifle, dass er versuchen wird, am Ball teilzunehmen, aber er hat gerade nach der Kutsche verlangt.«

»Natürlich, Mylord«, antwortete Jackson. »Wir werden Sorge dafür tragen, dass er sich erholt.«

»Für einen einzigen Abend hat er schon genug Aufregung gehabt.« Sheff strich sich über das Gesicht.

Jackson nickte, und zusammen mit dem Diener geleiteten sie den Herzog aus dem Arbeitszimmer. Sie ließen die Tür einen Spalt offen, was Sheff allerdings einerlei war. Er sollte zum Ball zurückkehren, aber er war hergekommen, um einen Moment der Ruhe zu finden – und vielleicht ein Glas Brandy –, das er jetzt nötiger denn je hatte.

Er wandte sich dem Barschrank zu und stirnrunzelnd betrachtete er das Durcheinander, das sein Vater dort angerichtet hatte. Er griff nach dem Brandy und erschrak, als er seinen Namen hörte.

»Sheff?«

Diese sinnliche, weibliche Stimme kannte er. Er stellte

die Karaffe ab und drehte sich zu Jo um. Obwohl er sie heute Abend schon gesehen hatte, raubte sie ihm in ihrem zauberhaften neuen Kleid noch immer den Atem. Das Blau wirkte hinreißend an ihr. Hatte sie es passend zu ihrem Verlobungsring ausgesucht? Sein Blick wanderte zu der Stelle, an der er an ihrem Finger aufblitzte.

»Woher wusstest du, dass ich hier bin?«, fragte er.

»Ich war nebenan und habe eine Pause gemacht – Ellis brachte mich dorthin. Ich wollte gerade zum Ball zurückkehren, als ich zwei Männer sah, die deinem Vater zur – wie ich annehme – Hintertreppe halfen.« Ihr Ausdruck war voller Anteilnahme und ihr Blick warm und genau das, was er in diesem Moment nötig hatte.

»Ja, ich fand ihn hier in dieser ... Verfassung. Es genügt zu sagen, dass er nicht in der Lage ist, auf den Ball zurückzukehren.«

Jo kam auf ihn zu, wobei ihre Röcke ein leises Rascheln verursachten, als sie um ihre Knöchel schwangen. »Wolltest du etwas trinken?«

»Brandy. Wie du, suchte ich etwas Ruhe.«

»Allerdings hast du das Gegenteil vorgefunden. Es tut mir leid, dass dies ein immer wiederkehrendes Problem für dich ist.«

Er drehte sich um und nahm die Karaffe wieder in die Hand. »Möchtest du ein Glas?«

»Warum nicht?«

Sheff schenkte Brandy in zwei Gläser ein und reichte ihr eines. Ihre Hände berührten sich, aber da sie Handschuhe trugen, fehlte die Intimität, die er sich mit ihr wünschte.

Ja, das wollte er.

Mit ihr.

In dem Moment, als er sie erblickt hatte, war sein Körper in einen Zustand der Erregung geraten. Da sie nun in großer Nähe zu ihm stand und sie beide obendrein allein waren, blieb ihm nur noch zu verhindern, dass seine Erregung sich vollständig entwickelte. Das konnte er nicht zulassen.

Jo nahm auf dem Sofa Platz. Sie nippte an ihrem Brandy, und Sheff war angestrengt bemüht, ihr nicht auf die Lippen zu schauen, die sich an den Rand des Glases pressten.

Sheff setzte sich zu ihr, wobei er darauf achtete, nicht zu dicht neben ihr zu sitzen. Er hätte wahrscheinlich besser einen Sessel genommen, um keiner Versuchung ausgesetzt zu sein, aber offenbar genoss er die süße Qual, die ihre Nähe ihm verursachte.

»Ich möchte mich für meine Mutter entschuldigen«, meinte er. »Ich hatte nicht angenommen, dass sie sich so unsympathisch verhalten würde.« Das hätte er allerdings tun sollen. Denn er hatte sich eine falsche Braut ausgesucht, die seine Eltern auf die Palme bringen würde, und damit hatte er Jo deren unberechenbaren Charakter ausgeliefert. Irgendwie war diese Situation vonnöten gewesen, um Sheff vor Augen zu führen, wie schwierig seine Eltern waren.

Jo überraschte ihn mit einem Lachen. »Ich glaube, deine Mutter ist in ihren hohen Erwartungen sehr festgefahren, die ich in keiner Weise erfülle. Sie wird keinesfalls erfreut sein, wenn ich meine Arbeit im Siren´s Call nicht aufgabe. Zudem wird sie darüber Bescheid wissen. Weißt du, wie viele der Gentlemen, die an der Empfangsreihe vorbeikamen, mir aus dem Club bekannt waren?«

»Eine große Anzahl, wie ich gehört habe.« Er nippte an seinem Brandy und stellte das Glas dann auf einem Tisch hinter dem Sofa ab, während er sich ihr zuwandte und seinen Arm auf die Rückenlehne des Sofas legte. »Ich möchte nicht, dass du aufhörst, im Club zu arbeiten. Das gehört nicht zu unserer Abmachung. Meine Mutter wird lernen müssen, deine Arbeit zu respektieren.«

»Aber ich könnte dort nicht mehr arbeiten, wenn wir verheiratet sind – nicht, dass wir das tatsächlich vorhaben.

Meiner Ansicht nach solltest du eine Geschichte für deine Mutter bereithaben, denn es gehört zu deinen Zielen, sie glücklich zu machen.«

Er blinzelte sie an. »Denkst du, es geht mir darum? Von ihr in Ruhe gelassen zu werden war mein eigentliches Ziel.«

»Mir ist zu Bewusstsein gekommen, dass deine Mutter unglücklich ist, und das hat meines Glaubens nicht viel mit deiner noch nicht geschlossenen Ehe zu tun.« Sie trank einen Schluck Brandy. »Ich könnte mich allerdings auch irren. Weder sie noch dich kenne ich gut und ich mache nur meine Beobachtungen.«

Sheff dachte über ihre Worte nach. »Du hast gar nicht so unrecht. Weißt du, warum sie nicht glücklich ist?«

»Meiner Vermutung nach hat es mit deinem Vater zu tun. Ich stelle mir vor, dass es anstrengend ist, mit einem Mann zusammenzuleben, der untreu ist und immer wieder Dinge tut, die sowohl demütigend als auch vernichtend sind. Dann musste sie auch noch seinen unehelichen Nachwuchs unter ihrem Dach erdulden, obwohl ich ein sehr interessantes Gespräch mit Ellis hatte und sie darauf besteht, dass sie nicht sein Kind ist.«

»Du hast sie *gefragt*?« Sheff hatte Ellis damit nicht aus dem Gleichgewicht bringen wollen. Im Gegenteil, er liebte sie wie eine Schwester.

»Das habe ich nicht. Wir haben uns unterhalten, und sie hat mir diese Information aus freien Stücken mitgeteilt. Vielleicht hätte ich dir dies nicht anvertrauen dürfen.«

»Es verhält sich wahrscheinlich so, dass sie sich nicht als seine Tochter betrachten will – ob unehelich oder nicht – und das kann ich ihr wirklich nicht verdenken. Oft wünsche ich mir, er wäre nicht mein Vater.« Sheff krallte die Finger in die Rückenlehne des Sofas, als eine Welle der Wut ihn durchströmte. Hätte er einen anderen Vater gehabt, wäre er vielleicht nicht so, wie er war.

Jo berührte ihn am Oberschenkel. Die Berührung war nur ganz leicht und nicht mehr als ein Streichen mit ihrer behandschuhten Fingerspitze, doch das aufkommende Verlangen, das ihn daraufhin erfasste, war verheerend intensiv. »Du scheinst verstimmt zu sein. Hoffentlich nicht wegen mir.«

Er traf ihren Blick. »Keineswegs. Du bist ein wahrer Lichtblick. Es geht nur um ... meinen Vater. Wenn ich ihn anschaue, sehe ich vor mir, was aus mir werden könnte.« Bei diesen Worten brach seine Stimme beinahe, und er wandte den Blick von ihr ab.

Sie rückte näher zu ihm heran und drehte ihm dabei ihren Oberkörper zu. »Wie kommst du darauf, dass du wie er sein könntest? Das kann ich überhaupt nicht erkennen.«

»Nicht jetzt, aber wer sagt, dass das nicht geschehen würde, insbesondere nachdem ich an eine Frau gefesselt bin?«

»Glaubst du, das würde passieren? Dass es dir bestimmt ist, so zu werden wie er?«

»Ich bin ihm schon ähnlich genug.« Er konnte nicht ändern, wer er war.

»Nie habe ich dich exzessiv trinken sehen, auch dann nicht, wenn du mit anderen Gentlemen im Siren′s Call zusammen sitzt, denen wir den Ausschank von Alkohol verweigern.« Ihr Blick war grimmig geworden. »Das ist es also nicht. Erkläre mir, warum du glaubst, dass du wie er bist. Sind es die Frauen? Ich weiß, dass du weiterhin Gast im Rogue's Den bist, nachdem du dich zum Schein mit mir verlobt hast.«

Sie wusste es? »Ich habe mich um Diskretion bemüht.«

»Die Besitzerin des Rogue's Den ist eine Freundin meiner Mutter.«

Das hatte Sheff nicht gewusst, aber er fand es auch nicht sehr überraschend. Beide Frauen waren überaus intelligente, erfolgreiche Geschäftsinhaberinnen. »Du bist doch nicht wütend auf mich, oder?«

Was für eine alberne Frage. Natürlich war sie nicht wütend. Nur weil er sich stark zu ihr hingezogen fühlte, hieß das nicht, dass sie ebenso empfand. Und selbst wenn dem so wäre, hatten sie keinerlei Übereinkunft über die Befriedigung ihrer körperlichen Bedürfnisse getroffen – außer dass sie einander nicht verführen würden.

»Nein«, entgegnete sie fest. »Aber vielleicht solltest du den Rat meiner Mutter befolgen und dich für die Dauer des Plans dem Zölibat unterwerfen. Auf diese Weise kannst du dir selbst beweisen, dass du nicht wie dein Vater bist. Es würde dieser Verlobung zudem zu mehr Glaubwürdigkeit verhelfen.«

»In Wahrheit habe ich zölibatär gelebt«, gestand er leise. Er hielt ihren Blick fest. »Ich habe das Rogue's Den letzte Woche besucht. Sogar mehrere Male. Dort habe ich aber nur etwas getrunken und mich mit einer der Ladys unterhalten. Dann bin ich nach Hause gegangen.«

Sie runzelte die Stirn. »Warum?«

»Das weiß ich nicht so genau. Ich war einfach nicht ... in der Stimmung.« Denn als er letzte Woche daran gedacht hatte, Freude zu schenken und zu empfangen, war ihm nur eine Frau in den Sinn gekommen: Jo.

»Da siehst du es. Du bist nicht wie dein Vater«, meinte sie, und war dabei vollkommen ahnungslos, welche sündigen Gedanken ihm gerade durch den Kopf gingen.

»*Das bin* ich doch.« Wieder legte er die Hand um die Rückenlehne des Sofas und seine Fingerspitzen gruben sich in die Holzverzierung. »Wenn du nur wüsstest, an was für unangemessene Dinge ich denke.«

Ihr Blick huschte zu seiner Leiste. »Im Augenblick scheinst du in dieser Stimmung zu sein.«

Er hatte bereits vermutet, dass sie keine Unschuldige

mehr war, und das fand er vielleicht besonders verlockend. Unerwartet war allerdings, dass sie seine Erregung bemerkte. Das fachte sein Verlangen nur noch weiter an. »Der Grund dafür ist, dass die unangemessenen Dinge, die ich im Sinn habe, mit dir zu tun haben.«

Die hohe Wölbung ihrer Brust presste gegen die Oberkante ihres Mieders und bewegte sich rasch auf und ab, während ihr Atem immer schneller wurde. »Wir haben eine Abmachung.«

»Dass wir uns nicht berühren. Du hast nicht gesagt, dass ich lügen müsste, wenn *ich* dich berühren *will*.«

»*Willst* du das?«, fragte sie flüsternd.

Er beobachtete das rasche Heben und Senken ihres Brustkorbs und wie es in ihrer Kehle arbeitete, während ihr Puls flatterte. Auch sie war erregt. Wie dies bei einer Frau aussah, wusste er.

Sheff glitt mit seiner Hand an der Rückenlehne des Sofas hinunter, bis seine Fingerspitzen, die in grauenhaften Handschuhen steckten, beinahe ihre Schulter streiften. »Ja. Ich möchte dich ein weiteres Mal küssen, aber viel länger und viel inniger. Ich möchte deine Zunge an meiner spüren. Ich möchte deine Wange streicheln, deinen Hals, deine Brust. Ich möchte meinen Mund an verbotenen Stellen auf dich legen und dich zum Stöhnen bringen, bis du deinen Orgasmus herausschreist. Und dann möchte ich all das noch einmal machen.«

Ihr all dies zu erzählen schmälerte sein Verlangen nicht im Geringsten. Im Gegenteil, es hatte zur Folge, dass er vor Verlangen schier verzweifelte. Und er würde keine Befriedigung finden. Nicht heute Abend und schon gar nicht mir ihr.

»Ich fürchte, ich muss eine neue Regel zu unserer Vereinbarung hinzufügen.« Ihre Stimme hatte eine höhere Tonlage als normal und sie klang atemlos. »Du darfst so etwas nicht zu mir sagen.«

»Was darf ich nicht zu dir sagen? Du musst dich genauer ausdrücken.«

»Du darfst mir nicht von deinen Wünschen erzählen. Du darfst mir nicht ausführlich erklären, was du tun möchtest. Mit mir.«

Er beugte sich zu ihr und atmete ihren berauschenden Duft ein. »Warum nicht?« Als sie nicht gleich antwortete, ließ er seinen Blick über ihre wogende Brust gleiten, bis er an der Stelle ankam, an der sie ihren Rock umklammerte und den Stoff zerknitterte. »Weil es dich erregt?«

Sie stand abrupt auf, und Sheff hielt die Sofalehne fest umklammert, damit er ihr nicht folgte. »Diese Unterhaltung ist aus dem Ruder gelaufen«, stellte sie fest und drehte ihm den Rücken zu, während sie sich ihren restlichen Brandy in die Kehle kippte.

Sheff wagte nicht aufzustehen, denn sein Schaft presste sich hart gegen den Stoff seiner Hose. Er zwang sich, daran zu denken, was sie vereinbart hatten, um seine hoffnungslos sündigen Gedanken zu vergessen. »Ich werde mein Zölibat für die Dauer des Plans einhalten.«

Sie drehte sich um und sah ihn an. »Wirst du das?«

»Du hast ein gutes Argument vorgebracht.« Er stieß die Luft aus. »Vielleicht kann ich mir wirklich beweisen, dass ich nicht wie mein Vater bin. Es ist nur ... du hast auch gesagt, ich wolle meine Mutter glücklich machen – und das ist mein aufrichtiger Wunsch. Die einzige Möglichkeit, wie mir das gelingen kann, besteht allerdings darin, zu heiraten.«

»Es wäre verkehrt, wegen des Glücks eines anderen Menschen zu heiraten, denn es sollte um das eigene – und das deiner Braut dabei gehen.«

»Nein. Schau dir meine Eltern an. Ich glaube nicht, dass sie jemals ineinander verliebt waren, obwohl mein Vater das Gegenteil behauptet. Ob das nun wahr ist oder nicht, war er nicht in der Lage, meiner Mutter treu zu bleiben und sein Ehegelübde einzuhalten.«

Jos Gesichtsausdruck war voller Anteilnahme. »Viele Männer – und Frauen – schaffen das nicht.«

»Das stimmt zwar, aber ich habe aus erster Hand gesehen, welche verheerenden Folgen es für die beiden hatte. Das will ich meiner Frau nicht zumuten, und auch nicht selbst ertragen. Ich glaube, manche Menschen sind nicht für die Ehe bestimmt.«

»Dass du so tiefgründige Gedanken darüber hast, zeigt mir, dass du wahrscheinlich eher das Gegenteil deines Vaters bist.« Ihre Miene glättete sich. Ihre Atmung hatte sich wieder normalisiert. »Versuche es mit dem Zölibat. Versuche, nicht mehr zu denken, du seist wie dein Vater. Versuche, zu finden, was *dich* glücklich macht.«

Sheffs Körper hatte sich so weit entspannt, dass er sich erheben konnte. »Du bist unglaublich weise. Wie kommt das?«

Sie zuckte mit den Schultern. »Es ist leichter, Ratschläge zu erteilen, als sie zu befolgen.«

Er lachte. »Welchen Ratschlag befolgst du denn nicht?«

»Ich habe keine Ahnung. Wahrscheinlich genau das, was ich gerade zu dir gesagt habe.«

»Willst du auch nach dem Glück Ausschau halten?«

»Ich muss über manche Dinge nachdenken«, entgegnete sie langsam. »Meine Mutter möchte, dass ich den Club übernehme, was ich schon immer wusste. Jetzt scheint sie diesen Plan allerdings beschleunigen zu wollen, und ich bin noch nicht so weit. Zudem bin ich mir auch nicht sicher, ob ich das je sein werde.«

Er erkannte die Sorge in ihrem Blick und bemerkte, dass sie ihre Finger knetete. »Du willst den Club nicht leiten?«

»Ich bin mir dessen nicht sicher. Doch nun genieße ich dank dir und deiner Entlohnung für meine Dienste als deine falsche Verlobte die Freiheit zu tun, was mir beliebt. Ich muss nur noch herausfinden, was genau das ist.«

»Es klingt, als hätten wir beide an uns zu arbeiten. Er nahm sein Glas mit dem Brandy und trank es aus, ehe er ihr dann ihr leeres Glas aus der Hand nahm. Nachdem er die Gläser auf dem Tablett abgestellt hatte, wandte er sich zur ihr.

Sie betrachtete ihn aufmerksam. »Bist du sicher, dass diese Vereinbarung noch in deinem Sinne ist? Wir können sie jederzeit aufkündigen.«

»Das weiß ich. Jedoch werde ich wohl einen weiteren deiner Ratschläge befolgen und London einfach verlassen.« Dabei ging es ihm nicht nur darum, seinen Eltern aus dem Weg zu gehen, sondern auch, der Versuchung zu entkommen. Inzwischen wurdes es schwieriger, mit Jo zusammen zu sein und keine tiefere Verbindung zu ihr zu suchen.

»Wirst du nach Schottland reisen?«, fragte sie.

»Dessen bin ich mir nicht sicher. Im August muss ich in Weston sein, also fahre ich möglicherweise gleich dorthin. Vielleicht reise ich aber auch vorher nach Wales. Es ist nicht so weit entfernt wie Schottland, und die Prices besitzen dort ein wunderschönes Anwesen.«

»Das klingt nach einem ausgezeichneten Plan. Wann hast du vor, abzureisen?«

»Nicht sofort. Das würde einen merkwürdigen Eindruck machen. Meine Abreise würde Fragen aufwerfen. Ich denke, wir müssen die Aufmerksamkeit aller für eine Weile aushalten. Ihm war bewusst, dass sie zum Ball zurückkehren sollten, doch er genoss diese Zeit mit ihr allein. »Erlaubst du mir eine persönliche Frage?«

Sie zog die Brauen hoch. »Das kommt darauf an. Wie persönlich?«

»Vorhin hast du meine Erregung bemerkt, also bin ich neugierig auf deine Erfahrungen. Bist du noch Jungfrau?«

Ihre Lippen schürzten sich. »Nein. Obwohl ich die Erregung eines Mannes sehr gut einschätzen kann und das auch tue. Das hat meine Mutter mir schon in jungen Jahren beigebracht, damit ich weiß, was ich von Männern zu erwarten habe. Dafür bin ich ihr sehr dankbar, denn dieses Wissen hat mich vor vielen unangenehmen Situationen – und Schlimmerem – bewahrt.«

»Das kann ich mir gut vorstellen. Und ich bin darüber froh.« Sheff gefiel der Gedanke nicht, dass sie sich gegen unerwünschte Aufmerksamkeit zur Wehr setzen musste, doch er wusste auch, dass sie das sehr gut konnte. Das hatte er mit eigenen Augen gesehen, als sie seinen Vater im Siren´s Call mit dem Ellbogen weggestoßen hatte.

»Ich bin froh zu hören, dass du keine Jungfrau mehr bist. Ich habe mir Sorgen gemacht, das gestehe ich, dass du als Jungfer etwas verpassen würdest.«

Sie schritt auf ihn zu, ihre Hüften wiegten sich auf höchst reizvolle Weise. Allerdings könnte sie auch einfach nur dastehen und nichts sagen oder tun, und er würde sich von ihr faszinieren lassen. »Hältst du mich für eine alte Jungfer?«

»Ich wollte dich nicht beleidigen. Du bist fünfundzwanzig und unverheiratet, nicht wahr?«

»Sechsundzwanzig, um genau zu sein, denn mein Geburtstag war Ende April. Ich bin aus freien Stücken unverheiratet. Du musst doch sicher wissen, dass Jungfern eine gewisse Freiheit genießen. Ohne dass wir von allen beobachtet werden, können wir Dinge tun, die andere Frauen, die keine Jungfern sind, nicht tun können. Ich könnte mich sogar auf diesem Sofa zurücklehnen und dich zu all diesen Dingen einladen, die du vorhin erwähnt hast.«.

Sheff stöhnte. »Du brichst deine eigene Regel.«

»Ich habe mich nicht deutlich ausgedrückt. Aber du hast wohl recht. Ich habe lediglich versucht, etwas zu verdeutlichen: dass Jungfrauen gefeiert und nicht verunglimpft werden sollten.«

In diesem Moment wünschte sich Sheff nichts sehnlicher, als sie auf jede erdenkliche Weise zu feiern.

»Mylord?«

Beide drehten sich um und sahen in der Tür einen Lakaien stehen – denselben, der Jackson geholfen hatte, den Herzog die Treppe hinaufzuführen.

»Ja?«, brachte Sheff hervor.

»Seine Gnaden schläft. Jackson ist bei ihm und wird für die Dauer des Balles bei ihm bleiben.«

»Danke.« Sheff sah dem Lakaien nach, als er sich entfernte.

»Wir sollten in den Ballsaal zurückkehren«, sagte Jo. »Wir sind schon viel zu lange fort. Und wir sollten nicht gemeinsam hineingehen, sonst stehen die gehässigen Zungen nicht mehr still.«

Sheff wollte seine eigene Zunge nicht still halten, aber das hatte nichts mit Klatsch zu tun, sondern damit Jo zum Orgasmus zu bringen. Leider würde es nicht dazu kommen. »Geh du vor.« Er brauchte einen Moment, um seinen Körper abzukühlen, denn er war wieder überhitzt.

Ihr Blick wanderte erneut zu seinem Schaft, um ihm zu zeigen, dass sie es auch bemerkt hatte. »Du scheinst ein paar Minuten zu brauchen, um dich zu regenerieren. Ich bitte um Verzeihung. Ich hätte dich nicht provozieren sollen. Jetzt, da ich von deinem … Verlangen weiß, werde ich nicht mehr dazu beitragen.«

Seiner Befürchtung nach tat sie das durch bloßes Atmen. »Ich hätte dich auch nicht provozieren dürfen. Gib nicht vor, du seist immun.«

Sie hielt seinem Blick einen Moment stand, dann verließ sie das Arbeitszimmer in einem Wirbel aus blauer Seide.

Sheff seufzte. Wie dringend er sich nach einem

kühlenden Bad sehnte. Aber er musste zum Ball zurück. Dort würde er noch mehr Zeit mit Jo verbringen müssen.

Er würde der Verlockung nicht nachgeben, doch insbesondere jetzt, da er wusste, dass auch sie sich zu ihm hingezogen fühlte, wäre es die reinste Tortur. Bestünde irgendeine Möglichkeit, dass ihre Verlobung nicht mehr nur zum Schein war? Könnte er anders als sein Vater sein? Anders, als er immer von sich angenommen hatte?

Selbst wenn dem so wäre, würde Jo ihn nie in Betracht ziehen. Was sie auch nicht sollte. Sie hatte die Vorzüge eines Daseins als Jungfer perfekt dargelegt. Ihm oblag eine Pflicht und sie hatte die Freiheit.

Wahrscheinlich wollte er das: die Freiheit, der zu sein, der er sein wollte, und ein Leben zu leben, das *er* wollte. Er musste bloß noch herausfinden, wie sich das im Einzelnen darstellte.

KAPITEL 11

ach dem Ball am Samstag und einem geschäftigen Sonntatabend im Siren's Call war Jo froh, am Montagabend tun zu können, was ihr beliebte. Lächelnd entstieg sie der Mietdroschke und schritt durch das schmiedeeiserne Tor zur Haustür von Davenport House. Die Tür öffnete sich, ehe sie anklopfen konnte.

»Guten Abend, Melrose«, meinte Jo.

»Guten Abend, Miss Harker.« Der eher kleingewachsene Butler schloss die Tür hinter ihr und nahm ihr den Umhang und den Hut ab.

Jo ging sogleich nach oben in den Salon, denn sie war auf den heutigen literarischen Salon noch gespannter als sonst.

»Wenn das nicht die zukünftige Herzogin von Henlow ist!«, rief Mrs. Davenport laut aus, so dass bereits eingetroffenen Gäste – es waren etwa zehn Personen – verstummten und sich Jo zuwandten.

In jeder anderen Situation hätte Jo mit Entsetzen reagiert, wenn durch sie alles zum Stillstand gekommen wäre, doch sie kannte diese Menschen bereits seit einigen Jahren. Einige darunter betrachtete sie gar als ihre Freunde, wenn auch nicht in gleicher Weise wie ihre neuen Freundinnen, die ähnlich alt waren wie sie.

Jo lächelte. »Guten Abend, Mrs. Davenport.«

Mrs. Davenport war eine zierliche Frau Ende Sechzig, die kunstvolle weiße Perücken trug, welche längst aus der Mode gekommen waren. Sie lächelte Jo breit an. »Sollen wir auf Ihr Glück anstoßen?«

»Das ist nicht nötig«, entgegnete Jo. »Aber ich weiß Ihre Gutherzigkeit wirklich zu würdigen.«

»Es ist weniger Gutherzigkeit, sondern viel eher Neid«, gab sie lachend zurück. »Ach, einen Earl zu heiraten!« Sie blickte zu ihrem Mann, der wie immer in seiner Ecke vor sich hin döste. »Sie müssen mir alles erzählen. Wann soll die Hochzeit sein?«

»Ich möchte es auch hören!« Mrs. Fletcher-Peabody hastete auf sie beide zu. Sie war eine Witwe Anfang Sechzig mit einer rundlichen Figur und überraschend dunklem Haar. Mrs. Fletcher-Peabody richtete die literarischen Salons am ersten und dritten Montag des Monats aus, während Mrs. Davenport den zweiten und vierten Montag übernahm. Wenn es in einem Monat einen fünften Montag gab, legten sie eine Pause ein, und der nächste Salon war dann immer mindestens eine Stunde länger als gewohnt.

»Auch ich würde sehr gern zuhören«, meldete sich eine dritte Frau, Lady Standish. Ihr Stock verursachte eine klopfendes Geräusch auf dem Boden, als sie sich näherte. Die siebzigjährige Lady Standish war Dichterin und gelegentlich stellte sie ihre Werke vor. Der heutige Abend war ein solcher Abend, und Jo freute sich sehr darauf. Lady Standish schrieb über die Überschneidung von Liebe und Natur, und ihre Werke regten Jo sehr an, nach Schönheit und Frieden Ausschau zu halten. Nach all den Ereignissen in den letzten Tagen, hatte sie das Gefühl, Letzteres zu benötigen.

»Was habe ich verpasst?«, fragte Lady Standish und

schaute die beiden älteren Damen an, ehe sie ihren Blick auf Jo richtete. »Hier ist unsere wunderschöne Braut.«

»Sie haben gar nichts verpasst«, entgegnete Jo. »Mrs. Davenport hat sich nach dem Hochzeitstermin erkundigt. Es wird nicht vor dem Herbst oder Winter sein. Das genaue Datum haben wir noch nicht festgelegt.«

Mrs. Fletcher-Peabody schmollte. »Warum so lange?«

»Bitte machen Sie daraus November oder später«, sagte Lady Standish. »Vorher werde ich nicht vom Land zurückgekehrt sein.«

Jo musste sich das Lachen verkneifen. Als würde sie bei einer Hochzeit Lady Standishs Pläne berücksichtigen. Dennoch war der Wunsch der Frau, anwesend zu sein, einfach entzückend. Jo kam zu Bewusstsein, dass sie diese ganze literarische Gruppe gern beim Hochzeitsfrühstück dabei gehabt hätte. Wenn sie wirklich heiraten würde.

»Ich habe Ihren Wunsch zur Kenntnis genommen«, meinte Jo, ehe sie ihre Aufmerksamkeit Mrs. Fletcher-Peabody zuwandte. »Um Ihre Frage zu beantworten: Wir warten, weil es schon immer mein Wunsch war, im Herbst oder Winter zu heiraten. Dann kann ich einen pelzbesetzten Mantel tragen.« Froh darüber, dass Sheff ihr ein Argument geliefert hatte, grinste sie die Frauen an.

»Wie wundervoll. Und wann werden Sie Ihren ersten Salon veranstalten?«, fragte Mrs. Davenport.

»Darüber bin ich mir noch nicht sicher«, antwortete Jo. »Im neuen Jahr vielleicht?« Wie sie sich wünschte, dass es wahr wäre. Vielleicht könnte sie dies sogar, wenn sie Sheffs Bezahlung zur Einrichtung ihres eigenen Haushalts nutzte, um sich als literarische Gastgeberin zu etablieren. Mehr und mehr begann sie diese Zukunft wirklich zu sehen. Es war sowohl aufregend als auch ein bisschen beängstigend. Vielleicht war es aber auch nur der Gedanke daran, ihrer Mutter dies zu sagen, der sie entmutigte.

»Wo werden Sie wohnen?«, erkundigte sich Lady Standish. »Der Earl wohnt, glaube ich, im Albany. Dass Sie bei seinen Eltern in Henlow House einziehen wollen, kann ich mir nicht vorstellen.«

Gewiss nicht. Jo hatte gar nicht darüber nachgedacht, wo sie wohnen würden, da sich diese Frage gar nicht stellen würde. »Wir haben uns noch nicht entschieden.«

»Vielleicht besitzt Henlow noch eine andere Residenz hier in der Stadt«, meinte Mrs. Fletcher-Peabody. »Was für ein Glück für Sie, dass Sie sich Shefford geangelt haben! Er ist sehr gut aussehend. Und ein Halunke, was aber sehr aufregend sein kann. Mein Mann war zu seiner Zeit auch ein Wüstling.« Sie hob ihre dunklen Brauen, was ihrem Ausdruck etwas Schelmisches verlieh.

»Haben Sie es nicht bereut, einen solchen Mann geheiratet zu haben?«, erkundigte Jo sich.

»Ganz und gar nicht. Sobald wir verheiratet waren, hatte Erasmus nur noch Zeit für mich. Das Geheimnis ist, solche Männer sehr gut zu beschäftigen – und zufrieden zu stellen.« Sie grinste die anderen Damen an. Mrs. Davenport schien verblüfft, während Lady Standish ein Kichern zurückhielt.

»Danke für diesen Ratschlag«, meinte Jo in der Hoffnung, es würden nicht noch mehr dazukommen.

Mrs. Davenport sah Jo mit einem erwartungsvollen Blick an. » Soll ich Lord Shefford nächsten Montag in meinen Salon einladen?«

Hatte er nicht gesagt, er wolle an einem solchen teilnehmen? »Ganz bestimmt. Ich bin sicher, dass er kommen wird, wenn er es einrichten kann.«

Jo versuchte sich Sheff bei einem literarischen Salon vorzustellen. Ihr war nicht einmal bekannt, ob er gerne las, und wenn ja, welche Art von Literatur.

Die Idee, als Countess of Shefford ihre eigenen Salons zu

veranstalten, besaß einen überraschenden Reiz. Als Countess konnte sie einladen, wen sie wollte, und die Chancen standen gut, dass alle kommen würden. Zudem würde sie Schriftsteller aus aller Herren Länder einladen können.

Ihr Herzschlag beschleunigte sich ein bisschen, bis ihr zu Bewusstsein kam, dass nichts davon wirklich passieren würde.

Weitere Gäste trafen ein, und Jo erkannte, dass es sich um Tamsin und Ellis handelte. Doch wo war Min? Jo entschuldigte sich bei ihrer Gastgeberin und den beiden anderen Ladys und ging zu ihren Freundinnen.

»Da bist du ja, Jo«, meinte Tamsin mit einem Lächeln.

»Wo ist Min?«, fragte Jo.

Ellis seufzte. »Sie muss mit ihrer Mutter an einem Dinner teilnehmen, denn sie hofft, Min mit einem der anwesenden Gentlemen zusammenzubringen. Min hatte so sehr gehofft, dass Sheffs Verlobung die Herzogin ablenken würde, aber da der Verlobungsball schon vorbei ist und die Hochzeit erst in Monaten stattfindet, bleibt ihr genügend Zeit für ihre Anstrengungen, Min unter die Haube zu bringen.«

Die arme Min. Jo würde mit Sheff sprechen und ihn fragen, ob er etwas zur Verbesserung der Situation tun konnte. Vielleicht könnte Min ihn begleiten, wenn er London verließ.

Jo würde Min vermissen, wenn sie fortging. Schockierenderweise kam ihr zu Bewusstsein, dass sie auch Sheff vermissen würde.

Sie verstand allerdings, warum er fortgehen musste. Seine offenen Worte auf dem Ball gestern Abend waren ihr nicht aus dem Kopf gegangen. Sie hoffte, er würde die Wahrheit über sich finden und erkennen, dass er mehr als nur der Sohn seines Vaters war. Wenn sie überlegte, wie viel Energie er wohl sein gesamtes Leben lang darauf verwendet hatte, auf seine Eltern Rücksicht zu nehmen und mit ihren Schwierigkeiten fertigzuwerden, tat er ihr wirklich leid. War es da ein Wunder, dass sein Selbstbild aus den Fugen geraten war?

Sie wollte ihm helfen. Sie wollte ihm zeigen, dass sich jemand um *ihn* sorgte.

Sie wollte ihn gar ein weiteres Mal küssen. Diese Dinge, die er im Arbeitszimmer auf dem Ball zu ihr gesagt hatte ... Allein von der Erinnerung daran wallte die Hitze in ihrem Inneren auf. Sie musste achtgeben, damit sich dies nicht auf ihrem Gesicht zeigte.

»Jo?«

Jo blinzelte und merkte, dass sie ihren Gedanken nachgehangen hatte. »Ich bitte um Entschuldigung. Ich habe über die Herzogin nachgedacht und darüber, dass sie eine Beschäftigung braucht, die sie interessiert, außer sich in das Leben ihrer Kinder einzumischen«, flunkerte sie aus dem Stegreif.

»Wie zum Beispiel literarische Salons besuchen?«, scherzte Ellis.

Jo starrte sie entsetzt an, ehe sie auflachte. »Das könnte sie vermutlich tun, aber nicht diesen hier. Ich wage zu behaupten, dass wir für ihren Geschmack nicht erlesen genug sind. Bestimmt richtet eine ihrer Freundinnen aus Adelskreisen einen solchen aus.«

»Ich bin gar nicht sicher, ob ich sie je ein Buch habe lesen sehen«, sinnierte Ellis. »Zeitungen und Zeitschriften, aber keine Bücher.«

»Einige Zeitschriften enthalten Literatur«, gab Tamsin zu bedenken.

Ellis wölbte eine Braue. »Meines Erachtens gilt das Interesse der Herzogin eher der Mode und dem Klatsch.«

»Möchte jemand von euch etwas zu trinken?«, fragte Tamsin. »Ich werde mir ein Glas Wein holen.«

»Für mich noch nichts, danke«, antwortete Jo.

»Für mich auch nicht«, entgegnete Ellis mit einem Kopf-schütteln.

Als Tamsin durch den Raum zum Tisch mit den Erfri-schungen schritt, wandte sich Jo Ellis zu. »Nochmals vielen Dank für deine Hilfe gestern Abend.«

»Du warst eine Weile fort«, bemerkte Ellis, deren Blick neugierig war. »Mir ist aufgefallen, dass Sheff auch abwe-send war. Nicht lange nach dir ist er dann zum Ball zurück-gekehrt.«

»Wir sind uns zufällig begegnet, als wir beide auf der Suche nach einer Verschnaufpause waren.« Jo wollte sich nicht darüber äußern, dass Sheff seinem Vater geholfen hatte, falls Ellis davon nichts wusste. Allmählich bekam Jo allerdings den Verdacht, dass Ellis eine Menge über die Dinge wusste, die sich in diesem Haushalt abspielten. Warum sollte es auch anders sein?

»Ich hoffe, das hat deine Ruhe nicht beeinträchtigt«, bemerkte Ellis mit einem Lächeln.

»Ganz und gar nicht. Sheff und ich sind Freunde. Er hat sich für seine Mutter entschuldigt. Ich war nur dankbar, dass ich für den restlichen Abend kaum noch mit ihr zu tun hatte.«

Ellis lachte auf. »Was für ein Glück für dich. Es war ein schöner Ball. Ich habe deinen Vater kennengelernt und fand ihn sehr einnehmend.«

»Sei auf der Hut«, mahnte Jo lächelnd. »Er ist ein Charmeur.«

»Stimmt es, dass deine Eltern nicht zusammenleben?«, fragte Ellis.

»Ja. Ich habe nie im gleichen Haushalt wie mein Vater gelebt.«

»Aber ihr steht euch nahe? Später habe ich dich mit ihm auf dem Ball beobachtet, und es hat ganz danach ausgesehen.«

»Wir stehen uns wirklich nahe«, antwortete Jo. »Durch ihn bin ich zu den Literatursalons gekommen. Er nimmt mich gerne zu verschiedenen Veranstaltungen mit.«

Ellis lächelte, und dabei lag ein fast wehmütiger Blick in ihren Augen. »Das klingt schön.« Ihre Gesichtszüge wurden finsterer. »Wissen deine Eltern über die Wahrheit eurer Verlobung Beschied?«

»Meine Mutter schon. Mein Vater wäre leider nicht imstande, das Geheimnis für sich zu behalten.«

»Das muss schwierig sein. Ihn anlügen zu müssen, meine ich.«

»Ich habe keinen Spaß daran, aber es ist notwendig. Manchmal glaube ich, es war einfach töricht von mir, mich bereit zu erklären, Sheff zu helfen. Das Gespräch mit dir auf dem Ball hat mir allerdings geholfen, mich mit meiner Entscheidung im Reinen zu fühlen. Auf diese Weise habe ich eine Chance auf ein Leben nach meinen Wünschen und dafür bin ich unglaublich dankbar.« Jo lachte leise. »Und frag mich bitte nicht, ob ich mich schon festgelegt habe, was das sein wird. Ich bin noch am Nachdenken.«

»Zum Glück musst du dich nicht beeilen.« Ellis zwinkerte ihr zu.

Tamsin kehrte mit ihrem Wein zurück, und Gwen traf ein. Ihr Mann hatte sie auf dem Weg zum Phoenix Club hier abgesetzt.

»Es überrascht mich, dass er nicht hereinkommen wollte«, meinte Jo mit einem verschmitzten Lächeln. »Hast du nicht hier deinen ersten Kuss von ihm bekommen?«

»Ja. Der ganze Abend war so ein Wagnis«, antwortete Gwen kichernd. »Ich weiß nicht, woher ich den Mut genommen habe, mich zu verkleiden und als Lazarus´ Großtante in Erscheinung zu treten.«

Jo lachte. »Du hast dich ganz sicher nicht wie seine

›Großtante‹ aufgeführt, als ich euch beide im Ruheraum erwischt habe.«

»Das liegt daran, dass er ein Halunke ist«, stellte Tamsin fest, und ihre Augen tanzten vor Vergnügen. »Das *war* er zumindest.«

»Das ist er auch weiterhin«, konterte Gwen hochnäsig, obwohl ein teuflisches Glitzern in ihrem Blick lag. »Allerdings ist er ausschließlich *mein* Halunke.«

Das musste ein berauschendes Gefühl sein – zu wissen, dass ein Mann, der die weibliche Gesellschaft vielleicht sogar bis zum Exzess genossen hatte, *sie* vor allen anderen zur Frau erwählt hatte. Und er war so offensichtlich und leidenschaftlich in sie verliebt ... Das reichte aus, um Jo beinahe zu veranlassen, sich das Gleiche zu wünschen.

Beinahe.

Einige Minuten später nahmen alle ihre Plätze ein, um Lady Standishs Vortrag zu hören. Jo verlor sich in den Worten der Dichterin, und bis zum Ende des ersten Gedichts war sie zu einer Entscheidung gekommen.

Eines Tages würde Jo ihren eigenen Literatursalon ausrichten. Wahrscheinlich würde es bis dahin noch eine ganze Weile dauern, doch sie war fest entschlossen, auf dieses Ziel hinzuarbeiten.

Wie unkompliziert das wäre, wenn sie wirklich die Countess of Shefford würde. Lady Standish begann ein neues Gedicht. Es handelte vom Meer. Ganz offensichtlich ging es dabei auch um sexuelle Befriedigung.

> Die Wellen branden ans Ufer. Mein Leib steigt
>   auf und fällt. Der Rhythmus ist immanent
>   und berauschend.
> Wieder und wieder rollt das Meer heran und
>   zieht sich zurück. Bis ein Wasserschwall den

Sand überspült. Ich schreie in Ekstase
verzückt.

Jo bekam zumindest den Eindruck, als würde Lady Standish das Meer mit einem Orgasmus vergleichen. Vielleichte
war es aber auch einfach nur, dass Jo zu viel an den Liebesakt
und einen Orgasmus gedacht hatte. Mit Sheff.

Solange sie nur daran dachte. Sie mussten sich nicht noch
mehr ineinander verstricken, als es ohnehin schon der
Fall war.

Sobald ihr Täuschungsmanöver vorbei war, konnte Jo
überlegen, sich einen Liebhaber zu nehmen. Das hatte sie seit
mehr als einem Jahr nicht mehr getan.

Sie bevorzugte derartige Liaisons. Nichts Tiefergehendes
oder Dauerhaftes. Nichts, was ihr das Gefühl gab, gefangen
zu sein. Denn nichts war ihr so wichtig wie die Freiheit.

Die sie dank Sheff erlangen würde.

~

*A*ls Sheff in die Bibliothek des Phoenix Clubs
schlenderte, war er schockiert, so viele seiner Freunde
dort vorzufinden. Sie beanspruchten den größten Sitzbereich
für sich und es schien, als wäre Somerton gerade erst eingetroffen, denn er setzte sich gerade erst hin. Mit seinem dunkel-
blonden Haar und dem unbeschwerten Lächeln war er zu
attraktiv für sein eigenes Wohl, und die Frauen lagen ihm zu
Füßen. Jedenfalls taten sie das früher. Inzwischen war der
Viscount verheiratet und hatte nur noch Augen für seine Frau.

»Sheff, komm und setz dich zu uns!«, rief Evan Price.
Somerton und er waren nun durch Heirat miteinander
verwandt, denn Evans Schwester war die neue Viscountess.
Anfangs war Price über Somertons Aufmerksamkeit seiner

Schwester gegenüber verärgert gewesen. Das konnte ihm auch niemand verdenken, denn Somertons Ruf war nur wenig besser als Sheffs.

Ein Diener erkundigte sich bei Sheff, was er trinken wollte, als er auf den Tisch zuhielt. Kaum hatte er Platz genommen, kehrte der Diener auch schon mit einem Glas Rotwein zurück.

»Wir sind alle hier versammelt«, bemerkte Somerton. »Mit Ausnahme von Bane.«

»Sogar Wellesbourne«, stellte Sheff fest und sein Blick ging in Richtung des Herzogs. Dessen dunkle Augen wirkten ein wenig müde, aber er hatte auch einen neugeborenen Sohn zu Hause. Tatsächlich war heute das erste Mal, dass er seit der Geburt seines Erben in den Club gekommen war. »Sollen wir auf deine Rückkehr anstoßen?«

»Wenn ihr wollt«, entgegnete Wellesbourne mit einer Grimasse. »Ich werde nicht sehr lange bleiben. Ich muss gestehen, dass ich erschöpft bin. Wir bemühen uns, das Kind in der Obhut der Amme zu lassen, aber normalerweise erlauben wir ihm, in unserem Schlafzimmer einzuschlafen. Wir sind hoffnungslos in ihn vernarrt.« Er schüttelte den Kopf.

»Genieße es«, meinte Keele leise, während er sein Glas erhob. »Auf das Glück und die Vaterschaft.«

Alle hoben ihre Gläser und tranken.

»Und auf Bane«, meinte Wellesbourne und hielt sein Glas in die Höhe. »Er wurde dieser beiden Dinge beraubt, und ich kann nur hoffen, dass er sie eines Tages wiederfindet.«

»Hört, hört«, sagte Sheff, und alle setzten die Gläser ein weiteres Mal an die Lippen.

Einen Moment lang waren sie alle still. Sheff hatte an seinen Freund geschrieben, doch er glaubte, dass seine Worte nicht viel zur Linderung von Banes Trauer beitrugen.

»Selbst für *meinen* Geschmack ist dies ein bisschen zu

sentimental«, entgegnete Droxford trocken und hellte damit die Stimmung auf, die sich über den Freundeskreis gelegt hatte. Einige von ihnen lachten leise und Droxford fuhr fort: »Es scheint, als sollten wir alle Sheff das Leben schwer machen, weil er endlich in die Falle des Pfarrers getappt ist.«

»Und das obendrein mit Jo Harker!«, brachte Wellesbourne hervor, dessen Augen sich bei seinen Worten weiteten. »Nie hätte ich das vermutet. Ich kann mir nicht vorstellen, dass deine Mutter darüber glücklich ist«, setzte er lachend hinzu.

Sheff verzog das Gesicht. »Sie ist noch erzürnter darüber, als ich angenommen hatte. Ich dachte, sie würde Jo wenigstens gern haben und erkennen, warum ich sie gewählt habe. Sie ist klug und kompetent, und es ist keinesfalls ihre Absicht, zu versuchen, meiner Mutter als Gastgeberin den Rang abzulaufen.« Er blickte auf sein Glas. »Tatsächlich ist Letzteres meiner Mutter wahrscheinlich gar nicht bewusst. Ich sollte sie auf diesen Aspekt hinweisen.«

»Mir ist noch immer schleierhaft, warum du dich verlobt hast, bemerkte Price und betrachtete Sheff über den Rand seines Glases hinweg. »Du scheinst nicht zu den Männern zu gehören, die sich verlieben. Allerdings war das bei Somerton auch nicht der Fall.« Er warf seinem Schwager einen ironischen Blick zu.

»Dazu ist nur die richtige Frau vonnöten«, entgegnete Sheff. Er dachte an die Worte, die seine Mutter zu Min gesagt hatte. Dass sie nur den Richtigen für sich finden müsste. Glaubte Sheff, dass seine Schwester sich verlieben könnte? Warum sie und nicht er?

Weil seine Schwester nicht wie ihr Vater war.

Trotzdem war sie mit denselben Eltern aufgewachsen wie er. Möglicherweise hatte seine Mutter tatsächlich recht und ihnen beiden mangelte es einfach an einer romantischen Ader. Er glaubte nicht, dass er eine hatte, doch er erkannte, dass er wirklich nicht viel darüber wusste, wie Min sich fühlte. Er konnte ihr keinen Vorwurf machen, wenn auch sie niemals heiraten wollte. Die Ehe ihrer Eltern hatte ihrer beider Vorstellung von einem glücklichen Leben bis ans Ende ihrer Tage zerstört.

Somerton neigte den Kopf. »Jo ist eine wunderbare Frau. Du hättest wahrlich keine bessere Wahl treffen können, Sheff. Sie ist einfach perfekt für dich.«

»Dem stimme ich zu«, mischte sich Price in die Unterhaltung ein, ehe er einen Schluck Whisky trank.

»Was veranlasst euch zu diesem Urteil?«, wollte Sheff unbedingt wissen.

Somerton zog eine Schulter hoch und entgegnete: »Sie ist zu klug, um dir dein Fehlverhalten nachzusehen, was mich zu der Annahme bewegt, dass du den Halunken abgeschworen haben musst.«

»Das würde bedeuten, dass auch du als Letzter der Liebe zum Opfer gefallen bist«, stellte Price fest. »Mit Ausnahme von mir.« Er hörte sich selbstgefällig an.

»Es ist nichts Schlechtes daran, sich zu verlieben«, bemerkte Keele leise, während er den Portwein in seinem Glas musterte. »Das kann durchaus dann passieren, wenn man am wenigsten darauf gefasst ist.« Er formte die Lippen zu einem schwachen, humorlosen Lächeln, ehe er an seinem Wein nippte.

»Mir war gar nicht bekannt, dass deine Heirat eine Liebesheirat war«, meinte Somerton.

»Das war sie auch nicht. Am Anfang.« Keele brachte seine Worte in einem knappen Ton hervor, der keine weitere Neugierde erlaubte.

Sheff hatte keine Hoffnung, so viel Glück zu haben, um auch nur einmal die Liebe zu finden. Er ließ den Blick in die Runde seiner Freunde schweifen, von denen einige frisch verheiratet und sehr verliebt waren. Dass dieses Gefühl von Dauer wäre, konnte er sich nicht vorstellen.

»Wann werden wir dich an den Ehebund verlieren?«, erkundigte sich Price, der seine dunklen Augen bei dieser Frage ein wenig verengte.

»Nicht vor dem Herbst oder Winter«, entgegnete Sheff.

»Ich gebe zu, dass ich mir dann die Frage stelle, ob du tatsächlich verliebt bist«, bemerkte Wellesbourne skeptisch. »Als ich erkannte, dass ich Persephone liebte, konnte ich es kaum abwarten, sie zu heiraten. Es war tatsächlich die reinste Tortur, von ihr getrennt zu sein.«

Somerton nickte energisch. »Mir ging es definitiv genauso, denn ich habe Gwen in aller Eile geheiratet.«

Price steckte sich die Finger in die Ohren. »Ich will nichts davon hören, dass du ohne meine Schwester nicht leben könntest.«

Das zog Gelächter nach sich, doch Sheff dachte an Jo. Ganz eindeutig verstand er den Aspekt mit der Folter. In ihrer Nähe zu sein war sowohl köstlich als auch quälend. Die Qual bestand in ihrer Gegenwart und nicht in ihrer Abwesenheit. Fern von ihr bekam er das Gefühl ... sie wiedersehen zu wollen. In diesem Moment überlegte er sogar, wann das wäre. Erst in zwei Tagen. Wie enttäuschend.

Eine Tortur war es aber nicht! Er war *nicht* verliebt. Lust hatte er allerdings schon, was aber nicht anders zu erwarten gewesen war. Schließlich war er ganz nach dem Vorbild seines Vaters ein Halunke.

Sheff erwog, seine Freunde in seine Pläne einzuweihen, die Stadt zu verlassen, doch er wusste nicht, wie er das begründen sollte, ohne zu enthüllen, dass er in einer inneren Krise steckte. Wie sollte er auch darüber sprechen können, wenn er sich kaum gestattete, darüber nachzudenken?

»Was mich brennend interessieren würde«, meinte Sheff, um das Thema zu wechseln, »ist die Frage, wie Price auf ein galoppierendes Pferd hinter seiner Reiterin hatte aufspringen können, ohne sich selbst, die Reiterin oder das Pferd auch nur im Geringsten zu verletzen?« Er fixierte Price mit einem erwartungsvollen Blick und formte den Mund dabei zu einem herausfordernden Lächeln.

Price zuckte mit den Schultern, und alle wandten sich ihm zu.

»Das ist eine sehr gute Frage«, meinte Somerton. »Berichte uns davon.«

Wellesbourne hob eine Hand. »Ich glaube, ich muss mir erst einmal anhören, was überhaupt passiert ist.«

Droxford erklärte, dass seine Frau Augenzeugin der Szene geworden war, und er beschrieb das Husarenstück.

»Die Reiterin hat Jo und mich um ein Haar über den Haufen geritten«, setzte Sheff hinzu. »Was du getan hast, Price, war schlichtweg furchterregend.«

»Jemand musste etwas unternehmen. Miss Pilkington war nicht mehr in der Lage, die Kontrolle über ihr Pferd wiederzuerlangen. Und es bestand die Gefahr, dass Menschen niedergetrampelt wurden.« Price blickte zu Sheff. »Jo und dich eingeschlossen.«

»Aber wie um alles in der Welt hast du das gelernt?«, fragte Sheff.

Wieder zuckte Price mit den Schultern. »Ich habe eine Schwäche für Pferde, und manchmal übe ich … Dinge.«

»Wenn du mit deiner Arbeit für das Finanzministerium nicht mehr zufrieden bist, könntest du dich bei Astley´s bewerben«, schlug Somerton vor.

Dies hatte weiteres Gelächter zur Folge, während Price lächelte. Sein Gesichtsausdruck war von einem beinahe schelmischen Zug geprägt, während er an seinem Whisky nippte.

Es war ein gutes Gefühl, wieder mit Freunden zusammenzukommen, stellte Sheff fest. Selbst wenn die meisten von ihnen inzwischen verheiratet waren. Er ertappte sich sogar dabei, ein bisschen neidisch auf sie zu sein. Seine Freunde schienen einfach so unverschämt glücklich zu sein. Das galt insbesondere für Wellesbourne mit seinem neugeborenen Sohn, der Erschöpfung, die in seinem Blick lag, zum Trotz.

Sheff besann sich darauf, dass die Freude seiner Freunde nicht von Dauer sein würde. Nichts war von Dauer.

KAPITEL 12

*J*o setzte sich mit ihrem Vater in der Mietdroschke zurecht, den sie zu Sir Alfred Hightooths Gesellschaft begleitete. Als sie in die Coventry Street einbogen, warf er Jo einen anerkennenden Blick zu.

»Dieses Ensemble ist fabelhaft. Das leuchtende Orange-Rot kleidet dich hervorragend. Er tätschelte ihr die Hand.

»Ich hatte schon Sorge, es könnte zu grell sein, aber Min überzeugte mich, dass es atemberaubend aussieht.« Es war eine schlichter Stil und die elfenbeinfarbene Bordüre trug dazu bei, die Hauptfarbe abzumildern. Im Nachhinein betrachtet hatte Jo die flammende Farbe wohl deshalb gewählt, weil die Herzogin von Henlow die Nase darüber gerümpft hatte.

Sein Blick wanderte zu ihrem Hals. »Ich sehe, du trägst die Perlen- und Korallenkette, die ich dir zu deinem acht-zehnten Geburtstag geschenkt habe. Es ist ein schönes Schmuckstück.«

Jo berührte die Kette, die um ihren Hals lag. »Ich freue mich sehr über die Gelegenheit, sie zu tragen.«

Ihr Vater rieb seine behandschuhten Hände aneinander. »Ich bin entzückt, dich heute Abend begleiten zu dürfen! Ich hatte auf eine Einladung zu Sir Alfreds Gesellschaft gehofft, doch er kann sehr wählerisch sein. Es ist mein Glück, dass du jetzt mit Shefford verlobt bist. Wahrscheinlich hast du zu fast allen Veranstaltungen Einladungen erhalten.« Er sah sie mit einem erwartungsvollen Blick an und sie erkannte, dass er nach Informationen forschte – und sich vielleicht auch eine Einladung erhoffte.

»Ja, ich habe sehr viele erhalten. Die meisten davon habe ich aber abgelehnt. An mehr als zwei oder drei Veranstaltungen pro Woche möchte ich nicht teilnehmen.« Drei waren ihr eigentlich schon zu viel, denn an den Montagen besuchte sie ja schon einen literarischen Salon. »Ich bin mit dem Club beschäftigt.«

»Oh, dieser Spielclub ist eine solche Ablenkung«, entgegnete er ein wenig gereizt. »Ich war nie begeistert darüber, dass deine Mutter dich an einem solchen Ort aufgezogen hat.«

Jo wusste, dass ihr Vater sich nicht für das Siren's Call interessierte. Laut ihrer Mutter neidete er ihr den Erfolg, den sie nicht mit ihm hatte teilen wollen. »Sie hat mich nicht *darin* aufgezogen.«

»Ich würde dagegenhalten, das sie genau das getan hat. Du lebst dort schon, solange du denken kannst. Nie hast du aus dem Schatten des Clubs herauskommen können. Nun wird dir das allerdings gelingen. Wenn du die Countess of Shefford wirst.« Er nahm sie mit seinem neugierigen Blick ins Visier. »Warum gibst du dein Leben dort nicht jetzt auf? Meiner Ansicht nach musst du das tun.«

»Das kann ich nicht, da Mama diesen Sommer London verlässt. Ich muss im Club sein.«

Er durchschnitt die Luft mit seiner Hand. »Papperlapapp. Deine Mutter soll jemanden einstellen, der den Club führt, solange sie nicht hier sein wird. Das kann nicht deine Aufgabe sein. Jetzt nicht mehr. Ich werde mit ihr reden.«

»Bitte tu das nicht, Papa.« Sie berührte ihn am Arm. »Ich *werde* mich allmählich von meiner Arbeit im Club zurückziehen, aber jetzt noch nicht.«

»Ich würde dich bitten, dies in naher Zukunft in die Tat umzusetzen. Es ist deinem Ansehen in der Gesellschaft nicht zuträglich, wenn du für deinen zukünftigen Ehemann als unangemessen erachtet wirst. Das glaube *ich* persönlich natürlich keinesfalls.«

Sagten das etwa die Leute? Das interessierte Jo nicht. Das konnte sie nicht. Andererseits wollte sie aber auch nicht, dass Sheff durch ihr Verhalten negativ beeinträchtigt wurde.

Sie kamen bei Sir Alfreds Haus in der Nähe des Bloomsbury Square an. Jo entstieg der Droschke und sie schritt auf die Tür zu, die von einem livrierten Diener aufgehalten wurde.

In der Eingangshalle übergab sie ihren Umhang einem weiteren Diener, der sie nach oben geleitete. Jo wartete auf ihren Vater und nahm seinen Arm, als sie die Treppe hinaufstiegen.

Jo blickte zu ihm hinüber. »Ich weiß, dass du wahrscheinlich bis zum Ende der Veranstaltung bleiben möchtest, doch ich will nicht so lange bleiben.«

»Wie du möchtest, meine Liebe.« Er behielt den Blick nach vorn gerichtet, als sie den ersten Stock erreichten und sich dem Salon zuwandten. »Da ist dein Verlobter.«

Sheff schritt auf sie zu, dessen braunes Haar kunstvoll frisiert war, sodass ihm eine Locke schmeichelhaft in die Stirn fiel. Er trug Schwarz mit einer scharlachroten Weste, und eine rubinrote Brosche funkelte in den makellosen weißen Falten seines Krawattenschals. »Guten Abend, meine Liebste«, sagte er zu Jo, und ganz kurz loderte ein Feuer in seinem Blick auf, als er ihre Hand ergriff und sich verbeugte, um ihr einen Kuss auf den Handschuh zu drücken. Nachdem er sich wieder aufgerichtet hatte wandte er sich an ihren Vater: »Guten Abend, Harker.«

»Gleichfalls, Shefford. Ich werde meine Tochter vorerst in Ihrer kompetenten Obhut lassen. Betragt euch gut«, fügte er lachend hinzu, ehe er sich in Richtung Salon aufmachte.

»Du siehst köstlich aus«, bemerkte Sheff, während er sie langsam von Kopf bis Fuß musterte.

»Ich bin keine Auswahl an Süßigkeiten, über die du dich auslässt«, murmelte sie.

»Nein, du bist weitaus verlockender als das«, antwortete er sanft. Er bot ihr seinen Arm an. »Möchtest du besichtigen, was Sir Alfred aus Südamerika mitgebracht hat?«

»Unbedingt.« Sie lächelte, als sie seinen dargebotenen Arm nahm, und schenkte dem Verlangen keine Beachtung, das sie für einen Moment überkam. Genaugenommen waren es mehrere Momente.

Im Salon zwang sie ihre Konzentration dann auf die im Raum ausgestellten Kuriositäten. Jedes Stück war mit einem Kärtchen versehen, auf dem beschrieben stand, wo Sir Alfred den Fund gemacht hatte. Es gab getrocknete Blumen, Blätter, Insekten und Wolle von einem Alpaka.

»Kommen Sie und fühlen Sie«, forderte Sir Alfred sie auf, als sie sich der weißen, flauschigen Wolle näherten. »Diese Wolle gehört zu den wenigen Objekten hier, die anzufassen ich den Leuten nahelege. Auf der anderen Seite des Raumes befindet sich ein wenig Holz, das Sie ebenfalls anfassen sollten.«

Sir Alfred war von durchschnittlicher Größe und Statur und er trug eine dicke Brille, die seine Augen größer erscheinen ließ, als sie tatsächlich waren. Er musste wohl Mitte fünfzig sein, und besaß schütteres graues Haar und ein einnehmendes Lächeln.

»Sie müssen Ihren Handschuh ausziehen«, fügte Sir Alfred lachend hinzu.

Jo, wie auch Sheff, kamen seiner Aufforderung nach und sie griff nach einem kleinen flauschigen Wollknäuel. Er war weich und federnd. »Ich kann mir vorstellen, dass das eine schöne Decke wird.«

»Tatsächlich. Ich habe mehrere mit nach Hause gebracht. Eine hängt dort drüben.« Er deutete auf die Wand, an der eine leuchtend gefärbte Decke hing. »Aber ich bitte Sie, sie nicht anzufassen. So sieht ein Alpaka aus.» Sanft berührte er den Rand einer gerahmten Zeichnung, die auf dem Tisch mit der Wolle stand.

»Haben Sie das gezeichnet, Sir Alfred?«, erkundigte sich Sheff.

»Ja, so ist es. Ich bin dabei, ein Buch mit meinen Zeichnungen und Beschreibungen zusammenzustellen. Es sollte noch dieses Jahr erscheinen.«

»Wie wundervoll«, rief Jo mit Begeisterung aus. »Ich freue mich schon darauf, ein Exemplar zu erwerben. Gedenken Sie auch, Vorträge über Ihre Erlebnisse dort zu halten?«

»Das werde ich tatsächlich tun. Ich werde Sorge dafür tragen, dass Sie eine Einladung erhalten«, meinte Sir Alfred jovial, ehe er seine Aufmerksamkeit einer anderen Person zuwandte, die gerade an den Tisch getreten war.

»Hast du sie gefühlt?«, fragte Jo an Sheff gewandt.

Er berührte die Wolle, die sie noch immer in der Hand hielt, und seine Finger streiften die ihren. »Sehr weich. Und die Wolle auch.« Er sah sie mit einen schiefen Lächeln an, und Jo verdrehte schmunzelnd die Augen.

»Du bist ein schrecklicher Schöntuer.«

»Bei dir kann ich nicht anders«, meinte er mit einem leichten Lachen und neigte dabei den Kopf zu ihr.

Sie legte die Wolle auf den Tisch zurück, ohne jedoch

ihren Handschuh gleich wieder anzuziehen. »Sollen wir uns auf die Suche nach dem Holz machen, von dem er gesprochen hat?«

»Wir könnten in diese Richtung gehen.«

Als sie ihre Finger wieder um seinen Arm legte, kam Jo zu Bewusstsein, wie töricht es war, ihren Handschuh nicht wieder übergestreift zu haben. Ihn mit ihrer bloßen Hand zu berühren war weitaus intimer. Und verlockender.

Als sie sich dem nächsten Tisch näherten, trafen sie auf Mr. und Mrs. Davenport, die am Montag den literarischen Salon ausgerichtet hatten. »Wie wunderbar, Sie hier anzutreffen«, bemerkte Mrs. Davenport.

Jo blickte zu Sheff. »Kennen Sie Mrs. Davenport?«

»Ich glaube, wir sind uns schon einmal begegnet«, entgegnete Sheff mit einem Lächeln. »Sie veranstalten die literarischen Salons, von denen Jo so schwärmt.«

»Ja. Wir freuen uns schon darauf, wenn sie als eigenständige Gastgeberin zu uns kommt«, meinte Mrs. Davenport mit großem Vergnügen. »Ich hoffe, Sie erfreuen sich ebenfalls an der Literatur, Mylord.«

»Das ist tatsächlich der Fall. Ich freue mich schon auf die Salons meiner Frau und hoffe auf Ihr Kommen. Vielleicht würden Sie es sogar für angebracht halten, mich zu einem Ihrer Salons einzuladen«, fügte er mit einem koketten Augenzwinkern hinzu.

Jo drückte seinen Arm und provozierte ihn, sie anzuschauen. Sie bedachte ihn mit einem strengen Blick. Zur Antwort zuckte es um seine Lippen.

»Das werde ich ganz bestimmt«, entgegnete Mrs. Davenport.

Sie unterhielten sich noch ein wenig mit dem Paar, ehe sie ihren Weg fortsetzten.

»Ich wollte dich fragen, ob du gerne liest«, meinte Jo zu Sheff. »Welche Art von Literatur bevorzugst du?«

»Ich lese gerne historische Berichte. Für Romane habe ich mich nie sonderlich begeistert.

»Was ist mit Poesie?«, fragte sie.

»Je verwegener, desto besser«, entgegnete er lachend.

»Du hättest Lady Standishs Darbietungen neulich Abend zu würdigen gewusst. Sie hat eines ihrer Gedichte vorgetragen, das reichlich ... aufwühlend war.«

Er zog eine Augenbraue hoch. »Das heißt, es hat dich erregt?«

»Es handelte von Erregung. Sie hat das Meer mit einem Orgasmus verglichen.« Zu spät erkannte Jo, dass dieses Gesprächsthema nicht das beste für sie beide war. »Sollen wir das Holz befühlen?«

War das in irgendeiner Weise besser?

Sheff verschluckte sich an einem Lachen. »Wenn du versuchst, *mich* zu erregen, gelingt dir das bemerkenswert gut. Aber dazu musst du eigentlich auch nur existieren.«

Wie war es dazu gekommen? Sie glaubte nicht, ihn in der Vergangenheit erregt zu haben, bevor sie diesen Plan geschmiedet hatten. Wenn dem so war, hatte er sich das nie anmerken lassen. »Was hat sich geändert, dass du jetzt so empfindest?« An einem Ort wie diesem sollte sie ihn solche Dinge wirklich nicht fragen. Und auch sonst nirgendwo. »Unwichtig.«

Nun zog er sie zur Seite. Sie hatten sich mit leisen Stimmen miteinander unterhalten, aber jetzt senkte er seine Stimme noch weiter. »Ich kann nicht genau benennen, was sich verändert hat, aber es hat sich etwas verändert. Du spürst es auch. Das weiß ich.«

Jo blieb ihm eine Antwort darauf schuldig, aber sie spürte es ganz genau – tief in ihrem Inneren. Als sie hier mit ihm stand, ihre bloße Hand auf seinem Ärmel lag, ihre Körper nahe beieinander, wünschte sie sich nichts sehnlicher, als diesem Etwas nachzugeben.

Ihre Blicke trafen sich. »Aber wir werden in dieser Hinsicht nichts unternehmen.«

Trotz des Würgegriffs, den ihr Verlangen auf ihre Atmung ausübte, gelang es ihr, die Luft auszustoßen. Sie entfernten sich einen Schritt von der Wand, und zwei Ladys kreuzten ihren Weg.

»Pardon«, meinte Sheff.

Beide sahen ihn an, dann warfen sie einen Blick auf Jo. Ohne ein Wort drehten sie sich um und schritten in die andere Richtung.

Nie war Jo direkt geschnitten worden, aber sie glaubte, dass dies gerade der Fall gewesen sein könnte.

»Verdammte eingebildete Xanthippen«, zischte Sheff. Vor lauter Wut waren seine Augen ganz dunkel geworden und seine Züge hatten sich zu wütenden Miene verfinstert, während er den beiden Frauen hinterherstarrte.

»Wen kümmert es schon, was sie denken?«, meinte Jo.

»Mich kümmert es.«

»Wirklich?« Jo dachte an die Worte ihres Vater, die er kurz vor ihrer Ankunft an sie gerichtet hatte. »Ich möchte dir keine Schwierigkeiten bereiten«, raunte sie leise.

»Das tust du nicht. Ganz und gar nicht. Es geht mir darum, was sie über *dich* denken.«

»Das solltest du nicht. Ich bin ein Accessoire für eine begrenzte Zeit.« Trotzdem konnte sie nicht leugnen, dass sie eine kurze Empörung über die Reaktionen der Ladys verspürt hatte. Das würde sie Sheff jedoch verschweigen.

Er sah sie an und sie erkannte den Zorn in seinem Blick. »Du bist kein Accessoire. Und ich werde Sorge dafür tragen, dass diese beiden Frauen für den Rest der Saison von allen gesellschaftlichen Veranstaltungen ausgeschlossen werden.«

Jo stellte sich vor ihn und versperrte ihm den Blick auf die Frauen, die geschnitten hatten. »Nein, das wirst du nicht.« Wie wollte er das überhaupt anstellen?

»Ihr Benehmen darf nicht ungesühnt bleiben«, erklärte er mit Nachdruck.

»Wie arrogant, das zu sagen. Als stünde es dir als Richter zu, über ihre Handlungen zu urteilen.«

Seine Miene wurde ein wenig sanfter. »Ich werde nicht gestatten, dass sie unhöflich zu dir sind.«

»Auch wenn es mir nichts ausmacht?«

»Es macht *mir* etwas aus«, knurrte er. »Keinesfalls werde ich gestatten, dass man meine zukünftige Frau verunglimpft. Selbst wenn du gar nicht meine zukünftige Frau sein wirst. Aber das wissen sie ja nicht. Er klang besitzergreifend und … verletzt. Weder an dem einen noch dem anderen konnte Jo etwas auszusetzen haben. Tatsächlich konnte sie sich sogar geschmeichelt fühlen.

Sie löste ihre Hand von seinem Arm und zog ihren Handschuh an. »Ich werde mich jetzt in den Ruheraum begeben. Wenn du das Wort an diese Frauen richten willst, während ich fort bin, kann ich dich nicht aufhalten. Ich möchte jedoch nichts damit zu tun haben.«

Sie machte auf dem Absatz kehrt und marschierte aus dem Salon, wobei sie an den Frauen vorbeikam, die sie geschnitten hatten, ohne sie eines Blickes zu würdigen. Im Korridor blieb sie stehen und erkundigte sich bei einem Diener, wo der Ruheraum zu finden war.

»Ich kann Sie hinführen«, erbot sich eine Frau. Sie war zierlich und kurvenreich, und ihr blondes Haar war von weißen Strähnen durchsetzt. »Ich bin die Schwester von Sir Alfred, Miss Hightooth.«

»Ich bin sehr erfreut, Sie kennenzulernen«, bemerkte Jo. »Ich bin Miss Josephine Harker.«

»Ah, die Verlobte des Earls of Shefford«, bemerkte Miss Hightooth mit einem wissenden Lächeln. »Sie sind eine mutige Frau. Ich kenne Sie überhaupt nicht, aber ich bewundere Ihren Geist.« Sie führte Jo den Korridor entlang zum hinteren Teil des Hauses.

»Warum, weil ich einen Earl heirate?«, fragte Jo kichernd.

»Ja, gewiss! Das ist nichts für schwache Nerven. In meiner Jugend lehnte ich es ab, einen Viscount zu ehelichen. Meine Mutter war darüber entsetzt. Ich erkannte jedoch, dass ich für diese Art von Ehe nicht geschaffen war. Oder für irgendeine Ehe, wie sich letztendlich herausstellte. Ich bin eine glückliche Jungfer.«

Das konnte Jo an ihrem Lächeln und ihrer Begeisterung erkennen. »Was lieben Sie am Dasein als Jungfer?«

»In der Hauptsache ist es die Freiheit. Ich habe das Glück, einen Bruder zu haben, der sich meiner finanziellen Belange annimmt. Im Gegenzug führe ich seinen Haushalt und kümmere um seine Angelegenheiten, während er auf Reisen ist.« Sie öffnete die Tür zu einem kleinen Wohnzimmer, das zum Ruheraum für die Ladys umfunktioniert worden war. »Alf war auch nicht zum Heiraten bestimmt, was allerdings daran liegt, dass er mit seinen Studien und Forschungen verheiratet ist.«

»Wie schön, dass Sie beide einander haben.« Manchmal wünschte sich Jo, sie hätte ein Geschwister. Insbesondere jetzt, da sie Freundinnen in ihrem Alter gefunden hatte und sah, welche Beziehungen Gwen und Min zu ihren Brüdern unterhielten.

»Das ist es, doch manchmal, frage ich mich, ob es nicht schön wäre, eine romantische Partnerschaft zu haben«, entgegnete Miss Hightooth. »Dann lache ich allerdings über mich selbst und erinnere mich daran, dass ich das nie gewollt habe und auch nicht brauche.« Sie wandte sich der Tür zu. »Ich lasse Sie jetzt allein.«

»Vielen Dank.« Jo blickte sich in dem verwaisten Raum um und fragte sich, wie lange sie noch bleiben sollte. Sie war aus dem einzigen Grund gegangen, Sheff die Gelegenheit zu gewähren, mit diesen beiden Frauen zu verfahren, wie auch immer er es für richtig hielt.

War das der einzige Grund?

Vielleicht brauchte sie auch eine Verschnaufpause von seiner Präsenz. Insbesondere von dem Verlangen, das sich immer mehr zwischen ihnen entwickelte. Das Ende dieser List – oder seine Abreise aus der Stadt – konnte sich nicht früh genug ereignen.

Als sie das Gefühl bekam, lange genug fortgewesen zu sein, ging sie auf die Tür zu. Eine Frau in den Vierzigern trat ein und ihr Blick fiel auf Jo. Sie schürzte die Lippen, wandte den Blick ab und schritt zügig an Jo vorbei.

Noch ein direkter Schnitt. Oder jedenfalls beinahe.

Jo bekam die Tür zu fassen, ehe sie sich schloss, aber bevor sie den Raum verlassen konnte, hörte sie die Frau sagen: »Mit einem Titel werden Sie auch nicht willkommener sein. Es gibt Leute in der Gesellschaft, die Sie nie anerkennen werden. Denken Sie darüber nach, bevor Sie eine hoch angesehene Familie mit Ihrer Präsenz belästigen.«

Schock mischte sich mit Wut, als Jo sich an die Türkante klammerte. Sie sollte ihren Weg fortsetzen und ihren Vater suchen, um ihm mitzuteilen, dass sie bereit war zu gehen. Andererseits hatte sie noch nicht alle Objekte von Sir Alfreds Ausstellung gesehen.

Sie drehte sich um und ließ die Tür los, sodass sie zuschwang.

»Halsstarriges Luder«, murmelte die Frau, während sie ihr Spiegelbild in der Ecke betrachtete.

»Ich bin noch hier«, bemerkte Jo.

Mit einem Ruck drehte die Frau sich um und ihr stand der Mund offen.

Jo formte die Lippen zu einem boshaften Lächeln. »Ein Titel macht aus niemandem irgendetwas. Das bewirkt nur der Charakter. Sie und Ihresgleichen akzeptieren Halunken

und Wüstlinge bereitwillig – Männer, die zwar ›hoch geach-
tet‹ sind, das aber gar nicht verdient haben. Wie können Sie
es wagen, über mich zu urteilen, wenn Sie mich nicht einmal
kennen?«

Die Frau schniefte. Ihre Wangen liefen dunkelrosa an.
»Sie stammen nicht aus unseren Kreisen. Sie sollten es besser
wissen, als sich unter uns zu mischen.«

»Bislang hatte ich großes Glück. Das Beste daran, eine
Countess – und eines Tages eine Herzogin – zu werden,
besteht wahrscheinlich darin, dass ich mir aussuchen kann,
mit wem ich mich abgebe. Sie werden das ganz bestimmt
nicht sein, seien Sie sich dessen versichert.« Jo kehrte zur
Tür zurück und öffnete sie. »Genießen Sie den Rest des
Abends«, rief sie, bevor sie aus dem Raum stolzierte.

Auf ihrem Rückweg zum Salon bebten ihre Hände. Sie
hörte ihren Vater lachen und entdeckte ihn mit einer kleinen
Gruppe an der Seite stehen, ein Glas Wein pendelte zwischen
seinen Fingerspitzen. War er je zuvor von jemandem direkt
geschnitten worden? Noch nie war sie Zeugin dessen geworden. Jedoch war auch er nicht überall willkommen. Zu dieser
Gesellschaft hatte er noch nicht einmal eine eigenen Einladung erhalten.

Was tat Jo hier?

Das war eine alberne, rhetorische Frage. Sie hatte einen
lukrativen Grund für ihre Anwesenheit hier, und sie war
sehr wohl in der Lage die Ignoranten und voreingenom-
menen Harpyien der feinen Gesellschaft zu ertragen. Diese
wären erleichtert, wenn sie die Verlobung löste und keines
ihrer geschätzten Mitglieder heiratete. Ein Teil von Jo wollte
ihn aus Trotz heiraten.

Sheff trat zu ihr. »Es wird dich freuen zu hören, dass ich
diesen schrecklichen Frauen nichts gesagt habe. Ich gedenke
jedoch dennoch, sie bei jeder Gelegenheit zu schneiden. Das
ist das Mindeste, was ich tun kann.«

»Das scheint nur gerecht«, entgegnete sie und beschloss, ihm nichts von der Frau im Ruheraum zu erzählen. Was für einen Sinn hätte das? »Lass uns die Besichtigung von Sir Alfreds Objekten beenden.«

»Wir müssen noch über das Holz streicheln«, bemerkte er mit einem amüsierten Grinsen.

Jo kicherte und freute sich über seinen Humor. Sie schüttelte ihre hartnäckige Verärgerung über die Begegnung mit der unausstehlichen Frau im Ruheraum ab und hoffte, dass sie ihr nicht noch einmal gegenüberstehen würde.

»Übernimm du die Führung«, forderte Jo ihn auf.

»Ich hatte überlegt, dass wir morgen im Park spazieren gehen können«, schlug Sheff vor. »Neulich habe ich mit Somerton darüber gesprochen, und er hat angeboten, zusammen mit seiner Frau die Aufsicht zu übernehmen.«

Jo amüsierte sich immer wieder darüber, dass eine Frau, die jünger war als sie, als Anstandsdame fungieren konnte – ob sie nun verheiratet war oder nicht. »Einverstanden. Ich werde Gwen morgen früh eine Nachricht schicken. Dann müssen wir am Samstag einen Ball besuchen.« Sie widerstand dem Drang, eine Grimasse zu schneiden. Wie viele Male würde sie noch ertragen müssen, geschnitten zu werden?

»Ja, aber wir müssen nicht lange bleiben. Du kannst kurz nach Mitternacht wieder im Siren's Call sein, um zu arbeiten, denke ich.«

Seine Unterstützung für ihre Verpflichtungen erfüllte sie mit Wärme. Würde er sich ebenso verhalten, wenn sie tatsächlich verlobt wären? Nein, gewiss nicht. Keinesfalls konnte er ein solches Verhalten seitens seiner zukünftigen Frau gutheißen. Jetzt konnte er nur so großzügig sein, weil es nicht wirklich wichtig war.

Sehr bald schon würde sie dies alles nicht mehr ertragen

müssen. All diese Mühe würde sich für die Freiheit lohnen, die sie sich damit verdiente.

~

*A*m folgenden Abend fand sich Sheff im Siren´s Call ein. Heute hatte er seine Mutter und seine Schwester nirgendwohin eskortieren müssen, und an keinem anderen Ort wollte er lieber sein. Er bemerkte an sich, dass er zunehmend Jos Gesellschaft suchte und wenn sie nicht da war vermisste er sie.

Als er sich Gedanken darüber machte, was das bedeuten konnte, kam er zu dem Schluss, dass dies in ihrer unausgelebten, beiderseitigen Anziehung begründet sein könnte. Wenn sie das irgendwie ausleben und abschließen könnten, würde er vielleicht nicht das Gefühl haben, dass ihm etwas fehlte. Etwas, das ihm beinahe lebenswichtig war.

Bei seinem Eintreffen war Jo nicht im Schankraum zu finden. Becky informierte ihn, dass sie im Kartenraum Vingt-et-un spielen würde. Mit einem Humpen Ale in der Hand begab sich Sheff dorthin und stellte sich neben die Tür auf, um ihr bei der Arbeit zuzuschauen.

Früher hätte er sich an dem Spiel beteiligt, doch nun wäre dies ein wenig merkwürdig, da sie seine Verlobte war. Dieser Ansicht war er zumindest.

Also verlegte sich stattdessen darauf, sie zu beobachten. Er nahm ihr verschmitztes Lächeln wahr, als sie die Karte des Kartengebers umdrehte, und ihr Lachen, wenn einer der Spieler melodramatisch verlor, aber auch ihre aufrichtige Freude für den Spieler, der gewann.

Dann räumte sie den Tisch ab und ließ ihren Blick umherschweifen, bis sie auf seinen traf. Vor Überraschung zog sie kurz die Augenbrauen in die Höhe. Er hob seinen Humpen zu einem stummen Trinkspruch an die Lippen.

Dann teilte sie die Karten aus, und Sheff schaute bei einer weiteren Runde zu und im Anschluss bei noch einer. Ihre Finger waren lang und schlank, ihre Nägel sauber gekürzt. Sie trug ihren Verlobungsring nicht.

Das veranlasste ihn zu einem leichten Stirnrunzeln. Er sah ihn gerne an ihrer Hand. Denn bei dem Ring handelte es sich um den einzigen körperlichen Anspruch, den er an sie stellen konnte.

An heutigen Nachmittag hatten sie einen zauberhaften Spaziergang im Hyde Park genossen. Endlich hatte sich das Wetter ein wenig gebessert und es war wärmer geworden. Sogar die Sonne hatte sich lange gezeigt. Dann hatte der Wind allerdings aufgefrischt und Regenwolken waren aufgezogen, sodass sie den Park in aller Eile wieder verließen.

Für eine ganze Weile hatte er jedoch das Lachen und die Leichtigkeit mit Jo und ihren Freunden genossen. Allmählich verstand er, warum ein Mann wie Somerton sein Junggesellendasein gegen die Ehe eingetauscht hatte. Es war nicht irgendeine Ehe, sondern es war ein Leben mit einer Frau, die er offensichtlich liebte. Sheff hatte Somerton noch nie so glücklich erlebt. Er war sogar überschwänglich. Zudem war es offensichtlich, dass seine Frau das Gleiche empfand. Was geschähe, wenn einer der beiden unweigerlich aufhören würde, so zu fühlen?

Was wäre, wenn keiner der beiden damit aufhörte?

Diese Stimme meldete sich aus den Abgründen seines Verstandes und er wollte sie gleich wieder dorthin zurückbefördern, wo sie hergekommen war. So eine Liebe war selten. Wie groß waren die Chancen, dass drei seiner Freunde – Somerton, Droxford und Wellesbourne – das Glück hätten, sie zu finden?

Und was war mit Bane? Sheff wusste nicht einmal, ob sein Freund seine Frau geliebt hatte. Bane war in einer kompromittierenden Situation mit Pandora Barclay ertappt worden. Als Reaktion hatte er verkündet, dass er bereits mit einer Frau verlobt sei, die er schließlich geheiratet hatte. Diese Frau, war vor kurzem im Kindbett gestorben. Hatte Bane sie geliebt? Trauerte er wie Keele um einen Verlust, der beinahe schon unmöglich war? Wie grausam, so etwas gefunden zu haben, nur um es dann wieder zu verlieren.

Allein dies war schon Warnung genug vor Liebe und Ehe. Besser wäre es, ihr ganz zu entkommen. Dann gäbe es keinen Schmerz. Keine Demütigungen, wie seine Mutter sie ertragen musste. Oder diese Leere, von der Keele manchmal sprach.

Sheff trank einen großen Schluck Ale. Er musste aufhören, an die Liebe zu denken. Insbesondere in Bezug auf Jo. Er begehrte sie. Sehnsüchtig. Das war aber nicht dasselbe.

»Wie reizvoll, einen Mann zu treffen, der unverhohlen in seine Verlobte vernarrt ist.«

Erschrocken drehte Sheff sich zu dem Mann um, der neben ihm aufgetaucht war. Allard, ein Mann Mitte vierzig war regelmäßiger Gast im Siren´s Call. Sheff kannte ihn recht gut. Er war Abgeordneter für irgendeinen Wahlkreis der Außenbezirke Londons.

»Guten Abend, Allard.« Sheff wollte nicht das Geringste einfallen, was er auf die anfängliche Bemerkung des Mannes hätte erwidern können. Er konnte ihm schlecht sagen, dass er sich in dem, was er dort zu beobachten glaubte, gründlich irrte.

»Gedenken Sie, die Hochzeit vorzuverlegen? Wie mir zu Ohren gekommen ist, haben Sie noch nicht einmal ein Datum festgelegt.«

»Wir haben keine Pläne, in dieser Hinsicht. Bald zu heiraten, meine ich«, verdeutlichte Sheff noch einmal, wenn sich Letzteres auch nicht ereignen würde.

Allard legte den Kopf schief. »Warum nicht? So wie Sie schauen, frage ich mich wirklich, warum Sie noch warten wollen.« Er schmunzelte, ehe er dann wieder ernüchterte. »Verzeihen Sie mir, ich wollte nicht taktlos sein.«

»Aber Sie sind ein bisschen aufdringlich.« Sheff war sich bewusst, dass er sich wie ein Schnösel anhörte, doch Allards Kommentar gefiel ihm nicht.

Und warum nicht?

Weil es stimmte. Sheff sah Jo mit einem Blick an, wie ein Kind eine Süßigkeit oder ein Spielzeug anschaute, das ihm verwehrt wurde. Nein, es war mehr. Er sehnte sich auf eine Art und Weise nach ihr, die über einfaches Wollen oder gar Verlangen hinausging. Er *verzehrte sich* nach ihr.

»Ich wollte Sie nicht beleidigen«, entschuldigte sich Allard und drehte sich weg, als ob er gehen wollte.

»Ich bitte um Entschuldigung, Allard. Wie Sie sich sicher vorstellen können, werde ich von vielen Menschen gefragt, wann wir heiraten werden, insbesondere meiner Mutter.«

Allard lächelte. »Das *kann* ich mir gut vorstellen. Sie müssen allerdings tun, was Sie wollen. Auch wenn das bedeutet, nach Gretna Green durchzubrennen«, fügte er lachend hinzu. »Genau das haben meine Frau und ich damals getan.«

Sheff wandte sich dem anderen Mann zu. »Wirklich, warum?«

»Meine Schwiegermutter war wahrscheinlich wie Ihre Mutter. Sie wollte bei jedem Aspekt der Hochzeit das Sagen haben und eine Woche vor dem Termin hat meine Frau mich gebeten, sie stattdessen nach Schottland zu entführen.« Er zuckte mit den Schultern. »Das habe ich getan.«

»Wie lange sind Sie schon verheiratet?«, fragte Sheff.

»Einundzwanzig Jahre. Ich liebe sie heute mehr als gestern, und ich werde sie morgen noch mehr lieben.« Allards Blick aus den grünen Augen bekam etwas Wehmüti-ges. »Diese Art von Liebe ist der Grund, weshalb ich Sie gefragt habe, warum Sie noch mit der Hochzeit warten wollen. Ich erkenne, was Sie für Miss Harker empfinden, und meiner Erfahrung nach kann man es gar nicht abwarten, wenn man sich einmal verliebt hat und sich vollkommen sicher ist, für immer mit jemandem zusammen sein zu wollen.«

»Sie sind nicht der erste Gentleman, der mir das sagt«, meinte Sheff augenzwinkernd. »Allerdings weiß ich nicht, ob ich die Art von Liebe, auf die Sie anspielen, wirklich empfinde.

»Tatsächlich?« Allard klang überrascht. »Sie scheinen mir ein Mann zu sein, der schon sehr verliebt ist, aber vielleicht täusche ich mich.« Er holte tief Luft und stieß sie wieder aus. »Ich habe heute Abend zu viel Ale getrunken. Schenken Sie meinen Worten keine Beachtung. Ich werde romantisch und erteile ungebeten Ratschläge. Ich wünsche Ihnen einen schönen Abend.« Er nickte Sheff zu und verließ dann den Kartenraum.

Sheff blickte ihm stirnrunzelnd nach, dann wandte er sich wieder zu Jo um. Doch sie war fort. Eine andere Mitarbeiterin hatte ihren Platz eingenommen.

Als Sheff sich suchend im Kartenraum umsah, konnte er Jo auch nirgendwo anders entdecken. Er kehrte in den Gemeinschaftsraum zurück, wobei sein Herz schneller schlug, als ihm lieb war – es war ja nicht so, als wäre Jo verschwunden, Gott behüte.

Dort war sie. Sie stand an der Theke und unterhielt sich mit der Frau dahinter, die das Ale ausschenkte. Sheff atmete erleichtert auf, als er sie gefunden hatte. Wärme breitete sich in seiner Brust aus. Er wollte zu ihr gehen, um den Rest des Abends ihrer Gesellschaft zu verbringen.

Er wandte sich ab und führte den Humpen an die Lippen, wobei seine Hand bebte. Was um alles in der Welt stimmte nicht mit ihm?

Allards Beobachtungen gingen Sheff durch den Kopf.

Und ihm ging auf, dass etwas Wahres daran sein könnte. Es konnte sehr wohl so sein, dass er in seine angebliche Verlobte verliebt war. Doch warum sollte das überhaupt eine Rolle spielen? Die Sache wäre nicht von Dauer, und – wie auch immer – Jo würde ihn niemals heiraten.

Eine Berührung auf seinem Arm ließ einen Schwall von Hitze durch seinen Körper fluten. Er brauchte sich nicht umzudrehen oder ihre Stimme zu hören, um zu wissen, dass es Jo war.

»Sheff?«

Er holte tief Luft, um seinen wild rasenden Puls zu beruhigen, und drehte sich zu ihr um. »Guten Abend, Jo.«

Sie trug eines ihrer »normalen« Arbeitskleider, eine Mischung aus Tageskleid und Abendkleid. »Ich habe dich im Kartenzimmer gesehen, aber dann hast du mit Allard gesprochen, und ich musste mich um eine Angelegenheit kümmern.«

»Du bist eine vielbeschäftigte Frau. Das ist erstaunlich attraktiv.«

Sie sah ihn mit hochgezogener Augenbraue an. »Können wir nicht einmal ein Gespräch führen, ohne dass du so unverhohlen flirtest?«

»Ich habe nicht geflirtet. Ich war nur ehrlich.« Er seufzte. »Vielleicht sollte ich das besser nicht sein.«

»Behalte deine Gefühle bezüglich der Anziehung einfach für dich. Das wäre ... das Beste. Ist jetzt ein schlechter Zeitpunkt, um zu fragen, wie es um dein Zölibatsgelöbnis steht?«

Sheff konnte sein Lachen nicht zurückhalten. »Jetzt bist du einfach nur grausam.« Er lachte noch mehr. »Es geht ohne Zwischenfälle voran. Und ich würde das nicht als Gelöbnis bezeichnen. Es ist eine der Bedingungen für unsere Vereinbarung.«

Sie legte die Hand an ihre Brust. »*Ich* habe diese Bedingung nicht gestellt.«

»Das habe ich getan.«

»Wer hat gesagt, dass du Regeln aufstellen darfst?«, fragte sie keck, und ihre Augen blitzten humorvoll.

»Ich stelle sie nur auf, wenn sie mich betreffen. Nie würde ich mir anmaßen, eine Regel für dich aufzustellen.«

»Das weiß ich sehr zu schätzen«, entgegnete sie leise. »Genauso wie ich deine ... beschützende Art zu schätzen weiß. Ich habe darüber nachgedacht, was gestern Abend bei der Gesellschaft passiert ist, und ich hätte dich nicht daran hindern sollen, mit diesen Wichtigtuerinnen nach deinem Ermessen zu verfahren.«

»Das ist ein zu freundlicher Ausdruck für die beiden. Du hast nur versucht, mich vor meiner niederen, rachsüchtigen Natur zu beschützen. Dafür schulde ich dir meinen Dank. Ich fürchte, ich habe mich in erster Linie wegen dir gegen sie gewehrt.«

Ihre Blicke trafen sich und Sheff konnte eine Verbindung spüren, die ihm den Atem raubte. »Das solltest du nicht, aber ich danke dir«, murmelte sie. »Der Gedanke, dass mich jemand auf diese Weise beschützen will, ist beruhigend. Aber auch erheiternd.«

Gott, dieser Tanz, den sie immer weiter fortführten, würde ihn noch umbringen. Sie flirteten. Sie ermahnten einander wegen des Flirtens. Sie erkannten ihre gegenseitige Anziehung. Und sie wiesen diese Anziehung zurück.

Er war sich wirklich nicht sicher, wie viel er noch aushalten konnte. Offenbar musste er London aus reinem Selbstschutz verlassen.

Sheff trank einen großen Schluck Ale und leerte damit den Humpen. »Ich sollte mich auf den Weg machen.«

Sie nahm ihm das leere Gefäß ab. Als ihre Finger sich dabei nicht berührten, war er ungemein enttäuscht.

»Ich treffe dich am Samstag auf dem Ball. Um zehn Uhr?«

Er nickte. »Danke.«

Sie schaute ihn mit einem fragenden Blick an. »Wofür?«

»Für deine Zustimmung zu diesem albernen Plan. Dafür, dass du dir gefallen lässt, was andere Leute sagen und tun. Dafür, dass du meine unendliche Schurkenhaftigkeit erträgst.«

»All das machst du sehr lohnenswert für mich«, entgegnete sie, und ihre Augen schimmerten von Dingen, die er nicht genauer erforschen wollte, denn er kam zu dem Schluss, dass es besser sei, wenn er nichts wüsste.

KAPITEL 13

Nachdem Jo am Samstagabend mit Gwen und Somerton auf dem Billingsworth Ball ange-kommen war, tanzte sie mit Sheff und verbrachte Zeit mit ihren Freundinnen. Sie besann sich auf ihre Ankündigung gegenüber Sheff, dass sie um Mitternacht – oder jedenfalls ungefähr – wieder zurück im Siren's Call sein wollte, und somit beschloss sie, sich bald auf den Weg zu machen.

Die Frage war nur wie?

Sie glaubte nicht, dass Gwen und Somerton bereits aufbrechen wollten. Und sie konnte doch nicht einfach ihren Kutscher bitten, sie zu fahren. Oder vielleicht doch? Vielleicht hatten Min oder Ellis ja einen Einfall.

Jo kam zu der Stelle, an der sie die beiden zuletzt gesehen hatte, und fand Ellis dort vor, wie sie an der Wand saß. Sie wirkte nicht gerade gelangweilt, aber sie schien sich auch nicht zu amüsieren. Warum sollte sie auch?

Jo setzte sich auf den freien Stuhl neben ihr. »Meinst du, ich könnte den Ball verlassen, ohne Aufsehen zu erregen?«, fragte sie leise.

Ellis sah sie von der Seite an. »Das kommt darauf an, was

du mit Aufsehen meinst. Die Herzogin wird nicht erfreut sein.«

Mit einem Seufzen ließ Jo sich an die Stuhllehne zurücksinken. »Das wird sie vermutlich nicht.«

»Es gibt einen Raum für die Unterhaltung der Ladys«, meinte Ellis mit einem verschmitzten Lächeln.

»Was ist das?«

»Glücksspiel, Alkohol, wahrscheinlich unanständige Witze. Lady Billingsworth ist dafür bekannt, dass sie eine weibliche Version des Spielzimmers für Männer offeriert.«

»Was für eine wundervolle Idee. Können wir uns für den Rest des Balls dort verstecken?«, fragte Jo.

Ellis zuckte mit den Schultern. »Das können wir versuchen. Obwohl ich mich nicht traue, lange fortzubleiben. Die Herzogin wird das bemerken, und ich soll für Min verfügbar sein.«

»Min kann sich uns anschließen«, schlug Jo vor.

»Oh nein«, widersprach Ellis entschieden und schüttelte den Kopf. »Die Herzogin würde aus der Fassung geraten, und wenn das geschieht, würde es die Sache noch schlimmer machen.«

»Das kann ich mir vorstellen«, murmelte Jo. »Aber könnten wir wenigstens kurz dorthin gehen?«

»Wir können behaupten, wir seien in einem der Ruheräume gewesen.« Ellis erhob sich.

Jo sprang auf, denn sie konnte es kaum abwarten, der schwülen Hitze des Ballsaals zu entkommen. Sie folgte Ellis in das Vorzimmer und dann einen Korridor entlang.

»Wohin wollt ihr?«

Die schrille Stimme der Herzogin ertönte hinter ihnen. Jo und Ellis tauschten enttäuschte Blicke aus, ehe sie sich wieder umwandten.

»In den Ruheraum«, entgegnete Jo fröhlich.

»Das ist der verkehrte Weg.« Die Herzogin kam auf sie

zu. »Ich könnte denken, dass Sie Lady Billingsworths Spiel-
zimmer für Ladys suchen, aber Sie müssen wissen, dass es
nur für die Verheirateten unter uns reserviert ist.«

»Sind Sie auch auf dem Weg dorthin?«, fragte Jo. Sie warf
einen Blick auf Ellis, welche die Lippen zusammenpressen
musste, um nicht zu lächeln.

Die Augen der Herzogin wurden schmal. »Sie müssen
wieder auf den Ball gehen«, gebot sie, als wäre das eine
Antwort auf Jos Frage. »Sie besuchen ohnehin nicht genügend Veranstaltungen, und Sie müssen gesehen werden. Sie
müssen *sich engagieren*. Sie müssen den Leuten zeigen, dass
Sie der Herausforderung, eine Countess zu werden,
gewachsen sind.«

Jo wollte die Herzogin fragen, warum sie das etwas
anging, aber sie fürchtete, die Antwort bereits zu kennen.
Stattdessen zwang sie sich zu einem Lächeln. »Das werde
ich. Entschuldigen Sie mich.« Doch bevor sie in den Ballsaal
zurückkehren konnte, hielt die Herzogin sie noch einmal mit
der Hand auf.

»Nur einen Moment. Ich muss erst mit Ihnen sprechen.«
Sie sah kurz zu Ellis. »Entschuldige uns bitte.«

Ellis blinzelte, warf Jo einen entschuldigenden Blick zu
und eilte dann in den Ballsaal zurück.

Jo machte sich auf eine mögliche Belehrung gefasst.

Die Herzogin zog sich in eine Nische zurück und winkte
Jo, sich zu ihr zu setzen. Sie sprach leise. »Das wird nicht
funktionieren.«

»Was wird nicht funktionieren?«, fragte Jo und dachte, sie
könnte alles Mögliche meinen.

»Ihr Verhalten. Sie arbeiten in einer Spielhölle.« Die
Augen der Herzogin funkelten. »Sie *müssen* aufhören, dort zu
arbeiten. Sie *können nicht* eine Countess sein und in einem
Club arbeiten!« Zwar sprach sie mit leiser Stimme, doch ihr
Ton blieb weiterhin schrill.

Jo zögerte, ihr eine Antwort zu geben, da sie nicht wusste, was sie ihr sagen sollte. Doch die Herzogin war noch nicht fertig.

»Darüber hinaus haben Sie offenbar nicht die blasseste Ahnung davon, wie man sich auf solchen Veranstaltungen anständig benimmt. Neulich haben Sie Lady Balliol auf einer Veranstaltung beleidigt. Und Sie haben obendrein Ihren zukünftigen Schwiegervater in die Sache hineingezogen! Ich kann nicht glauben, dass selbst Sie so rüde sein können.«

Selbst sie. *So* rüde. Als ob *eine gewisse* Grobheit von ihr zu erwarten wäre.

Jo hatte keine Erinnerung daran, den Herzog überhaupt erwähnt zu haben. »Ich fürchte, ich weiß nicht, was Sie mit Seiner Gnaden meinen. Von ihm war nicht die Rede.«

»Offenbar nicht mit Namen, aber Sie haben angedeutet, dass die eigene Position nicht für gutes Benehmen steht.« Sie blickte Jo aus schmalen Augen an, und ihre Wut war deutlich zu spüren. »Wen sollten Sie denn sonst gemeint haben, außer meinem Mann, der sich benimmt, als hätte er keinerlei Anstand?«

Es fiel Jo wahrlich schwer, sich angesichts dieser erzürnten Frau nicht aufzuregen. »Das hatte ich nicht sagen wollen. Lady Balliol – ich wusste nicht einmal, wer sie war – hat mich geschnitten und war dann sehr unhöflich.« Jo spürte, wie ihre Aufregung immer mehr zunahm. »Sollte ich nicht für mich selbst eintreten? Wenn ich die Countess of Shefford bin, sollte ich solche Unhöflichkeiten nicht dulden, nicht wahr?«

»Sie sollten niemals die Countess of Shefford sein!«, stieß die Herzogin hervor und zog die Lippen dabei kraus. »Sie sind ein Niemand aus dem Nichts. Schlimmer noch, Ihre Eltern sind die schlimmste Sorte von Menschen. Ihre Mutter ist eine Gewerbetreibende, und zwar eines grässlichen Gewerbes, und die erbärmlichen Versuche Ihres

Vaters, in der Gesellschaft Fuß zu fassen, sind bemitlei-
denswert.«

Jo starrte die Herzogin an. Wut wallte in ihr auf. Es war
eine Sache, sich beleidigen zu lassen, aber ihre Eltern zu
verunglimpfen? Sie öffnete schon den Mund, um zu sprechen, doch Sheff trat dazwischen.

»Mutter, so darfst du nicht mit meiner Verlobten sprechen«, brachte er hervor. Wenngleich er mit dem Rücken zu
ihr stand, konnte Jo sich seine stürmischen Augen nur zu gut
vorstellen, als er die Herzogin praktisch anknurrte.

»Komm, Mama, wir besorgen dir ein Glas Wein.« Min
war ebenfalls hier.

Dann sah Jo Ellis etwas abseits stehen. Sie hatte Sheff und
Min geholt, um ihr zu helfen. Jo wollte sie umarmen. Das
konnte sie aber nicht. Noch immer kochte sie vor Wut über
die Worte der Herzogin.

»Geh, Mutter«, forderte Sheff sie auf. »Bevor ich noch
etwas sage, das ich bereuen werde, wie es dir bereits passiert
ist. Morgen erwarte ich eine vollständige und detaillierte
schriftliche Entschuldigung *an* Jo. Vorher wirst du sie mir
zeigen, damit ich entscheiden kann, ob sie akzeptabel ist.«

Er versperrte Jo die Sicht auf die Herzogin, was enttäuschend war. Jo stellte sich vor, wie ihr die Kinnlade
erschlaffte und ihre Augen einen glotzenden Ausdruck beka-
men. Sie hatte auch nicht mit einer Entschuldigung gerechnet. Am meisten lag ihr aber daran, dahinterzukommen,
warum die Herzogin sie so sehr hasste. Es schien mehr
dahinterzustecken als der Umstand, dass die Herzogin sie
nicht angemessen fand. Vielleicht war es letztendlich aber
tatsächlich nur das.

»Du musst diese Verlobung überdenken«, forderte die
Herzogin. »Unmöglich kannst du eine Frau heiraten, die in
einer Spielhölle arbeitet. *Das kannst* du einfach *nicht.*«

»Sie wird nicht ewig dort arbeiten, Mutter. Nicht, wenn

wir verheiratet sind. Du wirst dich daran gewöhnen müssen, Jo in unserer Familie zu haben.«

Die Herzogin stieß einen erstickten Laut aus, der ihr im Hals stecken blieb. Dann marschierte sie davon.

Min warf Jo einen entschuldigenden Blick zu und drehte sich um, um ihrer Mutter zu folgen. Ellis schloss sich ihr an, worauf Jo dann auf Sheffs Rücken blickte.

Dann drehte er sich jedoch um und sie erkannte die Sorge in seinen dunkelblauen Augen.

»Jo«, flüsterte er und hob die Hand, um ihr über die Wange zu streicheln. Sein Handschuh fühlte sich ganz weich auf ihrer Haut an. Er murmelte einen Fluch, ehe er das störende Accessoire auszog und seine bloße Handfläche an ihr Gesicht drückte. »Es tut mir so leid, was meine Mutter gesagt hat.«

»Das darf dir nicht leidtun«, entgegnete Jo leise. »Schon gar nicht glaube ich, dass es *ihr* leidtun wird. Sie braucht mir keine Entschuldigung zu schreiben. Mir liegt nichts daran.«

»Verdammt.» Er hauchte das Wort aus und seine Augen schlossen sich kurz. Als er sie wieder öffnete, schaute er sie mit einer wilden Entschlossenheit an, die ihr den Atem raubte. »Ich werde dafür sorgen, dass du nie wieder mit ihr allein sein wirst. Nein, ich sollte diesen ganzen üblen Plan stoppen.» Er nickte. »Morgen werde ich ihr sagen, dass wir nicht heiraten werden.«

Jo klammerte sich an seinen Arm. »*Nein.* Nach allem, was sie zu mir gesagt hat, bin ich versucht, dich zu einer Heirat mit mir zu zwingen. Du kannst sie nicht gewinnen lassen, und sie wird das als Sieg ansehen, vor allem nach dem, was sie heute Abend gesagt hat, und der Tatsache, dass du Zeuge dessen geworden bist.«

»Das ist ein gutes Argument – für eine richtige Ehe«, entgegnete er ironisch und seine Hand wanderte von ihrem Gesicht zu ihrem Schlüsselbein. »Aber wie kann ich von dir verlangen, dass du bei diesem Plan weiter mitwirkst, so wie sie dich behandelt hat? Ich kann nicht erwarten, dass du dir das gefallen lässt.«

»Das habe ich nicht. Ich habe mich ihr gegenüber gut zur Wehr gesetzt.« Bis zu dem Moment, als sie Jos Eltern verunglimpft hatte. Jo war noch dabei gewesen, ihre Antwort darauf zu formulieren, als Sheff eingetroffen war. »Wie viel hast du gehört?«

»Ich habe dich sagen hören, dass du keine Unhöflichkeiten tolerieren musst.« Er formte die Lippen zu einem bezaubernden Grinsen. »Das war brillant. Dann habe ich gehört, was sie über deine Eltern gesagt hat«, fügte er nüchtern hinzu. »Was habe ich verpasst?«

»Nur, dass sie mir sagte, ich solle nicht mehr im Siren´s Call arbeiten. Und sie hat mich zur Rede gestellt, weil ich Lady Balliol neulich auf der Gesellschaft beleidigt habe. Offensichtlich ist es für Lady Balliol in Ordnung, mich zu schneiden, aber wenn ich sie beleidige und ihre Unhöflichkeit anspreche, bin ich im Unrecht.« Jo verdrehte die Augen.

»Wann ist das passiert?«, fragte er und runzelte die Stirn.

»Als ich in den Ruheraum ging.«

Er musterte ihr Gesicht. »Warum hast du mir das nicht gesagt?«

Sie zog die Schulter hoch – diejenige, die er nicht berührte. »Du warst schon wegen der anderen Frauen aufgebracht.«

Er nahm die Hand wieder von ihr, und um ein Haar hätte sie ihn gebeten, sie zurückzulegen. Dann fuhr er sich damit durch die Haare und ruinierte die Frisur ein wenig. »Das ist untragbar. Wir müssen dieser Farce ein Ende machen.«

Jo erkannte den Ärger und die Sorge in den Furchen, die sich auf seiner Stirn gebildet hatten. Sie nahm ihre Hand von seinem Arm und strich ihm die Haare wieder zurecht. »Ich komme schon zurecht. Vielleicht können wir unsere Verab-

redungen einfach auf den Park beschränken.« Allerdings
könnte sie sich dort genauso gut mit einer Lady Balliol und
ihrer Überlegenheit konfrontiert sehen. Zu spät erkannte sie,
dass sich sein Gesichtsausdruck verändert hatte. Der Zorn
und die Sorge waren verschwunden – zumindest größtenteils – und von einem Hunger ersetzt worden. Hitze flammte
in ihrem Inneren auf, und ihr war klar, dass sie keine Zeit zu
verlieren hatte, wenn sie entkommen wollte, ehe sie ihre
eigene Regel brach.

Die Regeln für Halunken blitzten in ihrer Erinnerung auf.
Sie war mit ihm allein. Liebend gern würde sie mit ihm flirten. Und wenn sie nicht aufpasste, würde sie ihm eine Gelegenheit gewähren ... sie wenigstens zu küssen.

»Du solltest gehen«, raunte er.

Zärtlich legte sie ihre Hand an seinen Kopf und ließ sie
am Hinterkopf hinuntergleiten, bis ihre Handfläche auf
seinen Nacken traf. Leider hatte sie ihren Handschuh nicht
ausgezogen, wie er es getan hatte.

»Das sollte ich, aber noch werde ich das nicht tun. Noch
nicht.« Sie stellte sich auf die Zehenspitzen und legte ihren
Kopf ein wenig schräg, ehe sie ihre Lippen auf seine
presste.

Er legte die Arme fest um sie und zog ihren Körper an
den seinen. Die Berührung mit ihm ließ ihr Verlangen
stärker werden. Sie drückte ihre Finger in seine Muskeln
und schob ihren anderen Arm um seine Taille.

Mit geschlossenen Augen genoss Jo seine Umarmung.
Seine Lippen bewegten sich mit verheerender Präzision über
die ihren und fachten ihr Verlangen an. Sie öffnete ihren
Mund, um den Kuss zu vertiefen, und mehr brauchte er
nicht, um ihren Mund vollständig zu erobern.

Plötzlich wurde sie in ein Reich dunkler Bedürfnisse und
strahlender Ekstase hineingezogen. Ihr Leib verzehrte sich
nach seinem, er wollte von ihr Besitz ergreifen, so wie er die

Vorherrschaft bei dem von ihr begonnenen Kuss über-
nommen hatte.

Mit seinen Händen umklammerte er ihren Rücken und
ihr Hinterteil und drückte sie an sich, damit sie seine harte
Erektion fühlen konnte. Jo küsste ihn leidenschaftlich, als
gäbe es nichts Wichtigeres auf der Welt – es war absolut
überlebenswichtig für sie. In diesem Moment zählte nichts
anderes als sie beide zusammen, fordernd, gebend, teilend,
genießend.

Von irgendwo auf dem Korridor waren Stimmen zu
hören. Sie trennten sich, ihr Atem ging rasch. Sheff trat
zurück und fuhr sich mit der Hand über den Mund, während
er versuchte, wieder zu Atem zu kommen.

Jo strich sich mit den Fingerspitzen über die Mundwinkel
und holte tief Luft. »Verzeihung«, murmelte sie. »Das war
meine Schuld.«

»Entschuldige dich nie dafür, dass du mich geküsst hast.
Wie du sehen konntest, hat es mir nichts ausgemacht.«

Sie warf ihm einen Blick zu – eigentlich wollte sie das
nicht, aus Angst, sie würde sich wieder auf ihn stürzen –,
aber sie konnten *nicht* weitermachen. Sein Gesichtsausdruck
war sardonisch, und noch immer glühte die Leidenschaft in
seinen Augen.

»Ich werde den Ball jetzt verlassen, wenn du einverstanden bist.«

»Du brauchst mich auch nie um Erlaubnis zu fragen«,
entgegnete er. »Wie kommst du nach Hause?«

»Ich gehe zu Fuß, wenn es sein muss«, sagte sie trocken,
obwohl sie es sehr ernst meinte.

Er zog seinen Handschuh an und bot ihr seinen Arm an.
»Ich würde dich ja mitnehmen, aber das wäre möglicherweise ruinös, da diese Verlobung nur vorgetäuscht ist. Ich
werde jemanden finden, der dich befördert.«

Sie legte ihre Hand auf seinen Ärmel. »Danke.«

»Ich werde das mit meiner Mutter klären«, versprach er, als sie zurück in den Ballsaal gingen.

Auch wenn Jo sich nicht vorstellen konnte, wie er das anstellen wollte, wusste sie, dass er es versuchen würde. Er tat ihr ziemlich leid, denn während Jo die Herzogin nur vorübergehend ertragen musste, hatte der arme Sheff immer mit ihr zu schaffen.

~

Somerton und seine Frau hatten Jo gestern Abend vom Ball mit nach Hause genommen und Sheff mit seiner Entscheidung alleingelassen, ob er seine Mutter zur Rede stellen oder bis zum nächsten Tag warten sollte. Heute war jedoch Sonntag, und Sheff hatte sich nicht überwinden können, nach Henlow House zu fahren. Sein Widerwille und die Wut, die er gegenüber seiner Mutter empfand, waren zu groß. Deutlich größer als er es je erlebt hatte. Er fragte sich sogar, wo die Frau geblieben war, unter deren Obhut er aufgewachsen war. Noch nie war sie so bissig und furchtbar gewesen, nicht einmal zu den schlimmsten Zeiten seines Vaters.

Warum verabscheute sie Jo so sehr?

Sheff war nicht nur wegen des Verhaltens der Herzogin wütend. Er war verletzt. Denn Jo war eine außergewöhnliche Frau. Sie half ihm, und sie war eine gute Freundin. Sheff hatte sie liebgewonnen.

Sehr lieb.

Somit hatte er den heutigen Tag damit zugebracht, sich auf sie anstatt auf seine Mutter zu konzentrieren, was er keinen Augenblick bereute. Er bedauerte allerdings, Jo in das Desaster hineingezogen zu haben, das sein Leben war. Das würde jedoch heute Abend ein Ende haben.

Sie hatte ihn gebeten, den Plan nicht aufzugeben und das

würde er nicht. Zumindest nicht sofort. Allerdings *würde* er London verlassen. Dann würde seine Mutter Jo – und ihn – zufriedenlassen.

Morgen würde er für den restlichen Sommer nach Weston reisen. Zum ersten Mal in seinem Leben suchte er nach Einsamkeit und Ruhe. Fort von seinen Eltern. Fort von der Gesellschaft. Weit fort von seinem eigenen unrühmlichen Ruf.

Sheff nahm seinen Hut von seinem Kammerdiener entgegen und schickte sich an, das Albany zu verlassen, in dem er derzeit wohnte, um mit der Kutsche zum Siren´s Call zu fahren. Er hoffte, dass Jo Zeit haben würde, mit ihm zu sprechen.

Als er den Schankraum betrat, sah er sie sofort an einem Tisch stehen und sich mit den Anwesenden unterhalten – es handelte sich um drei Gentlemen, die Sheff irgendwie kannte. Als er sie lachen und lächeln sah, zog sich seine Brust zusammen. Er würde sie vermissen.

Becky näherte sich ihm mit einem Lächeln. »Guten Abend, Sheff. Ich hole Ihr Ale.«

»Danke«, entgegnete er geistesabwesend, da er weiter auf Jo konzentriert war. Als Beckys Worte endlich in seinen Verstand eindrangen, berührte er sie am Arm, ehe sie sich abwenden konnte. »Nein. Könnten Sie Jo ausrichten, sie soll zur Lagerkammer kommen, oder wie auch immer ihr das nennt.«

Sie warf ihm einen verwirrten Blick zu. »Warum?«

»Weil ich mit ihr unter vier Augen sprechen möchte.« Er schenkte ihr ein kurzes Lächeln, wobei seine Lippen allerdings geschlossen blieben.

»Das werde ich«, versprach Becky und marschierte los, während Sheff sich auf den Weg zur Lagerkammer machte.

Bei seinem Eintreten brannte nur eine der Laternen. Er

löste sich von der Tür und betrachtete die Regale, während er auf Jo wartete.

Einen Moment später schwang die Tür auf, und sie trat ein. »Becky sagte, du wärst hier.«

Er drehte sich zu ihr um, und die Wahrheit traf ihn härter als jeder Boxhieb eines Faustkämpfers. Er war dabei, sich in sie zu verlieben. Bis jetzt hatte er keine Ahnung, was das bedeutete. Zudem hatte er keine Ahnung, ob es von Dauer sein würde. Genau in diesem Moment empfand er aber ungemein starke Gefühle für sie.

»Ich musste dich sehen«, eröffnete er ihr mit rauer Stimme. Er hustete. »Morgen werde ich London verlassen.«

Sie hatte die Tür geschlossen und stand nun vor ihm. Feine Falten zeichneten sich auf ihrer Stirn ab, als sie eine lose Locke hinter ihr Ohr schob. »Ist das klug?«

»Mir scheint es die beste Lösung zu sein, insbesondere, wenn man bedenkt, warum wir die Verlobung nicht unverzüglich auflösen sollten.« Sheff kam in den Sinn, dass er sie dazu zwingen könnte. Er brauchte bloß etwas Skandalöses zu tun, um sie zu diesem Schritt zu bewegen.

»Diese Genugtuung werde ich deiner Mutter nicht gönnen«, entgegnete sie mit einem Trotz, der seine Verliebtheit in sie nur noch steigerte. »Verlässt du die Stadt, um das Ende dieses Plans voranzutreiben? Gedenkst du, einen Skandal zu verursachen, wohin du auch gehst?«

»Nicht sofort. Ich halte an unserem ursprünglichen Plan fest.«

»Der Plan sieht nicht vor, dass du die Stadt mitten in der Saison verlässt. Die Leute werden die Verlobung in Frage stellen, wenn du gehst. Sie könnten vermuten, dass du es bereust.«

»Ich bedaure sehr, dir diesen lächerlichen Plan vorgeschlagen zu haben.« Er strich sich mit der Hand durch das Haar und traf dabei auf seinen Hut. Diesen nahm er ab und legte ihn auf den Tisch. »Ich werde meiner Mutter sagen, dass ich Bane – Banemore – besuche, um ihm in seinem Kummer zur Seite zu stehen.«

»Ich weiß, wer Bane ist«, sagte Jo leise. »Wirst du das wirklich tun? Ich weiß, dass ihr beide eng befreundet seid. Er würde sich wahrscheinlich über deine Gesellschaft freuen. Zumindest glaube ich das, aber ich kenne ihn nicht so gut, wie ich dich kenne.«

Das hoffte er nicht. Wenn er daran dachte, wie nahe sie sich gekommen waren, an ihre beiderseitige Anziehung und ihre Küsse, wollte er sie sich nicht mit einem anderen Mann vorstellen.

»Eigentlich hatte ich gar nicht daran gedacht, ihn zu besuchen. Er hat auf meine Briefe nicht geantwortet. Ich bin mir nicht sicher, ob er einen Besuch wünscht.«

»Wünschen und brauchen ist nicht dasselbe.«

Es fühlte sich allerdings so an, wenn er an Jo dachte. Er wollte und brauchte sie am dringendsten. »Vielleicht werde ich nach Norden reisen, um ihn zu besuchen.« Er hatte genug Zeit dafür, um es vor August nach Weston zu schaffen, wenn er sich mit seinen Freunden zu ihrer jährlichen ausgelassenen Woche treffen würde.

Warum übte dies nicht mehr denselben Reiz aus wie in den vergangenen Jahren? Verdammt, nun war er genau in die Falle getappt, vor der er sich gefürchtet hatte. Er war verliebt und wollte Zeit mit der Frau verbringen, die sein Herz gestohlen hatte, anstatt mit seinen engsten Freunden.

War sie nicht seine engste Freundin?

Vielleicht war es dieses Gefühl, das er verspürte – die Liebe und Kameradschaft, die man für einen guten Freund empfindet. Mit seinen anderen Freunde wollte er allerdings nicht vögeln. Nur mit Jo.

Er konnte versuchen, Entschuldigungen für seine Gefühlsanwandlungen zu finden oder sie rational weg zu

erklären, doch die Wahrheit der Dinge ließ sich nicht leugnen. Es hatte auch keinen Sinn, sie zu akzeptieren oder ihr
auf den Grund zu gehen. Er war allein mit seinen Gefühlen,
und so würde es auch bleiben.

»Du reist also morgen ab?«, fragte sie und fast zögernd
traf ihr Blick den seinen.

Er nickte. »Zuerst werde ich mit meiner Mutter reden.
Ich werde ihr strikte Anweisungen erteilen, dich in Frieden
zu lassen. Wenn sie mit dir sprechen will, muss Min dabei
sein. Ich werde verlangen, dass sie keinerlei Erwartungen an
dich stellt. Keine gesellschaftlichen Verpflichtungen. Kein
Verlassen deines Arbeitsplatzes.«

Stirnrunzelnd stemmte Jo ihre Hand in die Hüfte. »Ich
habe Kleider, die du bezahlt hast und die ich noch nicht
einmal getragen habe.«

»Betrachte sie als Entgelt für die zusätzlichen Schikanen,
die du ertragen musstest.« Er atmete tief ein und aus. »Ich
kann nicht fassen, dass ich so töricht war zu glauben, dass
dieser Plan funktionieren würde. Statt Erleichterung habe
ich eine neue Kampagne der Enttäuschung für meine Mutter
ausgelöst.«

»Es geht um mehr als das«, sagte Jo mit einer großen
Portion Ironie. »Ich glaube, dieser Plan hätte vielleicht funktioniert, wenn du dir jemand anderen als mich ausgesucht
hättest.«

»Ich wollte keine andere.« Seine Entscheidung für sie
hatte er getroffen, weil sie keinerlei Folgen erleiden würde,
wenn die Sache vorbei war. Diese Behauptung allerdings –
dass er keine andere wollte – bedeutete jetzt wesentlich
mehr.

»Du solltest mich nicht wollen«, flüsterte sie.

»Ich weiß.« Er nahm seinen Hut und wandte sich zur Tür,
aber er musste an ihr vorbei.

Er versuchte es. Er versuchte es wirklich.

Aber ihr Blick verflocht sich mit seinem, und als er sie erreichte, blieb er einfach ... stehen. Sie nahm seinen Hut und legte ihn auf den Tisch zurück. »Dann küss mich, bevor du gehst.«

Er wollte sanft sein. Er nahm ihr Gesicht in seine Hände und senkte seinen Kopf. Aber in dem Moment, als seine Lippen auf ihre trafen, verlor er die Kontrolle über sich. Sein Mund schob sich über ihren. Als sie sein Revers umfasste und ihn an sich zog, stöhnte er auf.

Ihre Bewegung veranlasste ihn, sie mit dem Rücken gegen die Tür zu drücken. Ihre Hände wanderten an seiner Vorderseite hinauf und legten sich um seinen Hals, als er mit seiner Zunge in ihren Mund drängte. Sie erwiderte seinen Kuss begierig und griff in seinen Nacken und sein Haar.

Sheff streichelte ihr Gesicht, ihren Hals, ihre Schlüsselbeine. Ihre Küsse waren lang und innig, unerbittlich in ihrer Leidenschaft, während sie einander erforschten. Sie gaben unartikulierte Laute von sich und ihre Körper bewegten sich miteinander, um so viel wie möglich voneinander zu spüren.

Sie grub ihre Finger in seinen Nacken, während er ihren Hals küsste. Er leckte über die Mulde an ihrem Hals, und sie stöhnte verzückt auf.

Verzweifelt wollte er ihre bloße Haut berühren. Also hob er ihren Rock an und ließ seine Hand an ihrem Schenkel entlang gleiten. Sie weitete ihren Stand, dann hob sie ihr Bein und schlang es einladend um seine Taille. Er bewegte seine Hände zu ihrem Hinterteil, führte ihr anderes Bein um ihn herum und hob sie hoch, sodass er sie gegen die Tür drückte.

Sie hob ihre Röcke an und klemmte sie zwischen ihre Leiber. Sein steifer Schaft, der von seiner Kleidung eingesperrt war, drückte gegen ihre feuchte Hitze. Ihm blieb nur noch, seine Hose aufzuknöpfen und in ihr zu versinken.

Gott, wie sehnlich er sich das wünschte. Aber nicht hier, nicht in einer Lagerkammer.

Sie drückte sich an ihn und zog seinen Kopf hoch, wobei ihr Mund den seinen herausforderte, als sie ihre Beine um ihn schlang. Sheff bewegte seine Hüften, und sein Körper tobte vor Verlangen. Er schwang sie zum Tisch und setzte sie auf die Kante.

Dann schob er seine Hand zwischen ihre Beine, während er ihren Mund eroberte. Sie öffnete sich für ihn, und schlang ihren Fuß um sein Bein.

Er streichelte ihre intimste Stelle und führte seine Finger zu ihrer Öffnung. Er hielt inne – mit seiner Hand und ihrem Kuss – und sah ihr in die Augen. »Du musst mich aufhalten, wenn du das nicht wünschst.«

»Ich will nicht, dass du aufhörst. Ich will, dass du mich kommen lässt.«

»So?« Er hatte ihre Knospe ertastet und bewegte seine Fingerspitzen über die empfindsame Erhebung, wobei er erst ganz langsam vorging, doch dann mit mehr Druck und Tempo.

»Ja«, zischte sie. Ihr fielen die Augen zu, und ihr Kopf kippte nach hinten.

Sheff beobachtete ihr Gesicht, in dem sich Verlangen und Bedürfnis in jeder Kontur abzeichneten. Sie hatte die Lippen geteilt und wimmerte bei jeder seiner Fingerbewegungen. Er schob einen Finger in ihre feuchte Scheide und glitt sanft hinein. Er stieß einmal zu, und dann noch einmal. Sie schrie auf, und er küsste sie, um ihr das Geräusch zu stehlen und es für sich selbst zu verschlingen.

Mit zwei Fingern stieß er nun in sie hinein und krümmte sie dabei, um diesen schwer fassbaren inneren Lustpunkt zu finden, der sie an den Rand des Abgrunds treiben würde. Er konnte spüren, wie sie ihre Muskeln anspannte, als sie die

Erlösung suchte. Nichts hatte sich jemals so gut angefühlt. So richtig.

Das reichte jedoch nicht. Er wollte ihr geben, was sie verlangte – er wollte sie kommen lassen. Aber auf die spektakulärste Weise, die ihm möglich war.

»Leg dich zurück«, krächzte er und dirigierte sie rückwärts auf den Tisch. Dann schob er ihr mit der freien Hand die Röcke bis zur Taille hoch und entblößte ihr Geschlecht. Für einen Moment lang sah er zu, wie er sie mit seinen Fingern liebkoste. Noch nie im Leben hatte er etwas derartig Erregendes gesehen.

Sie bewegte ihre Hüften im Einklang mit ihm und ihr Körper verzehrte sich nach allem, was er ihr geben konnte. Weil er sie nicht nur schmecken, sondern ihr noch mehr geben wollte, neigte er den Kopf über ihre Scham und leckte ihre Knospe.

Sie schrie seinen Namen und hielt dabei seinen Kopf umklammert. Er drückte gegen ihre Schenkel, wodurch sie sich noch weiter für ihn öffnete. Dann rutschte sie ein Stück auf dem Tisch zurück und stützte sich mit den Füßen an der Kante ab. Er schob eine Hand unter ihr Hinterteil und hielt sie fest, während er mit seiner Zunge tief in ihr Geschlecht vordrang.

Schaudernd hob sie ihm ihre Hüften entgegen. Er führte seine Hand zu ihrer Vorderseite und hielt sie sanft fest, während er seine Finger noch einmal in sie gleiten ließ und ihre Knospe gleichzeitig mit seinen Lippen und seiner Zunge neckte, bis ihr Körper erbebte.

Ihre Muskeln spannten sich an, und sie versteifte sich, als ihr Orgasmus in ihr explodierte. Ein hoher, schriller Ton erfüllte den Raum, den sie allerdings mit ihrer Hand dämpfte. Das nahm er zumindest an. Er konnte nicht hinsehen, denn er hatte eine Aufgabe, die er zu Ende bringen musste.

Sanft bewegte er seine Finger in ihr, leckte und saugte an ihrer Knospe, bis sie sich allmählich beruhigte. Dann küsste er ihren Venushügel, ihren Schenkel, ihre Hüfte.

»Hoffentlich war dieser Kuss zufriedenstellend.« Er blickte auf sie hinunter, wie sie mit gespreizten Beinen und geschlossenen Augen auf dem Tisch lag und ihre Brust sich hob und senkte.

»Durchaus«, murmelte sie, und ihre Stimme klang wie berauscht von ihrer sexuellen Befriedigung.

Sheffs Schaft bettelte um Erlösung, aber dies hier war so viel mehr, als er erwartet hatte. »Ich sollte gehen.«

Sie schlug die Augen auf und richtete sich auf. Ihr Blick senkte sich auf seine Leiste. »Wenn du glaubst, ich würde dich einfach so gehen lassen, dann liegst du falsch.«

Er sah sie mit hochgezogener Augenbraue an. »Was schlägst du vor? Dass ich mich selbst befriedige, während du zuschaust?«

Sie machte runde Augen, die sie dann zu verführerischen Schlitzen verengte. »Das ist tatsächlich eine wundervolle Idee. Ich habe jedoch meinen eigenen Plan.« Sie schob ihre Röcke nach unten und glitt vom Tisch. Dann ging sie zur Tür und sah ihn mit einem kecken Lächeln an. »Nimm deinen Hut und folge mir.«

Sheff bückte sich, um seinen Hut vom Boden aufzuklauben. »Was hast du vor?«

»Nichts, was du nicht bereits mit mir angestellt hast.« Ihr sündiger Ausdruck ließ ihn aufstöhnen, als er sich ihren Mund um seinen Schaft vorstellte.

»Wenn du darauf bestehst.«

Dann folgte er ihr aus der Lagerkammer über die Hintertreppe in die obere Etage. Sie öffnete eine Tür, und sie erreichten einen Treppenabsatz, der ihm vage bekannt vorkam. Er erkannte, dass er am anderen Ende die Treppe von der Eingangstür zu ihrer Wohnung heraufgekommen war.

Sie führte ihn allerdings nicht in diese Richtung. Sie führte ihn durch einen Torbogen in einen Korridor und öffnete die erste Tür auf der rechten Seite. »Das ist mein Zimmer. Ich bezweifle, dass meine Mutter anwesend ist. Wahrscheinlich ist sie bei Marcel, du kannst also so laut sein, wie du willst.«

Sheff schloss die Tür hinter sich, als er ihr in den Raum folgte. »Marcel?«

»Ihr Liebhaber.« Sie fing an, ihre Frisur zu lockern und legte die Nadeln auf einen Schminktisch auf der anderen Zimmerseite.

Als ihr die dunklen Locken um die Schultern fielen, blieb Sheff wie gebannt stehen. Er hatte schon mehr sexuelle Erfahrungen gesammelt, als er zählen konnte, doch dies war irgendwie der intimste Akt, dem er je beigewohnt hatte. Als ihr Haar gelöst war, nahm sie die Ohrringe ab und legte sie zusammen mit den Nadeln auf dem Schminktisch ab. Dann drehte sie sich um und fuhr sich mit den Fingern durch ihr welliges Haar.

Sheff durchquerte den Raum mit wenigen Schritten und riss sie in seine Arme, wobei er aufstöhnte, bevor er sie leidenschaftlich küsste. Sie erwiderte den Kuss mit der gleichen Leidenschaft, während sie an seinem Frack zog.

Er riss den Mund von ihrem los und trat zurück, um seinen Frack auszuziehen. Dann ließ er sich in einen Sessel neben dem Kamin fallen und entledigte sich seiner Stiefel. Seine Strümpfe folgten den Stiefeln auf den Boden, und als er aufblickte, sah er, dass Jo den Vorderteil ihres Kleides aufgeschnürt hatte. Das Mieder hing herunter und entblößte ihr Korsett. Ihre Brüste drückten gegen die Oberkannte, jedoch nicht so freizügig wie in ihrem Ballkleid. Ihr Kleid für das Siren´s Call war bescheidener, und ihre Unterwäsche bedeckte mehr von der Haut, die er so gerne betrachten wollte.

Nachdem sie sich das Kleid über den Kopf gezogen hatte, drapierte sie es über die Lehne des kleinen Schemels am Frisiertisch. Dann zog sie den Unterrock aus und legte ihn auf das Kleid.

Sie hob ihre Hände hinter den Rücken und begann, an den Bändern des Korsetts zu ziehen. Sheff hatte genug Frauen ausgezogen, um zu wissen, was sie tat. Er bewegte sich auf sie zu. »Dreh dich um.«

Kommentarlos präsentierte sie ihm ihren Rücken, und er befreite sie rasch aus dem Kleidungsstück. Sie nahm es ihm ab und ließ es lässig auf den Boden gleiten. »Es ist fast so, als hättest du das schon einmal gemacht«, murmelte sie und ein spielerisches Lächeln umschmeichelte ihre Lippen.

»Noch nie habe ich das so genossen wie in diesem Moment.« Und das meinte er wirklich ernst. Sein Blick glitt zu ihren Brüsten, und ihre Brustwarzen waren durch das dünne Gewebe ihres Unterkleids sichtbar.

Sie nahm seine Hand und zog ihn zum Fußende des Bettes. »Du siehst außergewöhnlich gut aus«, stellte sie fest, während sie an seinem Krawattenschal zupfte und den Knoten fachmännisch löste, ehe sie das Seidentuch von seinem Hals wegzog und zu Boden fallen ließ.

»Es ist fast so, als hättest du das schon einmal gemacht«, bemerkte er, wobei er ihre Taille umschlang und dann ihre Hüfte massierte.

Sie lächelte ihn an. »Können wir über nichts anderes als unsere vergangenen Erfahrungen sprechen? Ich kann mir nichts Langweiligeres vorstellen. Insbesondere in diesem Moment. Ich interessiere mich nur für die Gegenwart. Genau jetzt.«

»Einverstanden.«

Sie knöpfte seine Weste auf, und er streifte sie ab. Sie

schob ihm die Weste endgültig von den Armen, und keiner von ihnen machte Anstalten, das Kleidungsstück aufzufangen, ehe es zu Boden glitt.

Dann zerrte sie den Saum seines Hemdes aus seiner Hose und schob ihre Hände darunter, um mit den Handflächen über seinen Unterleib zu streicheln. Kurz darauf zog sie ihm das Hemd über den Kopf und warf es quer durch den Raum. Sie erkundete seine Brust, ihre Finger fuhren über seine Haut und hielten hier und da inne. Sie beugte sich vor und leckte an einer seiner Brustwarzen. Mit einem Stöhnen fasste er ihr an den Hintern.

Sie ließ sich auf das Bett sinken und knöpfte seine Hose auf. Sein Schaft zuckte, als sie die Hose über seine Hüften schob. Sie zog die Hose noch weiter hinunter, bis er sie ausziehen konnte, sodass er nun nackt war.

»Wundervoll«, hauchte sie, während sie seine Hüften und Schenkel streichelte. Dabei kamen ihre Hände seiner Leiste nahe, aber nicht nahe genug.

Sheff konnte sich kaum zurückhalten. Er wünschte sich nichts mehr, als in ihren Mund zu gleiten und gegen ihre Kehle zu stoßen.

Schließlich legte sie ihre Hand um seinen Schaft, und er stieß ein tiefes, langes Stöhnen aus. Er schloss die Augen und ließ seinen Kopf zurücksinken, während sie ihn streichelte. Er konnte nicht sagen, wie lange sie ihn liebkoste, wobei sie ihre Hand erst schneller und dann wieder langsamer bewegte. Es war eine köstlichste Folter.

Als er spürte, wie sich ihr Mund um die Spitze seines Schafts schloss, holte er tief Luft und hielt ihren Kopf leicht umklammert. Sie fasste seine Hoden an, und er dachte, dass er gleich kommen würde.

Dann schlug er die Augen wieder auf und neigte den Kopf, um ihr zuzuschauen, wie sie ihn tiefer in den Mund nahm und ihre Zunge an der Unterseite seines Schafts entlang glitt. Er verflocht seine Finger mit ihrem Haar, und war vollkommen in ihren Bann geschlagen, als er ihr dabei zusah, wie sie ihn befriedigte. Seine Hoden spannten sich an. Er würde wirklich in einer peinlich kurzen Zeitspanne kommen.

Er zog sich von ihr zurück. »Jo, ich kann nicht.«

Sie blinzelte zu ihm auf, ihre Lippen waren geschürzt. »Willst du gehen?«

»Gott, nein. Ich werde einfach nicht in deinem Mund kommen. Nicht, wenn ich so verzweifelt deine Scham um meinen Schaft spüren will. Es sei denn, du willst, dass ich gehe?«

»Ich habe eine neue Regel«, sagte sie, zog die Beine hoch und rutschte rückwärts auf dem Bett herum. »Du musst die Nacht mit mir verbringen, bevor du die Stadt verlässt.« Sie deutete mit dem Finger auf ihn, während sie die Bettdecke zurückschob.

Sheff grinste, als er auf das Bett fiel und zu ihr hochkroch. »Du machst die Regeln. Und ich bin an die Ehre gebunden, sie zu befolgen.«

KAPITEL 14

*E*in kleiner Teil von Jo stellte die Entscheidung in Frage, die sie im Erdgeschoss getroffen hatte, aber der größte Teil von ihr wollte dies. Sie begehrte Sheff – auf eine Weise, wie sie noch nie jemanden begehrt hatte.

Er würde fortgehen und wenn er zurückkäme, wäre ihre vorgetäuschte Verlobung beendet. Jetzt war genau der richtige Zeitpunkt, ihrer gegenseitigen Anziehung nachzugeben und die Sache hinter sich zu lassen. Eine Nacht, um ihren Hunger zu stillen und dann einen Schlussstrich darunter zu ziehen.

Als er auf dem Bett auf sie zukam, bebte sie vor Verlangen, ihre Brüste kribbelten und ihr Geschlecht pulsierte. Sie hatte die Decke zurückgeschlagen, war aber nicht darunter geschlüpft.

Seine blauen Augen waren dunkel und stürmisch. Sie nahm die Leidenschaft und das Bedürfnis, ja sogar unbändige Lust darin wahr, als er sie ungeniert mit seinem Blick musterte.

Er fasste sie um ihren Knöchel und ließ seine Hand an ihrem Bein hinaufgleiten, sein Daumen glitt an der Innenseite ihrer Wade entlang, über ihr Knie und wanderte dann unter ihr Unterhemd, um ihren Oberschenkel zu streicheln. Er umklammerte sie, drückte ihr Fleisch, als er über sie kam, und sein Körper über ihrem aufragte.

Sheff stützte seine andere Hand neben ihrem Kopf ab. »Ich werde mich zurückziehen, bevor ich mich erlöse.«

Sie nickte, dankbar, dass jemand klar denken konnte. Normalerweise setzte sie einen Schwamm ein, aber die Dinge hatten sich schnell entwickelt. Das war überhaupt nicht geplant gewesen – zumindest nicht für sie.

»Hattest du gehofft, dass das heute Abend passieren würde, als du in den Club kamst?« Kaum hatte sie die Frage ausgesprochen, wünschte sie sich, sie hätte es nicht getan. Sie wollte nicht wissen, ob dies eine vorsätzliche Verführung war, wahrscheinlich eine von Dutzenden in seiner Erfahrung.

Er schüttelte den Kopf, was sie überraschte, sie aber auch mehr erfreute, als sie zugeben mochte. »Nein, ich bin gekommen, um dir zu sagen, dass ich abreisen werde. Alles andere ist ... unerwartet. Aber verzweifelt erwünscht.« Er beugte den Kopf und küsste sie, zunächst sanft. Sie umklammerte seinen Kopf und drückte ihn an sich, während sie sich von der Freude des Augenblicks einhüllen ließ.

Seine Zunge tauchte in ihren Mund ein, und sie empfing sie mit ihrer eigenen. Als seine Hand weiter an ihrem Schenkel hinaufwanderte, spreizte sie ihre Beine und wölbte ihre Hüften leicht, um seine Berührung zu suchen. Er streichelte ihre Schamlippen und schürte ihr Verlangen.

Er hob den Kopf und sah sie so verletzlich an, dass sie einen Moment lang nicht zu Atem kam. »Darf ich das ausziehen?« Er hob seine Hand vom Bett und berührte den Ärmel ihres Unterkleids.

»Bitte.«

Seine Hand verließ ihr Geschlecht, als er das Kleidungsstück über ihre Hüften schob. Sie hob sich vom Bett und zappelte, als er den Stoff über ihren Körper und dann ihren Kopf zog. Ihre Arme waren oben, ihre Hände gegen das Kopfteil gelehnt, und er umklammerte ihre Handgelenke mit seiner Hand und hielt sie dort fest.

»Lass mich dich ansehen«, hauchte er und sein Blick wanderte hinunter zu ihren Brüsten. Mit der freien Hand streichelte er jede einzelne und ließ sich auf der linken nieder. Er umfasste sie, massierte sie, rollte ihre Brustwarze zwischen seinen Fingern.

Jo wölbte sich mit einem Wimmern auf, als er mit ihr spielte. Wären ihre Hände frei gewesen, hätte sie seinen Kopf an ihre Brust gelegt und ihn aufgefordert, daran zu saugen. Aber sie konnte nicht. »Sheff, bitte. Ich will deinen Mund.«

»Hier?«, fragte er und drückte ihre Brustwarze so fest, dass eine Welle der Lust direkt in ihr Innerstes drang, aber nicht so sehr, dass es wehtat.

»Ja.«

Er zog an ihrer Brustwarze und reizte sie unerbittlich. »Du bist so schön. Und so erregt. Ich könnte dich die ganze Nacht betrachten. Vielleicht werde ich das auch.«

»Bitte, Sheff.« Sie krümmte sich unter ihm und zog gegen seinen Griff um ihre Handgelenke.

»Ich genieße deine Qualen«, sagte er etwas boshaft. »Ich glaube, du auch.« Aber dann senkte er seinen Kopf und nahm ihre Brustwarze in seinen Mund, saugte an ihrem Fleisch, sodass sie aufschrie. Die Lust wuchs in ihrem Inneren und sie sehnte sich nach seiner Berührung.

Er ließ ihre Handgelenke los und führte seine Hände zu ihren Brüsten, die er umschloss und streichelte, während er sich an ihren Brustwarzen labte. Mit geschlossenen Augen wölbte Jo ihren Hals und umklammerte seinen Kopf, den sie festhielt, indem sie ihre Finger in sein dichtes Haar grub.

Er ließ eine Hand hinunter zu ihrem Geschlecht gleiten,

wo er ihre Knospe neckte, bevor er seine Finger in ihre Scheide gleiten ließ. Jo bäumte sich auf und stöhnte vor Ekstase.

»Fülle mich mit deinem Schaf aus«, forderte sie.

»Zu gegebener Zeit«, murmelte er an ihrer Brust, während er mit den Zähnen sanft ihre Brustwarze bearbeitete.

»*Jetzt.*« Sie winkelte ihre Beine an und zog an seiner Schulter. Dann griff sie zwischen ihre Körper und tastete nach seinem Schaft. Wenn es sein musste, würde sie es eben selbst tun.

Sheff lachte, als er nun an ihrem Körper hinaufrutschte. Er ergriff ihre Hand und legte sie um seinen Schaft. »Du willst das? Wo?«

»In meiner Öffnung. Mit der gebotenen *Eile.*« Sie sah ihn mit gewölbter Augenbraue an.

»Jo, ich bete dich an«, platzte er lachend heraus und küsste sie innig.

Ihre Hände arbeiteten zusammen, um ihn an ihrer Scheide zu positionieren und dann drang er mit einem langen, sanften Gleiten in sie, das sie bis zur Perfektion ausfüllte. Jo schlang ihre Beine um ihn und seufzte, während sie die Augen vor Glückseligkeit schloss.

»Ja, das«, flüsterte sie.

»Soll ich mich bewegen, oder ist das gut genug?«

Sie öffnete ein Auge. »Es wäre schön, wenn du dich bewegst, meinst du nicht auch?« Sie kreist mit ihren Hüften an seinen und er stöhnte laut auf, wobei ihm die Augen kurz zufielen.

»Gott, Jo. Ich könnte nicht mehr stillhalten, selbst wenn du mich anflehen würdest.« Er begann sich zu bewegen, indem er mit tiefen Stößen in sie drang.

Jo murmelte unsinnige Dinge, während sie sich zusammen bewegten und eine köstliche Reibung erzeugten, die sie auf die Erlösung zutrieb. Sie bemühte sich, ihren Orgasmus zurückzuhalten, um diesen Akt mit ihm zu genießen. Dabei grub sie ihre Fersen in seinen Hintern und streichelte seinen Rücken, doch dann zog sie seinen Kopf für einen langen, anhaltenden Kuss herunter, wobei ihre Zungen das Wiegen ihrer Körper nachahmten.

Er strich ihr das Haar aus dem Gesicht, und sie schlug die Augen auf, um zu erkennen, wie er sie anschaute. Er stieß fest und tief zu. Sie schrie auf.

»Schneller jetzt«, forderte sie leise und drückte ihre Füße in seinen Hintern, um ihn anzutreiben.

Er drückte seine Lippen auf ihre und stützte sich mit der Hand auf dem Bett ab, während er heftig und schnell in sie eindrang. Ihr Orgasmus stand unmittelbar bevor, die Dunkelheit umschloss sie und zog sie unaufhaltsam in die Ekstase.

Sie explodierte voller Licht und Lust, und ihr Körper wurde steif, als die Wellen der Lust sie in immer größere Höhen trieben. Noch ein paar Stöße, und dann war er fort. Sein warmer Samen spritzte über ihren Unterleib, aber sie war wie von Sinnen, sodass es ihr nichts ausmachte. Es war notwendig.

Irgendwie gelang es ihr, ihre Hand um seinen Schaft zu schließen und das Angefangene zu Ende zu bringen, während er ihren Namen rief. Es dauerte einige Minuten, bis sich ihre Körper wieder beruhigten. Er rutschte zur Seite und zog die Decke über sie beide, bevor er sie in seine Arme schloss. Er küsste sie auf die Stirn, auf die Wange und dann auf die Lippen.

Jo streichelte seine Wange, als sie sich küssten, und ihr Körper vibrierte, denn er war von einer tiefen Befriedigung erfüllt. Das war fraglos die beste sexuelle Erfahrung in ihrem Leben. Es war wundersam und erschreckend zugleich.

Weil es nie wieder passieren würde.

In ihrer Brust keimte ein dunkles, leeres Gefühl auf, als würde sich ein Loch auftun. Das wollte sie nicht. Ebenso lehnte sie allerdings die starken Gefühle ab, die sie für diesen Mann in ihren Armen hatte. Zu stark.

Ihre Lippen trennten sich, und sie waren ein wenig außer Atem. Er streichelte ihre Schulter, und sie schmiegte ihr Gesicht an seinen warmen Hals und atmete seinen Duft von Gewürzen und Sandelholz ein.

Was hatte er gesagt, kurz bevor er in sie eingedrungen war?

Jo, ich bewundere dich.

Er hatte gelacht, als er es sagte, um zu beweisen, dass es nicht Liebe oder etwas Ähnliches bedeutete. Er war einfach nur verliebt in das, was sie sagte und tat, und zwar in diesem speziellen Moment.

Ja, sie war auch in ihn verliebt. Das war akzeptabel. Das war sicher. Alles andere war es nicht.

Allerdings fürchtete sie, dass »irgendetwas anderes« bereits im Gange war, und sie sich zu sehr an ihn gewöhnt hatte. Sie würde ihn furchtbar vermissen, das war ihr klar. Und sie würde ihren Plan vermissen.

Bestimmte Veranstaltungen der Gesellschaft würde sie aber nicht vermissen, dachte sie bei sich. Oder die Menschen *dieser* Gesellschaft. Insbesondere seine Mutter nicht. Ja, sie würde gut daran tun, sich all das vor Augen zu halten, wenn sie in seiner Abwesenheit rührselig wurde.

»Kann ich eine Weile bleiben?«, fragte er.

»Ich sagte, du könntest über Nacht bleiben.« Vielleicht gäbe es noch eine Chance auf Intimität, bevor er abreiste. Sie würde jedoch nicht darum bitten. Sie hatte schon zu viel in dieser Hinsicht verlangt.

Keiner von ihnen wollte mehr als das. Daran musste sie sich erinnern.

≈

Sheff wachte aus unerfindlichen Gründen auf, als es noch dunkel war, obwohl er den besten Schlaf seines Lebens genossen hatte. Er schlief nie mit seinen sexuellen Partnerinnen ein. Noch nie hatte er jedoch so etwas Gutes gefühlt, wie sich dem Schlummer hinzugeben, während er Jo in seinen Armen hielt.

Er lauschte ihrem gleichmäßigen Atem, während er ihren Zitrus- und Blumenduft einatmete. Ihr Haar duftete besonders gut. Und es war weich an seiner Wange. Er lächelte vor sich hin.

War das der Himmel? Es musste so sein. Zumindest war dies dem Himmel so nahe, wie er ihm wahrscheinlich jemals kommen würde. Seine Brust schwoll vor unbändiger Freude an. Diesen Moment würde er für immer in seiner Erinnerung behalten.

»Ich liebe dich«, flüsterte er, ohne fassen zu können, dass er den Mut aufbrachte, das zu denken, geschweige denn zu sagen.

Nicht, dass sie ihn im Schlaf hören konnte. Das war der ausschlaggebende Punkt. Er würde ihr seine Gefühle nicht gestehen, denn es spielte keine Rolle. Sie konnte ihn nicht lieben, und er erwartete auch nicht, dass seine Liebe Bestand hätte.

Also würde er die Zeit auskosten, die ihnen vergönnt war. Das bedeutete, dass er nicht gehen würde, bevor er sich nicht angemessen verabschiedet hatte.

Sheff strich mit seiner Hand über ihren Oberschenkel und an ihrem Hintern entlang, wobei er die weiche Rundung einer Pobacke liebkoste. Dann wieder nach oben, zu ihrem Rücken, um dort die verlockende Vertiefung am Ansatz ihrer Wirbelsäule zu erforschen. Er fuhr mit der Fingerspitze ihren Rücken hinauf und beschrieb dabei Kreise auf ihrer weichen Haut.

Sie regte sich und wackelte mit ihrem Hintern an ihm. Er war bereits erregt, aber ihre Bewegung ließ ihn hart wie Stein werden.

Er strich ihr das Haar aus dem Nacken und drückte seine Lippen auf die empfindsame Stelle hinter ihrem Ohr. Sie seufzte leise. War sie also schon wach?

Er streichelte ihre Schulter und bedeckte ihr Schlüsselbein mit Küssen. Er bewegte seine Hand zu ihrer Brust hinunter und umfasste sie sanft. Sie fühlte sich so gut in seiner Hand an, und sie war letzte Nacht so empfänglich gewesen. Er ließ ihre Brustwarze zwischen seinen Fingern kreisen.

»Sheff«, murmelte sie.

»Jo«, flüsterte er dicht an ihrem Ohr, bevor er über dessen äußeren Rand leckte. Sie zitterte an ihm. »Willst du, dass ich aufhöre?«

Sie schüttelte den Kopf, und ihr Körper wölbte sich ihm entgegen, um seine Hand auf ihrer Brust zu unterstützen.

Er zupfte an ihrer Brustwarze, ehe er ihre Brust dann zusammendrückte. Darauf presste sie ihren Hintern noch fester gegen seinen steifen Schaft.

»Ich fürchte, ich konnte nicht widerstehen«, raunte er leise, küsste ihr Ohrläppchen und liebkoste es dann mit seiner Zunge. »Ich hoffe, es macht dir nichts aus.«

»Mehr.« Sie klang jetzt wach, und ihre Stimme war noch verschlafen, aber klarer, als sie aus dem Schlaf erwacht war.

Er spielte noch eine Weile mit ihrer Brust, doch dann wanderte er mit den Handfläche an ihrer Seite hinunter und streichelte ihre Hüfte, bevor er sie nach innen zu ihrem Schamhügel führte. Sie rollte sich auf den Rücken, und er massierte ihre Knospe, was sie dazu brachte, ihr Becken anzuheben. Er neckte ihre Schamlippen. Sie war bereits ganz feucht, was ihn vor Verlangen stöhnen ließ.

Sie drehte sich zu ihm um und drückte ihn mit dem Rücken auf die Matratze. Dann schob sie ihr Bein über seine Hüften und kletterte auf ihn. Ihr schwarzes Haar fiel in Kaskaden über ihre Schultern und Brüste, wobei die Spitzen ihre Brustwarzen streiften. Sie blickte mit schweren Lidern auf ihn herab.

»Willst du mich reiten?«, fragte er, als sie ihr Becken gegen seines presste und damit ein heftiges Verlangen entfachte. Sheff hielt ihre Hüften fest.

»Mmm. Ich möchte die Kontrolle haben.« Sie legte ihre Hand um seinen Schaft und streichelte ihn einige Male.

Sheff warf den Kopf in den Nacken und schloss die Augen, denn seine Aufmerksamkeit war ganz auf ihre Berührung konzentriert. Er wollte unbedingt in sie eindringen, doch er hielt sich zurück. Diesmal wollte er ihr die völlige Kontrolle überlassen.

Die Spitze seines Schafts wurde von der Hitze ihres Geschlechts verschlungen, als sie ihn in sie einführte. Er öffnete die Augen gerade so weit, dass er sehen konnte, wie sie ihn ganz in sich aufnahm und ihr Körper sich an seinen schmiegte. Sie war warm und eng um ihn herum. Er schloss seine Augen wieder und gab sich genießerisch ihrer Kontrolle hin.

Sie begann sich langsam zu bewegen, ihre Hüften wiegten sich sanft über seinen. Sheff folgte ihrem Beispiel und spürte, wie die Lust seinen Körper überflutete.

Mit ihren Händen drückte sie auf seine Brust. Er öffnete seine Augen und sah, dass ihre nun geschlossen waren. Sie steigerte ihr Tempo, hob und senkte sich immer wieder über ihn, und sie rieb sich an ihm. Er beobachtete die Stelle, an der sich ihre Körper vereinigten, und verspürte einen neuen Ansturm seiner Wollust.

Als er seinen Blick hob, verzauberte ihn nun das Schwingen ihrer Brüste. Er streckte die Hand nach oben, um sie zu berühren. Sie sog die Luft ein und öffnete die Augen zu Schlitzen, als sie sich über ihn beugte, damit er ihre Brustwarze in den Mund nehmen konnte.

Sie drückte sich heftig an ihn, und beschleunigte dann ihr Tempo und ritt ihn leidenschaftlich und schnell. Er spürte, wie sie sich versteifte und ihre Muskeln sich anspannten. Sie war kurz davor.

Dann schrie sie seinen Namen und führte seine Hand zwischen sie, damit er ihre Knospe streichelte. Sie brach auf ihm zusammen und ihr Körper zuckte wie in einem Rausch über seinen.

Sheffs Orgasmus raste auf ihn zu. Er warf seinen Kopf zurück und schrie. Dann fluchte er, als er sie hochhob und ihre Körper drehte.

Er hatte schon angefangen sich zu erlösen, bevor es ihm gelungen war, sich von ihr loszureißen. Aber war sein Samen schon aus ihm herausgetreten und hatte sie gefunden? Er packte seinen Schaft, um seine Erlösung fortzusetzen, und die Lichter tanzten hinter seinen Augen, als er rücklings auf die Matratze fiel.

Wenige Augenblicke später hörte er, wie ihr Atem langsamer wurde. »Um ein Haar wäre das eine Katastrophe geworden«, meinte sie.

»Es tut mir so leid«, entschuldigte sich Sheff. »Ich war nicht aufmerksam.«

»Ich auch nicht. Gestern Abend hätte ich einen Schwamm einführen sollen.«

»Machst du das immer so?«, fragte er. »Ich benutze oft ein französisches Präservativ.«

»Die habe ich auch schon benutzt, aber der Schwamm ist mir lieber. Was für eine nette Unterhaltung mit einem Gentleman.« Sie klang, als würde sie lächeln.

»Ich möchte keine unehelichen Kinder zeugen. Ich glaube, es ist mir bisher gelungen, das zu vermeiden.«

»*Meinst du?*«

»Mir sind keine Kinder bekannt. Ich hoffe, dass die Mutter mich informiert hätte.«

»Was wäre die Folge, wenn das passiert?« Sie hatte sich auf die Seite gedreht und sah ihn an. Ihr Kopf war in ihre Hand gestützt, während ihr Ellbogen auf dem Bett ruhte.

Sheff rollte sich auf die Seite und begegnete ihrem Blick. »Panik?«

Sie verdrehte die Augen, und verzog den Mund zu einem Lächeln. »Wirklich. Was würdest du tun?«

Er stützte sich auf seinen Ellbogen, um ihre Haltung zu spiegeln. »Für das Kind sorgen, so gut ich kann.«

»Nicht die Mutter heiraten?«

Er hustete. »In den meisten Fällen wäre das nicht angemessen.«

»Weil sie eines Tages keine Herzogin sein könnten. Ich falle in diese Kategorie, nicht wahr?«

»Das glaube ich nicht.« Er stellte sich vor, sie zu heiraten. Die Vorstellung ließ sein Herz wieder schneller schlagen. Er holte tief Luft. »Ich bin sehr vorsichtig. Es tut mir leid, dass ich das gerade eben nicht war. Ich bezweifle sehr, dass es Folgen haben wird. Ich war außerhalb deines Körpers, bevor mein Samen freigesetzt wurde.« Er war sich beinahe völlig sicher.

»Ich bin nicht besorgt. Außerdem ist es ja nicht so, dass ich nicht wüsste, wie man ... die Dinge regelt, wenn es nötig ist.«

Er wusste, was sie meinte. Die Kurtisanen im Rogue's Den benutzten eine Reihe von Präventivmaßnahmen. »Hast du das schon einmal machen müssen?«, fragte er.

»Nein, und ich hoffe, das werde ich auch nie müssen. Mit

der freien Hand strich sie sich das Haar hinter das Ohr.
»Wann wirst du aufbrechen?«

»Von hier oder aus London?«

Sie lächelte kurz. »Beides, nehme ich an.«

Obwohl es ihm widerstrebte, ihr Bett zu verlassen,
wusste er, dass es sein musste – und zwar bald. »Ich sollte
bald nach Hause zurückkehren. Ich muss packen. Ich glaube
nicht, dass ich vor dem Nachmittag unterwegs sein werde.
Spears wird in heller Aufregung sein.«

»Dein Kammerdiener?«

Er nickte. »Wie wirst du die Dinge handhaben, während
ich fort bin? Wirst du an irgendwelchen gesellschaftlichen
Veranstaltungen teilnehmen? Das musst du nicht.«

»Ich denke, das werde ich dennoch tun – nur ein paar
hier und da. Ich kann mit Min oder Gwen gehen. Oder
Tamsin. Das wird deine Mutter hoffentlich in Schach
halten.«

Er zog seine Augen ein wenig zusammen. »Sie darf dich
nicht belästigen. Wenn sie es doch tut, musst du mir sofort
schreiben.«

»Und wo wirst du sein?«

»Ich werde Bane nördlich von York besuchen, aber dann
werde ich nach Weston reisen. Ich weiß nicht, wie lange ich
im Norden bleiben werde. Ich nehme an, das hängt von Bane
ab.« Er fixierte sie mit seinem Blick. »Min wird dir helfen,
wenn du sie brauchst.«

»Ich weiß.« Ihr Gesichtsausdruck wurde weicher. »Es ist
schön, dass du deinen Freund besuchst, während er trauert.«
Ihr Gesicht bekam einen kummervollen Ausdruck. »Es muss
eine schreckliche Zeit für ihn sein.«

»Ich kann mir gar nicht vorstellen, was er empfinden
muss. Ich wusste nicht einmal, dass er Lady Isabel heiraten
wollte, bis es bereits geschehen war. Es war alles sehr seltsam.« Sheff streckte die Hand nach ihr aus und streichelte

ihren Arm von der Schulter bis zum Handgelenk. Ihre Hand lag flach vor ihrer Brust auf dem Bett. »Bist du sicher, dass du an Veranstaltungen teilnehmen willst, während ich weg bin? Das musst du wirklich nicht.«

»Nur bestimmte Einladungen, wie Sir Alfreds Gesellschaft. Ich muss den Leuten beweisen, dass zwischen uns alles in Ordnung ist, und wir wahnsinnig verliebt sind.« Sie klimperte mit den Wimpern und schenkte ihm ein sinnliches Lächeln.

Sheffs Puls beschleunigte sich erneut, als sich sein Herz in der Brust überschlug. Er *war* wahnsinnig verliebt.

Aber das war nicht von Dauer.

»Wirst du im August nach Weston kommen?« Er hielt den Atem an und hoffte, sie würde ja sagen. Aber warum? Damit sie fortsetzen konnten, was gestern Abend zwischen ihnen begonnen hatte? Das war kein Anfang. Es war ein flüchtiger Moment. Und im August würde er wahrscheinlich wieder zu seinen schurkischen Gewohnheiten zurückgekehrt sein.

»Nein. Ich muss hier in London sein. Du kannst deinen Skandal anzetteln, wie du willst, und dafür sorgen, dass ich davon erfahre. Dann werde ich die Verlobung lösen, wie wir es geplant hatten.«

Obwohl das seiner Absicht entsprochen hatte, erfüllte ihn ihr Gespräch darüber jetzt mit eisiger Trostlosigkeit. »Ich werde erst im neuen Jahr nach London zurückkehren. So bleibt genug Zeit, um alles zu verarbeiten.«

»Ich weiß, dass es nicht ganz so gelaufen ist, wie du dir erhofft hattest. Ich hoffe, es war deine Zeit wert. Und das Geld.« Kleine Falten bildeten sich zwischen ihren Brauen.

»Ich möchte nicht, dass du dir darüber Sorgen machst. Jeder Moment dieses Plans war für mich ein Vergnügen. Ich habe deine Gesellschaft immer genossen, und es war mir ein Vergnügen, dich besser kennen zu lernen.« Das drückte kaum aus, was er fühlte, aber mehr wollte er nicht sagen.

»Du kennst mich schon recht gut, würde ich sagen«, meinte sie mit einem verführerischen Lächeln und glättete ihre Stirn. »Möchtest du mich noch einmal kennenlernen, bevor du gehst?« Sie legte ihre Hand auf seine Brust und kreiste mit dem Finger um seine Brustwarze.

»Gott, ja.« Er knurrte, als er sich auf sie stürzte und sie auf die Matratze drückte.

Sie kicherte, als er ihren Mund eroberte. Dann verlor er sich noch einmal in ihr.

Dieses Mal vergaß er nicht, ihren Körper zu verlassen. Und es war das Schwerste, was er je getan hatte – bis er aus ihrer Wohnung auf die Straße ging.

Er verabschiedete sich nicht, und sie auch nicht. Sie winkten sich einfach zu. Dann drehte er sich um und schritt in die Morgendämmerung.

KAPITEL 15

*J*o beendete die Aktualisierung des Hauptbuchs für den Club und klappte es zu. Es war immer noch ein seltsames Gefühl, am Schreibtisch ihrer Mutter im Arbeitszimmer zu sitzen, obwohl sie das in den letzten Wochen immer öfter getan hatte.

Eine Woche war vergangen, seit Sheff London verlassen hatte. Vor seiner Abreise hatte er Jo den Rest ihres Honorars zukommen lassen. Die Zweihundertfünfzig Pfund Bankanweisung lag in einer Schublade ihres Schminktisches.

Sie war sich nicht ganz sicher, warum sie sie nicht zur Bank gebracht hatte. Vielleicht lag es daran, dass alles noch so unvollendet war. Noch immer waren sie verlobt, wenn sie auch nicht mehr als verlobtes Paar zusammen sein würden. Und sie würden verlobt bleiben, bis er eine Tat beging, die sie zum Auflösen der Verlobung bringen würde. Sie konnte nicht umhin, sich zu fragen, worin genau diese Tat bestehen und wann sie stattfinden würde.

Sie hoffte, dass er in Yorkshire angekommen war und zusammen mit Banemore von ihrer gemeinsamen Zeit profitierte. In der vergangenen Woche war sie mit Min, Ellis und

Tamsin im Park spazieren gegangen. Sie hatte auch einen Nachmittag mit Gwen verbracht und sie hatten bei den Buchhändlern eingekauft und mit Verlegern in der Paternoster Row gesprochen. Am Freitagabend hatte sie dann am Ball des Phoenix Clubs teilgenommen, obwohl sie mit niemandem getanzt hatte und etwas früher gegangen war.

Es hatte viele Fragen zu Sheffs Abreise gegeben, die meisten davon waren an Min und die Herzogin gerichtet worden. Jo nahm an, dass die Leute sie nicht gefragt hatten, weil sie sie nicht kannten. Es bestand aber auch die noch schlimmere Möglichkeit, dass sie es vorzogen, nicht mit ihr zu sprechen. Was auch immer der Grund war, sie war froh, ihre Fragen nicht beantworten zu müssen.

Jo hatte die Herzogin nur im Phoenix Club gesehen, und das war nur ein kurzes Intermezzo gewesen. Sie hatte sogar behauptet, es sei gut, dass Sheff die Stadt verlassen hatte, da er wahrscheinlich Zeit zum Nachdenken und zur Besinnung brauchte. Jo verstand das so, dass die Herzogin hoffte, er würde seine Meinung über eine Heirat mit Jo ändern. Die Herzogin wäre *so* glücklich, wenn die Verlobung platzen würde.

Das war zwar ärgerlich, aber Jo konnte nur hoffen, dass es für Sheff in Zukunft besser werden würde, und die Herzogin ihn vielleicht in Ruhe ließe. Sie hoffte das Gleiche für Min, fürchtete aber, dass das nicht passieren würde. Die Herzogin drängte Min weiterhin zur Heirat, die sich weiterhin sträubte. Sie hatte noch niemanden kennengelernt, der es wert war, das Risiko einzugehen, sich für ein ganzes Leben in Ketten legen zu lassen. Jo konnte ihre Sichtweise gut verstehen.

Der Ausflug in die Paternoster Row war bei weitem das Beste gewesen, was sie seit Sheffs Abreise unternommen hatte. Jo hatte viele Ideen, was sie mit dem kleinen Vermögen, das Sheff ihr gezahlt hatte, anfangen könnte.

Sie könnte ihre eigene Buchhandlung eröffnen. Oder sie könnte Menschen, vor allem Frauen, dabei helfen, ihre Werke zu veröffentlichen. Vielleicht könnte sie sogar selbst Verlegerin werden.

Aber zuerst musste sie mit ihrer Mutter darüber sprechen, dass sie den Club nicht übernehmen wollte. Es war an der Zeit. Und Jo fürchtete sich vor dem Gespräch.

In diesem Moment kam ihre Mutter ins Arbeitszimmer, als ob sie von Jos Gedanken gerufen worden wäre. »Bist du mit den Einträgen von gestern fertig?«

Jo nickte, als sie aufstand. »Es hat nicht lange gedauert.«

»Und wo willst du jetzt hin?«, fragte ihre Mutter.

»Nur in mein Zimmer. Ich habe dort ein Buch, das ich lesen möchte.« Sie hatte während ihres Ausflugs mit Gwen mehrere Exemplare erstanden.

Ihre Mutter runzelte die Stirn. »Mir ist aufgefallen, dass du mehr liest als sonst und mehr Zeit mit dir selbst verbringst. Du scheinst Trübsal zu blasen. Seit Shefford die Stadt verlassen hat, wenn ich ehrlich sein soll.«

Jo warf ihr einen schiefen Blick zu. »Wann bist du jemals nicht ehrlich?«

Schmunzelnd entfernte sich ihre Mutter von der Tür und kam auf den Schreibtisch zu. »Manchmal halte ich den Mund, was aber schwer ist. Aber das werde ich jetzt nicht tun.« Ihr Blick wurde sanfter, sodass sie mehr wie die Frau aussah, die sich ihr ganzes Leben lang um Jo gekümmert hatte und die manchmal unter der erfolgreichen Clubbesitzerin verloren ging. »Ist es möglich, dass du in Shefford verliebt bist?«

Jo zuckte innerlich zusammen. »Nein. Ich habe mich verliebt, wenn *ich* ehrlich bin. Aber das ist jetzt vorbei. Ich werde Sheff bis zum nächsten Jahr nicht mehr sehen.«

Jos Mutter schaute skeptisch und antwortete nicht sofort. Als sie es tat, sprach sie leise. »Ich hoffe, du hast nie wirklich gehofft, ihn heiraten zu können. Und ich sage das nicht, weil ich keine Befürworterin der Ehe bin. Ich meine, dass eine Heirat mit ihm eine Menge Probleme mit sich bringen würde.«

»Nein, das hatte ich nie gehofft.« Das war absolut wahr. »Es tut mir leid, dass seine zukünftige Frau sich mit seiner Mutter herumschlagen muss.«

»Amen«, sagte ihre Mutter und lachte. »Geh und lies dein Buch. Du wirst weniger Zeit dafür haben, wenn ich nach Weston reise.«

Das war die perfekte Gelegenheit für Jo, endlich zu sagen, was sie sagen musste. Doch nun, da der Moment gekommen war, war sie sich gar nicht mehr so sicher, ob sie den Mut dazu aufbrachte. Sie schlug die Hände vor sich zusammen und hatte wohl einen zerknirschten Gesichtsausdruck, als wollte sie versuchen, einen Gast zu beruhigen, der gerade zu viel Geld verloren hatte. Wahrscheinlich, weil diese Angelegenheit hier fast so unangenehm war wie das.

»Mama, ich muss dir etwas sagen.« Sie kam hinter dem Schreibtisch hervor.

Ihre Mutter zog die Brauen zusammen. »Ist etwas nicht in Ordnung?»

Jo atmete aus und holte dann tief Luft. »Ich bin so froh, dass du dein Leben außerhalb vom Siren's Call genießen willst, vor allem nach all den Jahren, in denen du dein Herz und sogar deine Seele in den Club gesteckt hast.«

Als sie einen Schritt auf Jo zuging, bildeten sich noch mehr Falten auf der Stirn ihrer Mutter. »Du hast doch nicht das Gefühl, dass ich dich vernachlässigt habe, oder? Ich habe immer versucht, die Mutterschaft über alles andere zu stellen. Nun, bis du alt genug warst, um mich nicht mehr so sehr zu brauchen.«

»Ich fühle mich nicht im Geringsten vernachlässigt«, beeilte sich Jo ihr zu versichern. »Im Gegenteil, du bist eine wunderbare Mutter. Deshalb ist es auch albern, dass ich nervös bin, dir zu sagen, was ich jetzt loswerden muss. Ich will das Siren´s Call eigentlich nicht übernehmen.«

Eine Stille legte sich über den Raum, die das Gewicht eines Steins zu haben schien. Jo konnte den Ausdruck ihrer Mutter nicht sofort deuten. Erst schloss sie die Augen und schürzte die Lippen. Sie wirkte durcheinander. Und vielleicht ein wenig verstimmt. Dann blitzte Überraschung in ihrem Blick auf.

»Warum hast du nicht schon früher etwas gesagt?«, fragte ihre Mutter mit einem Anflug von Verärgerung in ihrer Stimme.

Jo dachte an die Ratschläge ihrer Mutter in Hinsicht auf die Ehe und auch an ihre Erwartung, dass Jo ihre Nachfolgerin im Club werden würde. Ihr wurde klar, dass sie ihr Leben darauf aufgebaut hatte, ihrer Mutter nachzueifern. »Ich bewundere dich so sehr, Mama«, brachte sie mit großer Rührung hervor. »Ich wollte immer so sein wie du und dich stolz machen.«

»Ich könnte nicht stolzer auf dich sein, mein Mädchen«, entgegnete ihre Mutter voller Wärme. »Aber du willst das Siren´s Call nicht führen?«

Jo schüttelte den Kopf. »Ich empfinde nicht die gleiche Hingabe zu dem Club wie du. Ich hatte gehofft, das würde sich ändern, doch da ich nun die finanziellen Mittel habe, etwas anderes zu machen, ist mir bewusst, dass ich nicht an den Club gebunden sein will.«

»Siehst du das so?«, fragte ihre Mutter, die ein wenig aus dem Konzept klang. »Der Club war nie eine Last für mich. Es tut mir leid, dass du es so siehst, denn sein Erfolg hat dir alles gegeben, was du gebraucht oder dir gewünscht hast.« Sie drehte den Kopf zum Fenster und hatte den Kiefer dabei fest zusammengebissen. »Ich wusste nicht, dass du dem Club so ablehnend gegenüberstehst.«

Jo stürzte nach vorn und berührte ihre Mutter am Arm. »Ich habe nichts gegen ihn. Im Gegenteil, ich arbeite gerne dort. Ich habe so viel gelernt, auch, dass ich nicht dafür verantwortlich sein will. Es ist nicht meine Leidenschaft, einen Spielclub zu leiten, Mama.«

Als Mutter wieder zu Jo blickte, war ihr Gesichtsausdruck sanfter geworden. »Ich habe es nicht bemerkt. Und ich hätte es wissen müssen.«

»Ich hätte es dir schon früher sagen sollen.«

»Was ist *deine* Leidenschaft? Insbesondere jetzt, wo du das Geld von Shefford hast.«

»Du weißt, wie gern ich lese«, antwortete Jo. »Und ich besuche literarische Salons. Ich hätte gern ein eigenes Haus, in dem ich solche Veranstaltungen abhalten kann, aber ich weiß nicht, ob jemand kommen wird, denn ich werde eine Jungfer mit einem Minimum an gesellschaftlichen Kontakten sein.« Sie hatte wirklich nur die Kontakte, die sie durch ihren Vater und die literarischen Salons, die sie besuchte, geknüpft hatte.

Ihre Mutter gab ein unfeines Geräusch von sich und winkte ab. »Unsinn. Auch ohne Shefford warst du auf dem besten Weg, hervorragende Beziehungen zu knüpfen. Du hast dich mit einer Baronin, einer Viscountess, der Tochter eines Herzogs und – ich glaube – einer Herzogin angefreundet. Sie werden deinen gesellschaftlichen Kreis weiter ausbauen, und deine Salons werden legendär sein.« Mutter hatte einen derart stolzen Gesichtsausdruck, dass es Jo die Kehle zuschnürte.

»Danke«, entgegnete sie schließlich. »Ich dachte, dass ich vielleicht auch gern Schriftstellern, insbesondere Frauen, bei der Veröffentlichung ihrer Werke helfen würde. Ich bin mir nicht sicher, wie ich das anstellen soll, aber ich würde es gerne versuchen.«

»Du könntest eine Bibliothek eröffnen oder selbst Verle-

gerin werden«, schlug ihre Mutter mit großem Enthusi-
asmus vor. »Als Frau wäre das nicht einfach, aber einen
Spielclub zu eröffnen war das auch nicht.« Sie zwinkerte Jo
zu, und alle ihre Ängste schmolzen dahin.

»Es macht dir wirklich nichts aus?«, fragte Jo und wagte
zu hoffen, dass alles gut werden würde.

»Ich gebe zu, dass ich anfangs verärgert war, was du
sicher sehen konntest. Ich bin nur … überrascht. Ich hätte
erkennen müssen, dass du nicht begeistert bist, den Club zu
übernehmen. Und das hätte ich auch nicht von dir erwarten
dürfen. Nur weil du etwas gut kannst – und du bist *hervorragend* darin, die Dinge im Club zu leiten –, heißt das nicht,
dass du das wirklich tun willst. Außerdem solltest du nicht
nur deshalb etwas tun, weil *ich* das will.« Sie legte den Kopf
schief und lächelte Jo an, dann streckte sie die Arme aus.
»Komm her.« Das waren die beiden Worte, die sie immer
sagte, wenn sie Jo zu einer Umarmung einlud.

Jo schmiegte sich an ihre Mutter und schlang ihr die
Arme um die Taille. Als sie fühlte, wie sich die Arme ihrer
Mutter um sie legten, schloss sie kurz die Augen und war für
diese Frau dankbar, die sich vor allem anderen immer um sie
gekümmert hatte. »Danke, Mama.« Sie hielten sich eine
Weile in den Armen, ehe sie sich voneinander lösten.

»Aber was ist mit dem Siren's Call?«, fragte Jo. »Du solltest dir trotzdem Zeit nehmen, um zu tun, was du willst, und
ich bin mehr als glücklich, den Club diesen Sommer zu
leiten, wenn du nach Weston reist.«

»Ich weiß das zu schätzen, Liebes. Es ist an der Zeit, dass
ich mir eine richtige Geschäftsführerin suche. Es muss
natürlich eine Frau sein.« Sie tippte sich kurz mit dem
Finger an die Lippe. »Jemand wie Lady Evangeline im
Phoenix Club. Oder Lady Warfield, die dort die Finanzen
verwaltet. Im Idealfall wäre die Kandidatin eine Kombination aus beidem.«

»Wir finden schon jemanden«, meinte Jo daraufhin und dachte an Ellis. Sie wäre nicht die Kombination, nach der Mama suchte, aber sie könnte hinter den Kulissen alle anfallenden Arbeiten erledigen.

»Ja, das werden wir«, versicherte ihre Mutter. »Und jetzt hinaus mit dir, denn ich habe den Briefwechsel zu Ende zu führen.«

»Ja, Mama.« Jo schritt zur Tür und blickte dann zurück, als ihre Mutter sich hinter ihren Schreibtisch setzte. Eine Welle der Freude durchfuhr sie beim Gedanken an die Ermutigung durch ihre Mutter.

Sie verließ das Büro und dachte, es sei besser, sich in Gedanken nicht mit Sheff zu beschäftigen. Aber jetzt tat sie es doch.

Die Frage ihrer Mutter kam ihr wieder in den Sinn. Es war sehr gut möglich, dass sie in Sheff verliebt war. Aber sie würde auch genauso leicht wieder davon loskommen.

~

Sheff war nun schon seit ein paar Tagen auf Grove, dem Anwesen seines Vaters außerhalb von Weston. Und er war nicht allein.

Zu Sheffs großer Überraschung war sein Vater bei seiner Ankunft nach dem Besuch bei Bane bereits hier anwesend gewesen. Sheff war sich nicht sicher, wann sein Vater Grove das letzte Mal während der Sommermonate besucht hatte. Das war mindestens einige Jahre her. Normalerweise blieb er bis zum Ende der Saison in London und begab sich dann auf eine Reihe von Hauspartys, die ihn bis in den Herbst hinein beschäftigten.

In diesem Jahr hatte er sich jedoch genau an dem Ort niedergelassen, an dem Sheff Frieden und Einsamkeit zu finden hoffte, um zu einer Entscheidung zu gelangen, was er mit dem Rest seines Lebens anfangen wollte, damit er nicht wie sein Vater endete.

Dass sein Vater hier war, um Sheffs Grübeleien mitzuerleben und sich sogar daran beteiligte, war vielleicht die größte Ironie überhaupt.

Die letzten zwei Tage hatten sie mit Ausritten und Kartenspielen verbracht und waren am Abend ihrer Wege gegangen. Der Herzog war jeden Abend unterwegs, ohne ein Wort darüber zu verlieren, wohin er ging. Sheff war sich fast sicher, dass er eine Liaison hatte.

Vielleicht war die Anwesenheit seines Vaters nicht *die* größte Ironie. Es könnte auch sein, dass diese in ihren gemeinsamen Unternehmungen bestand, was mehr war, als Sheff von seiner Zeit mit Bane behaupten konnte. Der Mann, der einmal Sheffs bester Freund gewesen war, hatte sich die meiste Zeit in seinem Arbeitszimmer verbarrikadiert. Sheff hatte ihn nur einmal überredet, das Haus zu verlassen. Jeder Versuch, Bane zu aufzumuntern oder ihm Unterstützung und Freundschaft anzubieten, war abgewiesen worden. Als Sheff dann vorschlug, Bane solle mit ihm nach Weston kommen, um Zeit mit ihm und ihren Freunden zu verbringen und sich vielleicht wieder zu erholen, hatte Bane ihn gebeten, abzureisen.

Natürlich hatte Sheff viel Zeit mit Grübeleien über seine eigene Situation zugebracht, wenn ihn das auch nicht näher an die Entscheidung heranführte, was er als Nächstes unternehmen wollte.

Nun, außer seine Verlobung zu ruinieren. Er musste sich diesen Plan ausdenken, aber er hatte Zeit. Was gut war, denn die Vorstellung, mit einer anderen Frau erwischt zu werden, war ihm ausgesprochen unangenehm. Er wollte keine andere Frau als Jo.

Hoffentlich würde er bis August über diese Verliebtheit hinwegkommen und anders denken.

Der Herzog betrat den Frühstücksraum und wirkte frisch und tatendurstig. Er rieb sich die Hände, bevor er sich der Anrichte zuwandte und seinen Teller mit den Speisen vom Buffet belud.

Er setzte sich zu Sheff an den Tisch, und der Diener schenkte Kaffee ein. Er füllte auch Sheffs Tasse nach.

»Morgen, Sheff. Noch ein Ausritt heute Nachmittag?«, schlug der Herzog vor, während er sein Toastbrot mit Butter und Marmelade bestrich.

»Ich bin dabei, wenn du es bist. Heute Morgen wirkst du außerordentlich aufgeräumt. So bist du schon die ganze Zeit, seit ich hier bin. Was ist hier los?«

Der Herzog schmunzelte. »Bin ich sonst so unangenehm?«

»Du bist ... eine Herausforderung«, entgegnete Sheff mit Bedacht. »Ich verbringe auch nicht so viel Zeit mit dir in London. Manchmal sehe ich dich nur, wenn ich zu einem Rettungseinsatz beordert werde.«

Mit einer Grimasse biss der Herzog in seinen Toast und kaute dann nachdenklich. Nachdem er geschluckt hatte, bemerkte er: »Ich würde behaupten, dass du mich nicht zu retten brauchst. Ich bin Manns genug, um zu meinen Fehler zu stehen.«

»Das mag sein, aber ich versuche, den Ruf der Familie zu schützen, insbesondere, damit Min die Ehe schließen kann, die sie sich wünscht.«

»Bah. Sie will nicht heiraten. Aber das willst du ja auch nicht.« Er nippte an seinem Kaffee und beäugte Sheff über den Tassenrand hinweg. »Ich kann mir immer noch nicht vorstellen, warum du dich mit diesem Luder verlobt hast.»

»Sie ist kein Luder«, erregte sich Sheff, dessen Zorn aufgestachelt war.

Der Herzog zog eine Augenbraue in seine noch immer finstere Stirn hoch. »Ich habe einen Nerv getroffen. Möglicherweise hegst du tatsächlich Gefühle für sie. Schmollst du deshalb hier? Warum kehrst du nicht nach London zurück?«

»Weil Jo mit dem Siren′s Call beschäftigt ist und ich ... ein wenig Abstand wollte. Ich war zu Besuch bei Bane.«

»Ja, ich weiß. Obwohl du gesagt hast, es sei Zeitverschwendung gewesen.«

Das waren nicht Sheffs genauen Worte, aber er wollte seinen Vater nicht korrigieren. »Bane kämpft mit seinem Kummer.«

Der Herzog zog die Stirn in Falten und nickte. Mehrere Minuten lang widmete er sich dem Verzehr seines Frühstücks, während Sheff seinen Kaffee trank.

Als der Herzog dann das Wort ergriff, überraschte er Sheff mit seiner Aussage. »Er wollte dieses Mädchen, Maltons Tochter, nicht heiraten. Sein Vater hat ihn aber dazu gezwungen.«

Das hatte Sheff bereits vermutet, doch Bane hatte kein Wort darüber verloren. »Er hat mir überhaupt nichts davon gesagt, dass er verlobt ist. Kurz bevor er in den Norden reiste, um dort zu heiraten, waren wir noch zusammen in Weston.«

»Als er mit diesem anderen Luder erwischt worden war«, sprach der Herzog weiter. »Ich bin sicher, dass Banemore viele Dinge bereut. Man kann sich davon in die Finsternis treiben lassen, oder man kämpft sich seinen Weg hindurch und findet Frieden mit sich selbst.«

Noch nie hatte Sheff seinen Vater so reden hören. »Hast du das getan?«

Der Herzog schluckte den Bissen hinunter, den er im Mund hatte und lehnte sich dann auf seinem Stuhl zurück, um Sheff einen Moment lang zu betrachten. »Hast du den Verdacht, ich würde etwas bereuen?«

»Tust du das nicht?« Sheff konnte nicht anders, als ihn anzugaffen.

»Vieles, und wäre ich ein stärkerer Mann, würde ich es unterlassen, diese Dinge zu tun, die ich fast täglich bereue. Leider bin ich das aber nicht. Ich habe meinen Frieden mit mir gemacht, so wie ich bin.«

»Ein betrunkener, zechender, egoistischer Frauenheld?«

Der Herzog tupfte sich den Mund mit seiner Serviette, ehe er sie in den Schoß zurücklegte und einen weiteren Bissen Toast zu sich nahm.

»Ich wollte dich nicht beleidigen«, entschuldigte sich Sheff. »Ich habe nur die Wahrheit gesagt.«

»Du hast ganz recht mit deiner Beschreibung meiner Person.« Der Herzog zuckte mit den Schultern, doch es lag eine Traurigkeit in seinen Zügen, die Sheff noch nie zuvor dort gesehen hatte. »Es macht mich glücklich.«

»Du wirkst nicht glücklich«, stellte Sheff leise fest, obwohl sein Vater ihm hier in Weston glücklicher erschien. Es lag vielleicht an London – oder genauer gesagt, an *der Person, die* er in London war –, was ihn veranlasste, sich so danebenzubenehmen. »Oft habe ich den Eindruck, als suchtest du nach etwas, das du nicht haben kannst. Doch dann besinne ich mich wieder darauf, dass du es einmal besessen hast und es fallen ließest, um deinen Begierden zu frönen.«

»Du meinst deine Mutter?« Der Herzog lachte, doch es klang hohl. »Falls du glaubst, ich hätte mit deiner Mutter das Glück erlebt, dann liegst du falsch.«

»Ich hätte besser sagen sollen, dass du die Chance dazu gehabt hast. Stattdessen hast du dich nach deiner Hochzeit entschlossen, deinen schurkischen Lebenswandel fortzusetzen.«

Der Herzog schob das wenige Essen hin und her, das noch auf seinem Teller lag. »Am Anfang nicht. Ich *war* ein Wüstling, als ich deine Mutter heiratete, aber ich war so sehr in sie verliebt, dass keine andere Frau ihr das Wasser reichen konnte.« Sein Blick verfinsterte sich für einen kurzen

Moment. »Ich war ein Narr, denn obwohl sie die Kokette spielte und mich während unserer Brautwerbung in ihren Bann zog, liebte sie mich nicht. Es war mein Titel, den sie begehrte.«

Sheff wurde es eng um die Brust. Was sagte sein Vater da? Sein ganzes Leben lang hatte Sheff die Kluft zwischen seinen Eltern gekannt und verstanden. Sein Vater war ein furchtbarer Wüstling gewesen, der seinen Lebenswandel auch nach der Heirat mit Sheffs Mutter fortgesetzt hatte. Und sie litt darunter, mit ihm verheiratet zu sein.

»Du hast sie geliebt? Und sie hat dich nicht geliebt?« Sheff konnte das kaum fassen. Er war sich nicht sicher, ob er seinem Vater glauben konnte.

»Die Herzogin würde es vorziehen, wenn du nichts davon wüsstest. Ebenso wäre es ihr lieber, wenn du nicht wüsstest, dass ich wegen ihr so bin wie ich bin. Das stimmt nicht ganz – ich erkenne durchaus an, dass ich meine eigenen Entscheidungen getroffen habe.« Sein Kiefer bebte, und für einen Moment wandte er den Blick ab. Als er Sheff wieder anschaute, waren seine Augen feucht. »Als ich mich in sie verliebte, erkannte sie ihre Chance, Herzogin zu werden. Das war ihr Ziel. An mir als Person war sie allerdings nicht interessiert.«

Seine Worte waren von Wahrheit durchdrungen. Aus erster Hand hatte Sheff erlebt, dass für seine Mutter der gesellschaftliche Status und das Ansehen weit wichtiger waren als alles Übrige, wenn es um das Eingehen einer Verbindung ging. Es war ihr ein Dorn im Auge, dass er sich für Jo entschieden hatte, denn sie war nicht angemessen. Dass sie ihren eigenen Mann mit Kalkül ausgewählt hatte, war ihr durchaus zuzutrauen. Kalte Berechnung, wie es schien. Sheff konnte die Qual in der Stimme seines Vaters wahrnehmen.

»Es tut mir leid«, murmelte Sheff.

»Ihre Zurückweisung war verheerend. Dann hatte ich anderswo Trost – oder sogar Liebe – finden wollen. Noch immer bin ich auf der Suche danach.« Der Herzog zeigte ein trauriges Lächeln.

»Hattest du das nicht mit Ellis' Mutter?«, fragte Sheff, der sich dachte, dass sein Vater auch das offenkundigste Geheimnis preisgeben konnte, wenn er sich schon öffnete.

Ruckartig riss sein Vater die Augenbrauen hoch und dann verzog er die Lippen. »Ich wollte das mit Ellis´ Mutter, das habe ich doch erklärt. *Deine* Mutter ist Ellis´ Mutter.«

Sheff hielt sich an der Tischkante fest. »Was?«

»Ich weiß, dass du und unzählige andere Leute Ellis für meine Tochter halten, aber das ist sie nicht.« Sheff erinnerte sich an Jos Worte, die ihm gesagt hatte, dass Ellis darauf beharrt hatte, nicht die Tochter des Herzogs zu sein.

»Weiß Ellis Bescheid?«

Er schüttelte den Kopf. »Nur, dass sie nicht meine Tochter ist. Sie fragte mich ein oder zwei Jahre, nachdem sie zu uns gezogen war, und ich habe ihr geschworen, dass sie nicht meine Tochter ist. Die Wahrheit durfte ich ihr aber nicht sagen. Dies war eine Bedingung, die deine Mutter gestellt hatte, als ich sie davon überzeugte, Ellis bei uns aufzunehmen.«

Sheff versuchte, diese unfassbare Enthüllung zu begreifen, doch es wollte ihm nicht gelingen. »Das verstehe ich nicht. Wer sind dann Ellis´ Eltern?«

»Als deine Mutter zum zweiten Mal schwanger wurde – damals warst du ein paar Jahre alt –, wusste ich, dass das Kind nicht von mir sein konnte. Wir hatten nicht mehr miteinander geschlafen, seit sie mit dir schwanger war. Ich weiß wirklich nicht, wer Ellis´ Vater ist, und es interessiert mich auch nicht. Ich bot an, das Kind als mein eigenes aufzuziehen, aber deine Mutter war dagegen. Sie war wütend darüber, dass ich sie bei ihrer Untreue ertappte, und sie wollte das Kind fortgeben. Ich habe dafür gesorgt, dass Freunde der Familie, die selbst kein Kind bekommen konnten, sie adoptieren.«

»*Du hast* das arrangiert?« Damit das uneheliche Kind seiner Frau eine Familie hatte. Es wäre eine unsägliche Untertreibung, zu behaupten, dass Sheff von all dem schockiert war.

»Ich wollte Sorge dafür tragen, dass dieses arme Kind geliebt wurde, und obwohl ich sie geliebt hätte – ich glaube, ich liebe Ellis tatsächlich so, wie es sich für jemanden in der Rolle der Eltern gehört –, hat sich deine Mutter geweigert, auch nur einen Versuch zu unternehmen.«

Arme Ellis. »Und dann starben Ellis´ Adoptiveltern«, hauchte Sheff.

»Ja, und ich habe darauf bestanden, dass wir sie aufnehmen«, antwortete der Herzog entschieden. »Auch dagegen hat deine Mutter sich gewehrt, aber ich war unnachgiebig. Manches Mal glaube ich, es war die falsche Entscheidung, bedenkt man, wie sie von Mutter behandelt wird, aber Min und sie haben so eine enge Bindung. Das gilt auch für dich.«

»Ich betrachte sie als Schwester«, entgegnete Sheff. »Denn ich war der Annahme, dass sie das ist.«

»So ist es ja auch.« Sein Vater lächelte verschmitzt. »Allerdings nicht von dem Elternteil, den du in Verdacht hattest.«

Beinahe alle Glaubensgrundsätze, die Sheff in Bezug auf seinen Vater und seine Mutter und auch die Dynamik ihrer Familie entwickelt hatte, fielen in sich zusammen. Also war es kein Wunder, dass sich schon immer alles so verworren angefühlt hatte. Sein gesamtes bisheriges Leben hatte Sheff praktisch auf einem Schlachtfeld zugebracht. Wie war es möglich, dass er so lange gebraucht hatte, um auf der Suche nach Frieden die Flucht zu ergreifen? »Aber Mutter und du, ihr müsst euch doch versöhnt haben ... oder ist Min auch nicht dein Kind?«

»Min ist unser Kind. Nachdem sie untreu war und Ellis zur Welt gebracht hatte, war deine Mutter überaus zerknirscht. Lange schon hatte ich mir einen Ersatz für meinen Erben gewünscht, oder eine Tochter – das war mir gleich. Ich wollte einfach noch mehr Kinder. Immer hatte ich mir ein Haus voller Freude vorgestellt, insbesondere als ich mich in deine Mutter verliebte. Sie erachtete es als ihre Pflicht, mir ein zweites Kind zu schenken, die sie dann auch erfüllte. Seitdem haben wir nie wieder miteinander geschlafen.«

Sheff blutete das Herz für diesen Mann, der von der Frau, der seine Liebe gehörte, gänzlich zurückgewiesen worden war. »Liebst du sie noch?«

»Um Himmels willen, nein. Das hat sie mit dem Umgang, den sie mit mir pflegt, gründlich zerstört. Als sie mit Ellis schwanger wurde, begriff ich schließlich, dass es hoff-nungslos war. Wenn ich dann erleben muss, wie sie Ellis behandelt ...« Der Herzog schürzte die Lippen und krampfte den Kiefer in seiner Wut zusammen. »Ich kann ehrlichen Gewissens sagen, dass ich sie jetzt verabscheue. Es tut mir leid, dir das sagen zu müssen, aber du hast die Wahrheit verdient.«

Sheffs Gedanken wirbelten durcheinander, als er die Tischkante losließ und die Hand obenauf legte. Was würde er nicht für ein Glas Hochprozentiges geben. Gin, vielleicht. »Ich wünschte, das hättest du mir früher gesagt.«

»So sehr ich deine Mutter auch verabscheue, habe ich deine Beziehung zu ihr nie zerstören wollen.«

»Das ging aber dann auf Kosten deiner Beziehung zu *mir*. Bedeutet dir das etwa nichts?«

Abermals traten dem Herzog die Tränen in die Augen. Er blinzelte sie weg und wischte sich mit der Hand über das

Gesicht. »Meiner Vermutung nach liebt ein kleiner Teil in mir deine Mutter noch immer – zumindest so weit, um verhindern zu wollen, dass ihre Kinder sie hassen.«

Sheff fühlte sich von Traurigkeit übermannt. Nun stand er der Ehe noch versteinerter gegenüber als je zuvor. Sein Vater hatte sich verliebt und in dem Glauben geheiratet, dass ihn ein schönes Leben erwartete. Und er hatte sich so gründlich geirrt. »Du hast mir glaube ich gerade bestätigt, dass ich nicht heiraten sollte.«

»Hast du deine Meinung über Miss Harker geändert? Ich dachte, du seist verliebt. Ich glaube, im Grunde bist du ein Romantiker wie ich.« Er lächelte. »Ich hatte solche Hoffnung, du würdest dich verlieben, und scheinbar ist dir das auch gelungen. Deine Verlobte kann nicht wie deine Mutter sein.«

Nein, Sheff konnte sich Jo nicht vorstellen, wie sie sich wegen eines Titels oder Geld oder etwas anderem als Liebe auf eine Ehe einließ. Nicht einmal das wollte sie – weder die Heirat noch die Liebe.

Das hatte Sheff von sich auch nicht gedacht. Konnte er jedoch mit seinem neuen Wissen das gleiche Risiko eingehen wie sein Vater?

»Warum hast du dich entschieden, ein Wüstling zu sein?«, fragte Sheff.

»Wie ich schon sagte, war ich auf der Suche nach Liebe oder zumindest Trost. Ich wollte mich begehrt fühlen. Mir war bewusst, wie sehr deine Mutter mein Verhalten verabscheute. Ich bin nicht stolz darauf, dass ich sie provozieren wollte, aber so ist es nun mal.«

Mit seiner Scheinverlobung hatte Sheff das Gleiche getan. Er hatte seine Eltern provozieren wollen. Bei diesem Vorhaben hatte er Geheimnisse ans Licht gebracht, die er sich nie hätte erträumen lassen.

Sein Vater zuckte mit den Schultern. »Ein Wüstling, das bin ich jetzt.«

»Du könntest dich ändern.« Sheff wurde klar, dass er mit diesem Vorschlag seine eigene Furcht zur Sprache brachte. Er fürchtete, wie sein Vater zu werden, und er hatte Sorge, dass er bereits auf diesem Weg war. Da er nun allerdings die Wahrheit über seinen Vater kannte, musste er seine Annahme neu überdenken. Vielleicht konnte er sich willentlich entscheiden, nicht so zu werden. Das Zölibat hatte er bereits erfolgreich gemeistert.

Das war natürlich keine große Schwierigkeit, wenn man sich nur nach der einen Person verzehrte, die man nicht haben konnte.

Der Herzog blinzelte. »Warum sollte ich mich ändern?«

»Weil das Trinken dich in ernste Schwierigkeiten bringt. Oder es wird dich umbringen. Und warum nimmst du dir nicht einfach eine Geliebte? Eine Mätresse für längere Zeit. Ich dachte, das hättest du vielleicht hier getan, wo du doch jeden Abend unterwegs bist.«

Sehr kleine rosige Flecken huschten kurz über die Wangenknochen seines Vaters. »Ich habe jemanden kennengelernt, die mir während meines Aufenthalts hier mein Bett wärmt.«

»Vielleicht kann sie mehr als das tun?« Das konnte Sheff nur hoffen. Nach den Enthüllungen seines Vaters wünschte Sheff sich nichts sehnlicher, als dass er Liebe finden – und empfangen – würde.

»Ich fürchte mich immer, das herauszufinden«, flüsterte der Herzog und schockierte Sheff ein weiteres Mal mit seiner Offenheit.

»Vielleicht ist es an der Zeit, nochmals ein Risiko zu wagen«, riet Sheff und fragte sich, ob Gleiches für ihn galt. Mit Jo. Er könnte ihr gestehen, was er fühlte. Und was dann? Heiraten? Die vor einem Moment noch deutlich gespürte

Furcht hatte sich eigentlich nicht verflüchtigt. Selbst wenn sein Vater recht damit hatte, dass Sheff ein Romantiker war, so war er dennoch nicht völlig überzeugt.

»Vielleicht«, murmelte sein Vater. »Trotzdem muss ich irgendwann nach London zurückkehren.«

»Ja, aber meiner Meinung nach ist es an der Zeit, dass ihr, Mutter und du, getrennt lebt. Andere Paare machen das ebenfalls – Wellesbournes Eltern lebten in verschiedenen Städten. Finde ein neues Haus für Mutter, wo es besonders angesagt ist.«

Der Herzog lachte laut auf. »Niemals wird sie ihre Zustimmung dazu geben. Die Führung von Henlow House war einer der Gründe, warum sie mich geheiratet hat. Und die Herzogin von Wellesbourne wurde – zu Unrecht – verleumdet, weil sie ihre Töchter mitgenommen hat und getrennt lebt. Sie war Ausgestoßene genannt worden, weil sie nicht zu ihrem Mann gestanden hat. Unter keinen Umständen würde deine Mutter wollen, dass ihr das Gleiche widerfährt.«

»Ich werde mit ihr reden«, versprach Sheff entschlossen. »Ich werde ein neues Haus für sie finden.«

Sein Vater verzog das Gesicht zu einem kummervollen Ausdruck. »Nein, Sheff. Ich werde nicht zulassen, dass du dieses Desaster beseitigst. Vielleicht *ist* es an der Zeit, dass ich einige Änderungen vornehme. Zuerst muss ich aber eine Party ausrichten.«

»Du feierst hier eine Party?«, fragte Sheff.

»Ja, in einigen Tagen. Das könnte meine letzte ausschweifende Veranstaltung sein.« Er wackelte mit den Augenbrauen. »Du musst unbedingt dabei sein, wenn ich dir auch nicht versprechen kann, dass viele Leute in deinem Alter zugegen sein werden. Ich werde sehen, wie ich das ändern kann, da du ja hier bist.«

»Das ist in Ordnung. Ich muss nicht auf deine Party

gehen. Ehrlich gesagt, steht mir nicht der Sinn nach Ausschweifungen.«

»Du liebst also Miss Harker?«, fragte sein Vater.

Sheff vermied eine direkte Antwort und entgegnete nur: »Es wird nicht von Dauer sein.«

Der Herzog runzelte die Stirn. »Warum nicht?« Er hob eine Hand. »Ich glaube, ich kenne die Antwort – du glaubst, du bist wie ich. Ich kann dir versichern, dass das nicht der Fall ist. Meine Lebensführung ist das Ergebnis von Ereignissen, die mir widerfahren sind. Dir sind diese Dinge nicht widerfahren. Du magst zwar zu Draufgängertum neigen, aber du bist pflichtbewusst und fürsorglich. Du hast dir Mühe gegeben, deine Schwestern vor den Auswirkungen meines Fehlverhaltens zu schützen, während ich nicht einmal daran gedacht habe, in welcher Weise ich sie beeinträchtige.«

Sheff nahm an, dass all das der Wahrheit entsprach. Aber was, wenn sich seine Angst nicht so sehr darauf begründete, so zu sein wie sein Vater, sondern eher darauf, dass die Ehe ein Schlachtfeld war? Nur das hatte er immer wieder beobachtet. Da er nun die Gründe für das Desaster seiner Eltern kannte, konnte er rational schlussfolgern, dass ihm nicht zwingend das gleiche Los beschieden war. Insbesondere dann nicht, wenn seine Frau und er sich aufrichtig liebten. Wenn er mit Jo zusammen war, empfand er etwas, das er nie zuvor erlebt hatte – ein Gefühl von Richtigkeit, Zugehörigkeit und sogar von Harmonie.

»Bis ich Jo kennengelernt habe, war ich mir nicht einmal sicher gewesen, ob ich überhaupt wusste, was romantische Liebe ist«, meinte Sheff leise. »Ich ging davon aus, dass ich zu solchen Gefühlen nicht imstande wäre.«

Der Blick seines Vaters wurde leidenschaftlich, doch es lag auch Zuneigung darin. »Glaube nicht, dir würde es an freien Willen und der Fähigkeit mangeln, ein liebender und hingebungsvoller Ehemann zu sein. Mehr hatte ich nie sein wollen«, fügte er leise hinzu.

Sheff brach das Herz. »Vielleicht ist es für dich nicht zu spät, dies noch zu finden.«

Sein Vater lächelte – es war der liebenswerteste Ausdruck, den Sheff seit langem bei ihm erlebte. »Ich hatte die Hoffnung aufgegeben, mein Junge, aber ich beginne zu glauben, dass du sie vielleicht wieder hergestellt hast.«

Wahrscheinlich war es auch für Sheff noch nicht zu spät. Er wünschte sich, was seinem Vater verwehrt geblieben war – eine liebevolle Partnerin, eine glückliche Familie. Es war zermürbend, seinem Vater zuzuhören, wenn er von seinen Träumen sprach, und zu wissen, dass sie nicht in Erfüllung gegangen waren. Sein Vater hatte es aber zumindest versucht. Er hatte das Risiko gewagt, und obwohl er gescheitert war, war er trotzdem noch hier.

»Du bereust es nicht, Mutter geheiratet zu haben?«, fragte Sheff und erinnerte sich an das, was er vorhin gesagt hatte: dass er es nicht bereue.

»Niemals, denn dann hätte ich dich und Min nicht. Oder gar Ellis.« Der Herzog warf ihm einen scharfen Blick zu. »Ich kann dir nur raten, dich so gut als möglich zu versichern, dass deine Liebe erwidert wird, und deine Erwartungen mit denen deiner Braut übereinstimmen. Andernfalls werden deine romantischen Ideale zunichtegemacht, und ich könnte es nicht ertragen, wenn auch dir das widerfahren würde.«

Das war das Problem – Sheff war sich nicht im Geringsten sicher.

$\mathcal{A}$n einem Donnerstagmorgen Ende Juni rückte Jo die Tische und Stühle im Schankraum des Siren´s Call zurecht. In einigen Tagen würde ihre Mutter nach Weston abreisen, und dann hätte Jo die volle Verantwortung für den Club. Das machte ihr nichts aus, da es sich nur um eine vorübergehende Situation handelte, die nur für diesen Sommer galt. Vor zwei Wochen hatten sie eine kluge und enthusiastische Frau eingestellt, die als künftige Geschäftsführerin vielversprechend schien, wenn Jos Mutter nicht anwesend war.

Genau diese Frau kam aus der Küche, einen Bleistift in den hellbraunen Haarknoten auf ihrem Kopf gesteckt. Edith Henshawe war dreißig Jahre alt und als Gouvernante, Lehrerin an einer Mädchenschule und als stellvertretende Schulleiterin tätig gewesen, ehe sie dann beschlossen hatte, nicht mehr mit Kindern arbeiten zu wollen. Sie hatte sich auf die Zeitungsannonce von Jos Mutter gemeldet, da sie etwas Neues ausprobieren wollte. Obwohl Jos Mutter anfangs zauderte waren Ediths Referenzen ausgezeichnet, und was sie an Wissen nicht besaß, wollte sie unbedingt lernen.

Inzwischen hatte sie bereits unter Beweis gestellt, wie klug und schnell sie war.

»Entschuldigen Sie die Störung, Jo«, sagte sie und blickte auf ein Notizbuch in ihrer Hand. »Ich bereite gerade die Liste für die Speisekammer vor und stelle fest, dass keine Kartoffeln mehr da sind. Aber das kann doch nicht sein, oder?« Die Brauen zu einem V über den moosgrünen Augen zusammengezogen, schaute sie Jo an. »Wir haben erst neulich welche gekauft.«

Die Köchin erledigte die meisten Einkäufe für die Küche. »Daran kann ich mich erinnern. Vielleicht hat die Köchin sie an einer anderen Stelle gelagert. Oder jemand hat sie wegge-räumt, der nicht weiß, wo sie normalerweise aufbewahrt werden. Ich würde wetten, dass genau das passiert ist.« Das wäre nicht das erste Mal.

Edith nickte. »Ich werde gründlicher nachforschen.« Mit einem Lächeln eilte sie in die Küche zurück.

»Sie macht sich sehr gut«, meinte Jos Mutter, als sie den Schankraum betrat.

»Ich pflichte dir bei.« Jo stellte den letzten Stuhl an seinen Platz und wandte sich ihrer Mutter zu. »Du kannst ohne jede Gedanken an uns in einigen Tagen nach Weston reisen.«

Jos Mutter lachte. »Ich werde mir immer Gedanken machen, aber keine Sorgen. Das hätte ich auch ohne Edith nicht, weil du hier bist.« Sie seufzte. »Suchst du immer noch nach einem kleinen Terrassenhaus, das du mieten kannst? Ich kann nicht glauben, dass du unseren Haushalt verlassen willst. Das musst du auch nicht.«

»Das muss ich, wenn ich mich als unabhängige Frau mit eigenen Mitteln etablieren will, die literarische Salons ausrichtet«, konterte Jo scharfsinnig, aber mit einem Lächeln.

»Ich verstehe. Ich werde dich vermissen.« Ihre Mutter zog einen Stuhl von einem der Tische heran und setzte sich.

»Ich habe mich gefragt, ob ich vielleicht doch nicht nach Weston reisen sollte. Es geht nicht um den Club, sondern weil ich dich vermissen werde. Und es scheint, als würdest du mich genau jetzt brauchen.« Sie warf Jo einen prüfenden Blick zu. Ohne Worte brachte sie damit ihre Sorge darüber zum Ausdruck, wie Jo zurechtkam, seit Sheff fort war.

»Ich blase kein Trübsal mehr«, schnaubte Jo. Sie kam zu ihrer Mutter an den Tisch und setzte sich auf den Stuhl neben ihr. »Ich möchte, dass du verreist. Es ist ja nur für ein paar Monate.«

»Oder weniger, wenn es mir dort nicht gefällt.« Jos Mutter rümpfte die Nase. »Ich hoffe inständig, dass Sheffs Mutter nicht auf ihrem dortigen Anwesen sein wird. Ich hatte gar nicht gewusst, dass sie eines in der Nähe von Weston besitzen, bis du mir neulich davon erzählt hast. Dann hätte ich Marcel gebeten, sich nach einem anderen Dorf am Meer umzuschauen.«

»Ich kann mich des Eindrucks nicht erwehren, dass das dies nicht einzig und allein auf ihr Verhalten während dieser Scheinverlobung zurückzuführen ist«, bemerkte Jo zaghaft. »Mir scheint, es steckt mehr dahinter – diese uninteressante Geschichte, die du mir nie erzählt hast, woher du die Herzogin kennst.«

Ihre Mutter runzelte die Stirn und richtete den Blick auf den Tisch. »Ich weiß nicht, ob ich diese Geschichte erzählen möchte. Manchmal sind die Dinge besser in der Vergangenheit aufgehoben.«

»Es ist aber keine Vergangenheit, denn ihr beide könnt euch nicht leiden. Die Herzogin behandelt mich nicht nur so, weil sie mich als Frau für ihren Sohn als ungeeignet erachtet. Es ist etwas ... Persönliches.« Jo hatte ihrer Mutter nicht alles erzählt, was die Herzogin gesagt hatte. Das galt insbesondere für ihre Bemerkungen über Jos Eltern.

»Es ist persönlich.« Ihre Mutter zog die Lippen kraus.

Dann hob sie den Blick zu Jo. »Wenn ich dir das erzähle, denke bitte nicht schlecht über deinen Vater. Aus diesem Grund habe ich dir die Geschichte nicht erzählen wollen.«

Jos Magen krampfte sich zusammen. Was hatte ihr Vater mit der Sache zu tun? Sie fürchtete, das bereits zu ahnen. »Hatte er eine Affäre mit ihr?«

»Ja. Als ich mit dir schwanger war. Ich war sehr niederge-schmettert, um ehrlich zu sein.« Das brachte sie nun ganz sachlich hervor, doch Jo konnte sich nur zu gut vorstellen, dass eine Menge Emotionen im Spiel gewesen waren, als es seinerzeit passierte.

»Das war kalt von ihm.« Jo würde ihren Vater immer lieben, aber es war gelinde gesagt erschütternd, dies zu erfahren.

»Er war schon immer ein Hedonist«, meinte ihre Mutter achselzuckend. »Ich war jung und töricht. Als wir heirateten, hatte ich gedacht, er würde all das aufgeben, denn ich war überzeugt, dass er mich liebte. Das tat er auch. Und das ist, glaube ich, immer noch der Fall. Einmal hat er mir jedoch erklärt, dass er für ein monogames Leben nicht gemacht ist.«

Jo versuchte sich ihre Mutter vorzustellen, die, während sie ein Kind erwartete, feststellen musste, dass ihr Mann untreu war. »Es tut mir leid, dass dir das widerfahren ist, Mama.« Dann fiel ihr die Herzogin von Henlow und ihre strengen Erwartungen ein. »Ich bin auch schockiert, dass die Herzogin so etwas getan hat.«

»Sie ist keine Heilige, ganz gleich, was sie die Leute glauben machen will. Noch schlimmer ist allerdings, dass sie meines Glaubens als Ergebnis ihrer Liaison ein Kind zur Welt gebracht haben könnte. Monatelang war sie aus der Gesellschaft verschwunden. Es könnte sich um einen Zufall handeln, aber damals war sie eine ganze Saison lang nicht in London.«

In Anbetracht dessen, was Jo über die Herzogin wusste,

fragte sie sich, warum die Frau eine ganze Saison verpassen
würde – es sei denn, sie hatte keine andere Wahl. »Wenn das
stimmt, ist das noch schlimmer.« Jo wusste nicht genau, ob
sie mit dieser Frau je wieder ein Wort wechseln konnte, ohne
ihr diesen vergangenen Fehler vorwerfen zu wollen. Wie
konnte sie sich zu der Behauptung versteigen, Jos Eltern –
insbesondere ihre Mutter – seien nicht gut genug, wenn sie
ihre eigene Familie verraten hatte?

Jo zählte die Jahre zurück. Sheff wäre noch ein kleines
Kind gewesen, als dies passiert sein musste, und Min wäre
noch nicht geboren gewesen. Jo holte tief Luft. War Min Jos
Halbschwester?

»Was?«, fragte ihre Mutter und blinzelte Jo an.

»Ich habe gerade über die Zeitlinie nachgedacht und
mich gefragt, ob Min meine Halbschwester ist, aber sie ist zu
jung, wenn die Herzogin schwanger war, während du es
warst. Ihr Kind wäre fast so alt wie ich.«

»Wenn das Kind überhaupt noch lebt«, orakelte ihre
Mutter. »Wahrscheinlich hat sie es irgendwo weit außerhalb
von London untergebracht. Das Kind könnte überall sein.«

Oder es könnte unter dem Dach dieser Frau wohnen. Jo
dachte an Ellis´ Alter – sie war nur ein paar Monate jünger
als Jo. Was, wenn sie nicht das uneheliche Kind des Herzogs
war, sondern das der Herzogin? Und was, wenn sie Jos Halbschwester war? Ellis´ blondes Haar ähnelte dem von Jos
Vater ...

»Ich verstehe nicht, warum die Herzogin ihr Kind nicht
einfach als das ihres Mannes ausgegeben hat«, bemerkte Jo.

Ihre Mutter zuckte mit den Schultern. »Das ist seltsam,
aber ich glaube nicht, dass die Herzogin über ein natürliches
Maß an Vernunft verfügt. Sie scheint von ihren Gefühlen
beherrscht zu werden, und sie misst dem Schein viel zu viel
Bedeutung bei. Vielleicht könnte sie nicht einmal den

Gedanken ertragen, ein uneheliches Kind aufzuziehen, selbst wenn es aus ihrem Schoß käme.«

Das ergab durchaus einen Sinn, wenn man bedachte, wie die Herzogin Ellis behandelte, als wäre sie ein Anathema. Wusste Ellis davon? »Weiß Papa von diesem Kind?«, fragte Jo.

Ihre Mutter schüttelte den Kopf. »Ich habe nie etwas zu ihm gesagt, und er hat nie angedeutet, dass er etwas von einer Schwangerschaft der Herzogin wüsste. Ihre Liaison war nur von kurzer Dauer.«

Jo wollte ihren Verdacht in Bezug auf Ellis nicht in Worte kleiden. Das ging sie alles nichts an. Insbesondere deshalb nicht, weil sie Sheff nicht heiraten würde.

Aber was, wenn Ellis ihre Halbschwester war? Wäre das nicht Jos Angelegenheit? Oder besser gesagt, Jos *Familie*?

Ihre Mutter stand auf. »Ich habe heute viel zu tun. Ich bin nur froh, dass du Shefford nicht wirklich heiraten wirst. Und ich freue mich, dass du deine Trübsal überwunden hast.« Sie schenkte Jo ein warmes Lächeln und verließ dann den Gemeinschaftsraum.

Jo stellte die Kerzen auf den Tischen zurecht und ersetzte sie bei Bedarf, ehe sie dann nach oben in ihre Wohnung ging. Sie würde ihr Leben hier vermissen, aber es war an der Zeit, dass sie ihre Unabhängigkeit – und ihr Dasein als Jungfer – antrat.

Sie hoffte nur, sie würde eine Jungfer sein können, denn in den vergangenen Tagen hatte sie angefangen, sich zu sorgen, ob sie vielleicht in einer anderen Kategorie landen könnte: die einer ledigen Mutter. Ihre Periode ließ auf sich warten, doch andererseits war diese nicht immer zuverlässig, und somit machte sie sich noch keine Sorgen.

Sie gelangte zum Treppenabsatz, der zur Eingangshalle führte, als sie Mrs. Rand begegnete. »Ich wollte dich gerade holen«, meinte die Haushälterin. »Du hast eine Besucherin. Lady Minerva Halifax.«

»Du kannst sie für mich einfach Min nennen, wenn du möchtest«, entgegnete Jo. »Sie ist eine Freundin.«

»Ich werde versuchen, es nicht zu vergessen. Es ist sonderbar, dass du jemanden wie sie deine Freundin nennst, aber sie muss ein anständiger Mensch sein, wenn du sie gern hast.«

»Nicht alle Adligen sind steif und herablassend.« Jo dachte an den Gegensatz zwischen Min und ihrer Mutter. Die beiden könnten nicht unterschiedlicher sein. Sie könnte sie auch mit Tamsin und Gwen vergleichen, doch keine der beiden war als Adlige geboren worden. Oder doch? Beide hatten einen Viscount zum Großvater. Oder waren es Barone? Jedenfalls etwas in der Art. Wenn Jo sich recht erinnerte, hatte sie selbst einen Urgroßvater, der der jüngere Bruder eines Viscounts war. Oder eines Barons. Oder so ähnlich. Da dies nie eine Rolle gespielt hatte, wusste sie das nicht genau. Es spielte auch weiterhin keine Rolle.

Adel war ein Konstrukt, das nichts mit dem Charakter zu tun hatte. Nur darauf kam es an.

»Soll ich Tee bringen?«, fragte Mrs. Rand.

»Es ist ein bisschen früh, denke ich. Aber danke für das Angebot.« Jo begab sich zum Salon, wo Min am Fenster stand und auf die Coventry Street hinunterblickte.

»Bist du allein?«, fragte Jo. »Wo ist Ellis?«

Min wandte sich vom Fenster ab. Ihr Blick war angespannt, und Jo konnte sehen, dass etwas nicht stimmte. »Ich bin mit meiner Kammerzofe gekommen, aber sie wartet unten. Ellis war in ein Buch vertieft. Außerdem habe ich Ellis nichts darüber gesagt, warum ich herkommen wollte. Ich habe noch niemandem davon erzählt, aber der Klatsch wird sich vermutlich bald verbreiten.«

Jo bedeutete Min mit einer einladenden Geste, Platz zu

nehmen, ehe sie sich selbst in einem der Sessel niederließ. Sie faltete ihre Hände im Schoß. »Was für ein Klatsch soll das sein?« Sie wappnete sich innerlich, da sie davon ausging, dass es Sheff betreffen könnte. Allerdings hatte sie nicht damit gerechnet, dass er so schnell zur Tat schreiten würde. Die Saison war noch nicht ganz vorbei. Noch immer gab es genügend Menschen in London, um aus dem Klatsch ein Festmahl zu machen.

»Ich habe einen Brief von der Haushälterin auf Grove erhalten. Sie schreibt mir jeden Monat, um mich wissen zu lassen, was dort vor sich geht.« Min zuckte mit den Schultern. »Wir haben ein freundschaftliches Verhältnis. Sie sagt, mein Vater hätte sich dort aufgehalten, was an sich schon schockierend ist, aber obendrein zusammen mit Sheff. Wusstest du, dass er dort ist?«

»Ja. Er hat mir ein paar Mal geschrieben.« Jo hatte ihm noch nicht geantwortet. Sie konnte keinen Grund für ihr Versäumnis nennen. Vielleicht lag es an der knappen, oberflächlichen Art seiner Briefe. Er schrieb über das Wetter, seine Reisen, die letzte geschichtliche Abhandlung, die er über den Fall Roms gelesen hatte. Seinen Vater hatte er mit keinem Wort erwähnt.

Min presste ihre Lippen aufeinander. »Ich weiß, das deine Ehe mit ihm eine geschäftliche Vereinbarung ist, aber ich frage mich, ob du dir das vielleicht doch noch einmal überlegst, nachdem du dir angehört hast, was ich zu sagen habe.«

Sheff hatte also die nächste Phase ihres Plans eingeleitet. Wahrscheinlich hatte er sich einfach nicht mehr beherrschen können oder wollen. Er hatte in aller Deutlichkeit gesagt, dass er sich für einen Wüstling hielt. Womit er offenbar recht hatte.

»Was ist passiert?«, fragte Jo. »Bitte keine Ausflüchte. Ich bin mir der Gewohnheiten deines Bruders nur zu bewusst.«

»Beinhaltet eure Vereinbarung, dass er sich weiterhin so benimmt? Ich sollte doch annehmen, dass er zumindest versuchen würde, seine Neigungen in Schach zu halten, solange ihr verlobt und frisch verheiratet seid. Du kannst unmöglich mit dieser Art von Skandal leben wollen. Das ist Folter.« Sie wandte den Blick ab und ihr Kiefer arbeitete.

»Wegen deiner Eltern?«, fragte Jo leise.

Min nickte steif. »Niemals würde ich jemandem eine Ehe wie die meiner Eltern wünschen, und das auch dann nicht, wenn diese Ehe ohne romantische Erwartungen eingegangen wird. Ich wollte, dass du von mir von dem Vorfall erfährst, damit du nicht überrascht bist. Vor ein paar Tagen fand auf Grove eine Party statt. Es scheint, als sei Sheff *mit* ein paar Frauen *zusammen* gewesen.«

»Mit ›zusammen‹ meinst du wohl, dass er mit ihnen intim war?«, fragte Jo und voller Beunruhigung spürte sie, wie sich ihre Brust auf eine beinahe schmerzhafte Weise zusammenzog.

»Das scheint er gewesen zu sein. Die Haushälterin schrieb, er sei mit ihnen im Garten gesehen worden. Sie waren über ihn drapiert. Dann schrieb sie weiter, dass sie spät in der Nacht eine Frau vor seinem Schlafzimmer gesehen hatte.« Mins Augen blitzten vor Zorn. »Ich bin so wütend auf ihn, weil er sich so unmöglich aufgeführt hat. Ich weiß, dass du keine romantischen Gefühle für ihn hegst, aber ich kann mir nicht vorstellen, dass du mit so jemandem verheiratet sein willst.«

Jo wollte einen Grund in Worte fassen, warum sie ihn trotzdem heiraten würde, aber hatte sie überhaupt einen Anlass, Min weiterhin in die Irre zu führen? Ihr wollte keiner einfallen und schon gar nicht, wenn die Auflösung ihrer Verlobung unmittelbar bevorstand.

Jo erwiderte den Blick ihrer Freundin und holte tief Luft. »Ich hoffe, du bist mir nicht böse, aber es ist an der Zeit, dass ich dir die ganze Wahrheit beichte. Ich hatte nie vor, Sheff zu heiraten. Er hat mir vor ein paar Wochen einen Vorschlag unterbreitet – dass ich so tue, als wäre ich für den Rest der Saison mit ihm verlobt.«

Min starrte sie an. »Die ganze Verlobung war vorgetäuscht? Mit dem Ring meiner Großmutter und einem teuren Ball?«

»Ja.« Jo konnte nicht anders, als zu erschaudern. Sheff und auch sie hatten die ganze Zeit über unter ihrem schlechten Gewissen gelitten, aber sie hatten durchgehalten. Und wozu? Am Ende hatte es nur dazu geführt, dass sie ihrer beiderseitiger Anziehung nachgaben und eine Nacht erlebt hatten, die Jo nie vergessen würde. Insbesondere nicht, wenn sie ein Baby als Erinnerung daran bekommen würde.

Nein, daran würde sie nicht denken. Es war noch viel zu früh, um solche Annahmen zu machen. Tatsächlich wurde sie derzeit von Krämpfen in ihrem Unterleib geplagt. Ihre Periode würde wahrscheinlich bald einsetzen.

Min stand auf und ging im Zimmer umher, wobei sie während des Sprechens wild mit den Händen gestikulierte. »Was könnte Sheff sich davon versprochen haben? Er hätte wenigstens eine Frau auswählen können, die unsere Mutter gutheißt. Dann hätte sie ihre Frustration nicht an mir ausgelassen, indem sie ihre Bemühungen, mich zu verheiraten, noch verstärkt.« Sie stemmte eine Hand in die Hüfte und wandte sich Jo zu. »Weißt du, wie viele Tänze und Promenaden ich in den letzten Wochen über mich ergehen lassen musste?«

»Es tut mir so leid.« Jo bedauerte es sehr, dass Min so aufgebracht und verletzt war. »Ich schätze unsere Freundschaft mehr als alles andere. Ich habe es gehasst, dich anzulügen.«

Min runzelte die Stirn, warf dann die Hände in die Luft und setzte sich verärgert wieder auf ihren Platz. Sie warf Jo einen bösen Blick zu. »Was hast du eigentlich von dieser Eskapade?«

»Geld«, antwortete Jo freimütig. »Sheff hat mir eine lebensverändernde Summe angeboten, die es mir ermöglicht, unabhängig zu sein. Ich wollte das Siren´s Call nicht unbedingt von meiner Mutter übernehmen, und jetzt muss ich das auch nicht mehr.«

Min blinzelte. »Nun. Das ist aus der Sicht der Schwester des Mannes frustrierend, der eine Frau dafür bezahlt, sich als seine Verlobte auszugeben, aber aus der Sicht der Freundin der Frau auch wunderbar, die jetzt die Freiheit hat, die ihr gebührt. Aber vor allem bin ich neidisch«, sagte sie leise und lenkte den Blick einen Moment lang auf ihren Schoß.

»Oh, Min, bitte sei nicht traurig. Es wird alles gut werden für dich. Das muss es einfach.« Wenn Jo auch nicht die geringste Ahnung hatte, wie das passieren sollte. Für Min wäre es nicht so einfach, ein unabhängiges Leben zu wählen, wenn dies wirklich ihr Wunsch war. »Wenigstens wirst du nicht zu einer Heirat gezwungen.«

»Noch nicht.« Sie blickte Jo eindringlich an. »Was wird jetzt geschehen?«

»Sheffs Plan war es, dass er außerhalb Londons eine Tat begeht, die Klatsch und Tratsch nach sich ziehen würde. Eine Tat, die es mir leicht machen – und mich klug dastehen lassen würde –, die Verlobung zu lösen. Anstelle einer anderen Frau aus der feinen Gesellschaft fiel seine Wahl auf mich, weil er glaubte, ich würde den Skandal überstehen. Jemand wie du wäre ruiniert.«

»*Du* könntest ebenso gut ruiniert sein«, gab Min zu bedenken.

Jo zuckte mit den Schultern. »Inwiefern? Würde ich dann nicht mehr zu Bällen eingeladen werden? Buuhuuu. Die Leute werden mich direkt schneiden? Das tun sie doch ohnehin schon.«

Min zog eine Grimasse. »Tatsächlich?«

»Seit unserer Scheinverlobung waren es ziemlich viele.« Jo sagte ihrer Freundin nichts davon, wie sehr es sie ärgerte, diese Reaktion ausgelöst zu haben, indem sie es gewagt hatte, sich mit dem Erben eines Herzogtums zu verloben, um ihn zu heiraten. Und sie würde sich nicht bei Min darüber beklagen, jedenfalls nicht, nachdem sie ihr die Wahrheit so lange verschwiegen hatte. »Ich könnte deine Hilfe gebrauchen, um allgemein publik zu machen, dass ich wegen Sheffs Tat die Verlobung lösen werde.«

»Das kann ich gern übernehmen.« Min richtete den Blick an die Decke. »Meine Mutter wird außer sich sein.«

»Oder auch nicht.« Ungeachtet ihres gesellschaftlichen Status war Jo auch die Tochter ihres ehemaligen Liebhabers. Das würde Jo ihrer Freundin Min allerdings nicht verraten, und sie würde auch nichts von den Vermutungen ihrer Mutter preisgeben, dass die Herzogin ein uneheliches Kind zur Welt gebracht haben könnte. »Aller Wahrscheinlichkeit nach wird deine Mutter mit Erleichterung reagieren, da sie mich wieder los ist.«

»Das stimmt«, antwortete Min. »Wann soll ich sie denn darüber informieren, dass du die Verlobung gelöst hast?«

»Kursiert denn das Gerücht noch nicht hier in der Stadt?«, fragte Jo. Min schüttelte den Kopf. »Sobald das passiert, werde ich den Leuten – insbesondere den Gästen des Siren´s Call, da ich hauptsächlich mit ihnen zusammenkomme – mitteilen, dass ich nicht mehr verlobt bin. Anschließend kannst du es dann deiner Mutter sagen.« Jo strich mit einer Hand über ihre Wange. »Ich werde den rechten Zeitpunkt finden, um allen anderen – damit meine ich unsere Freundinnen – von dem Plan zu erzählen.«

»Sie werden Verständnis haben«, entgegnete Min. »Ich habe es jedenfalls. Meiner anfänglichen Wut zum Trotz begreife ich es wirklich.« Sie lachte und das überraschte Jo.

»Und ich habe geglaubt, ich würde dir eine unangenehme Nachricht überbringen, aber damit hast du ja gerechnet.«

Ja, obwohl Jo nicht darauf gefasst gewesen war, wie weh das tat. Offensichtlich war sie noch nicht über ihre »Schwärmerei« hinweg. Allmählich sorgte sie sich, dass diese wohl deutlich länger anhalten könnte als von ihr angenommen.

Eventuell sogar für immer. Der Gedanke an Sheff mit einer anderen Frau bereitete ihr Qualen. Er entfachte auch ihre Wut – auf ihn und auf sich selbst. Keinesfalls hätte sie mit einem anderen Ausgang rechnen dürfen. Insbesondere deshalb nicht, da dies von Anfang an Teil des Plans gewesen war.

Wäre es nicht möglich, dass sich Pläne ändern? Jo war von ihrem Plan abgekommen, das Siren's Call zu übernehmen. Was, wenn sie nun auch zu dem Schluss käme, dass eine Heirat gar nicht so verkehrt wäre? Selbst ihre Mutter hatte diese Lösung gutgeheißen, um ein Kind zu bekommen. Jo wollte Sheff allerdings nicht nur deshalb heiraten, weil sie schwanger war – falls sie schwanger war. Sie würde ihn heiraten, weil es ihr Wunsch war. Weil sie sich in einen Mann verliebt hatte, der sie zum Lachen brachte und der ihr das Gefühl vermittelte, etwas Besonderes zu sein. Er war ein Mann, der sich um andere sorgte und das Gleiche ersehnte wie sie: die Freiheit, für sich selbst zu entscheiden.

Aber sie würde ihn nicht heiraten. Denn eine Änderung ihres Plans müsste für beide Seiten akzeptabel sein, und er wollte nicht heiraten.

»Ich bin so froh, dass du hergekommen bist«, meinte Jo und hoffte, sie würden Freundinnen bleiben, wenn sie auch als unabhängige Jungfer aus dem gesellschaftlichen Leben verschwinden würde. Sie würde aber auch verstehen, wenn das unmöglich wäre. Es wäre schwierig, mit der Schwester des Mannes befreundet zu bleiben, den sie liebte.

S heff legte Jos Brief auf den Tisch in der Bibliothek, wo er nach dem Ausritt am Strand seinen Tee getrunken hatte. Es war der erste Brief, den er von ihr erhielt. Und mit einiger Sicherheit auch der letzte.

Weil er so wütend und aufgebracht gewesen war, hatte er es versäumt, ihr von der Party und den Gerüchten zu schreiben, und das hätte er unbedingt tun sollen. Denn es stimmte nicht, dass er mit einer Frau zusammen gewesen war, und schon gar nicht mit zweien. Diese abscheuliche Mrs. Lawler – es war dieselbe Frau, die Bane und Miss Barclay vor nun beinahe zwei Jahren in dieser kompromittierenden Situation erwischt hatte – hatte behauptet, sie habe Sheff mit zwei Frauen im Garten beobachtet.

Das war genau die Art von Skandal, die zur Folge hatte, dass Jo mit sehr geringem Schaden für ihren eigenen Ruf aus der Sache herauskam. Es stimmte aber nicht. Mrs. Lawler, diese aufdringliche Wichtigtuerin, hatte beobachtet, wie zwei Frauen versucht hatten, Sheffs Gunst zu gewinnen. Allem Anschein nach hatte sie dann nicht mehr gesehen, wie er die beiden abwies und ins Haus zurückkehrte.

Das Gerücht hatte sich selbstverständlich bis nach London herumgesprochen, und nun war es mit seiner vorgetäuschten Verlobung vorbei. In ihrem Brief hatte Jo bestätigt, dass sie von seinen Taten Kenntnis bekommen hatte und bereits bekannt gab, dass sie nun doch nicht heiraten würden.

Der Plan war genauso aufgegangen, wie er es beabsichtigt hatte.

Warum wurde er dann das Gefühl nicht los, dass er sich auf nichts mehr freuen konnte und sein Leben gerade ... ganz grau geworden war?

Der Herzog betrat die Bibliothek. Sein Haar war noch

feucht und er trug weder einen Frack noch Krawatte, aber da nur sie beide hier wohnten, hatten sie an manchen Tagen darauf verzichtet, sich vollständig anzukleiden. Wozu die Mühe?

»Hast du einen Brief erhalten?«, fragte Sheffs Vater, als er sich an den Tisch setzte und sich einen Keks vom Teetablett nahm.

»Von meiner Verlobten. Genauer gesagt, *von meiner ehemaligen* Verlobten.«

Der Herzog setzte sich aufrecht hin und riss dabei die Augen auf. »Sie hat die Verlobung gelöst?«

»Kannst du ihr das verübeln?«

»Ihr ist das Gerücht also zu Ohren gekommen«, meinte sein Vater mit einer Grimasse. »Du musst ihr schreiben und ihr versichern, dass es nicht wahr ist.«

»Dazu ist es zu spät.« Das Leeregefühl in Sheffs Brust griff nun auch auf seinen Bauch und seine Gliedmaßen über. »Sie hat es bereits publik gemacht.«

»Sie kann ihre Meinung ändern.«

»Das wird sie nicht tun, und das sollte sie auch nicht. Die Leute werden sie bemitleiden, wenn sie mich heiratet, und das hat Jo nicht verdient.« Ebenso wenig hatte sie verdient, offen geschnitten zu werden, nur weil sie die Stirn besessen hatte, sich mit einem Mann von höherem Stand als sie selbst zu verloben.

»Unsinn. Sie wird eine Countess sein. Niemand hat mit einer Countess Mitleid.«

Sheff funkelte seinen Vater an. So schwer von Begriff konnte der Mann doch nun wirklich nicht sein. Sheff entschied sich aber, nicht mit ihm zu streiten.

»Was stand noch in ihrem Brief? Oder war das alles?«

Da war noch mehr, wovon Sheff allerdings nichts verraten wollte. Sie hatte von dem Gespräch mit ihrer Mutter geschrieben, das sie über ihren Wunsch geführt hatten, das Siren´s Call nicht zu übernehmen, und inzwischen hatten sie bereits eine Frau als Geschäftsführerin eingestellt. Sie konnte vielleicht im Herbst aufhören, wenn ihre Mutter aus Weston zurückkehrte. Jo hatte ihm geschrieben, dass sie ihr unabhängiges Leben weiterführen könne, und sie hatte ihren Dank dafür ausgedrückt, dass er ihr dies ermöglichte.

Er war so glücklich für sie. Und wegen sich selbst vollkommen verzweifelt.

»Ihre Mutter ist in Weston«, bemerkte Sheff beinahe geistesabwesend, während er versuchte, ein paar Worte hervorzubringen, die nicht von Jo handelten.

»Tatsächlich? Willst du ihr einen Besuch abstatten? Ich könnte dich begleiten.«

Sheff verzog das Gesicht und starrte seinen Vater an. »Aus welchem Grund sollte ich sie besuchen wollen? Selbst wenn dies meine Absicht wäre, könntest du mich *nicht* begleiten. Sie hat dich ein zweites Mal aus ihrem Club verbannt, nachdem du dich mit einer der Angestellten vergnügt hast.«

»Ja, das.« Der Herzog presste die Lippen zusammen. »Das wird nicht mehr vorkommen. Ich habe beschlossen, deinen Rat zu befolgen und einige Änderungen vorzunehmen. Ich werde bald nach London zurückkehren und dort keine weibliche Gesellschaft mehr suchen, wie dies in der Vergangenheit der Fall gewesen war. Ich werde auch nicht mehr exzessiv trinken. In Wahrheit habe ich in den letzten Tagen nur Ale getrunken, und davon nicht einmal viel.«

»Was ist mit deiner neuen Bekannten?« Sheff hatte sie auf der Party kennengelernt. Mrs. Welbeck war einige Jahre jünger als sein Vater, achtundfünfzig, und hatte ein ansteckendes Lachen. Sheff mochte sie.

»Sie wird den Sommer über hier bleiben, aber ab Oktober wird sie für die Saison an ihrem Hauptwohnsitz in

Bath residieren. Ich plane, sie dort zu besuchen. Vielleicht kommt sie dann im neuen Jahr mit mir nach London.« Er zuckte mit den Schultern. »Wir werden sehen, was passiert. Ich versuche, nicht zu weit in die Zukunft zu schauen.«

»Ich freue mich, dass du zumindest ein wenig für die Zeit nach dem heutigen Abend planst.« Sheff lächelte ihm zu und spürte eine echte Wärme und sogar Stolz in sich aufsteigen. »Ich mag sie. Sie ist sehr fröhlich. Ich kann mir vorstellen, dass du das genießt.«

»Es ist erfrischend«, meinte der Herzog mit einem Lachen. »Danke, dass du mir die nötige Ermunterung hast angedeihen lassen. Nun ist es an mir, für dich das Gleiche zu tun. Kehre mit mir nach London zurück. Kämpfe für Miss Harker.«

Sheff schüttelte entschieden den Kopf. »Das kann ich nicht tun.«

Sein Vater runzelte die Stirn und blickte Sheff mit schmalen Augen an. »Ich habe dich noch nie als Defätisten erlebt. Ganz bestimmt bist du mit all dem schrecklichen Verhalten fertiggeworden, das ich dir zugemutet habe. Es tut mir furchtbar leid, mein Sohn.«

Sheff hatte sich inzwischen daran gewöhnt, dass sein Vater sich beinahe jeden Tag entschuldigte, seit er die Wahrheit hinter seinem unsäglichen Verhalten enthüllt hatte. »Ich habe dir verziehen. Du kannst nun wirklich aufhören, dich zu entschuldigen.«

»Begleite mich nach London. Dort finden wir eine Möglichkeit, wie wir Miss Harker davon überzeugen können, dass du sie liebst und dieser Tratsch nicht mehr als ein schreckliches Gerücht war, das von einer unausstehlichen Wichtigtuerin in die Welt gesetzt worden ist.«

Wie würde Jo reagieren, wenn Sheff vor ihr erschien und ihr seine Liebe gestehen würde? Würde sie ihm ins Gesicht lachen? Schockiert zurückschrecken?

Sheff fuhr sich mit der Hand über die Stirn. »Es ist mir unmöglich, irgendetwas davon zu tun, weil unsere Verlobung nicht echt war. Die ganze Sache war eine Scharade.«

Der Herzog blinzelte ihn an. »Warum?«

»Weil du und Mama mich nicht in Ruhe gelassen habt. Ich konnte die ständigen Schikanen nicht länger ertragen. Mama sagte auch, du würdest aufhören, ihr in dieser Sache weiter zuzusetzen, wenn ich heiraten würde.« Sheff sah seinen Vater entschuldigend an. »Ich wollte sie vor dir behüten. Aber jetzt muss ich mich fragen, ob du sie überhaupt wegen mir belästigt hast.«

Sein Vater schnaubte. »Das habe ich nicht. Es tut mir leid, dass sie gelogen hat, um dich zu manipulieren.« Er schüttelte den Kopf. »Warum sollte Miss Harker einer vorgetäuschten Verlobung zustimmen?«

»Weil ich sie dafür bezahlt habe.« Sheff legte die Ellbogen auf die Armlehnen seines Sessels.

»Ich verstehe. Nun, das ändert die Dinge ein wenig. An der Natur deiner Empfindungen für sie ändert es jedoch nichts. Liebst du sie schon die ganze Zeit?«

Sheff wollte leugnen, doch warum sollte er sich die Mühe machen? Würde es sich nicht wunderbar anfühlen, seine Gefühle einem anderen Menschen anzuvertrauen, auch wenn das nicht Jo war? »Nein. Meine Wahl fiel auf sie, weil wir befreundet waren und weil ich der Ansicht war, sie würde die Auflösung der Verlobung überstehen – im Gegensatz zu jemandem aus der Gesellschaft.«

»Du glaubst, Miss Harker wäre nicht ruiniert, wenn sie die Verlobung löst, während dies bei einer Frau aus deinen eigenen Kreisen der Fall wäre?« Der Herzog starrte ihn an. »Bist du von Sinnen?«

»Nein. Wie kommst du denn darauf?«

»Deine Annahme, Miss Harker würde durch dein Verhalten nicht nachteilig beeinträchtigt, ist unglaublich kurzsichtig von dir. Es wird eine Menge Leute geben, die nicht mit ihr verkehren wollen, und dass sie sich vollkommen von der Gesellschaft abgewendet hat, kann ich auch nicht glauben. Sie ist doch mit Min und ihrer Gruppe befreundet, nicht wahr?«

»Ja, aber sie werden sie bestimmt nicht fallen lassen.«

Sein Vater sah ihn mit einem skeptischen Blick an. »Deine Mutter wird mit Sicherheit darauf bestehen, dass Min genau das tut.«

Verflixt, so weit hatte Sheff nicht gedacht. »Warum sind wir alle furchtbar abhängig von Mutter? Insbesondere wenn man bedenkt, wie sie dich behandelt hat? Wir sollten sie glaube ich überreden, nach Beacon Park zu ziehen.« Das war ihr Landsitz in Bedfordshire. »Nein, nicht überreden. Wir werden *fordern*, dass sie geht. Dann kann sie uns nicht weiter unglücklich machen.«

»Ich werde mich um deine Mutter kümmern, in Ordnung? Du musst dich darauf konzentrieren, Miss Harker für dich zu gewinnen. Ist denn da nicht die geringste Hoffnung, dass sie deine Gefühle erwidert?«

»Ich wäre schockiert, wenn dem so wäre. Sie hat noch weniger Lust zu heiraten als ich, wenn das überhaupt vorstellbar ist. Sie sehnt sich nach einem unabhängigen Leben als Gastgeberin literarischer Salons.«

»Eine Countess kann zu literarischen Salons einladen«, bemerkte der Herzog. »Tatsächlich kann eine Countess das erheblich müheloser und mit größerem Erfolg und Einfluss bewerkstelligen als eine Jungfer.«

Sheff richtete seinen Blick auf den Herzog. »Du schlägst vor, dass ich sie für mich gewinne, indem ich verspreche, dass sie ihr ganzes Leben lang literarische Salons ausrichten kann?«

Sein Vater lachte. »Wenn du der Annahme bist, das würde genügen, bist du nicht der Romantiker, für den ich dich halte.« Er erhob sich. »Ich muss mich auf den Weg machen, um Mrs. Welbeck zu besuchen.« Mit einem Lächeln auf den Lippen verließ er die Bibliothek und ließ Sheff zurück, der sich über Jos Brief ärgerte.

Sie wollte keine Countess werden. Zudem konnte er ihre Erregung in den Worten herauslesen, die sie geschrieben hatte. Sie suchte ein kleines Terrassenhaus für sich – einen Ort, an dem sie das von ihr erträumte Leben führen konnte. Ohne ihn.

Er konnte nur hoffen, dass seine Liebe zu ihr mit der Zeit verginge. Allerdings nicht, weil er sich darüber so sicher war, wie in seiner Vergangenheit. Er musste sie verblassen lassen, denn es gab keine Hoffnung für sie beide.

Außerdem konnte er nicht mit seinem Vater nach London zurückkehren. Es war schon schwer genug, mit einem Mann zusammen zu sein, der gerade glücklich verliebt war. Wenn er dann obendrein auch noch in der gleichen Stadt weilte wie Jo? Wahrscheinlich würde er sie aufsuchen müssen, und sei es auch nur, um den Ring seiner Großmutter zurückzuholen. Was war mit dem Siren´s Call? Könnte er nie wieder dort zu Gast sein?

Nein. Wenigstens so lange nicht, bis seine Liebe zu Jo vergangen war. Warum um alles in der Welt war dieses Gefühl nicht flüchtig? Eigentlich durfte es überhaupt nicht von Dauer sein. Darüber hinaus sollte es ihn ganz bestimmt nicht wie eine Messerschneide durchbohren. Oder ihn in einen verlorenen Zustand voller Verzweiflung versetzen. Sollte Liebe einen nicht glücklich machen?

KAPITEL 17

An einem Montagnachmittag Ende Juli betrat Jo den Salon in Gwens Haus. Es waren genau zehn Wochen vergangen, seit sie Sheff das letzte Mal gesehen hatte. Da ihre Mutter nicht mehr in London war, wo Sheff sich inzwischen aufhielt, hatte Jo ein Notfalltreffen mit ihren Freundinnen einberufen. Zuallererst hatte sie aber Gwen gebeten, die Gastgeberin zu sein. Sie musste einmal aus dem Club herauskommen, und dazu gehörte auch ihre Wohnung, die ja daran angeschlossen war.

Gwen begrüßte sie mit einem herzlichen Lächeln, doch dann runzelte sie die Stirn, was ihre Besorgnis zeigte. Die beiden Freundinnen umarmten sich und ließen sich dann gemeinsam auf einem Sofa nieder.

»Wahrscheinlich möchtest du erst einmal nichts sagen, bis auch die anderen eingetroffen sind«, meinte Gwen. »Wenn es allerdings etwas gibt, was du jetzt sofort loswerden musst, dann sag es mir einfach.«

»Danke.« Jo fühlte sich erstaunlich gelassen. Das hatte wahrscheinlich mit den verschiedenen Stufen der Verzweiflung zu tun, die sie in den letzten Wochen durchlitten hatte.

Diese hatten von leichter Besorgnis über pragmatische Sorge bis hin zu absoluter Panik gereicht. Inzwischen hatte sie einfach die Wahrheit akzeptiert – sie war schwanger. Die Frage war nur, was sie nun unternehmen sollte. Sie musste ihre Zukunftspläne ändern, die sie geschmiedet hatte, seit sie sich auf Sheffs Plan eingelassen hatte. Als unverheiratete Mutter wäre es ihr unmöglich ein Leben zu führen, das auch nur im Entferntesten an die Londoner Gesellschaft grenzte.

Sie hatte erwogen, das Kind nicht auszutragen, doch als sie sich dessen Existenz in ihrem Leib bewusst wurde, musste sie schockiert feststellen, dass sie es haben wollte. Sie wollte eine Mutter sein, die einem Kind die gleiche Liebe und Fürsorge gab, die sie von ihrer eigenen Mutter erhalten hatte, und obendrein fast ganz allein auf sich gestellt.

Dann trafen Min und Ellis ein. Ein Dienstmädchen folgte ihnen, das ein Teetablett auf einem Tisch bei den Fenstern außerhalb der Sitzgruppe abstellte, auf der Jo und Gwen saßen. Die beiden Neuankömmlinge setzten sich zu ihnen und nahmen auf dem Sofa gegenüber Platz.

»Wir warten nur auf Tamsin und Persephone.«

»Persey kommt?«, fragte Min. »Wie schön.«

Jo kannte die Herzogin von Wellesbourne noch nicht so gut wie die anderen, doch Gwen hatte von deren Wunsch berichtet, das Haus zu verlassen und Freundinnen zu besuchen, denn ihr Sohn war inzwischen einige Monate alt. Sie hatte Jo gefragt, ob es ihr etwas ausmachte, sie einzuladen, und Jo hatte nichts dagegen. Je mehr Unterstützung und Rat sie bekam, desto besser.

Die Herzogin, oder besser Persephone, traf als Nächstes ein. Sie waren gerade mit der Umarmung zur Begrüßung fertig geworden, als Tamsin den Salon betrat.

»Oh, Persey ist da!« Tamsin stürzte herein und umarmte sie mit einem glücklichen Lächeln. »Es ist so schön, dich zu sehen.«

»Es ist sehr schön, gesehen zu werden. Und aus meinem Haus heraus zu kommen«, fügte Persephone lachend hinzu.

»Kümmert sich Wellesbourne um den kleinen Jonathan?«, fragte Min.

»Nicht allein«, sagte Persephone ironisch.

»Krabbelt er schon?«, fragte Tasmin.

Persephone schüttelte den Kopf. »Dafür ist es noch viel zu früh. Gott sei Dank. Wir genießen es, ihm beim Brabbeln zuzuhören und ihn zum Lachen zu bringen.«

»Ich weiß so gut wie nichts über Kinder«, meinte Tamsin lachend. »Lachen und brabbeln klingt wunderbar.«

Das Geplauder über Babys ließ Jo den Atem stocken. Auch sie wusste nicht viel über Kinder, doch das würde sie lernen müssen. Wie sehnlich sie sich wünschte, dass ihre Mutter hier wäre. Warum war ausgerechnet dies das erste Mal, dass sie Jo wirklich allein gelassen hatte?

Jo bemerkte, dass die Aufmerksamkeit der anderen auf sie gerichtet war. »Ich, ähm, ich nehme an, dass ihr euch fragt, warum ich euch alle heute hergebeten habe.« Sie sah Gwen neben sich an. »Danke, dass du mich eingeladen hast. Und danke, dass du meine Freundin geworden bist und mich mit allen anderen bekannt gemacht hast. Ich hatte noch nie enge Freundinnen, und jetzt bin ich besonders froh, euch zu haben.«

Verdammt, sie drohte, in Tränen auszubrechen. Sie wollte nicht weinen! Dennoch war ihr nicht entgangen, dass ihre Gefühle in den letzten Wochen erheblich intensiver geworden waren.

Jo holte tief Luft. Sie hatte sich zurechtgelegt, was sie sagen wollte und wie sie es sagen wollte. Keinesfalls würde sie sich von Gefühlen leiten lassen. »Ich muss euch etwas gestehen. Sheff und ich waren nie wirklich verlobt. Das war nur ein Plan, den er ausgeheckt hatte, um dem Heiratsmarkt für die restliche Saison zu entkommen. Er will nicht heiraten, und seine Eltern drängen ihn seit Jahren dazu. Der Plan sah vor, dass wir so tun, als seien wir verlobt, und Sheff am Ende der Saison die Stadt verlässt. Dann wollte er sich entsprechend verhalten, dass Gerüchte über ihn in die Welt gesetzt würden, die mir dann den Vorwand bieten würden, die Verlobung zu lösen, weil ich unmöglich einen Halunken wie ihn heiraten könne.«

»Die Regeln für Halunken in die Tat umgesetzt«, murmelte Ellis mit einem schwachen Lächeln.

»Er hat aber nicht bis zum Ende der Saison gewartet«, bemerkte Gwen. »Er ist schon vor Wochen abgereist.«

»Aber er hat sich unmöglich benommen«, konterte Tamsin mit einem Stirnrunzeln. »Ihr könnt euch doch vorstellen, dass diese schreckliche Mrs. Loses Mundwerk auch hinter diesem Klatsch steckt?« Sie blickte in die Runde und erkannte, dass alle mit einer Kombination aus verdrehten Augen, Grunzen und geschürzten Lippen reagierten.

»Mrs. Loses Mundwerk?«, fragte Jo.

Min zog eine Grimasse. »Sie war die Wichtigtuerin in Weston, die Pandora und Bane zusammen erwischt und es dann allen brühwarm erzählt hat. Im Jahr darauf beobachtete sie Tamsin und Droxford bei einem vertraulichen Gespräch, bei dem Droxford dann einen Mann niederschlug, den Tamsins Vater als Bräutigam für sie vorgesehen hatte. Ihr Name ist Mrs. Lawler, und sie ist eine Abscheulichkeit. Dies ist das dritte Jahr in Folge, dass sie ihre Nase in die Angelegenheiten anderer steckt. Kann sie nicht den Blick abwenden und ihren Mund halten?«

»Anscheinend nicht«, meinte Gwen. Sie schaute zu Jo. »Das war also alles geplant? Du wusstest, dass Sheff auf eine Gaunerei zurückgreifen würde, um damit das Ende des Plans herbeizuführen?«

Jo nickte. »Alles lief nach seinem Plan – bis auf den

Aspekt, dass er die Stadt vor Ende der Saison verließ. Dazu entschloss er sich zum Teil, um mir die Teilnahme an den vielen Veranstaltungen der Gesellschaft zu ersparen. Seine Mutter hat mich immer wieder gedrängt, mich mehr zu engagieren, aber dazu hatte ich mich nicht verpflichtet, als ich Sheffs Vorschlag annahm. Mir obliegt weiterhin die Leitung des Siren´s Call, was die Herzogin auch nicht guthheißt.« Sie blickte zu Min, deren Kiefer angespannt war.

»Es tut mir leid, dass sie so schwierig ist«, meinte Min. »Sie ist froh, dass ihr, du und Sheff nicht heiraten werdet. Trotzdem hegt sie einen Groll auf Sheff, weil er sich wie unser Vater aufgeführt hat. Auch ich bin darüber erzürnt, das muss ich gestehen.«

»Das musst du nicht«, entgegnete Jo und reckte das Kinn dabei. »So ist er nun einmal, und etwas anderes hatte ich auch gar nicht erwartet.« In Wahrheit hatte er sie mit seinem Zölibat überrascht.

»Gerade hast du gesagt, du seist froh, jetzt Freundinnen zu haben«, meldete sich Persephone mit einem besorgten Lächeln zu Wort. »Wie können wir helfen?«

Nun kam der schwierige Teil. Jo fühlte sich wie eine Närrin. »Allem Anschein nach haben Sheff und ich, nachdem wir so viel Zeit miteinander verbracht und uns zum Schein verliebt gegeben haben, eine starke beiderseitige Anziehung entwickelt. Bevor er London verließ, haben wir dieser Anziehung nachgegeben, und ich fürchte, ich leide nun unter den Folgen.« Sie erwiderte Persephones Lächeln, doch dann wurde ihr die Kehle eng, und sie brachte kein Wort mehr hervor.

»Er wird dich heiraten«, beteuerte Min, und ihr Blick traf Jo mit ruhiger Zuversicht.

»Er weiß nichts, und ich bin mir nicht sicher, ob er es wissen sollte. Er will nicht heiraten, und ich habe keine Lust, ihn zu zwingen. Eigentlich will ich auch nicht heiraten.«

Doch, das wollte sie, und nicht nur wegen des Kindes. Sie liebte Sheff. Ihre Pläne, in die Fußstapfen ihrer Mutter zu treten, deckten sich nicht mit dem, was Jo sich wirklich wünschte. Sie wollte eine eigene Familie. »Ja, wir hätten von ... diesen Eskapaden Abstand nehmen sollen. Wir haben versucht, vorsichtig zu sein.«

»Du gedenkst also, es auszutragen?«, fragte Ellis.

Tamsin richtete ihren Blick auf Ellis. »Was sollte sie sonst tun?«

»Es gibt Möglichkeiten, eine Schwangerschaft zu beenden«, antwortete Jo. »Daran habe ich auch gedacht, aber in Wahrheit liebe ich dieses Kind bereits und möchte es großziehen.«

»Liebst du seinen Vater?«, fragte Persephone leise. »Über deine Gefühle für Sheff hast du uns nichts gesagt, außer, dass ihr euch zueinander hingezogen fühlt. Ist das alles?«

Jo brauchte einen Moment, um zu antworten. Auf eine Lüge auszuweichen wäre einfacher, doch diese Frauen hier waren ihre Freundinnen. »Nein. Ich habe mich ernstlich verliebt. Aber das war nicht der Plan. Ich will Sheff nicht eine Frau aufbürden, an der er kein Interesse hat.«

Ellis´ Gesichtsausdruck drückte Mitgefühl aus. »Ich verstehe dein Dilemma. Du liebst Sheff und du trägst sein Kind aus, aber du willst nicht in einer Ehe gefangen sein, in der deine Liebe nicht erwidert wird.«

Jo dachte an ihren Vater, der ihrer Mutter das Herz gebrochen hatte, als er ihr untreu geworden war. »Nein, das will ich nicht.«

»Aber du musst ihm von dem Kind erzählen«, beharrte Tamsin unerbittlich.

»Ich möchte nicht, dass er sich verpflichtet fühlt, mich zu heiraten, denn das wollte keiner von uns beiden«, entgegnete Jo.

»Ist das immer noch so?«, fragte Gwen und veranlasste Jo

damit, ihr den Kopf zuzudrehen. »Du hast dich verliebt. Vielleicht hat er sich auch verliebt. Ich glaube, einige unter uns – und unsere Ehemänner – können bestätigen, dass wir uns nie in einen Halunken hatten verlieben wollen, und trotzdem ist es so gekommen.« Sie lachte leise.

Min presste die Lippen aufeinander. »In euren Fällen haben sich die Halunken rehabilitiert. So sehr ich meinen Bruder auch liebe, bin ich mir keineswegs sicher, ob das bei ihm möglich ist.«

»Du hast gemeint, er würde mich heiraten«, meinte Jo zu Min. »Heißt das, ich soll einen Halunken heiraten, obwohl ich weiß, dass er sich nicht ändern wird? Wie lautet die Regel dazu?«

»Traue niemals einem Halunken, sich zu ändern«, antworteten einige von ihnen fast unisono.

»Soll ich auf eine Art von Ehe gefasst sein, wie meine Eltern sie führen, indem sie getrennt leben und nur dem Namen nach verheiratet sind? Oder noch schlimmer, Mins Eltern, die nicht einmal einen freundlichen Umgang miteinander pflegen können?«, fragte Jo und sie war verzweifelt. Sie liebte Sheff, doch sie konnte sich nicht vorstellen, dass sie eine glückliche Ehe erwartete, jedenfalls nicht nach allem, was er ihr von seinen Befürchtungen darüber erzählt hatte, dass er wie sein Vater war.

Persephone nickte ihr verständnisvoll zu. »Die Eltern von Acton waren auch so. Sie lebten nicht einmal in der gleichen Stadt. Ich kann nachvollziehen, dass du dir das nicht antun willst. Für das Kind wäre es allerdings besser, wenn du Sheff heiraten würdest.«

»Ihr müsst nicht unter einem Dach leben«, schlug Ellis vor. »Du hast dich bereits auf ein Leben in Unabhängigkeit gefreut. Das kannst du auch als seine Countess haben. Er wird dir das nicht absprechen. Ich glaube sogar, es wäre in seinem Sinne, dass du dieses Leben führst.« Ihre Miene wurde zuversichtlicher und sanft.

Ellis hatte das Arrangement von Jos Eltern beschrieben. So sehr Jo dies auch ablehnte, würde sie um des Kindes willen einwilligen. Sie wollte weder ihn noch sie zur Illegitimität verdammen.

»Erst gestern Abend hat mein Vater mir eröffnet, dass er nicht mehr gemeinsam mit Mutter in Henlow House wohnen wird«, brachte Min mit gleichmütiger Stimme hervor. »Er hat ihr in Aussicht gestellt, die Saison in Beacon Park zu verbringen und dann im Sommer und Herbst, wenn Papa nicht in der Stadt ist, in Henlow House zu residieren. Darauf wird sie sich nie einlassen. Er hat ihr auch vorgeschlagen, ihr ein schönes Haus zu kaufen, wo immer sie möchte, außer am Grosvenor Square.«

»Ich kann mir nicht vorstellen, dass sie das gut aufgenommen hat«, meinte Persephone mit einem leisen Schnauben.

Min schüttelte den Kopf. »Ich bin schockiert, dass mein Vater so etwas tut, das gestehe ich, aber er hat erklärt, er würde es nicht länger dulden wird, wie sie mich wegen der Heirat bedrängt. Oder ihre Grausamkeit gegenüber Ellis.« Min warf einen Blick zu Ellis, die mit ruhiger Miene aufrecht und unbeirrt dasaß.

Persephone blinzelte ihr zu. »Das ist bemerkenswert. Wann ist dein Vater aus Weston zurückgekehrt?«

»Erst letzte Woche.« Min sah wieder zu Jo. »Ich wollte uns nicht von Jos Situation ablenken. Sie braucht einen Plan, wie sie meinen Bruder wissen lassen kann, dass er Vater wird.« Plötzlich lächelte sie. »Und ich werde Tante. Ich muss zugeben, ich bin begeistert.«

Der Anblick von Mins Gesichtsausdruck spendete Jo mehr Trost als sie in den ganzen letzten Wochen erhalten hatte. Sie fühlte sich von einem Schub Kraft und Mut gestärkt. »Ich glaube, ich werde nach Weston reisen und Sheff von dem Baby erzählen. Wenn er mir einen Antrag macht, werde ich Ja sagen.«

»*Wenn* er dir einen Antrag macht«, meinte Min mit einem Grinsen, und die anderen nickten zustimmend.

Alle waren sich so sicher, dass Sheff sie heiraten würde. Jo fühlte sich weiterhin von der Sorge geplagt, dass sie eine Ehe erzwingen würde, die keiner von ihnen beiden wollte. Wenn sie sich allerdings beide dieses Kind wünschten, wäre das eventuell in Ordnung. Zumal ihre Freundinnen in einem Punkt recht hatten – sie liebte ihn. War sie sich dann nicht schuldig, in Erfahrung zu bringen, ob sie zusammen glücklich werden konnten?

Gwen nahm Jos Hand und drückte sie fest. »Ich denke, du solltest Sheff auch über deine Gefühle nicht im Unklaren lassen. Es ist gut möglich, dass er ebenso empfindet. Lazarus hat mir seine Liebe verheimlicht, weil er glaubte, dies sei das Beste für mich.« Sie verdrehte die Augen. »Er hat sich geirrt. Bitte begehe nicht den gleichen Fehler. Denn wenn du ihm die Wahrheit verschweigst, wirst du nie erfahren, was passieren könnte.«

Jo wünschte sich so sehr, mit Sheff zu haben, was Gwen zusammen mit Lazarus hatte. Wie stark dieser Wunsch in ihr war, war ihr nicht klar gewesen, bis sie ein Kind erwartete. Die Familie, von der sie nicht gewusst hatte, wie sehr sie sie wollte, war zum Greifen nah.

»Glaubt irgendeine hier, dass Sheff sich von einem Halunken zu einem treuen Ehemann und Vater rehabilitieren kann?«, fragte Jo.

»Das glaube ich«, antwortete Tamsin laut und mit einem strahlenden Lächeln.

»Das kommt für niemanden überraschend«, meinte Min lachend. »Du bist die optimistischste Person im Raum.«

»In London, um genau zu sein«, fügte Gwen grinsend hinzu.

»Ich glaube auch, dass Sheff sich bessern kann«, meldete sich Ellis zu Wort, und das *war* überraschend. »Ehe er London verließ, war er mir anders erschienen. Er war nachdenklicher. Zurückhaltender. Als würde ihm etwas auf dem Herzen liegen.«

»Du glaubst also, er liebt Jo?«, fragte Min.

Ellis zog eine Schulter hoch, und richtete den ihr Blick auf Jo gerichtet. »Das sollte Jo herausfinden, denke ich.«

»Übermorgen reisen wir alle nach Weston«, meinte Tamsin. »Du musst mit uns kommen.«

Damit jeder Zeuge ihrer Demütigung werden konnte, wenn Sheff ihr wahrscheinlich eröffnete, dass er sie nicht liebte? »Ich denke, ich würde eine gewisse Privatsphäre vorziehen.«

»Dann reise morgen ab«, schlug Min vor. »Du kannst eine der Kutschen meines Vaters benutzen.«

»Braucht sie nicht eine Anstandsdame?«, fragte Tamsin.

»Nein«, konterte Jo entschieden. »Ich hatte noch nie eine, und damit fange ich jetzt auch nicht an.« Wozu sollte eine Anstandsdame denn gut sein, wenn sie bereits schwanger war?

Sie würde einen Tag früher als alle anderen in Weston eintreffen. Wie auch immer die Sache zwischen Sheff und ihr ausging, würde Jo ihre Mutter in der Nähe haben, und dann wären auch bald ihre Freundinnen da. »In Ordnung. Ich werde morgen früh abreisen. Ich danke dir, Min. Und euch allen.« Als sie sich umblickte bemerkte sie den dicken Kloß, der sich in ihrer Kehle gebildet hatte. »Ich bin so glücklich, euch alle als meine Freundinnen zu haben.«

»Wir können uns glücklich schätzen, dich zu haben«, meinte Gwen und ließ Jos Hand los, damit sie den Arm um ihre Schultern legen und sie an ihre Seite drücken konnte.

Schmetterlinge flatterten in Jos Bauch. Oder war es das Baby? Nein, das konnte nur die nervöse Vorfreude sein, die Besitz von ihr ergriffen hatte. Da Jo nun wusste, was sie unternehmen würde, wollte sie unbedingt zur Tat schreiten.

Über diese Reise war sie so froh, denn es gab so viel zu bedenken. Was wäre, wenn sie Sheff heiraten würde? Sie wäre eine Countess und man würde von ihr erwarten, dass sie all diese Dinge tat, die in der Gesellschaft üblich waren, und auch die, die sie langweilig fand. Andererseits würde sie aber auch literarische Salons veranstalten und zu allen erdenklichen gelehrten Diskussionen eingeladen werden. Sie musste damit rechnen, dass manche Leute sie nicht akzeptieren würden, doch das war ihr einerlei. Und Sheff? In Anbetracht seiner Wut darüber, dass sie direkt geschnitten worden war, glaubte sie nicht, dass er gleichgültig bliebe.

Vielleicht würde auch alles gut gehen. Eine Zukunft, die Jo sich nie vorstellen konnte, nahm Formen an.

Mit Sheffs Liebe kannst du alles erreichen.

Dieser Gedanke kam in ihr auf und überraschte sie. Glaubte sie das? Sie wusste, dass sie sich stärker und sicherer fühlte, wenn sie ihre Liebe zu ihm annahm. Vielleicht hatte seine Liebe ja dieselbe Wirkung.

Sie musste nur herausfinden, ob diese Liebe existierte.

～

*M*rs. Ingram, die ziemlich groß gewachsene Haushälterin auf Grove, stürmte in die Bibliothek und blieb kurz stehen, als sie Sheff mit lang ausgestreckten Beinen in einem Sessel sitzen sah. Er las gerade einen Roman. Zumindest versuchte er das.

»Ich wusste nicht, dass Ihr hier drin seid, Mylord. Ich kann später wiederkommen.« Sie sprach mit einem melodischen walisischen Akzent.

»Lassen Sie sich nicht von mir stören«, entgegnete Sheff und klappte das Buch zu. Er hatte einen Roman lesen wollen, um sich Jo näher zu fühlen, doch es wollte ihm einfach nicht gelingen, sich zu konzentrieren. »Ich sollte einen Ausritt unternehmen.« Das hatte er seit mehreren Tagen nicht mehr getan.

»Das wäre günstig, denke ich.« Mrs. Ingram war gelegentlich eine stoische Frau mit abschätzenden blauen Augen, und sie musterte Sheff für einen Moment. »Ihr habt das Haus mindestens einige Tage lang nicht mehr verlassen.«

Fünf, um genau zu sein, aber wer zählte schon mit? Sheffs Ausflüge waren weniger geworden, nachdem sein Vater nach London zurückgekehrt war.

»Ich sehe, dass Ihr Trübsal blast. Ist es, weil Ihr Vater fort ist? Bis zum Ende der Woche werden doch Eure Freunde hier eingetroffen sein, nicht wahr?«

Somerton, Wellesbourne, Droxford und Price verließen übermorgen London zu ihrem gemeinsamen jährlichen Ferien. Tatsächlich würden sie Ende der Woche in Weston eintreffen.

»Das wird Euch sicher aufmuntern«, fügte sie mit einem Nicken hinzu.

Sheff brummte, als er aufstand. Er legte das Buch auf einen Tisch. »Ich weiß, dass Sie einige unserer Aktivitäten nicht gutheißen, aber seien Sie versichert, dass es von nun an, wo fast alle verheiratet sind, weitaus ruhiger zugehen wird. Außerdem wird nur noch Price hier wohnen.« Sheff war sich ziemlich sicher, dass die Haushälterin darüber bereits informiert war, doch er hielt es für angemessen, dies noch einmal zu wiederholen. Mrs. Ingram gab Min und Ellis eindeutig den Vorzug gegenüber Sheff und seinen Freunden.

»Zusammen mit Ihrer Schwester und Miss Dangerfield«, meinte die Haushälterin. »Wir werden vorbereitet sein.« Sie zögerte, denn anscheinend wolle sie noch etwas sagen.

»Gibt es noch etwas anderes?«, fragte Sheff.

»Ich habe mich nur gefragt, ob Ihr vielleicht die Frau vermisst, mit der Ihr den Abend auf der Party verbracht habt. Ich hätte erwartet, dass Ihr sie wieder einladet.«

»Welche Frau?«

»Ich habe eine Frau gesehen, die spät in der Nacht in Eurem Zimmer war.« Sie zuckte mit den Schultern. »Das hätte ich nicht erwähnen sollen. Ihr scheint nur so traurig zu sein, und ich fragte mich, ob das der Grund ist.«

Sheff stieß seine Frustration mit einem scharfen Atemzug aus. Es war nicht die Schuld der Haushälterin, dass sie ihn für einen Wüstling hielt. Denn das war er schon sehr lange. »Diese Frau kam in mein Zimmer, und ich habe sie fortgeschickt. Ich bin nicht mehr derselbe Mann, den Sie kennen.«

»Aber da waren doch auch diese Frauen im Garten«, wandte Mrs. Ingram stirnrunzelnd ein.

»Genau wie die Frau, die Sie vor meinem Zimmer gesehen haben, nahmen diese Frauen an, ich würde Zeit mit ihnen verbringen wollen und drängten sich mir ohne meine Zustimmung auf. Ich war nicht an ihren Aufmerksamkeiten interessiert, und ich bin es auch jetzt nicht.«

Die Haushälterin errötete. »Woher sollten sie das wissen?«

»Sie hätten fragen können, anstatt Vermutungen anzustellen.« Er warf ihr einen spitzen Blick zu. »Wie auch Sie nicht annehmen sollten, dass ich die Nacht mit der Frau verbracht habe, die Sie gesehen haben.«

Sie presste die Lippen zu einer flachen Linie zusammen. »Ich habe eine Vermutung geäußert. Die ich allerdings auf der Grundlage Ihres jahrelangen Verhaltens getroffen habe. Ich bin sicher, dass diese Frauen dachten, Ihr wärt an ihrer Aufmerksamkeit interessiert. Es tut mir leid, dass Ihr das nicht wart und sie trotzdem ertragen musstet.«

Ihre Worte ließen Sheff über sein eigenes Verhalten in

der Vergangenheit nachdenken. Hatte er jemals Vermutungen angestellt oder eine Situation ausgenutzt? Er hoffte, dass dies nicht der Fall gewesen war, aber ganz sicher konnte er sich da nicht sein. Zumindest hatten ihn diese Frauen in Ruhe gelassen, nachdem er ihnen sein Desinteresse deutlich gemacht hatte – und ebenso hatte er sich stets bei den Frauen verhalten.

»Ich muss gestehen, dass ich nicht mehr der Wüstling bin, der ich einmal war.«

»Und warum hat sich das geändert? Was hat Euch dazu bewogen, Euch zu ändern?«, fragte Mrs. Ingram und schien wirklich neugierig zu sein.

Sheff lächelte traurig. »Ich habe mein Herz verloren.« Er berührte seine Brust. »Es gehört der reizendsten Frau, und ich dachte wirklich, es wäre nur eine vorübergehende Leihgabe. Leider fürchte ich, dass es ihr für immer gehören wird.«

Mrs. Ingrams Stirn legte sich abermals in Falten. »Sie hat Euch abgewiesen?«

Die Reaktion der Haushälterin und ihre offene Frage überraschte ihn ein wenig. Er *war nicht* abgewiesen worden, aber warum hatte er das Gefühl, dass dem so war? »Sie ist nicht an einer Heirat interessiert.«

»Ihre Weigerung muss Euch sehr getroffen haben. Das tut mir leid.«

»Ich habe sie nicht richtig gefragt.« Nicht ernsthaft. Was würde passieren, wenn er das täte? Wenn er ihr seine verzweifelte Liebe zu ihr gestehen würde, die für immer Bestand haben würde? Dessen war er sich fast vollkommen sicher.

»Dann seid Ihr töricht«, antwortete Mrs. Ingram kopfschüttelnd. »Geht und fragt sie, ob sie Euch wirklich abweisen will. Dann könnt Ihr Trübsal blasen.«

Er könnte nach London reisen – was sein Vater mehrmals vorgeschlagen und Sheff abgelehnt hatte. Nun wollte ihn auch noch die Haushälterin überzeugen, für Jo zu kämpfen? Er hätte sie gern gefragt, ob der Herzog sie dazu angestiftet hatte, aber Mrs. Ingram schien bislang nichts von Jo gewusst zu haben.

»Wer ist diese junge Lady?«, fragte Mrs. Ingram und bestätigte damit Sheffs Vermutung.

»Sie ist eine Freundin meiner Schwester. In London.«

Die Haushälterin verdrehte die Augen und dann zog sie eine Grimasse. »Ich fürchte, ich habe Eurer Schwester wegen der Frau vor Eurem Zimmer geschrieben. Ich dachte, Ihr hättet die Nacht mit dieser Frau verbracht.«

Sheff starrte sie an. »Warum sollten Sie Min davon berichten?« Und hatte Min dies Jo erzählt? Spielte das überhaupt eine Rolle, da Jo dank Mrs. Lawler von dem Klatsch über die Frauen im Garten Kenntnis hatte und die Verlobung bereits gelöst war?

Mrs. Ingram zuckte mit den Schultern, und ihr Gesichtsausdruck zeugte von ihrer Zerknirschung. »Ich habe eine enge Beziehung zu Lady Minerva. Ich schreibe ihr etwa einmal im Monat, was hier vor sich geht.«

Ob Jo nun etwas wusste oder nicht, Sheff musste sie sehen. Er musste sie wissen lassen, dass er sich geändert hatte – ein für alle Mal. Seine Zukunft war ihm nicht vorbestimmt. Es lag an ihm, sich für die Liebe zu entscheiden. Wenn Jo ihn wollte, *würde* er sich für die Liebe und die Ehe entscheiden. »Ich muss sofort nach London reisen.« Da es Nachmittag war, würde er morgen bei Tagesanbruch aufbrechen.

»Darf ich Euch einen Rat geben, Mylord?«, fragte die Haushälterin.

Sheff wollte schon aus dem Zimmer sausen und seinen Diener mit dem Packen beauftragen, doch er hielt inne. »Der da wäre?«

»Wenn Ihr Euch wirklich verändert habt, solltet Ihr das vielleicht publik machen, damit Ihr nicht mehr ... von Bewunderinnen belästigt werdet.« Sie lächelte. »Vielleicht solltet Ihr ein Inserat in der *Times* aufgeben?«

Das war eine alberne Idee – ein Scherz. Aber er war in Versuchung. Er sehnte sich danach, von den Dächern zu rufen, wie sehr er Jo liebte und sie zu seiner Frau machen wollte.

Er zürnte sich selbst, weil er in den letzten Wochen nur vor sich hin gebrütet hatte, anstatt die kapitale Veränderung zu erkennen, die er durchlebt hatte. Das Einzige, was ihm jetzt noch blieb, bestand darin, die Sache zum Abschluss zu bringen, und in die Zukunft zu blicken, die er sich wünschte.

Er konnte nur hoffen, dass Jo sie ebenso auch wollte.

»Ich fahre nach London, sobald die Sonne aufgeht.« Eilig verließ Sheff das Zimmer und überlegte, wie er Jo umwerben könnte.

Was, wenn sie ihn abwies? Dazu hatte sie reichlich Grund, nicht zuletzt wegen seines schurkischen Verhaltens in der Vergangenheit. Darüber hinaus waren ihr nicht alle Aspekte der feinen Gesellschaft willkommen, und diese feine Gesellschaft hatte sie auch nicht sonderlich zuvorkommend behandelt. Wie konnte er also von ihr verlangen, ihr Leben auf Dauer in dieser Weise zu gestalten?

Schließlich war da auch noch der winzige Umstand zu berücksichtigen, dass sie gar nicht heiraten wollte, und sie ihn wahrscheinlich nicht einmal liebte. Seit er London verlassen hatte, war nur ein einziges Mal ein Brief von ihr eingetroffen, und das auch nur, um die nächste Phase ihres Plans zu bestätigen.

Sheff geriet ins Schwanken und sein Gang wurde langsamer, als er die Treppenhalle betrat. Nein, er würde sich nicht länger hinter seiner Angst verstecken. Wenn sie ihn zurückwies, würde er das akzeptieren.

Wenn er es aber gar nicht versuchte, würde er nie erfahren, ob das Glück ihnen gehören könnte.

KAPITEL 18

Jo war sehr froh, heute Morgen bereits im Morgengrauen aufgebrochen zu sein, denn durch den Regen hatte sich die Fahrt verlangsamt. Dennoch hatten sie es bis Froxfield geschafft, das etwa auf halbem Weg nach Weston lag. In ihrem kleinen Zimmer hatte sie es sich dann gemütlich gemacht und gerade erst eine köstliche Mahlzeit verzehrt.

Vom Herumstoßen in der Kutsche war sie ein wenig erschöpft – denn nur selten war sie außerhalb Londons gereist – und nun wollte sie unbedingt schlafen. Nicht nur, weil sie müde war, sondern auch, weil sie den Morgen nicht abwarten konnte, um ihre Reise fortzusetzen.

Sie versuchte, sich ins Bett zu legen, doch der Gast, der nebenan wohnte, lief in seinem Zimmer auf und ab. Und der Boden knarrte. Das ging eine ganze Weile so weiter. Ungeduldig richtete Jo den Blick auf die Wand hinter dem Kopfteil ihres Bettes.

Schließlich hörten die Geräusche auf.

Jo lächelte vor sich hin und seufzte erleichtert auf, als sie sich ins Bett kuschelte. Der Schlaf begann sie zu übermannen ... doch plötzlich wurde sie durch das Geräusch eines Sessels aus ihrem Schlummer gerissen, der über den Boden nebenan gezerrt wurde.

Sie zog sich das Kissen über den Kopf und betete um Ruhe.

~

Sheff sprang von dem Sessel auf, den er gerade dichter an das Feuer gerückt hatte. Dort hatte er ihn zunächst haben wollen, weil seine bloßen Füße eiskalt gewesen waren. Jetzt war ihm vom Herumlaufen allerdings zu warm.

Er fühlte sich von Energie durchflutet, und das Schlafgemach erschien ihm einengend. Er wollte nicht hier sein. Er wollte nach London weiterreisen. Doch der Regen hatte sie zum Anhalten gezwungen, und sie waren erst auf halbem Weg.

Vom Kopfende des Bettes aus kehrte er zur Feuerstelle auf der gegenüberliegenden Seite des Raumes zurück. Dann ging er wieder zurück. Er zog seinen Morgenmantel aus und schleuderte ihn auf das Fußende des Bettes. Nur mit einem Nachthemd bekleidet, kehrte er zum Feuer zurück.

Ehe er sich in den Sessel fallen lassen konnte, klopfte es an seine Tür. Wer würde ihn zu dieser Stunde stören?

Er ging zur Tür und öffnete sie nur einen Spalt, denn er hatte versäumt, zuerst seinen Morgenmantel anzuziehen.

»Sheff?«

»Jo!«

Stand sie wirklich vor ihm? Er erkannte sie an ihrer Stimme, denn ihr Gesicht war in dem schummrigen Korridor kaum auszumachen. Sie konnte ihn wahrscheinlich sehen, weil er sich in seinem weitaus besser beleuchteten Schlafgemach befand.

»Was machst du hier?«, fragte er voller Unglauben.

»Ich bin gekommen, um den Gast, der sich in diesem Zimmer aufhält, zu bitten, sich still zu verhalten.«

Ihre sardonische Antwort reizte ihn zum Lachen und er fragte sich dann, warum er sie im Flur stehen ließ. »Komm herein!« Er machte die Tür weit auf.

Sie trug einen granatfarbenen Morgenmantel, und ihr schwarzes Haar hing ihr in einem Zopf über die Schulter, an dessen Spitze ein elfenbeinfarbenes Band befestigt war. Ihr Gesichtsausdruck war zaghaft, als sie eintrat.

Sheff gelang es mit Mühe, dem Drang zu widerstehen, sie in die Arme zu nehmen und durch den Raum zu schwingen. Er war einfach so glücklich, sie zu sehen. »Ich habe dich vermisst«, sagte er leise.

»Ich habe dich auch vermisst.« Sie klang fast ... schüchtern. Das hätte er niemals von ihr erwartet.

»Ich freue mich so, das zu hören. Da du nur einen Brief geschickt hast, dachte ich, du wärst froh, mich los zu sein.« Dann brach die Realität durch seine Fröhlichkeit. Sie hatte ihm wegen der Auflösung des Verlöbnisses geschrieben. Weil er mit zwei Frauen gesehen worden war.

Sheff ernüchterte schlagartig. »Jo, ich muss dir die Wahrheit darüber sagen, was in Weston passiert ist.«

Sie wölbte eine Braue. »Ich weiß nicht, ob ich mir das wirklich anhören muss. Ich würde mich lieber auf die Zukunft konzentrieren.«

»Aber es ist wichtig. Ich bin meinem Zölibat in jeder Hinsicht treu geblieben. Ich habe nicht einmal eine Frau berührt.«

»Das Gerücht, dass du mit zwei Frauen in deinen Armen gesehen wurdest, ist nicht wahr?«

»Zum Teil«, lenkte er ein. »Sie hatten ihre Arme um mich gelegt, und da wurden wir gesehen. Ich hatte noch keine Gelegenheit gehabt, mich von ihnen zu befreien. Und ich denke, du musst von einer anderen Frau erfahren. Mrs. Ingram – die Haushälterin – sagte, sie habe an Min geschrieben, dass sie eine Frau vor meinem Schlafgemach beobachtet habe. Dort blieb sie auch – draußen, meine ich damit. Sie war der Annahme gewesen, ich sei für ihre Aufmerksamkeit empfänglich.«

Sie zog die Brauen zusammen. »Und das warst du nicht?«

Er schüttelte den Kopf. »Ganz und gar nicht. Ich habe nicht mehr an eine andere Frau gedacht, geschweige denn eine begehrt, seit ich dich in London verlassen habe. Ich war einigermaßen durcheinander, wenn du die Wahrheit wissen willst.« Er versuchte ein Lächeln zustande zu bringen, doch fürchtete, es könne etwas schief aussehen, während er nervös auf ihre Antwort wartete.

Ihre Antwort auf was? Bislang hatte er sie noch gar nichts gefragt.

»Bist du mir böse?«, fragte er.

»Warum sollte ich das? Du hast den Plan in die Tat umgesetzt, und zwar so, wie wir es abgesprochen hatten. Das war schneller vonstattengegangen, als von mir erwartet, doch nun hat es den Anschein, als hättest du gar nichts unternommen.« Sie musterte sein Gesicht. »Du warst mit keiner dieser Frauen zusammen? Du hast nicht gar versucht, einen Skandal anzuzetteln?«

»Nein. Mein Vater hat eine Party auf Grove veranstaltet. Ich hatte beschlossen, mitzufeiern, um mich ein wenig aufzuheitern. Allerdings hat es das Gegenteil bewirkt. Ich habe dich nur noch mehr vermisst. Also zog ich mich frühzeitig zurück. Dann wurde ich von dieser Frau gestört.«

»Warum musstest du dich aufheitern?«, fragte sie leise.

»Weil mir das Herz gebrochen wurde«, flüsterte er, während er seinen Blick mit ihrem verband. »Ich habe mich in dich verliebt, was nicht sein sollte, und darauf gewartet, dass diese Verliebtheit wieder verschwindet. Das passierte allerdings nicht. Bis jetzt noch nicht. Ich glaube auch nicht, dass das jemals geschehen wird.«

Sie fasste sich mit einer Hand an ihre Brust und teilte ihre Lippen. »Du liebst mich?«

»Verzweifelt.« Er konnte sein Lächeln nicht zurückhalten und ergriff ihre Hand. Doch dann hielt er kurz inne. Ihm fiel seine Unterhaltung mit Mrs. Ingram wieder ein. »Darf ich dich berühren?«

Jo nahm seine Hand in die ihre. »Wie kannst du mich lieben? Immer hast du behauptet, du könntest niemanden lieben.«

Sheff rückte dicht an sie heran und hob ihre Hand, um sie an seine Brust zu drücken. »Ich liebe dich, weil du brillant und geistreich bist, und du hast eine unmögliche Zeit mit mir durchgestanden. Es tut mir so leid, dass ich dich mit meiner törichten Scheinverlobung in diese Situation gebracht habe. Allerdings möchte ich nicht, dass sie nur zum Schein ist.«

Sie hob die Hand, um zu verhindern, dass er noch mehr sagen konnte. Ihr stockte der Atem. Sie wollte nicht, dass er weitersprach.

Sie wollte *ihn* nicht.

»Bitte hör auf«, flehte sie und klang dabei fast atemlos. »Ich muss dir etwas sagen, bevor du weitersprechen darfst. Ich war auf dem Weg nach Weston. Kommt es dir denn nicht seltsam vor, dass ich hier in Froxfield bin? Dass wir am selben Abend hier sind, ist erstaunlich.«

In Wahrheit *hatte* er *nicht* einmal einen Gedanken daran verschwendet, warum sie wohl hier war. Er war einfach unbändig froh, sie zu sehen. »Du wolltest nach Weston kommen? Um deine Mutter zu besuchen?«

Ein Lächeln umspielte ihre Lippen, während sie den Kopf leicht schüttelte. »Kannst du nicht glauben, dass ich zu *dir* unterwegs war?«

Sheffs Gehirn erstarrte für einen Moment, und er musste nach Worten ringen. »Das warst du?«, war alles, was er zustande brachte.

»Ja. Ich habe dir etwas sehr Wichtiges mitzuteilen. Ihre Hand wanderte zu ihrem Unterleib. Sheff hatte weiterhin das Gefühl, dass er nicht ganz bei sich war. »Wir waren in London nicht vorsichtig genug. Ich werde ein Kind bekommen. Ich sage dir nicht, dass du mir einen Heiratsantrag machen sollst, aber für das Kind wäre es das Beste. Ich musste dir auch sagen, dass ich dich liebe, und wenn du mich heiraten willst, bin ich gern bereit.«

Das letzte Wort brachte sie nicht mehr ganz zu Ende, ehe Sheff sie in seine Arme nahm. »Ja. Nein. Warte.« Er glitt an ihrem Körper hinunter und legte die Hände auf ihre Hüften. »Ja, ich will dich heiraten. *Dich.* Ich will *dich* heiraten. Bitte heirate mich, Jo.« Er richtete seinen Blick auf ihren Bauch. »Hallo, du. Ich freue mich schon sehr darauf, dich kennenzulernen. Du wirst die beste Mama ganz Englands bekommen. Was für ein glückliches Mädchen – oder Junge – du bist.«

»Glaubst du, das Kleine ist ein Mädchen?«, fragte Jo und schaute ihn mit leuchtenden Augen an.

»Das weiß ich nicht. Ein dunkelhaariges Mädchen mit haselnussbraunen Augen und einem verschmitzten Lächeln war das erste Bild, das mir in den Sinn gekommen ist.« Er hielt die Luft an. »Willst du mich heiraten?«

»Ich kann kaum glauben, dass wir hier stehen und das tun«, antwortete sie lachend. »Ja, ich werde dich heiraten.«

Sheff drückte ihr einen Kuss auf den Unterleib. »Dein Papa liebt dich jetzt schon so sehr.« Er stand auf und sah Jo in die tränenfeuchten Augen. »Ich liebe dich auch. Und das werde ich immer tun.«

»Wie kannst du dir so sicher sein, wenn du immer geglaubt hast, du wärst dazu nicht in der Lage?«

»Ich hatte eine vollkommen falsche Vorstellung davon,

wer ich bin und, was noch wichtiger ist, wer ich sein will. Die Zeit, die ich mit meinem Vater verbracht habe, war sehr aufschlussreich. Er hat mir eine Seite von sich offenbart, die ich nie zuvor gesehen hatte. Mit ihm zusammen zu sein, ohne meine Mutter, hat mich mit Freude – und Frieden erfüllt. Es half mir zu erkennen, dass ich mir einen Ort wünsche, an dem ich mich immer so fühlen kann, und dieser Ort ist bei dir. Offenbar bin ich durchaus in der Lage, eine überwältigende Liebe zu empfinden.«

Sie berührte ihn an der Wange. »Oh, Sheff. Auch ich habe mich in mir getäuscht. Ich habe an meiner Stellung im Club gezweifelt, aber ich hätte auch skeptisch sein müssen, was mein Dasein als Jungfer angeht. Es hat sich herausgestellt, dass ich vielleicht am glücklichsten wäre, wenn ich eine eigene Familie hätte – mit dir.«

Er holte tief Luft und konnte kaum fassen, dass sie beide das Gleiche wollten. »Ich wünschte, ich wäre klug genug gewesen, früher nach London zurückzukehren.«

»Und ich wünschte, ich hätte London schon früher verlassen«, entgegnete sie lächelnd. »Wir haben einander gesagt, was wir über das, was wir wollten, für die Wahrheit hielten. Aber selbst die besten Pläne können sich ändern.«

Er lachte. »Wenn du damit auf meinen Plan mit der Scheinverlobung anspielst, so war er ungemein schlecht geplant. Dennoch bereue ich die Sache kein bisschen, denn sie hat uns zusammengebracht.«

Ihr Blick wurde sinnlich. »So gesehen war es wirklich ein brillanter Plan.« Sie drückte ihm einen Kuss auf den Kiefer.

Sheffs Körper, der bereits erste Anzeichen von Erregung zeigte, war nun zu ungezügelter Lust entflammt. »So viele Nächte habe ich von dir geträumt«, murmelte er, als sie seinen Hals küsste. »Jede Nacht, seit wir uns getrennt haben.«

»Ich kann nicht glauben, dass du dein Zölibat die ganze

Zeit eingehalten hast.« Sie leckte über seine Haut, und er erschauerte.

»Das war nicht die geringste Mühe für mich. Die einzige Frau, nach der ich mich sehnte, war viel zu weit weg. Ich habe mich sehr gut mit meiner Hand angefreundet, muss ich gestehen.«

Jo lachte, und Sheff zog die Vorderseite ihres Morgenmantels auseinander. Mit seiner Hilfe entledigte sie sich des hinderlichen Kleidungsstücks und legte es auf das Bett. Sie trug ein dünnes Nachthemd, das er ihr über den Kopf zog und dann zu ihrem Morgenmantel legte. Dann nahm er sie in seine Arme und trug sie den kurzen Weg bis zum Bett.

Er setzte sie auf die Bettdecke, zog dann sein Nachthemd aus und ließ es zu Boden fallen. Sie war bereits damit beschäftigt, die Bettdecke zurückzuziehen und schlüpfte darunter. Sie hielt die Decke für ihn hoch, damit er sich zu ihr legen konnte.

Mit geschlossenen Augen streichelten sie einander und erkundeten sich mit Hilfe ihrer Hände. Er umfasste ihre Brust und spürte den Unterschied in ihrer Festigkeit, seit er sie zuletzt gehalten hatte. Sie würde ein Kind bekommen. Er würde Vater werden. Nie zuvor hatte er geahnt, wie sehr er sich das wünschte. Und vielleicht *hatte* er das vorher auch gar *nicht* gewollt. Mit Jo wollte er jedoch alles.

Sheff küsste sie, und das Gefühl ihrer Lippen auf seinen fühlte sich an, als sei er endlich nach Hause gekommen. Sie nahm sein Gesicht in ihre Hände, als sie den Kuss erwiderte und bewegte ihren Körper im Einklang mit seinem. Dann schob sie ihren Fuß auf seine Wade und verhakte ihr Bein über seinen Oberschenkel.

Warum hatte er sich so lange von ihr ferngehalten? Er verdrängte den Gedanken an die verlorenen Wochen, die sie gemeinsam hätten verbringen können, und konzentrierte sich auf diesen Moment. Sie stöhnte während ihres Kusses, als er ihre Brustwarze zwischen seinem Daumen und Zeige-finger rollte. Dann streichelte er mit seiner Hand an ihrer Seite hinunter und über ihre Hüfte, bis er seine Finger-spitzen zu ihrem Geschlecht führte.

Sie stöhnte an seine Lippen, als er ihre Klitoris strei-chelte. Ihre Hüften hoben sich wie von selbst, und er richtete sich über ihr auf und drückte sie auf das Bett zurück. Sie schlang ihre Beine um ihn.

Dann löste sie ihre Lippen von seinen. »Ich will dich jetzt, Sheff. Bitte warte nicht. Ich muss dein sein.«

Er küsste ihre Wange, ihre Schläfe, ihre Stirn. »Du bist mein. Jetzt und für immer.« Er dirigierte seinen Schaft bis dicht an ihrer Öffnung. Sie schloss ihre Hand darum und führte ihn in ihre feuchte Hitze.

Er schloss die Augen, verharrte einen Moment und genoss die überwältigende Freude, sie zu lieben und geliebt zu werden.

»Du brauchst keine Angst zu haben, dass du dich nicht rechtzeitig zurückziehst«, flüsterte sie.

Er konnte sehen, dass sie lächelte, als sie sprach, und er lachte. »Nein, vermutlich nicht.« Dann schlug er die Augen kurz auf und sah zu ihr hinunter. »Wie vorsichtig soll ich sein?«

»Ich glaube nicht, dass du dich darum sorgen musst. Ich habe Persephone danach gefragt, und sie hat mir anvertraut, dass sie und Wellesbourne ihre Aktivitäten erst einge-schränkt haben, als es für sie zu unangenehm wurde. Und dann haben sie die Dinge »modifiziert«, was auch immer das heißen mag. Ich bin zuversichtlich, dass wir das mit der Zeit herausfinden werden.«

»Hast du deinen Freunden von der Kleinen erzählt?«

»Das habe ich. Meine Mutter war nicht in London, und ich brauchte einen Rat.« Sie legte ihre Hand an seine Wange. »Du solltest nicht denken, ich hätte dich in eine Ehe gedrängt, die du nicht wolltest. Das wollte ich absolut nicht.«

»Das hätte ich nie geglaubt, mein Schatz. Deine Gedanken über die Ehe unterscheiden sich wirklich nicht von meinen, und abgesehen davon würde ich auch nicht glauben, dass du zu dieser Art von Manipulation fähig wärst.« Er fing an, sich in ihr zu bewegen, indem er sich erst zurückzog und dann wieder in ihre Scheide vordrang. »Vielmehr würde ich erwarten, dass du deine Wünsche kundtust, und das hast du getan.«

»Endlich. Wie auch du wünschte ich mir, ich hätte nicht gezögert. Denke nur an all die Zeit, die wir vergeudet haben.«

Sheff bewegte sich weiter – und sie mit ihm –, was dazu führte, dass sein Gehirn aus dem Konzept geriet. »Wenn man es genau nimmt, war es gar nicht so viel. Jetzt zählt allerdings nur noch, dass wir zusammen sind.« Er drang tief in sie ein, was sie aufkeuchen ließ. Ihre Augen wurden ganz schmal vor Verlangen. »Im wahrsten Sinne des Wortes.«

Jo schlang ihre Beine fester um ihn und zog seinen Kopf zu einem langen, leidenschaftlichen Kuss zu sich heran. Sheff verlor sich in einem Dunst aus Gefühl und Wollust. Eine solche Erfahrung war ihm nicht in Erinnerung, denn er hatte noch nie solch eine gemacht.

Ihre Körper wiegten sich und glitten aneinander vorbei, und sie rasten dem Gipfel der ekstatischen Erfüllung entgegen. Jo klammerte sich an seinen Rücken und ihre Finger gruben sich aufs Köstlichste in seine Haut, während sich ihre Muskeln um ihn herum zusammenzogen. Er spürte, wie ihr Orgasmus ihren Körper erfasste, und stieß schneller und tiefer zu, um seinen eigenen voranzutreiben. Er schrie inmitten ihres Stöhnens und Wimmerns auf und hielt sie an sich gedrückt.

Eine ganze Weile blieben sie so ineinander verschlungen

liegen, bis ihre Körper zu ihrem normalen Rhythmus zurückfanden. Ja, das war normal – Jo in seinen Armen. Er konnte es kaum glauben.

Schließlich zog er sich aus ihr zurück, hielt sie aber immer noch fest. Noch immer hatte sie ein Bein locker um seinen Oberschenkel geschlungen. »Bist du glücklich?«, fragte er leise.

Sie nickte. »Mehr als ich mir je hatte vorstellen können.« Eine kleine Furche bildete sich auf ihrer Stirn. »Ich bin besorgt darüber, Countess zu werden.«

»Die Gesellschaft wird dich akzeptieren«, entgegnete Sheff fest. »Ich werde sie dazu bringen.«

Lachend strich sie ihm das Haar aus der Stirn. »Ich bewundere deine Urinstinkte zwar, aber ich glaube nicht, dass du *jeden* zwingen kannst.«

»Vermutlich nicht. Ein direkter Schnitt wird allerdings in beide Richtungen ausgeteilt. Ich werde diejenigen nicht vergessen, die dich garstig behandelt haben, als du meine angebliche Verlobte warst. Wenn du meine Frau bist, werde ich jeden schneiden, der sich nicht freundlich und zuvorkommend verhält.«

»Das klingt nach einem guten Plan, wenn ich auch anmerken muss, dass ich nicht in der vordersten Reihe der Gesellschaft stehen möchte. Ist das in Ordnung für dich?»

»Für mich ist alles in Ordnung, was immer du dir wünschst. Wenn du lieber in einer Hütte mitten im Nirgendwo leben möchtest, würde ich dir diese Bitte gern erfüllen.«

»Aber du trägst Verantwortung«, gab sie zu bedenken. »Das wirst du jedenfalls, wenn du eines Tages das Herzogtum erbst.«

»Ja, und ich glaube, mein Vater wird sich wünschen, dass ich mehr Verantwortung übernehme. Er hat einige Veränderungen in seinem Leben vorgenommen, seit er einige Zeit

mit mir in Weston verbracht hat. Es war eine aufschluss-
reiche Zeit. Er hat mir einige Dinge erklärt, von denen ich
noch nicht einmal etwas wusste, zum Beispiel den wahren
Grund für den Streit in der Ehe meiner Eltern.«

Jo legte sich auf die Seite, schmiegte sich an ihn und legte
ihre Handfläche auf seine Brust. »Ich bin sehr neugierig.«

Er erwiderte ihren Blick. »Würdest du mir glauben, wenn
ich dir sage, dass dies nicht allein die Schuld meines Vaters
ist?« Er berichtete weiter, wie sein Vater in seine Mutter
verliebt gewesen war, sie ihn aber zurückgewiesen und eine
Affäre angefangen hatte. Aber Jo schien nicht überrascht zu
sein. Warum sollte sie auch, wenn seine Mutter so furchtbar
zu ihr war?

»Es fällt dir nicht schwer zu glauben, dass meine Mutter
mitschuldig ist«, bemerkte Sheff. »Ich gebe zu, dass es mir
ebenso erging, als ich davon hörte. Ich ärgere mich ein bisschen über mich selbst, dass ich nicht früher dahinterge-
kommen bin.«

»Ich weiß von ihrer Affäre«, meinte Jo. Jetzt war Sheff
überrascht. »Meine Mutter hat mir endlich erklärt, wie sie
deine Mutter kennengelernt hat. Sie hatte eine Affäre mit
meinem Vater.«

Sheff richtete sich ruckartig auf und setzte sich mit
großen Augen hin. »Oh, Gott. Das heißt, Ellis ist deine Halbschwester.«

Jo richtete sich ebenfalls auf. »Das habe ich schon vermutet. Aber du weißt, dass es wahr ist?«

»Ja. Mein Vater hat mir gesagt, dass sie die Tochter
meiner Mutter und aus ihrer Affäre hervorgegangen ist.
Aber mein Vater wusste nicht, wer der Vater von Ellis ist.
Jetzt weiß ich es.« Er blickte verzweifelt zu Jo. »Was sollen
wir mit dieser Information anfangen?«

Sie nahm seine Hand. »Ich weiß es nicht. Es ist sicher
seltsam, dass wir die ganze Wahrheit kennen, während

niemand sonst Bescheid weiß. Meine Mutter hat von der Affäre gewusst, aber nur vermutet, dass deine Mutter ein Kind zur Welt gebracht hat. Mein Vater weiß nichts von einem Kind. Wir haben alle Teile des Puzzles. Aber ich will Ellis nichts über ihre Abstammung sagen. Müsste das nicht von ihren Eltern kommen?«

»Meine Mutter wird schweigen.« Nun, da Sheff die Wahrheit über sie kannte, war er unglaublich wütend. »Ich verabscheue die Art und Weise, wie sie meinen Vater und Ellis behandelt hat. Ich glaube nicht, dass ich in ihrer Nähe sein kann, ohne etwas dazu zu sagen … ohne ihr mitzuteilen, dass ich die Wahrheit kenne.«

»Wirst du Min ins Vertrauen ziehen?«, fragte Jo.

»Mein Vater hat versprochen, mit ihr so zu reden wie mit mir, aber ich weiß nicht, wann das geschehen wird.«

»Er hat es ihr bis gestern nicht gesagt«, entgegnete Jo. »Ich habe sie gesehen, und ich glaube, sie hätte etwas gesagt.«

»Obwohl es schwer sein wird, dies für uns zu behalten, denke ich, dass es das Beste wäre – zumindest, bis wir alle Parteien informieren können. Sheff entspannte sich. »Ich bin so froh, dass ich dich habe. Allein wäre das noch viel beschwerlicher.«

Mit dem Daumen streichelte sie über seine Hand. »Ich fühle dasselbe. Also, wohin fahren wir morgen? London oder Weston?«

»Wo willst du heiraten? Denn genau das werden wir als Nächstes tun.« Er hob ihre Hand an seine Lippen und küsste ihre Handfläche.

»Ich hätte London vorgeschlagen, aber da meine Mutter in Weston ist und unsere Freunde dort sein werden, möchte ich die Hochzeit dort zelebrieren. Aber wir müssen meinen Vater kommen lassen. Kannst du Sorge dafür tragen, dass er so schnell wie möglich nach Weston befördert wird? Er muss bei der Hochzeit zugegen sein.«

Sheff nickte. »Natürlich. Ich werde morgen früh einen Brief an meinen Sekretär schicken, und er kann sich um die Vorbereitungen kümmern. Ich werde eine Sonderlizenz erwerben, was kein Problem sein sollte, zumal ich seit einigen Wochen in Weston residiere.«

Jo warf ihm einen verlegenen Blick zu. »Ich fürchte, ich habe die meisten meiner neuen Kleider nicht eingepackt – einige davon habe ich noch nicht einmal getragen. Ich habe aber ein Kleid, das für die Hochzeit schön wäre.«

»Dann werde ich meinen Sekretär anweisen, die Zustellung deiner Garderobe gemeinsam mit der Reise deines Vaters zu koordinieren. Kann deine Haushälterin alles organisieren?«

»Ich kann ihr einen Brief schreiben, wenn du den auch morgen früh abschicken könntest.«

Sie lachte. »Mit einem Mal sind wir sehr beschäftigt.«

»Das liegt daran, dass wir eine Zukunft haben, die auf uns wartet, und wir kaum abwarten können, dass sie beginnt!« Er lächelte sie an, und aus jeder seiner Poren strahlte er Liebe aus. »Wellesbourne hat mir erklärt, was passiert, wenn man merkt, dass man sich verliebt hat. Man kann kaum erwarten, dass das Happy End beginnt. Oder so ähnlich. Ein anderer Gentleman hat mir das Gleiche gesagt. Nun, ich verstehe es und stimme den beiden von ganzem Herzen zu.«

»Meines Glaubens hat es für uns vor einer Weile schon angefangen, als du mich in dein Zimmer eingeladen hast«, entgegnete Jo mit einem verschmitzten Lächeln. »Sollen wir fortfahren?« Sie nahm seine Hand und bettete sie auf ihrer Brust.

Sheff machte schmale Augen. »Ja, bitte.« Mit einem Knurren zog er sie zu sich heran und setzte sie auf seinen Schoß. »Ich kann nicht glauben, wie sehr ich dich liebe. Jetzt noch mehr als vorhin, als du durch diese Tür kamst.«

»Und ich liebe dich. Mehr als vorhin, als du mir einen

Heiratsantrag gemacht hast. Ich erwarte, dass ich dich noch mehr lieben werde, wenn wir morgen früh aufwachen.«

»Das setzt voraus, dass wir schlafen werden.« Er zwinkerte ihr zu.

Sie sah ihn entsetzt an. »Wir *müssen* schlafen. Ich war von der Reise heute erschöpft, und irgendein Störenfried im Nachbarzimmer hat mich am Einschlafen gehindert. Die Kleine ist absolut anstrengend.«

Sheff zog eine Grimasse. »Verdammt, daran habe ich gar nicht gedacht.« Er hob sie von ihrem Schoß und legte sie auf die Matratze. »Schlaf jetzt.«

»In einer Weile. Ich bin nicht mehr ganz so erschöpft wie vorhin.« Sie warf ihm einen lüsternen Blick zu. »Ich glaube, du wirst mich noch ein bisschen ermüden müssen.«

Sheff lächelte sie an. »Ich werde alles für dich tun, was du benötigst, Liebste.«

KAPITEL 19

*D*er Gartensalon – er wurde so genannt, weil er einer der beiden Salons war und sich zum Garten hin öffnete – auf Grove war nach der Hochzeit mit Sheff von Jos Familie und ihren Freunden bevölkert. Nachdem sie in den letzten Tagen regelmäßig in den Ruheraum geeilt war, was laut ihrer Mutter und Persephone in naher Zukunft offenbar noch häufiger passieren würde, stand Jo nun direkt im Türrahmen. Sie wollte sich einen Moment Zeit nehmen, um all die Menschen zu betrachten, die ihr so viel bedeuteten, und sich freuen, dass sie alle hier waren, um ihren besonderen Tag zu feiern.

Gütiger Himmel, aber die Schwangerschaft hatte sie in eine nostalgische und sentimentale Person verwandelt.

Das machte ihr nicht das Geringste aus. Sie blickte auf ihre linke Hand und dachte, dass der Ring von Sheffs Großmutter sich immer noch seltsam anfühlte, aber er fühlte sich auch richtig an. Jo hatte den Ring nach Beendigung der Scheinverlobung an Min zurückgegeben, und Min hatte ihn dann mit nach Weston gebracht, sehr zu Jos Überraschung und Freude.

Vor den Augen von Min und Ellis, die anwesend waren, hatte Sheff dann ein großes Spektakel daraus gemacht, ihn ihr an den Finger zu stecken. Er war sogar ein weiteres Mal auf die Knie gesunken.

Es stellte sich als schwierig heraus, mit Ellis zusammen zu sein. Jo und Sheff wünschten sich nichts sehnlicher, als ihr die Wahrheit zu sagen, und ihre Herkunft zu enthüllen. Sie waren jedoch fest entschlossen, solange damit zu warten, bis alle Beteiligten informiert werden konnten. Das bedeutete, dass auch Min die Wahrheit noch nicht kannte.

Bei ihrer Ankunft in Weston hatte Jo ihrer Mutter mitgeteilt, dass Ellis definitiv ihre Halbschwester war. Ihre Mutter war nicht überrascht und schlug sofort vor, ihrem Vater dies zu verschweigen, wenn er in Weston eintraf. Denn er würde unverzüglich zu Ellis gehen, und sie alle waren sich einig, dass dies vielleicht nicht die beste Art war, die Wahrheit über ihre Abstammung zu erfahren. Das Wissen darüber, dass sie die Tochter der Herzogin war, würde sie sehr mitnehmen, und sie waren zu dem Schluss gekommen, dass es besser war, damit so lange zu warten, bis Sheff mit seinem Vater gesprochen hatte. Jo sehnte sich danach, ihrem Vater von seiner anderen Tochter zu erzählen – und Ellis als ihre Schwester anzuerkennen –, wusste aber, dass der richtige Zeitpunkt dafür noch nicht gekommen war. Doch bald würde es so weit sein.

Sheff hatte sich mit dieser Vorgehensweise einverstanden erklärt. Dann hatte er Jo immer wieder gesagt, sie solle sich nicht beunruhigen, denn dieser Tag sei für sie beide, um ihre Liebe und heute ihre Hochzeit zu feiern. Es war eine sehr freudige Woche gewesen. Jo konnte sich nicht erinnern, jemals so glücklich gewesen zu sein.

»Schmerzen dir die Wangen schon?«, fragte Jos Mutter, als sie sich ihr näherte.

»Noch nicht, aber ich bin sicher, dass das bald der Fall

sein wird«, antwortete Jo lächelnd. »Kann man eine Überdosis an Glück haben?«

»Das hatte ich eigentlich nie angenommen, doch ich weiß auch nicht, ob ich jemals das Maß deiner Glückseligkeit erreicht habe.« Sie küsste Jo auf die Wange. »Deine Liebe zu Sheff scheint alles zu übertreffen, was ich je für deinen Vater empfunden habe.«

»Was ist mit Marcel?« Jo warf einen Blick auf den Liebhaber ihrer Mutter, einen geschmeidigen Gentleman mit grauem Haar, der am anderen Ende des Raumes stand und mit Wellesbourne und Droxford sprach.

Ihre Mutter formte die Lippen zu einem kleinen Lächeln. »Ich liebe ihn, aber ich bin mir nicht sicher, ob es die gleiche Leidenschaft ist, die du für Sheff zu empfinden scheinst. Noch wichtiger ist allerdings die Leidenschaft, die er dir entgegenbringt. Ich habe noch nie einen Mann gesehen, der so verliebt war. Ehrlich gesagt, möchte ich am liebsten die Augen verdrehen.«

Jo lachte. »Wahrscheinlich würde ich das ebenso sehen, wäre ich nicht die Empfängerin dieser Liebe.«

Ernüchternd bemerkte ihre Mutter: »Marcel und ich fahren morgen nach London zurück.«

Jo drehte sich zu ihr um. »Ihr reist ab? Ich dachte, ihr wolltet bis zum Ende des Monats bleiben.«

»Oder so lange ich es aushalten kann. Eine weitere Woche in dieser verschlafenen Enklave kann ich nicht mehr ertragen.« Sie erschauderte. »Ehrlich gesagt wäre ich schon vor Tagen abgereist, doch dann bist du gekommen und hast verkündet, dass du so bald wie möglich heiraten würdest. Da musste ich natürlich bleiben.« Ihre Miene wurde sanfter. »Ich *wollte* bleiben. Aber jetzt möchte ich nach Hause zurück.«

»Was bedeutet das für deine zukünftigen Reisen nach Weston?«, fragte Jo mit einem Augenzwinkern.

Die Augen der Mutter verengten sich ein wenig. »Das heißt, dass ich Marcel gesagt habe, wir würden nach Brighton reisen, wenn er eine kurze Auszeit braucht und ich mir zwei Wochen oder weniger am Meer wünsche. Es ist viel näher an London, und ich werde mich nicht so gefangen fühlen.«

»Fand er das angemessen?«, fragte Jo.

»Mehr als das.« Ihre Augen funkelten vor Heiterkeit. »Er hat dann zugegeben, dass es ihm hier auch nicht gefällt.«

Jo lachte. »Deshalb passt ihr beide so gut zusammen.«

»Bizarrerweise haben wir deinen Vater eingeladen, mit uns zurück nach London zu reisen.«

»Das ist überraschend.«

Ihre Mutter zuckte mit den Schultern. »Es war Marcels Idee. Ich glaube, es macht ihm Spaß, Rowland zu provozieren, aber dein Vater ist nicht eifersüchtig. Er hat nie die Neigung dazu gehabt.«

»Worüber flüstert ihr beide?«, fragte Sheff, als er sich neben Jo stellte und ihr einen Arm um die Taille legte.

Jo drückte sich an ihn. »Mama und Marcel fahren morgen nach London zurück. Und sie nehmen meinen Vater mit.«

Sheffs Brauen hoben sich. »Das ist ein gewagter Schritt.«

»Zum Glück sind es nur zwei Tage Reisezeit. Aber vielleicht bereue ich meine Entscheidung schon morgen früh.« Jos Mutter schaute von Jo zu Sheff und wieder zurück. »Wann werdet ihr nach London zurückkehren?«

»In etwa einer Woche, nachdem wir unsere Flitterwochen genossen haben.« Er drückte Jo einen Kuss auf die Schläfe. »Wir möchten so bald wie möglich mit dem Herzog sprechen, um zu klären, wie wir mit Ellis verfahren sollen. Ich glaube, die Herzogin ist nach Beacon Park gefahren, sodass sie vielleicht nicht an dem Gespräch teilnehmen kann.«

»Das ist wahrscheinlich das Beste«, entgegnete Jos Mutter und zog eine leichte Grimasse. »Es wird ihr glaube ich, gar nicht gefallen, wenn diese Geschichte wieder aufgerollt wird.«

»Nein«, pflichtete Sheff ihr bei. »Aber es geht ja nicht um sie oder um ihre Gefühle. Es geht um Ellis und darum, Sorge dafür zu tragen, dass sie unterstützt wird.«

Jos Mutter richtete einen sorgenvollen Blick auf ihre Tochter. »Hast du dir überlegt, dass es vielleicht besser wäre, es weder ihr noch deinem Vater zu sagen? Vielleicht ist es das Beste, die Vergangenheit einfach ruhen zu lassen.«

»Ellis´ Herkunft ist keine Vergangenheit«, argumentierte Jo. »Es ist, was sie ist. Wie können Sheff und ich ihr die Wahrheit vorenthalten? Ich wäre so wütend, wenn ich an ihrer Stelle wäre.«

Sheff drückte Jo an sich. »Ich bin ihrer Meinung. Ellis muss das erfahren, und wir werden den besten Weg finden, es ihr zu sagen.«

»Ich werde euch unterstützen, ganz egal wie ihr entscheidet.« Ihre Mutter blickte zu Jos Vater, der mit einigen ihrer Freunde zusammensaß – darunter ironischerweise auch Ellis – und ihnen eine Geschichte erzählte, über die sie alle lachten. »Wenn ihr mich jetzt entschuldigen würdet, ich muss Marcel abholen, denn wir sollten uns bald auf den Weg machen.«

Jo beugte sich vor und küsste ihre Mutter auf die Wange. »Wir sehen uns, wenn wir wieder in London sind.«

»Ja, und lasst mich wissen, wo ich euch finden kann, denn ich weiß, dass du nicht ins Albany ziehen wirst.«

Lachend schüttelte Jo den Kopf. Das Albany war für Junggesellen. Fürs Erste würden sie in Henlow House wohnen, da die Herzogin ja derzeit nicht anwesend war. Sheff hatte seinen Sekretär bereits angewiesen, sich nach geeigneten

Immobilien umzusehen, die sie zu ihrem Zuhause machen könnten.

Kurze Zeit später, nachdem Jos Mutter und Marcel gegangen waren und Jos Vater sich nach oben zurückgezogen hatte, waren Jo und Sheff mit ihren Freunden allein. Wellesbourne verschwendete keine Zeit, das Glas zu erheben, um auf das frisch vermählte Paar anzustoßen.

»Auf Sheff, den wir alle endlos damit aufziehen werden, dass *er* sich höchstselbst *das Bein in Fesseln legt*, und auf Jo, die einzige Frau, die schlau genug ist, den schurkischsten Halunken unter uns in ihren Bann zu schlagen.«

Alle erhoben ihre Gläser und riefen »Hört, hört.«

Nachdem er getrunken hatte, hob Sheff – er saß ganz dicht bei seiner Frau auf einem kleinen Sofa – noch einmal sein Glas. »Auf den letzten verbliebenen Halunken, unseren lieben Evan Price. Mal sehen, wie lange du noch durchhältst.« Sheff lachte, und ein weiteres Mal erfüllte ein »Hört, hört« den Raum.

Price trank nicht, sondern sah sie alle mit einem überlegenen Blick an. »Ich bin ganz zufrieden mit meiner Rolle als letzter Halunke. Und da ich ein paar Jahre jünger bin als der Rest von euch Halunken, darf ich wohl mit Freuden behaupten, dass ich noch eine ganze Weile durchhalten werde. Weder habe ich Eltern, die mich zur Heirat drängen, noch bin ich auf der Jagd. Noch nicht.«

»Nun, ich schon«, meinte Min und brachte alle zum Schweigen. »Ich werde im Oktober für die Saison in Bath einen letzten Versuch auf dem Heiratsmarkt unternehmen. Wenn ich dann keinen hinreichend gesitteten Ehemann finde, werde ich mich in das Dasein einer Jungfer ergeben.« Sie warf einen Blick auf Ellis, die auf dem Stuhl neben ihr saß. »Ihr werdet sehen, dass Ellis und ich eine Schule für Mädchen leiten oder Katzen hüten oder unter dem Namen Euphemia Brightly grauenvolle Romane schreiben.«

»Vielleicht werdet ihr all diese Dinge tun«, meinte Ellis lächelnd.

»Warum nicht?« Min stieß mit ihrem Glas an das von Ellis, und alle tranken.

»Ich denke, wir sollten alle für die Saison nach Bath reisen«, schlug Gwen vor und sah sich im Raum um. »Wir können Min unterstützen.«

»Das würde ich gern«, murmelte Jo zu Sheff.

»Dann werden wir dorthin fahren«, versprach er mit einem Lächeln.

»Pandora wird natürlich dabei sein«, bemerkte Persephone. »Schließlich wohnt sie dort bei unserer Tante. Ich erwähne sie, weil sie Jos gesticktes Exemplar der Regeln für Halunken nicht vor heute fertigstellen konnte. Dann kann sie es dir persönlich überreichen.« Persephone lächelte Jo an.

»Sie macht eins für mich?«, fragte Jo erstaunt. Die Wärme und Liebe der Freundschaft durchströmte sie, und sie war Gwen unglaublich dankbar, dass sie sie in ihren Kreis eingeladen hatte. »Ich war nicht Teil der Gruppe, als die Regeln aufgestellt wurden.«

»Du bist jetzt Teil der Gruppe«, versicherte Persephone ihr. »Und ich denke, wir sind uns alle einig, dass du von uns allen am nötigsten eine Kopie dieser Regeln brauchst, damit Sheff sie sehen kann.« Sie zwinkerte Sheff zu, der daraufhin lachte.

»Meine Tage als Halunke gehören der Vergangenheit an«, erklärte Sheff.

»Ich möchte, dass du ab und zu ein Halunke bist«, bat Jo mit einem leichten Schulterzucken, und alle lachten.

Sie saßen noch eine Weile zusammen, bevor ihre Freunde sich zurückzogen – obwohl Min und Ellis sich nur nach oben in ihr Wohnzimmer begaben. Schließlich waren nur noch Jo und Sheff im Salon. Jo zog ihre Schuhe aus, setzte sich seitlich auf das Sofa und legte die Füße hoch.

Sheff ließ sich auf dem Sofa nieder und legte ihre Füße auf seinen Schoß. »Das war schön.«

Jo lächelte und fühlte eine warme Befriedigung. »Das war es, nicht wahr?«

»Und du hast das Ganze geplant«, fügte er stolz hinzu.

»Ich war froh, die Dinge selbst zu organisieren, und Mrs. Ingram war sehr hilfreich. Sie hat sich auch ungefähr zwanzig Mal bei mir entschuldigt, weil ich annahm, dass du mit dieser Frau auf der Party des Herzogs intim warst.«

Sheff lachte leise. »Bei mir hat sie sich bestimmt fünfzig Mal entschuldigt.« Er begann, Jos Fuß zu massieren, und sie stöhnte leise. »Sie hat mir auch gesagt, dass ich mich glücklich schätzen kann, dich als meine Countess zu haben.«

»Das ist schön zu hören.« Jo war nervös, weil sie nach London zurückkehren und andere Meinungen hören wollte.

»Keine Sorge.« Sheff drückte ihr besänftigend auf den Fuß. »In der Stadt wird alles gut gehen.«

»Ich kann nicht verhindern, darüber nachzudenken. Nie hätte ich gedacht, dass aus mir einmal eine Countess wird.« Oder eines Tages gar eine Herzogin. Daran wollte Jo überhaupt nicht denken. »Es ist überwältigend, das kannst du nicht widerlegen.«

»Nein, das kann ich nicht.« Nun machte er sich daran, ihren anderen Fuß zu massieren. »Allerdings bin ich hier an deiner Seite. Ich werde dich unterstützen und dich bei jedem Schritt lieben.«

»Das weiß ich.« Sie wackelte mit den Zehen, und er hob ihren Fuß an, um ihr einen Kuss auf die Innenseite zu drücken. Sie konnte die Zartheit seiner Lippen durch ihren Seidenstrumpf spüren. »Ich wollte dir immer wieder deine fünfhundert Pfund zurückgeben. Es kommt mir unhöflich vor, sie zu behalten.«

Er starrte sie fassungslos an. »Warum? Wir hatten eine

Vereinbarung, und du hast deinen Teil der Abmachung erfüllt.«

Jo lachte. »Der Plan war ein Fehlschlag. Wir sind nicht getrennte Wege gegangen.«

»Nun, für mich ist er ein großer Erfolg. Ich bestehe darauf, dass du mit dem Geld machst, was auch immer dir beliebt.«

»Alles, was ich will?«, fragte sie.

»Alles, was du willst.«

»Da es mit meinem neuen Titel wahrscheinlich verpönt wäre, Buchverlegerin zu werden, habe ich mir überlegt, eine Bibliothek zu gründen. Ich würde die Schirmherrin sein. Aber ich möchte, dass sie im Osten Londons angesiedelt ist und ein bestimmtes Kontingent von Abonnements für wenig oder ganz ohne Gebühr anbietet. Ich könnte auch jemanden einstellen, der den Interessierten das Lesen beibringt.« Sie winkte ab. »Das sind im Moment alles nur abschweifende Gedanken.«

»Das sind *ausgezeichnete* Gedanken, und ich unterstütze sie voll und ganz.« Sheff fuhr mit seiner Hand ihre Wade hinauf. »Sag mir nur, wie ich dir helfen kann.«

»Das werde ich.« Als sie seinen Blick erwiderte, konnte sie sehen, dass seine Gedanken eine ausgesprochen lüsterne Wendung genommen hatten. »Sollen wir hinaufgehen?«

»Das wäre wohl das Beste.« Sheff nahm ihre Füße von seinem Schoß und stand auf. Dann zog er sie in seine Arme, was sie zu einem Keuchen veranlasste, als sie ihre Arme um seinen Hals schlang. »Komm, meine Frau.«

Jo legte ihren Mund an sein Ohr und flüsterte: »Nur wenn du mich dazu bringst.«

Seine Augen trafen die ihren mit einem verruchten Versprechen. »Ich nehme deine Herausforderung an.«

EPILOG

Von Nervosität erfüllt betrat Jo das Henlow House, als sie aus Weston hier in London ankamen. Obwohl sie schon einmal hier gewesen war – für ihren Verlobungsball –, fühlte es sich ganz anders an, denn sie wusste ja jetzt, dass sie zumindest vorübergehend hier wohnen würde.

Percy, der Butler, begrüßte sie. Er verbeugte sich so tief vor Jo, dass sie seinen glänzenden Scheitel betrachten konnte. »Wir freuen uns, Euch in Henlow House begrüßen zu dürfen, Mylady.«

Jo hatte sich noch nicht daran gewöhnt, das zu hören. Sie warf einen Blick zu Sheff neben ihr, der ihr ein aufmunterndes Lächeln zuwarf.

Die Dienerschaft strömte in die Halle, und die nächste halbe Stunde wurde damit verbracht, sie alle kennenzulernen, auch die Kammerzofe, die Jo zur Seite gestellt worden war. Der Gedanke an eine Kammerzofe war Jo vollkommen fremd, doch ihr war klar, dass ihr mehr Erfolg beschieden sein würde, wenn sie sich wie eine Countess benähme. Würde sie vor der Beschäftigung einer Kammerzofe zurückscheuen, würden die Leute es herausfinden, was ihrem Ansehen nicht zuträglich wäre.

Als sie mit der Vorstellung fertig waren, teilte der Butler ihnen mit, dass der Herzog im Arbeitszimmer auf ihre Ankunft warte. Sheff wies den Weg, den sie nehmen mussten.

»Ich war im Arbeitszimmer«, meinte Jo. »Erinnerst du dich an den Verlobungsball, als ich dich dort fand?«

»Ich erinnere mich tatsächlich. Heute werde ich mich zum ersten Mal gemeinsam mit meinem Vater in diesen Raum aufhalten, seit ich ihn praktisch von seinem Diener und einem Lakaien nach oben tragen ließ. Ich frage mich, ob meine Tage als sein Retter vorbei sind. Das hoffe ich.«

Sie lächelte ihn an, als sie seinen Arm nahm. »Das hoffe ich auch.«

Er warf ihr einen verschmitzten Blick zu. »Das war ein sehr erregendes Intermezzo, das wir im Arbeitszimmer hatten. Ich wollte dich an jenem Abend unbedingt küssen. Eigentlich wollte ich das an jedem Abend, seit ich dir einen Heiratsantrag gemacht habe. Nein, davor schon. Ich glaube, ich wollte dich an dem Abend küssen, an dem ich meinen Vater aus dem Siren ́s Call hinausbefördern musste. Damals habe ich zum ersten Mal gemerkt, dass ich mich zu dir hingezogen fühle.«

Sie ließ ihren Blick zu ihm schweifen. »Wirklich? Damals habe ich mich zum ersten Mal zu *dir* hingezogen gefühlt.«

Sheff lachte. »Es muss ein bisschen Magie in der Luft gelegen haben.« Er wurde nüchterner, aber in seinen Augen glomm seine Heiterkeit weiter. »Sag das nicht meinem Vater, sonst wird er versuchen, die Lorbeeren zu ernten.«

»Niemals«, flüsterte Jo, als sie im Arbeitszimmer ankamen.

»Kommt herein!« Der Herzog winkte sie heran und grinste breit. »Willkommen, Lady Shefford. Sie haben den

Raum bereits erhellt, und ich sehe, dass Sie meinen Sohn völlig verwandelt haben.«

»Zum Besseren, hoffe ich«, entgegnete sie.

Es gab einen peinlichen Moment, als der Herzog sich auf sie zubewegte. Er zögerte. »Ist es erlaubt, dich zu umarmen?«

»Ja.« Jo fand, dass sie die Ironien nicht ignorieren konnte, die in der Umarmung dieses Mannes lag, der ein ehemaliger Liebhaber ihrer Mutter gewesen war. Sie würde sich das für die Zukunft aus dem Kopf schlagen.

Der Herzog trat einen Schritt zurück und klopfte Sheff auf die Schulter.

»Wir haben dir etwas zu sagen«, meinte Sheff. »Lass uns Platz nehmen.« Er führte Jo zu einem Sofa, und der Herzog nahm in einem Sessel ihnen gegenüber Platz.

»Ich glaube, ich weiß es«, bemerkte er scharfsinnig. »Ihr erwartet ein Kind.«

Jo tauschte einen Blick mit Sheff und unterdrückte ein Lachen. »Nun, ja«, entgegnete Sheff mit einem charmanten, schiefen Lächeln. »Aber das wollten wir eigentlich gar nicht mit dir besprechen.«

Der Herzog schlug sich auf den Schenkel. »Das war ein Scherz!« Er lachte, dann schüttelte er den Kopf. »Gut gemacht, mein Junge. Ich wusste, dass du einen Erben zeugen würdest. Du musstest es nur zu deiner eigenen Zeit tun.« Es schien ihn nicht zu kümmern, dass das Kind offensichtlich vor ihrer Heirat gezeugt worden war.

Jo hoffte nur, er würde sich darüber ausschweigen, aber sie zweifelte nicht an seiner Diskretion. Das Gleiche konnte man von ihrem Vater nicht behaupten, und deshalb hatten sie ihm noch nicht gesagt, dass sie schwanger war.

»Das Gespräch, das wir führen müssen, betrifft ein Kind, obwohl sie jetzt eine erwachsene Frau ist«, meinte Sheff. Er wandte sich an Jo. »Sag du es ihm, meine Liebe. Sie ist deine Verwandte.«

Tiefe Falten zeichneten sich auf der Stirn des Herzogs ab, aber er sagte nichts. Er beobachtete Jo erwartungsvoll.

»Meine Mutter hat mir von der Affäre der Herzogin berichtet«, meinte Jo sanft. »Sie wusste davon, weil mein Vater an der Liaison beteiligt war.«

Der Herzog verdrehte die Augen. »Verdammt noch mal. Ich hatte ja keine Ahnung. Das macht Ellis zu deiner Schwester. Halbschwester, jedenfalls.«

»Ja«, bestätigte Jo und strich mit ihren Händen über ihren Schoß. »Wir haben es weder ihr noch meinem Vater gesagt, als wir zusammen in Weston waren. Wir wollten erst mit Ihnen reden.«

»Darüber, wie wir am besten vorgehen«, fügte Sheff hinzu. »Mutter wird wütend sein, dass nun alles ans Licht kommt. Aber Jo und ich sind der festen Überzeugung, dass Ellis die Wahrheit erfahren muss.«

»Dem stimme ich zu.« Für einen Moment hatte die Miene des Herzogs etwas Trauriges. »Ich habe viel darüber nachgedacht, wieso ich deiner Mutter erlaubt habe, Ellis so zu behandeln. Das hätte ich nicht zulassen dürfen. Die Herzogin weiß jetzt, dass sie hier in Henlow House nicht mehr willkommen ist und sie den Witwensitz in Beacon Park benutzen muss, wenn sie dort wohnen will.«

»Ich kann mir nur vorstellen, wie dieses Gespräch verlaufen ist«, murmelte Sheff.

»Nicht gerade günstig.« Der Herzog richtete sich auf. »Aber es war längst überfällig. Sie hat sich für die Saison ein Haus in Bath genommen, aber das wisst Ihr wahrscheinlich, da Min beschlossen hat, am dortigen Heiratsmarkt teilzunehmen.«

»Ja, wir werden zu ihr reisen«, antwortete Sheff. »Wir denken, dies ist der beste Zeitpunkt, um Ellis von ihrer

Abstammung zu erzählen. Und Min, denn auch sie wird Bescheid wissen müssen.« Er sah zu Jo hinüber, die ihm aufmunternd zunickte. Dann richtete er seine Aufmerksamkeit wieder auf den Herzog. »Wir sind auch der Meinung, dass du es Ellis sagen solltest. Da du ohnehin vorhast, bei Mrs. Welbeck in Bath zu sein, hielt ich das für die beste Lösung.«

Der Herzog holte tief Luft. Er drehte den Kopf und blickte starr zum Fenster, während seine Züge nachdenklich wirkten. »Ich würde gern sagen, dass es jemand Besseren dafür geben muss, aber wen? Deine Mutter wird das nicht sein.« Er blickte zu Jo. »Und dein Vater – ihr Vater – weiß es auch nicht.«

»Nein, und ich bin mir nicht ganz sicher, wer ihm das sagen soll«, meinte Jo. »Wir wollten nicht, dass er davon erfährt, bevor Ellis Bescheid weiß, denn er wird direkt zu ihr gehen und das Geheimnis ausplaudern.«

»Wird er nach Bath kommen?«, fragte der Herzog. »Ich könnte es den beiden gemeinsam sagen – zusammen mit Min. Ich denke, Ellis wird sich über die Unterstützung freuen.«

»Mein Vater würde sich freuen, Bath zu besuchen, besonders während der Saison«, antwortete Jo lachend. »Er kann mit uns anreisen.«

Sheff blickte zu ihr. »Dann werden wir ihn irgendwann nach Hause schicken, ja?«

»Ja, natürlich. Oder wir können ihn in einem Hotel unterbringen«, schlug Jo vor und tätschelte Sheffs Bein. Ihr Vater war reizend, aber das Zusammenleben mit ihm war wegen seiner ständigen Leutseligkeit manchmal anstrengend.

Sheff grinste. »Geniale Idee.«

»Das wird ein interessanter Aufenthalt in Bath«, prophezeite der Herzog mit einem sardonischen Stirnrunzeln.

»Deine Mutter wird nicht erfreut sein, dass ich mit Mrs. Welbeck dort bin, und sie wird wütend sein, wenn ich Ellis erzähle, wer ihre Mutter ist.«

»Wir werden da sein, um Ellis und dich zu unterstützen«, versprach Sheff.

Der Herzog nickte. »Ich danke dir, mein Junge. Du bist ein wahrer Leuchtturm der Unterstützung und Führung gewesen. Länger, als du denkst.« Er erwiderte den Blick seines Sohnes mit einem aufmerksamen Ausdruck. »Ich verdanke dir sehr viel.«

»Sag mir nur, dass ich dich nie wieder retten muss.«

»Das wirst du nicht müssen. Zumindest nicht wegen meines schlechten Benehmens.« Er stand auf. »Ich lasse euch jetzt allein, damit ihr euch akklimatisieren könnt. Ich freue mich so für euch beide. Ich bedaure nur, dass ich die Hochzeit verpasst habe. Aber ich wage zu behaupten, dass ihr mich nicht vermisst habt«, fügte er mit einem selbstironischen Lachen hinzu.

»Doch, das habe ich«, entgegnete Sheff. Jo rückte näher an seine Seite.

»Heute ist ein Tag voller Überraschungen«, meinte der Herzog leise. Dann verließ er das Arbeitszimmer und pfiff dabei eine Melodie.

Sheff drehte sich zu Jo und schloss sie in seine Arme. »Das lief gut.«

»Ich denke schon. Aber lass uns nicht länger über das Reisen sprechen. Ich bin erschöpft.«

»Soll ich dich in unser Schlafgemach tragen, Liebste?«, fragte Sheff, bevor er sie auf die Wange küsste.

»Ich bitte um Verzeihung, Mylord«, meldete sich Percy von der Tür aus. »Ihr batet um die Abendzeitung, sobald sie eingetroffen ist.« Er trat mit einem Tablett vor, auf dem der *Globe* lag.

Sheff nahm das Blatt vom Tablett. »Danke, Percy.«

Der Butler entfernte sich, und Jo warf Sheff einen fragenden Blick zu. »Warum wolltest du die Zeitung?«

Er reichte sie ihr. »Eine wichtige Angelegenheit soll darin abgedruckt sein. Auf der Anzeigenseite.«

Jo schürzte die Lippen, nahm die Zeitung und schlug sie auf ihrem Schoß auf. Ganz oben auf der Anzeigenseite stand etwas, das wie ein Brief aussah – sehr klein gedruckt. »Meine Güte, das werden viele Leute nicht lesen können.«

»Aber du kannst das hoffentlich«, meinte Sheff mit eifriger Stimme.

»Soll ich ihn laut vorlesen?«, fragte Jo und fand, dass er sich sehr merkwürdig verhielt.

»Wenn du möchtest.«

Sehr geehrte Bürgerinnen und Bürger,
*   Ich freue mich, meine Heirat mit Miss Josephine Harker, der neuen Countess of Shefford, bekannt zu geben.*

Jo warf ihrem Mann einen schockierten Blick zu. Er antwortete nur mit einem Achselzucken, also las sie weiter.

Sie ist charmant, brillant, gutherzig und vor allem die beste aller Frauen. Ich bin privilegiert, sie als meine Frau zu haben. Ich kann mich besonders glücklich schätzen, dass sie mich meines früheren schurkischen Verhaltens zum Trotz akzeptiert hat. Ich freue mich, mitteilen zu können, dass diese Tage hinter mir liegen. Die einzige Frau, die mein Interesse besitzt, ist meine geliebte Frau, und einer anderen werde ich keine Beachtung mehr schenken. Versuchen Sie also gar nicht erst, mich zu umgarnen. Ich bin ganz und gar, vollkommen ungeniert und bereitwillig im Besitz von Lady Shefford. Ich liebe sie von ganzem Herzen.
*   Earl of Shefford*

Jo legte die Zeitung weg und starrte ihn an. »Wann hast du das gemacht?«

»Ich habe es vor ein paar Tagen aus Weston geschickt. Es war Mrs. Ingrams Vorschlag. Nachdem sie davon ausgegangen war, dass ich mit dieser Frau auf der Party intim gewesen war, und da diese Frau, wie auch die anderen beiden im Garten annahmen, ich wäre an ihrer Aufmerksamkeit interessiert, dachte ich, ich sollte der Allgemeinheit mitteilen, wem meine Zuneigung gehört.«

»Mrs. Ingram hat vorgeschlagen, du solltest eine Anzeige in der Zeitung veröffentlichen?« Jo war verblüfft.

»Sie hat es wohl als Scherz gemeint, aber ich fand die Idee eher genial.«

Jo stöhnte auf. »Jetzt werde ich ganz sicher im Mittelpunkt von Klatsch und Tratsch stehen.«

Sheff warf die Zeitung auf den Boden. Dann zog er Jo auf seinen Schoß. »Ich wollte die Leute wissen lassen, dass ich nur an dir interessiert bin. Ich will nur dich. Ich liebe nur *dich*. Jetzt kann es keinen Zweifel mehr daran geben.«

»Du bist ein schrecklicher Romantiker«, stellte Jo fest und rollte mit den Augen. »Aber ich liebe dich trotzdem.«

»Gut, denn meiner Befürchtung nach werde ich nur noch rührseliger und besitzergreifender werden. Wird das ein Problem geben?«

Jo seufzte. »Wahrscheinlich nicht. Du musst so handeln, wie du möchtest.«

»Du gefällst mir«, meinte er mit einem anzüglichen Blick. »Sehr sogar. Was sollen wir jetzt unternehmen?«

»Ich glaube, es ist an der Zeit, dass Ihr mich in unser Schlafgemach führt, Mylord.«

»Mit Vergnügen, Mylady.« Sheff nahm sie in seine Arme, und Jo beschloss, dass sie genau das wollte: eine Countess sein – seine Countess.

Sind Sie bereit für die nächste Folge der *Regeln für Halunken?*

Versäumen Sie das nächste Buch aus der Regeln für Halunken Serie nicht: ***Bis der Wüstling kapituliert***! Nachdem Evan Price bei einem Unfall verletzt wurde, pflegt Lady Minerva Halifax ihn wieder gesund, und die beiden knüpfen überraschenderweise tiefe Bande ... bis Min wieder auf den Heiratsmarkt zurückkehrt und Evan zum begehrtesten Junggesellen in Bath aufsteigt. Waren die Funken zwischen den beiden echt, oder ist Evan der schlimmste Halunke von allen?

Ich danke Ihnen sehr, dass Sie Untadelig gelesen haben. Ich hoffe, es hat Ihnen gefallen!

Möchten Sie erfahren, wann mein nächstes Buch verfügbar ist? Sie können sich für meinen Deutscher Newsletter anmelden, mir auf Amazon.de folgen und meine Facebook-Seite liken. Alle Newsletter-Abonnenten erhalten exklusive Bonus-Geschichten, die sonst nirgends erhältlich sind.

Rezensionen helfen anderen, Bücher zu finden, die für sie geeignet sind. Ich schätze alle Bewertungen, ob positiv oder negativ. Ich hoffe, dass Sie erwägen werden, eine Bewertung bei Ihrem bevorzugten der Seite Ihres bevorzugten Internet-Netzwerkes abzugeben.

Ich mag meine Leser so sehr. Danke!

Sind Sie an weiterer Regency-Romantik interessiert? Schauen Sie sich meine anderen historischen Serien an:

Der Phönix Club
Die exklusivste Einladung der feinen Gesellschaft ...

Willkommen im Phönix Club, in dem Londons waghalsigste,
anrüchigste und intriganteste Ladys und Gentlemen
Skandale, Erlösung und eine zweite Chance finden.

Die Unberührbaren
Geraten Sie ins Schwärmen über zwölf der begehrtesten und
schwer fassbaren Junggesellen der feinen Gesellschaft und
die Blaustrümpfe, Mauerblümchen und Außenseiterinnen,
die sie in die Knie zwingen!

Die Unberührbaren: Die Prätendenten
In der faszinierenden Welt der Unberührbaren spielend,
handelt die Saga von einem Geschwistertrio, die sich darin
auszeichnen, sich als jemand auszugeben, der sie nicht sind.
Werden ein unerschrockene Bow Street Ermittler, ein
niedergeschmetterter Viscount und eine desillusionierte
Dame der feinen Gesellschaft es schaffen, ihre Geheimnisse
zu lüften?

Chroniken der Ehestiftung
Der Pfad der wahren Liebe verläuft niemals geradlinig.
Manchmal ist eine Hausparty zur Ehestiftung vonnöten.
Wenn Paare sich auf einer Hausparty kennenlernen, ereignen
sich provokative Flirts, heimliche Rendezvous und
Verliebtheit im Überfluss.

Ruchlose Geheimnisse und Skandale
Sechs unglaubliche Geschichten, die sich in den glamourösen
Ballsälen Londons und den herrlichen Landschaften
Englands abspielen.

Die Liebe ist überall

Herzerwärmende Nacherzählungen klassischer Weihnachtsgeschichten im Regency-Stil, die in einem gemütlichen Dorf spielen und von drei Geschwistern und dem besten Geschenk von allen handeln: der Liebe.

Der Club der verruchten Herzöge

Sechs Bücher, geschrieben von meiner besten Freundin, Erica Ridley, und mir. Lernen Sie die unvergesslichen Männer von Londons berüchtigtster Taverne, dem Verruchten Herzog, kennen. Verführerisch attraktiv, mit Charme und Witz im Überfluss, wird eine Nacht mit diesen Wüstlingen und Filous nie genug sein ...

Die Bräute von Marrywell

Kommen Sie nach Marrywell, im schönen England, denn hier findet schon seit Hunderten von Jahren alljährlich das Maifest zur Partnerfindung statt, bei dem hoffnungsvolle Romantiker zusammenkommen. Die Herzöge und Halunken des Regency-Zeitalters begegnen hier temperamentvollen und bezaubernden Ladys, die ihnen ihre Herzen stehlen könnten.

BÜCHER VON DARCY BURKE

Der gefährliche Herzog

Der eisige Herzog

Der ruinierte Herzog

Der verlogene Herzog

Der betörende Herzog

Der Herzog der Küsse

Der Herzog der Zerstreuung

Der unverhoffte Herzog

Der charmante Marquess

Der verwundete Viscount

Die Unberührbaren: Die Prätendenten

Geheimnisvolle Kapitulation

Ein skandalöser Pakt

Des Gauners Rettung

Chroniken der Ehestiftung

Der verstockte Herzog

Ein Earl als Junggeselle

Der ausgerissene Viscount

Die unechte Witwe

Die Bräute von Marrywell

Ein Herzog wird verzaubert

Erbin dringend gebraucht

Die Heiratsvermittlerin und der Marquess

Ruchlose Geheimnisse und Skandale

Ihr ruchloses Temperament

Sein ruchloses Herz

Die Verführung des Halunken

Verliebt in eine Diebin

Die Schöne und der Halunke

Einmal Halunke, immer Halunke

Die Liebe ist überall

(eine Regency Weihnachtstrilogie)

Der Earl mit dem flammendroten Haar

Das Geschenk des Marquess

Eine Freude für den Herzog

Der Club der verruchten Herzöge

Eine Nacht zum Verführen by Erica Ridley

Eine Nacht der Hingabe by Darcy Burke

Eine Nacht aus Leidenschaft by Erica Ridley

Eine Nacht des Skandals by Darcy Burke

Eine Nacht zum Erinnern by Erica Ridley

Eine Nacht der Versuchung by Darcy Burke

ÜBER DIE AUTORIN

Darcy Burke ist die USA Today Bestsellerautorin für sexy, emotionale, historische und zeitgenössische Romantik. Darcy schrieb ihr erstes Buch im Alter von 11 Jahren – mit einem Happy End – über einen männlichen Schwan, der von der Magie abhängig war, und einen weiblichen Schwan, der ihn liebte, mit nicht sehr gelungenen Illustrationen. Schließen Sie sich ihr an newsletter!

Darcy, die in Oregon an der Westküste der Vereinigten Staaten geboren wurde, lebt am Rande des Wine Country mit ihrem auf der Gitarre spielenden Ehemann und ihren beiden ausgelassenen Kindern, die das Schreiben geerbt zu haben scheinen. Sie sind eine nach Katzen verrückte Familie mit zwei bengalischen Katzen, einer kleinen, familienfreund-lichen Katze, die nach einer Frucht benannt ist, und einer älteren, geretteten Maine Coon, die der Meister der Kühle

und der fünf-Uhr-morgens-Serenade ist. In ihrer ›Freizeit‹
ist Darcy eine regelmäßige ehrenamtliche Mitarbeiterin, die
in einem 12-stufigen Programm eingeschrieben ist, in dem
man lernt, ›Nein‹ zu sagen, aber sie muss immer wieder von
vorne anfangen. Ihre Lieblingsplätze sind Disneyland und
das Labor Day Wochenende in The Gorge. Besuchen Sie
Darcy online unter https://www.darcyburke.de.

facebook.com/darcyburkefans

instagram.com/darcyburkeauthor

pinterest.com/darcyburkewrites

goodreads.com/darcyburke

IMPRESSUM

Deutsche Erstausgabe von:
Darcy E. Burke Publishing
Zealous Quill Press
13500 SW Pacific Hwy., Ste. 58-419
Tigard, OR, 97223
USA

ISBN: 9781637262160

www.darcyburke.de